가장 낮은 곳에서
가장 치열 하게

이
창
복
회
고
록

가장 낮은 곳에서
가장 치열 하게

2022년 3월 10일 초판 1쇄 펴냄
2022년 10월 28일 초판 2쇄 펴냄

글쓴이 이창복
편집 박은경
펴낸이 신길순

펴낸곳 (주)도서출판 삼인
전화 02-322-1845
팩스 02-322-1846
이메일 saminbooks@naver.com
등록 1996년 9월 16일 제25100-2012-000046호
주소 (03716) 서울시 서대문구 성산로 312 북산빌딩 1층

디자인 끄레디자인
인쇄 수이북스

ISBN 978-89-6436-214-3 03810

값 17,000원

이창복 회고록

가장 **낮은** 곳에서
가장 **치열** 하게

삼인

거대한 역사의 강물이 힘차게 흐르는

그 낮은 곳 어디쯤에 발목을 담그고 있었다

1960년대, 쌍다리 자활대에 몸담고 있을 즈음의 일이다. 난생처음 경험하는 자활대 생활이 힘에 부치는 한편으로 아버지 건강도 좋지 않았고 집안 살림도 여러모로 녹록지 않던 때였다. 내가 장손으로서 집안을 일으켜 세우고 생활을 꾸려나가기를 내심 바라셨을 것이나 나는 그 기대에 전혀 부응하지 못했다.

참고 기다리시던 어머니가 하루는 직접 자활대를 찾아오셨다. 그날 역시 내 주머니에는 돈 한 푼 없어 빈손으로 돌아가시게 했다. 반백 년이 훨씬 지난 일임에도 더없이 괴로운 기억이다. 부엌에 땔 나무가 없어 어머니가 산을 다니시며 나무를 해 오셨던 모양이다. 그 사연을 막내 여동생이 편지로 일러주었을 때 역시 말도 못 하게 괴로웠다. 그리하여 자활대를 포기하느냐, 집을 관리하느냐를 놓고 깊은 고민에 빠지기도 했다. 결국은 염치 불고, 불고가사不顧家事하기로 결심하고 자활대 일에 열중했다.

나는 6남매의 맏이다. 아버지께서 일찍이 중풍으로 활동을 못 하셨다. 어린 동생들이 차례로 학교에 입학하고 상급 학교에 진학할 때마다 경제적인 곤란이 이만저만 아니었다. 이런 와중에 지금의 아내를 만나 결혼했고, 아내가 간호사로 일하며 힘겹게 집안 살림을 꾸려나가게 되었다.

어머니의 아들에 대한 관심은 참으로 깊고 넓었다. 세월을 훌쩍 뛰어넘어 2006년 강원도지사 선거에 나가게 되었을 때, '옷만큼은 깨끗하게 입고 다녀야 한다'며 양복 티켓 두 장을 주고 가셨다. 그때 해주신 양복을 지금까지 잘 입고 다닌다.

　네 차례의 수감생활을 하는 동안 아내는 서울, 안양, 청주 등지의 교도소로 일주일에 한 번씩 면회를 와주었다. 짧은 접견 시간 동안 아이들 자라는 이야기를 들려주곤 했다. 주일에 쉬지도 못하고 옥바라지하는 아내에게 미안했지만 마음 한편으로 그 시간을 손꼽아 기다렸던 것도 사실이다. 면회 때문에 병원 근무 일정을 바꿀 때마다 매번 눈치를 봐야 했을 것이다. 여자 몸으로 혼자 기차며 버스를 타고 교도소를 찾아다니는 것이 쉬운 일은 아니었으리라.

　고생 많았던 아내에게 조금이나마 보답한다는 의미에서, 마지막 네 번째 형을 마칠 때쯤 '사회에 나가면 원주에서 서울로 매일 출퇴근을 하겠다'고 결심했다. 그것이 아내에 대한 사랑의 최소한의 표현이라고 믿었다. 그리고 오늘날까지 그 결심을 지켜가고 있다.

　내가 태어난 간현(간재)은 우리 집안이 14대째 뿌리를 내리고 있는 고장이다. 조상님이 조선 중기에 경치 좋고 살기 좋은 터를 잡아 이곳에 산 지 450년이 넘었다. 그러다 보니 간현·가곡 일대는 자연스럽게 한산 이씨 집성촌이 형성되었다. 이후 8.15와 6.25 등으로 민족의 이동이 가속화된 탓에 집성촌이 분해되며 몇몇 집안만 명맥을 유지하게 되었다.

　누구에게나 그렇듯이 고향이란 행복한 추억을 불러일으키는 단어다. 나 역시 마찬가지다. 기차를 타고 고향 마을을 지나갈 때면 창밖을 기웃거리며 고향 전경이 사라질 때까지 바라보곤 한다. 간현은 경치 좋고 살기 좋은 곳이다. 섬강과 소금산이 어우러지는 풍광은 수려하기 이를 데가 없다. 논과 밭이 적당하게 배치되어 농사를 지으며 살기도 적당한 곳이다.

　바로 이곳을 조선 중기에 정철이, 토정 이지함이 들렀다는 기록이 있다.

이지함은 내 14대 조상 이희(송와공)의 당숙이 된다. 대사헌인 이희가 좌의정 정철의 탄핵을 요구했다가 선조의 노여움을 받아 장흥부사로 쫓겨났다는 것은 나름 유명한 일화다.

　지나온 평생을 돌아보면서 정리할 때가 되었다. 정리한다기보다 반추해보는 시간을 가져야 한다. 지금의 내 건강 상태와 희망 사항을 함께 고려하여 앞으로 내게 남은 시간이 얼마나 될지 가늠해본다. 3년에서 5년쯤 더 살 수 있을 것 같다. 젊었을 때의 희망으로 '여든셋까지만 살았으면' 했다. 부친이 52세, 조부가 44세, 증조부가 83세까지 사셨다. 나도 증조부만큼만 살기를 희망했던 것이다. 이제 증조부의 수명을 넘겼으니 그 희망은 이루고도 남았다. 가능할지는 모르겠지만 마지막까지 평상시의 건강을 유지했으면 한다.

　세상을 하직하는 일에 대해 생각하자니 팔십 평생에 걸쳐 주변에 괴로움과 고통만 안기고 떠나는 게 아닌가 싶다. 무엇보다 부모님의 기대에 미치지 못한 삶을 살고 만 일은 실로 고통스러울 정도로 후회스럽다. 사회운동을 하는 동안 나와 직간접적으로 연루되어 고통받은 동지들에게도 미안한 마음을 금할 수 없다. 특히 『찢어진 깃폭』과 관련하여 정마리안나와 여러 신부님들이 참혹한 고문을 당해야 했다. YWCA 위장결혼식 사건으로 수십 명이 가혹한 군부의 폭력을 경험해야 했다. 그 밖에도 많은 분들이 고문과 폭력의 후유증에 시달렸고, 명을 다하지 못한 분들도 있다. 그러나 나는 살아남았고, 건강을 유지하여 지난 기억을 기록으로 남기고 있으니 이 모든 것이 함께했던 동지들에게 진 빚이라 생각한다. 아울러 동지들의 고통을 함께 떠안았을 그 가족들에게 죄송스러운 마음뿐이다.

이제 얼마 남지 않은 시간, 그저 바라기는 평생 그랬듯 맡은 바 책임을 다하고자 열심히 뛰어다니고 그러다가 쓰러지는 일이다. 큰 고통 없이 눈을 감았으면 한다. 모든 것을 하느님께 의탁할 뿐이다.

이 글을 읽는 모든 이들에게 평화와 행복이 가득하기를 빈다.

2022년 2월 간현에서

이창복

차례

들어가는말 6

나의 살던 고향 원주

두려움 없는 믿음으로 시대를 껴안다

뿌리 깊은 나무로 세상에 우뚝 서다

준비하는 자에게만 찾아오는 것

나의 살던 고향 원주

온 시내를 헤매다니며 온갖 먼지가 다 묻었을 깡통이고 그 안에 담아온 밥이었다. 다짐은 하였지만 선뜻 숟가락이 나가지 않았다.

"선생님, 어서 드세요."

걸꼬마가 눈을 깜빡이며 재촉했다. 내가 먼저 한술 떠야 자기도 숟가락을 들이밀 수 있을 터였다.

"그래 먹자. 추운데 걸달러 다니느라 고생 많았다. 잘 먹을게."

[…] 눈앞이 캄캄했다. 밥 한 끼 먹는 게 이렇게 힘든데 과연 이네들과 함께 살아가는 일이 가능할 것인가.

고향과 유년의 기억

내 고향은 강원도 원주다. 원주는 우리 집안이 14대째, 조선시대 중기부터 뿌리를 내려온 고장이다. 30~40대에 들어 한창 활발하게 재야운동을 하며 전국을 누비던 시기에도, 민통련(민주통일민중운동연합)·전민련(전국민족민주운동연합) 등 다수의 재야단체에서 직책을 맡아 대중 투쟁을 주도하던 당시에도, 가급적 원주에서 출근하고 원주로 퇴근을 고집하는 등 나는 원주를 내 일상 가장 가까운 곳에 두고자 노력해왔다. 이즈음도 물론 그러하다. 오늘날까지 변함없이, 그만큼 내게 힘이 되어주었던 곳이, 내 삶의 근원으로 자리해준 장소가 원주다.

여름 더위가 기승을 부리던 1938년 8월 29일 원주 지정면 간현리에서 태어났다. 원주 시내에서 30여 리 떨어진 마을이었다. 아버지 이종구와 어머니 엄정용 사이의 첫 번째 자손이었다. 일제식민지 때였다. 어려서 광복을 맛보았으며 초등학교 때 한국전쟁의 참상을 경험했다. 급박하게 휘몰아치는 조국 근현대사의 한가운데에서 유소년기를 보냈다. 혼란스러운 변화의 시기 속에서 성장했다.

해방되던 즈음의 장면들이 어렴풋이, 아주 희미하게 기억난다.

간현리는 면 소재지였다. 8월 15일 오후, 기쁨에 도취된 한편 그간의 울화가 폭발한 마을 사람들이 가장 먼저 일본 순사가 있던 주재소로 몰려갔다. 순사가 죽을힘을 다해 도망치고, 사람들이 발길을 돌려 찾아온 곳이 바로 우리 집이었다. 우르르 몰려들어 집 안 여기저기를 때려 부수고 집어 던지고 발로 차고 난리 통이 벌어졌다. 그 장면 그 분위기가 지금도 아련히 기억난다. 할머니 등에 업힌 채 무서워서 엉엉 울었던 것 같다. 삼촌이 면서기로 있었는데 그중에서도 병사계를 맡았다. 징병계였다. 왜정시대 면 단위에서 요직이라면 배급계와 병사계 정도였다. 물자가 부족했던 시절이고 일본군에 끌려갈까 두려움에 떨던 시절이었다. 요직이면서 한편으로 면민의 원성을 받을 수밖에 없는 자리였던 것이다.

삼촌이 그런 요직을 맡을 수 있었던 것은 셋째할아버지께서 면장을 하셨던 덕이었다. 셋째할아버지는 문막 면장을 오래 하시다가 해방될 즈음에 지정면장으로 오셨다. 한 지역의 향족을 잡아서 면장을 시키고 동시에 그 집안을 통해서 면을 다스리는 것이 일제의 통치 방식이었다.

아버지는 지역 공무원이었다. 서울에서 중동중학교를 다니다가 할아버지가 41세라는 이른 나이에 세상을 떠나시며 가세가 기울자 원주로 돌아와서 집안 살림을 떠맡은 분이다. 공무원 봉급으로 집안 건사하고 아이들 키우기가 빠듯하였기에 사업을 시작하셨다. 그때 말로 목상木商이라 했다. 산을 일부 사들인 다음 그 땅의 나무를 잘라서 팔거나, 새로 심고 키워서 파는 나무 장사였다. 건축에 필요한 목재를 팔고 숯을 만들어 팔기도 했다. 사업이 크지 않았던 것으로 미루어 수완이 썩 좋지는 않으셨던 것 같다.

초등학교 때, 나 역시 서울로 전학 갔다. 아버지의 결단으로 이른바 유학공부를 하게 된 것이다. 경제적으로 넉넉지 않은 세월이었다. 급변하는 세상 형편이 그러하듯 집안 형편도 혼란하기 이를 데 없었다. 그럼에도 그런 결정을 하셨다. 장남이자 장손인 내게 기대하셨던 바가 그만큼 컸다. 우리네 부모님들이 다 그렇지만 '성공하려면 공부를 시켜야 한다'는 의지가 그만큼 분명하셨다.

종로구 창신동에 소재한 창신초등학교에서 4학년 때부터 6학년 때까지 공부했다. 지금의 성북구 삼선교 근처에 있는 삼촌 집 신세를 졌다. 삼선동에서 창신동까지 가깝지 않은 거리를 주로 걸어서 통학했다. 고향 집에는 1년에 한두 번 갈 수 있을 처지였다. 어린 나이에 집이 그리울 수밖에 없었다. 집 생각이 나고 어머니 생각이 날 때면 삼선동에서 멀지 않은 낙산에 올라갔다. 저쪽이 고향 방향인가, 하고 한참을 바라보았던 기억이 난다. 그럴 때면 종종 이런 노래를 흥얼거렸고, 그러다 주르르 눈물을 흘리기도 하였다.

푸른 산 저 너머로 멀리 보이는
새파란 고향 하늘 그리운 하늘
언제나 고향 집이 그리울 때면
저 산 너머 하늘만 바라봅니다.

꿈에도 그리던 고향 마을에 어쩌다 찾아갈 때면, 동네 친구 녀석들로부터 부러움의 대상이 되곤 했다. 내가 입은 창신초등학교 교복 때문이었다. 초등학생들도 교복을 입을 때였는데, 서울의 초등학교 교복이 그네들 딴에는 멋지게 보였을 것이다.

이창복 학생의 말이 맞습니다

초등학교 유학 시절이다. 추석을 맞아 잠시 원주 집에 들렀다가 며칠 만에 돌아가는데, 아버지가 노트 앞장에 다음과 같은 글귀 하나를 직접 써주셨다.

'옳은 일은 끝까지 주장하라.'

그 한 문장이 내 가슴 속에 깊이 각인되었다. 평범한 가정의 평범한 아이로 평범하게 살아가던 내게 그 글귀가 큰 감명과 더불어 가르침을 주었다. 옳은 일은 끝까지 주장하라. 여기서 '옳은 일'이라면 아마도 정의正義를 말함일 터였다. '끝까지 주장하라' 함은 중간에 어떠한 장애물이 있더라도 멈추거나 포기하지 말고 노력하고 투쟁하라는 의미일 터였다. 하여 아버지가 노트에 써주신 그 말씀은, 나아가 훗날 대중운동가로서 삶을 살아갈 내게 더할 나위 없는 금과옥조가 되어주었다. 운동가로 살아가며 정의를 위해 끝까지 싸울 수 있었던 궁극적인 힘이 바로 그로부터 나왔을 것이다.

6학년 때 6.25 사변이 발발했다. 돈암동에 살며 무서운 장면들도 많이 보았다. 〈단장의 미아리고개〉라는 옛날 가요 가사에서처럼, 낯선 복장의 인민군들이 재야인사들을 철사줄에 묶어서 미아리고개를 넘어가는 모습을 직접 목격했다. 비틀거리며 끌려가는 사람들의 뒷모습이 아직도 생생하다.

전쟁 터지고 가장 힘든 것은 식량부족 문제였다. 전국에서 오는 유통망이 끊기니 서울은 식량난이 가장 먼저 찾아왔다. 버틸 수가 없기에 고향으로 돌아가기로 했다. 변변한 교통편이 당연히 있을 리 없었다. 그래서 서울에서 원주 간현까지 걸어갔다. 7월 하순이었다. 어린 나이에 모진 피난길을 제대로 경험한 셈이다.

원주가 그때만 해도 시골이라 전쟁의 비극이 비교적 덜했다는 생각이다. 인민군은 낮에 쉬고 밤에 움직였다. 낮시간이면 인민군들이 동네 꼬맹이들을 모아놓고 그네들의 군가를 가르쳐주던 장면이 떠오른다.

1.4 후퇴 무렵의 일이다. 북에서 거세게 밀고 내려오자 간현리 사람들도 피난을 떠났다. 대대로 살던 집을 비우고는 어디건 남쪽으로 잠시 몸 맡길 곳을 찾아 나섰다. 그러고는 며칠이나 지나서 잠잠해지자 마을로 발길을 돌렸다. 그런데 와보니 웬걸, 집들이 흔적도 없이 박살이 나 있었다. 이제 좀 살게 되나 싶었던 어른들이 모두 망연자실 눈물을 쏟아낼 수밖에 없었다. 폭격을 맞은 것일까. 알고 보니 피난 떠나고 빈집에 미군들이 들어와서 생활했던 모양이다. 그러다 마을을 떠나게 되자, 나중에 북한군이 들어와 살지 못하게 집들을 죄다 폭파하고 떠났다는 것이다. 동네에 그렇게 불타 없어진 집이 한두 채가 아니었다. 그러나 주저앉아 울고만 있을 수는 없었다. 이후로 가족들이 남의 집 살림을 하면서 작게나마 살 집을 짓느라 여러 날을 고생해야 했다.

전쟁 탓에 초등학교 졸업은 원주 지정초등학교에서 했다. 한 학년에 한 반밖에 없었고 한 반에 60명 정도가 되었으니 졸업생이 60명 안팎이었다. 사변 끝에 어렵게 초등학교 졸업장을 받아 쥔 친구들이었다. 지금이야 초등학교를 졸업한 학생들 모두 중학교에 입학하지만 그때는 그렇지 않았다. 상급 학교에 진학하는 학생들이 절반도 되지 않았다. 중학교에 들어가지 못한 학생들은 대부분 고향 마을을 떠났다. 외지에서 일자리를 얻기 위해서였다. 그런 시절이었다.

당시만 해도 중학교에 가려면 입시 준비를 하고 시험을 봐야 했다. 그렇게 원주중학교에 들어갔다. 집에서 30여 리 떨어진 곳에 학교가 있었다. 처음 6개월 정도는 그 길을 걸어서 다녔다.

집안을 위해서, 사회를 위해서, 국가를 위해서, 나는 무엇을 할 수 있을 것인가. 이 어려운 시절에 세상을 위해서 어떤 노력을 해야 할 것인가.

그런 고민들이 내 안에 조금씩 싹터 오르던 시기였다. 성격은 원만하되 말수 없이 조용한 편이었다. 학교에서도 묵묵히 내 할 일을 하는, 도움이 필요한 친구들이 주변에 보이면 내색하지 않고 도와주는 학생이었다. 그런 모습이 신뢰를 주었는지, 주변 동급생들이 절로 나를 따라오곤 하는 분위기였다. 그러구러 학생회 간부가 되었다. 1학년과 2학년 때는 반장을 도맡아 했고, 3학년 되어서는 뜻하지 않게도 전교 회장을 맡았다. 전교생 1천여 명을 대표할 정도로 동기들의 신망을 받았던 모양이다. 학생회장이 되고 나서는 3학년 1반부터 6반까지 남의 일이라고 할 것이 전혀 없었다. 그런 과정에서 조직을 움직이는 일, 단체를 하나의 힘으로 결집하는 방법 등에 대해 한 수 배웠던 것 같다.

기억나는 일화가 하나 있다. 그 시절 매달 한 차례 원주 지역 중고등학교의 교장선생님과 훈육주임, 학생회장이 한 자리에 모여서 회의를 하곤 했다. 풍기지도위원회. 학생들의 '풍기 단속'을 위해 여러 가지 정보들을 공유하는 자리였다. 풍기 단속이라고 해서 별다른 게 아니라 모자를 삐딱하게 쓴다든지, 교복을 풀어헤치고 다닌다든지, 거친 말을 쓴다든지, 학생으로서 가지 말아야 할 장소에 가서 하지 말아야 할 행동을 한다든지 하는 것들을 효과적으로 단속하고 고쳐나가자는 취지였다. 어느 날 원주중학교 학생회장의 자격으로 그 자리에 참석한 내가, 발언 기회를 얻어서 이런 제안을 했다.

"다음부터는 우리 원주 지역의 비인가학교들도 이 회의에 참여할 수 있도록 했으면 좋겠습니다. 그 학교 선생님들도 당연히 교육자로서 참여할 자격이 있고, 그 학교 학생들도 당연히 학생들로서 올바른 지도 교육을 받을 권리가 있다고 생각합니다."

파격적인 발언이었다. 맹랑한 제안이었다. 당시에 인가를 받은 공·사립 학교가 열 곳이요, 비인가 학교들이 청조고등학교, 덕신고등학교까지 두 곳이었다. 1948년에 발표된 이른바 고등공민학교高等公民學校 규정에 따라 탄생한, 초등학교나 공민학교를 졸업하고 중학교에 진학하지 못한 사람에게 중학교 과정 교육을 실시하는 학교였다. 1950년대 후반이던 당시 인식으로 인가학교와 비인가학교는 동등한 교육기관이 아니었다. 그 같은 차별과 배제가 존재했다. 따라서 예의 풍기지도위원회에 참여도 못 하고 지침 등도 받지 못하는 소외된 입장이었다.

회의 자리에 참석한 각 학교 교장선생님들과 훈육주임들은 내 제안이 불편할 수밖에 없었다. 받아들일 수 없는 내용이었다. 아니나 다를까 반대의견들이 나왔다. '공립학교와 비인가학교가 같은 자리에 설 수는 없는 일이다'와 같은, 표현은 순화되었지만 내용은 다를 바 없는 주장들이 이어졌다. 나로서는 의기소침해질 수밖에 없는 상황이었다. 그런데 그 자리에 있던 단 한 분이 내 편을 들어주었다.

"원주중학교 이창복 학생의 말이 맞습니다. 교육과 지도에 차별이 있어서는 아니 될 것입니다. 다음 회의 때부터는 공민학교 측 선생님들도 참여하도록 하는 게 좋겠습니다."

바로 그분이 무위당 장일순 선생님이었다. 당시에 대성학원 이사장이자 대성고등학교 교장 자격으로 회의에 참석하신 그분이 어린 나의 당돌한 제안에 동조해준 것이었다. 나와는 열 살의 나이 차이가 나는, 젊고 패기 넘치는 교육자의 모습 그대로였다.

어쨌거나 그날, 내가 제안하고 장일순 선생님이 동의한 제안은 결국 받아들여지지 않았다. 그런데 다음 달에 열린 위원회의 분위기는 달랐다. 독한 마음을 먹은 듯 장일순 선생님이 '고등공민학교의 참여'를 시종 강하게 주장하였고, 다른 학교의 선생님들은 지난번과 달리 크게 반대하는 모습들이 아니었다. 틀린 이야기는 아니었으므로 계속해서 반대할 용기가 나지 않았을 것이다. 당시에 고등공민학교 참여를 마지막까지, 가장 큰 목소리로 반대하던 선생님 한 분이 하필이면 내가 소속된 원주중학교의 교장선생님이었다. 나로서는, 장일순 선생님의 소신 있고 뚝심 넘치는 모습을 조마조마 지켜보면서 눈치껏 속으로만 응원을 보낼 따름이었다.

그리하여 한 달 후, 어김없이 열린 원주 지역 풍기지도위원회에는 두 곳의 고등공민학교에 소속된 선생님과 학생이 참여하게 되었다. 내심 뿌듯한 순간이었다. 내가 생각했던 나름의 정의가 실현되는 장면이었다. 그분들도 소문을 들어 알고 있을 것이기에, 나나 장일순 선생님에게 고마운 시선을 보내는 것을 느낄 수 있었다.

장일순 선생의 '현실적인 인생'은 이때부터 평탄치 못하였으니 5.16 쿠데타가 벌어지고 소위 혁신인사로 분류되어 옥고를 치른 게 그 시작이었다. 형기를 치르고 나왔지만 학교 일에는 더 이상 관여할 수 없었다. 하여 재야의 인사로서 원주의 청년들을 만나 진보적인 가르침을 주는 일을 하셨다. '모택동의 대장정' 이야기를 들려주면서 젊은 가슴들을 움직이게 했던 그 무렵 선생의 모습이 인상적으로 기억에 남는다. 무위당 장일순 선생과의 인연은 이후로도 계속해서, 내 평생을 두고 이어졌다.

1968년도에 내가 서른한 살의 (그때만 해도 늦은) 나이로 결혼할 때에 주례를 서주신 분이 장일순 선생이었다. 자활대 활동을 할 때였고 시간도 돈도 여유가 없던 시절이었다. 원주 가톨릭센터의 작은 공간을 빌려 촛불 하나만 켜놓고 조촐하게 식을 올렸다. 자활대를 운영하며 주변 사람들에게 하도 빈번하게 손을 벌리곤 했던 터라, 결혼식을 올릴 때만큼은 그들에게 '부담을 주지 말자'고 나름 마음먹었다. 그래서 부모님과 가까운 가족 몇 명만 참석하도록 하고 다른 사람들에게는 소식조차 전하지 않았다. 나중에 이 사실을 알게 된 사람들로부터 섭섭하다는 소리도 많이 들었다. 바로 그런 초라하고 아름다운 결혼식의 주례에, 장일순 선생이 아주 흔쾌히 응해주었던 것이다.

김지하와 내가 함께 영세를 받을 때 친히 대부가 되어주시기도 했던 장일순 선생이다. 1971년도의 일이다. 가톨릭 신자 사이에서 대부 관계를 주고받는 것은 아주 각별한 인연이다. 아버지 아들 격의 인연을 쌓는 일이요 신앙적인 가르침과 배움을 서로 약속하는 일이다. 재야운동으로 한창 바쁘게 오가느라 수중에 교통비조차 없을 때, 가끔 선생께 용돈도 받아 썼던 기억이 난다. 경제적으로 넉넉한 분이 아니었다. 당신도 누군가의 지원을 받는 입장이었다. 그럼에도 자주 도움을 주셨다. 그것이 그분의 인품이었다. 사랑의 결정체 같은 분이었다. 나만이 아니라 다른 많은 이들에게도 똑같이 그 같은 사랑을 베푼 분이다.

교회를 떠나 본격적으로 민주화운동을 전개하면서, 종종 장일순 선생을 만나 소중한 조언을 다양하게 접했다. 서울에서 활동하다가 잠시 원주로 내려와서 전체적인 시국 상황과 특히 서울에서 운동권 단체와 공안정부가 서로 맞물려 돌아가는 상황에 대해 내가 말씀드리면, 모두 경청하신 선생이 당신의 의견을 말씀하시는 식이었다.

"시위대와 경찰의 물리적 충돌이 점점 심해지는 것 같아. 지켜보는 내 입장에서는 이만저만 걱정이 크지 않아."

생명운동가로서 무엇을 우려하고 걱정하시는지 물론 모르지 않았다. 그러나 당시만 해도, 사회정의를 쟁취해내기 위해서는 서로 마주 부딪치며 잡음이 생겨도 어쩔 수 없는 일이라는 것이 내 솔직한 생각이었다. '운전석에 앉은 미친 자로부터 강제로라도 핸들을 뺏어야 한다'는 본회퍼Dietrich Bonhoeffer 목사의 강경론이 더 믿음직스럽던 때였다. 하지만 장일순 선생은 언제나 올곧게 비폭력을 주장했다. 폭넓게 사랑으로 감싸며 그 속에서 지혜를 주기 위해 노력하셨다.

인생의 이정표, 마음의 스승

중학교를 졸업하고 원주고등학교에 입학했다. 어서 사회에 나아가고 싶었다. 현재는 여러모로 만족스럽지 않았으며 미래는 알 수 없기에 불안했다. 그럼에도 어서 나이를 먹어 어른이 되고 싶었다. 그리하여 가세가 기울어진 집안을 일으켜 세우고 싶었다. 전쟁이 끝나고 어려운 나라가 잘살 수 있도록 조금이라도 도움이 되고 싶었다.

3학년이 되었고 학생회장을 뽑는 선거철이 다가왔다. 대의원들이 선거권을 갖는 중학교 때와 달리 전 학생이 투표해 대표를 뽑는 방식이었다. 나와 또 다른 한 명이 후보로 나섰다. 반마다 돌며 정견 발표도 하고 공약도 내세웠다. 지지자들의 의견도 청취했다.

나만의 생각이었지만 선거에서 이길 자신이 있었다. 당시 원주고등학교 학생들 사이에선 원주중학교 출신 학생들과 타 중학교 출신 학생들이 대립하는 분위기가 형성되어 있었고, 나름 '적통'인 원주중학교 출신 학생들의 숫자가 타 중학교 출신들보다 많았다. 나 역시 원주중학교 출신이었기에, 큰 문제만 생기지 않는다면 그들의 지지를 얻어 선거에서 이기지 않을까 지레짐작했던 것이다.

드디어 투표하는 날이 되었다. 선거 결과가 발표되었다. 결과는 뜻밖이었다. 근소한 차이로 지고 만 것이다. 타 중학교 출신 후보의 극적인 승리였다. 나로서는 충격적인 일이었다. 어째서 이런 일이 벌어진 것인지 여러 날 고민했다. 결국 내 자만이 가져온 패배였다. 원주중학교 출신 학생들의 몰표를 당연시했던 나머지, 다소 안일하고 소극적인 선거 전략을 펼친 것이 패인이었다. 반면에 상대 후보는 자기 표밭인 타 중학교 출신 유권자들은 물론 다수인 원주중학교 출신 유권자들의 마음을 얻기 위해서도 열심히 노력하였다. 훗날 전해 들은 이야기가 그러했다. 그 노력의 차이가 극적인 역전승을, 내 입장에서는 쓰디쓴 역전패를 가져왔던 것이다.

충격적인 결과를 받아들이는 만큼 느낀 점도 많았다. 사람의 마음을 얻는 일이 얼마나 힘들고 귀한 일인지 처음으로 깨달았다. 어떤 경우건 상대방을 얕보고 방심하는 자세가 얼마나 위험한지를 배우기도 했다. 훗날 운동가의 삶을 살아가며 약이 되어줄, 귀한 가르침의 한 가지였다.

고등학교 2학년 때 우연히 《사상계》를 접했다. 어마어마한 인연이 시작되는 순간이었다. 평생 내가 가야 할 길의 시작을 알리는 순간이었다. 읽고 또 읽었다. 손에서 놓지 못하고 틈만 나면 읽었다. 신선했다. 그간 알지 못했던 신세계를 접하는 감동을 읽을 때마다 맛보았다. 틈나는 대로 《사상계》의 과월호와 신간을 구입해서 아껴가며 읽었다.

사상계의 필자들 가운데 단연 함석헌 선생이, 그분의 글들이 가장 마음 깊이 와 닿았다. 인연으로 이어질 운명이었는지 당시 대학생이던 이윤구 재당숙을 통해 함석헌 선생의 《편지》몇 회분을 얻어 읽기도 했다. 정기적으로 만들어져 배포되던 《편지》는 이후 1970년대부터 대한민국의 깨인 지성들을 열광케 한 《씨을의 소리》의 전신이라고 할 정기간행물이었다. (나 역시 편집위원으로 참여한 바 있는 《씨을의 소리》는 1970년대 중반부터 발행되었고 매번 5천 부를 찍었는데, 당시만 해도 그 발행 비용을 대는 것이 큰일이었다.)

이윤구 재당숙은 당시 한국신학대학교에서 사회사업을 전공하는 대학생이었다. 1961년부터는 기독교 세계봉사회에 속해 평생 지구촌 사회봉사 활동을 벌인 분이다. 중동 아랍 피난민 구호사업부 총무, 유엔아동기금 이집트·인도·방글라데시 대표, 유엔 아동영양특별위원회 사무국장 등을 거치면서 세계적인 구호사업을 벌여온 한편 1990년대에 들어서는 한민족 통일운동이라는 제2의 인생을 활발하게 걸었다. 나보다 열 살가량 많은 인생 선배이자 이후 사회운동의 선배로서, 그리고 인척으로서 그분과의 관계 역시 내 개인사에서 빠뜨릴 수 없는 중요한 부분이다.

함석헌 선생과의 인연을 말하자면 당장 손에 꼽으려 해도 부족할 터이다. 1970년대 초 내가 가톨릭노동청년회 전국회장이 되고 얼마 안 지나, 평소 흠모하던 함석헌 선생님께 드디어 인사드리러 가게 되었다. 나는 선생에게 당시 가톨릭노동청년회에서 맡고 있던 업무와 앞으로의 포부 등에 대해 말씀드렸다. 선생이 갑자기 김수환 추기경에 대해 질문하셨다.

"자네 김수환 추기경 뵌 적 있어? 아무래도 명동성당에 있다 보면 마주칠 기회가 적지 않을 텐데."

"물론이죠, 선생님."

"어떤 분이신지 궁금하네. 말씀은 많이 들었지만."

"아아, 두 분 여태 만나신 적이 없나요?"

"그렇게 되었다네."

"그러면 선생님, 추기경님 한번 만나러 가시겠어요?"

"나야 좋다마다."

김수환 추기경을 찾아가서 함석헌 선생 이야기를 꺼냈다. 그랬더니 이번에는 추기경께서 '자네는 함 선생님을 어떻게 아느냐'고 물으셨다.

"고등학교 때부터 쫓아다녔지요. 그분이 쓴 글도 탐독하고, 강연회에도 기회 되는 대로 찾아가고."

그렇게 내가 다리를 놓아, 김수환 추기경과 함석헌 선생 두 분의 첫 만남이 성사되었다. 김수환 추기경을 만나기 위해 명동성당 주교관 2층을 방문한 함석헌 선생은 마침, 당시 같은 건물 3층에 있던 윤형중 신부와도 만남을 가졌다. 서로 비슷한 연배인 윤형중 신부와 함석헌 선생의 인연은 그동안 《사상계》를 통한 지면 논쟁으로 각별하게 다져진 것이었다. 연재물로 철학적 공방을 주고받았다는 두 분의 관계가 프랑스 작가 사르트르와 카뮈의 철학-정치 논쟁을 연상하게 했다.

나는 김수환 추기경이 마산교구장으로 계셨던 시기에 가톨릭노동청년회의 총재 주교직을 맡으셨기에 그분을 처음 뵙게 되었다.

"교회는 사회정의가 실현되도록 늘 적극적으로 관여해야 한다."

미사와 교육 시간에 틈만 나면 그렇게 말씀하시던 김수환 추기경이었다.

"사회정의가 이 땅에 실현되도록, 교회는 늘 깨어서 어떤 역할을 해야 합니다. 교회는 대중을 상대로 일하는 집단입니다. 정치도 대중을 상대로 일하는 집단입니다. 대중에 대해, 늘 교회는 관심을 가지고 있어야 합니다. 정치는 법과 행정이라는 도구로 대중을 상대합니다. 그렇다면 교회는 어떤 도구로 대중을 상대해야 할까요? 바로 하느님의 뜻과 말씀이 도구여야 합니다. 역대 교황들이 발표한 규범들을 보세요. 특히 1981년 레오 13세 교황이 발표한 노동헌장(Rerum Novarum)을 마음에 새겨보세요. 노동 문제뿐이 아닙니다. 민주화 문제뿐이 아닙니다. 어울려 살아가는 의미와 가치를 모든 사람들이 깨우치도록, 그리하여 사회에 정의와 사랑이 가득할 수 있도록, 교회는 매일 매시간 깨어서 실천해나가야 합니다."

김수환 추기경은 얼핏 보기에 근엄한, 남다른 카리스마가 돋보이는 인상이다. 말수가 많지 않으신 편이라서 더욱 그러할 것이다. 그러나 가까이서 마주해보면 따뜻하고 정이 많은 분이고 성직자로서의 품성을 골고루 갖춘 분임을 알게 된다. 최고의 성직자이건만 나 같은 평신도가 교회 일을 하며 종종 뵐 기회가 있었으니 영광이었다. 지나쳐갈 때마다 나를 향해 알은체를 해주시니 그 또한 감사한 일이었다.

한참 후의 일이지만 2000년도 총선 때 국회의원에 당선되던 즈음, 가톨릭신학대학 구내에 거주하시는 추기경을 찾아가서 뵙고 인사를 올렸다. 그때 추기경이 70대 후반이었고 나는 60대 중반의 '새내기 국회의원' 신분이었다. 당신 일처럼 기뻐하셨다. 재야에서 일하던 기억을 한시도 잊지 말라고, 부디 대중을 위한 의정활동을 열심히 잘하라고 격려해주셨다. 내가 국회의원 임기를 마치고 몇 년 후에 돌아가셨다는 소식을 접했다. 전국민적인 추모의 물결이 일었던 기억이 새롭다. 가톨릭 교인만의 지도자가 아닌, 타 종교인과 비신자들에게도 삶의 귀감이 되어주던 분이었다고 생각한다.

돌이켜보면 원주를 중심으로 생각했을 때 내 마음 곁에는 언제나 장일순 선생이 있었고, 서울을 중심으로 생각했을 때는 언제나 함석헌 선생이 있었다. 내 일생을 통틀어 정신적인 지주가 두 분 계신다고 감히 말한다면, 장일순 선생과 함석헌 선생이다.

농촌에 대한 믿음이 삶을 움직이다

고등학교 졸업반이 되었다. 대입을 앞두고 진학상담이 이어졌다. 내 차례가 되어 담임선생님이 물으셨다.

"그래 창복이, 원하는 과가 있어? 장차 뭘 하고 싶니?"

"저는 나라를 위해 일하는 정치인이 되고 싶습니다."

"오, 그래?"

3년 내내 반장을 하는 학생이었으니 담임이 내 포부를 심상치 않게 받아들여주었던 것 같다.

"예 선생님, 그래서 정치학과나 법학과에 진학할까 생각 중입니다."

"정치인이라……."

담임선생님이 뭔가 궁리하는 눈치더니 이렇게 말씀하셨다.

"정치를 한다고 꼭 법학이나 정치학을 전공할 필요는 없지 않을까? 해방도 되었고 전쟁도 끝났고, 앞으로는 나라를 어떻게 건설할지, 어떻게 하면 국민 모두를 잘 먹고 잘살게 할지, 이제 그게 정치인들에게 가장 중요한 과제가 될 거다. 정치를 하려면 경제를 알아야 하는 시대가 될 거라고. 무슨 말인지 알겠니?"

선생님의 말씀을 받아들여 고려대학교 경제학과에 입학했다. 초등학교 6학년에 떠나온 서울로 다시 유학을 떠나게 되었다.

대학생이 되어서도 변함없이 《사상계》를 찾아 읽으며 사회적 안목을 넓혀갔다. 변함없이, 아니 더 열정적으로, 흥사단 등지에서 열리는 함석헌

대학생 시절

선생의 강연을 쫓아다니느라 수업을 빼먹기 일쑤였다. 독립운동지사이며 농학자인 사회운동가 유달영 선생의 강연도 열심히 찾아다녔다. 함석헌, 유달영 두 분이 하시는 말씀의 요지는 이러했다.

"청년들이여, 농촌으로 돌아가라!"

이즈음 감각에는 어떠할지 모르겠지만 당시로서는 국가와 민족에게 바치는 애절한 구호였다. 전쟁이 막 끝난 즈음이었고 산업화는 시작도 하기 전이었다. 먹고살 일이 막막한 세월이었다. 무엇보다 국민을 먹여 살릴 우리네 농촌이 피폐할 대로 피폐해져 있었다. 상황이 이러함에도 농촌을 떠나 도시로 향하는 청년들이 점점 늘어나는 추세였다. 대학의 경우가 바로 그러했다. 고향에서 농사에 쓸 소를 팔아서 대학 등록금을 대는 일이 많아 오죽하면 상아탑이 아니라 우골탑이라는 자조의 단어가 유행했다. 대도시로 올라온 청년들에게 별다른 뾰족한 살길이 기다리고 있는 것도 아니었다. 이런 때에 함석헌, 유달영 같은 분들이 농촌운동을 주장하고 나선 것이다. 국가가 살아나려면 농촌이 살아나야 한다는 것이었다. 그 외침이 내게는 큰 깨달음으로 와 닿았다.

여름방학이 되었다. 고향 원주로 돌아와 그 같은 깨달음을 실천해나갔다. 지역을 지키는 농촌 청년들을 면 단위로 모아서 농촌지도자강습회를 연 것이 그 대표적인 사업이었다. 함석헌 선생 등 인사들을 강사로 초빙해서 농촌지역개발, 농축산업의 현대화 등 다양한 주제의 강연을 열기도 했다. 여러 사람을 수용할 공간이 마땅치 않아 주로 교회 강당을 빌렸다. 면 단위로 두세 명의 청년들이 찾아와주었으니 강습회 때마다 50명 정도는 모였던 것 같다. 스무 살 때의 일이다. 나와 우리 가족, 우리 마을 사람들, 우리 국민 모두에게 생명을 주고 자양분을 주는 우리 농촌의 발전을 위한다는 마음으로 그런 봉사 활동을 이어갔다. 그 와중에 알게 모르게 내

함석헌 선생 초청강연회에서
인사말을 하는 이창복의 모습
(원주연합기독병원,
현 원주세브란스기독병원에서)

농촌지도자강습회 단체사진

장래의 나갈 바를 정리해보게 되었던 것 같다.

수십 명의 농촌 청년들을 모아놓고 내내 행사를 벌이다 보니 당연히 적잖은 비용이 들어갔다. 그 와중에 겁도 없이 빚을 지게 되었다. 더는 버틸 수가 없어서 아버지에게 손을 벌렸다. 이런저런 뜻한 일을 하다 보니 돈이 들어갔다고 하자 아버지가 2천 평가량의 산을 기꺼이 팔아 그 금액을 마련해주셨다. 감사함과 죄송스러움에 어쩔 줄 모르는 내게 아버지가 말씀하셨다.

"네가 어떤 뜻을 세워서 하는 일일 터인데, 아비로서 큰 도움은 안 되겠지만 이 정도는 해줄 수 있다. 전적으로 너를 믿는다. 그러니 마음의 짐은 갖지 말려무나. 처음의 큰 뜻을 접지 말고 더 널리 펼쳐나가도록 노력해라."

가슴이 뜨거워지는 이런 아버지의 말씀은 내게 더할 나위 없는 힘이 되었다.

퀘이커교(Quarkers)에 심취한 친구들과 진솔한 만남의 시간을 가지며 내 신앙의 폭을 크게 넓힌 것도 대학 시절의 중요한 사건이었다. 퀘이커교는 1647년 영국에서 창설된 프로테스탄트의 한 교파요 급진적 청교도 운동의 한 부류다. 성경보다는 내적 계시를 중시하여 별도의 교리가 없으며, 예배 시간에도 인도자 없이 정해진 시간에 정해진 처소에서 침묵과 명상의 시간을 갖는 것이 특징이다. 현재 미국과 캐나다에 13만여 명의 퀘이커교도가 있을 정도다. 우리나라에 퀘이커교가 전파된 것은 1955년 2월경이었는데, 이에 심취한 대표적 인물이 바로 함석헌 선생이었다. 함석헌 선생과 나, 그리고 퀘이커교. 참으로 우연을 넘어선 인연이자 필연이라는 생각을 해보게 된다.

퀘이커교인들의 신앙 양식을 따르는 이들의 모임에 참석하면서 많은 영감을 얻게 되었다. 잘 알려진 것처럼 퀘이커 모임은 일반 개신교들이 모이는 예배와 달랐다. 설교하고 찬송하고 큰소리로 기도하는 순서는 찾아보기 힘들었다. 대신에 지난 한 주 동안 있었던 일에 대해 깊이 조용히 생각하는 시간을 가졌다. 반성해야 할 점, 동료들과 나눠야 할 점 등에 대해 각자 이야기를 하면서 회의를 끝마친다. 상당히 신선한, 가슴에 와 닿는 신앙생활이었다. 세계적으로 퀘이커교는 평화운동을 아주 열심히 진행해왔다. 종교단체로서 노벨평화상을 받은 곳은 퀘이커교가 유일하다.

퀘이커교는 기독교도도 천주교도도 불교신자도 함께할 수 있다. 일찍이 함석헌 선생이 '퀘이커는 지구상에서 가장 발달한 종교'라 말씀하신 게 아마도 그래서일 것이다. 나와 하느님 사이에 직접적인 소통이 오가는, 지금까지는 경험해보지 못한 새로운 신앙 체험이었다. 이후 천주교로 개종하였지만 '퀘이커교도로서 천주교신자로 거듭났다'는 것이 오늘날도 신앙

농촌지도자
강습회에서
함석헌 선생의
강연 모습

함석헌 선생과
임원 일동

인으로서 스스로 자부하는 정체성이다. 요즘도 몇몇 퀘이커교도들과 개별적으로 만난다.

대학교 1학년을 마치고 입대했다. 4.19 혁명과 5.16 쿠데타를 군대에서 겪었다. 4.19에 대한 직접적인 경험은 없다고 할 수 있겠다. 군부대 안에서만큼은 별다른 동요가 없었던 것 같다. 사회에서 벌어지는 일들이 잘 알려지지 않는 분위기였다. 물론 휴가 다녀온 군대 동기들로부터, 휴가 나가서 만난 친구들로부터 이런저런 이야기를 듣긴 했다.

마산에서 군 생활을 했다. 이승만 정권의 3.15 부정선거를 규탄하는 마산 3.15 의거가 있고 얼마 뒤, 마산상고 학생이던 김주열의 시신이 4월 11일에 마산 앞바다에 떠올랐다. 눈에 최루탄이 박힌 처참한 몰골이었다. 경찰의 강경 진압이 저지른 만행이었다. 학생과 시민들의 분노가 극에 치달으며 2차 시위가 벌어졌다. 그러던 와중, 일요일을 맞아 반나절 외출증을 받고 간만에 군부대 밖으로 나섰다. 웬걸, 거리 모습이 처참했다. 마산 시청이 박살 나고 파출소란 파출소는 죄다 불에 탄 것 같았다. 순경들이 시위대를 상대하느라 힘이 다 빠졌는지 어디서건 꾸벅꾸벅 조는 모습들도 보였다. 군인의 신분인지라, 그 역사적인 현장으로부터 한 발 떨어져 있어야 한다는 것이 안타깝기만 했다.

1959년에 입대해서 1961년 8월에 제대했다. 복학하자마자 각종 환영회들이 이어졌다. 고려대학교는 전통적으로 막걸리 술자리가 대단하다. 하루는 정경대학에서 신입생환영회를 열었는데 드럼통 한가득 채운 술을 트럭으로 배달해놓았다. 안주는 비계 많은 돼지수육이었다. 당시 막걸리라는 게 카바이드투성이인지라 어느 정도 마시면 지독하게 골이 아팠다. 그날 술이 잔뜩 올라서 집을 찾아가기가 힘들 지경이었다. 이러다가 길거리에 쓰러지겠다 싶어서 눈에 보이는 파출소에 무작정 찾아 들어갔다. 고려대학교 학생이라는 것을 알아보자 순경들이 순순히 차를 잡아서 나를 무사히 귀가시켜주었다. 그렇게 혼이 난 기억도 있다.

복학한 대학은 역시 5.16 쿠데타 직후의 뒤숭숭한 분위기였다. 거리 곳곳마다 군인들과 군용 차량들이 바삐 오가던 시절이었다. 동료 학생들과 '군사혁명 이후의 새로운 국가 질서가 어떻게 진행될 것인가' 하는 토론들을 여러 차례 나누었다. 한편으로 그즈음 나는 '공병우 타자기' 회사에서 아르바이트를 하느라 바쁜 나날을 보내고 있었다. 경제 형편상 달리 어쩔 도리가 없는 선택이었다.

때는 1960년대 초. 자칭 '불행한 군인'인 박정희를 중심으로 한 군부 세력이 장면 내각을 무너뜨리며 쿠데타를 일으키던 즈음의 일이다. '이상 농촌을 건설하자'고 평소부터 주창하던 함석헌 선생이 구체적인 복안 하나를 내놓았다. 목표로 삼은 지역은 강원도 평창군 대관령과 강릉시 왕산면 대기리 사이에 놓인 피덕령 고개 동쪽 산비탈, 이름하여 안반덕(안반데기) 마을. 바로 이곳에 이상 농촌을 건설할 계획을 세운 것이다. 가난한 농민들이 없는 농촌, 선진적이고 과학적이고 체계적인 농법이 늘 연구되고 실용화되는 농촌, 당대에 끝나지 않고 대대손손 잘사는 농촌을 바로 이곳에 시범적으로 건설할 계획이었다. 이를 위해 몇 사람이 사전 준비에 나서게 되는데, 나 역시 그 속에 끼게 되었다.

안반데기 땅을 사용하기 위해 먼저 소유자를 알아보았다. 그 결과 구 대한제국 황실 재산 등의 관리 업무를 맡은 구황실재산사무총국(1961년 10월 2일에 문화재관리국으로 변경) 소속 토지임을 알게 되었다. 땅을 쓰려면 관청의 허가를 필수적으로 받아야 했다. 이상 농촌 건설의 실무 작업을 진행하려던 우리들로서는 처음부터 높은 벽에 가로막힌 심정이었다. 어째서 그런가. 평소에 함석헌 선생이 이곳저곳 강연을 다니시며 농촌개혁만큼이나 자주 하셨던 말씀이 바로 박정희 군사정권에 대한 비판이었다. 정부에 대해 그토록 비판의 수위를 높이던 분의 이름을 건 사업이니 정부가 순순히 임대해줄 리 만무했다. 결국은 허가 취득 자체를 포기하고 말았다. 아쉬운 일이었지만 다들 사정을 잘 알고 있었기에 불만을 가지는 동료들은 없었다.

거창하게는 이상 농촌 건설의 꿈을 이루기 위해, 궁극적으로는 잘사는 농촌을 만들기 위해, 과연 내가 무엇을 할 수 있을 것인가? 가슴속에서 그런 새싹이 파릇파릇 솟아나고 있었다. 그리고 어렵지 않게 결론을 낼 수 있었다. 바로 농촌교육이었다. 일본 유학을 결심했다. 올바른 농촌교육을 위해서 스스로 제대로 농촌교육을 받아야 했다. 당연한 일이었다. 그런데 제대로 농촌교육을 접할 수 있는 과정은, 당시만 해도 일본에서나 찾아볼 수 있었다.

더 큰 문제가 남아 있었다. 다니던 대학의 거취에 대한 문제였다. 짧은 시간 동안 깊이 숙고했다. 그리하여 고민 끝에 어렵사리 결론을 내렸다. 자퇴하기로 했다. 대학 생활이, 대학에서의 학업이, 나의 장래 계획을 실현하는 데 별다른 도움이 되지 않으리라는 판단이었다. 졸업 후 얻게 될 학벌이, 졸업장이, 이상 농촌을 건설하는 데 있어 별 도움이 되지 않으리라는 판단이었다. 오히려 방해가 될 수 있다는 판단이었다. 요컨대 그즈음 대학 생활을 이어나가기 위해, 집에서 보내오는 돈만으로는 넉넉지 않았기에 공병우 한글타자기를 만드는 공장에서 아르바이트를 하는 내 입장을 돌아보았다. (가치 없는 노동이란 물론 없겠지만) 학교와 공장을 바삐 오가는 그 시간 내내, 다만 대학 졸업장을 따기 위해 불필요한 에너지를 소비하고 있는 것은 아닐까 하는 고민이 가장 컸다. 지금 나의 입장에서 중요한 가치를 어디다 두어야 할 것인가. 적어도 '대학'은 아니라고 생각되었다. 그 많은 시간과 정열을 소비해가면서 대학 졸업에 힘을 쏟을 이유가 없다고 생각되었다. 오히려 그 시간을, 이상 농촌을 건설하는 데 집중해야 한다고 생각했다. 삶의 행로가 극적으로 바뀌는 순간이었다. 인생에 있어서 가장 중요한 전환점이었다. 장차 운동가의 삶을 향해 나아가는 가장 결정적인 판단이었다.

그런데 하필 중풍으로 쓰러지신 아버지가 병원에 입원해 계시는 와중이었다. 장남인 내가 어서 대학공부를 마치고 하루빨리 집으로 돌아오기를 바라셨을 것이다. 기울어가는 집안을 돌보고 다시 일으켜주기를 내심 바라셨을 것이다. 그럼에도 고향에 돌아온 내가 청천벽력 같은 이야기를 꺼내고 만 것이었다.

"일본으로 떠날까 합니다. 대학은 중퇴하고 일본으로 가서 농촌교육을 위한 기초를 배워 오겠습니다. 농촌교육을 통해 살기 좋은 농촌, 이상 농촌을 만들 계획입니다."

존경하는 아버지는 내 말씀에 전혀 흔들림이 없으셨다. 놀라거나 싫어하는 내색도 없으셨다. 다만 변함없이 나를 믿어주셨다. 방학 때 농촌지도자강습회를 벌이며 진 빚을 두말없이 갚아주셨던 그때처럼 말이다.

"네가 잘 판단해서 결정했을 것 아니냐. 너를 믿는다. 필요한 것이 많을 텐데 걱정이구나."

아버지는 소위 진보적인 사고를 가진 분은 아니었다. 그러나 장남인 나에 대한 믿음만큼은 확고한 분이었다. 누군가를 조건 없이 전적으로 믿어준다는 것. 달리 표현해서 그것을 '사랑'이라 부를 수 있지 않을까.

일본 유학으로 배운 것

'쓰루가와 농촌 연구소'는 일본기독교단이 주관하는, 동남아시아 각국의 청년 학생들을 초청해서 선진농법을 전수하고 농촌지역 문제의 해법을 제시하는 등 농촌지도자들을 교육하고 양성하는 단체다. 마침 황재연 목사의 추천으로 일본 YMCA를 통해 그 교육과정에 참여하게 되었다. 한신대학교에 재직 중이던 박근원 교수와 나까지, 대한민국에서는 두 명이 명단에 이름을 올렸다.

1960년대 중후반의 일본은 패전의 상처를 딛고 아시아의 최선진국으

1964년
일본 쓰루가와 학원
동료들과 함께
(왼쪽 첫 번째 이창복,
네 번째 박근원
전 한신대 총장)

로 우뚝 서 있던 시기였다. 1964년 도쿄올림픽을 치르며 승승장구 국력 신장을 과시하던 때였다. 함석헌 선생이 강원도 안반데기에 세우고자 했던 이상 농촌의 꿈은 일단 실패로 끝나고 말았지만, 나는 그 원대한 계획을 장차 실현해나가고자 선진지 유학을 온 입장이었다.

일본에 와서 가장 시급한 문제는 일본어를 배우는 일이었다. 한국에서 틈틈이 어학원을 다니며 미리 일본어를 익혀둘, 그런 여유도 환경도 되지 않던 시기였다. 고맙게도 모 대학교의 보육과 학생 몇이 나를 도왔다. 하루 한 시간씩 일주일에 세 번, 나를 위해 시간을 내서 일본어 과외교습을 해준 것이다. 우리말을 전혀 할 줄 모르는 일본 여대생들이었다. 나름 재미있게 공부를 했다. 각별한 경험이었다.

일본에 와서 처음 맞은 여름이었다. 각국의 청년들과 함께 선진지 시찰을 떠나게 되었다. 도쿄에서 시작해서 남쪽의 오사카와 나라, 기후, 오카야마 등을 돌아보고는 이어 아오모리 등등 북쪽 도시를 순방하는 일정이었다. 오사카에서 하루를 보내고 나라로 가서 또 하루를 보냈다. 세 번째 날, 오카야마에 가서 그곳 시장을 만나는 자리였다. 새로운 지역에 도착하면 가장 먼저 그 도시의 시장을 만나 인사를 나누는 시간이 주어졌다. 대만, 필리핀, 피지, 호주, 태국, 베트남 등에서 온 10여 개국 청년들과 시장이 차례로 인사를 나누었다.

"대만에서 온 ○○○입니다."

"필리핀에서 온 △△△입니다."

"인도에서 온 □□□입니다."

비서가 차례로 소개를 하면 시장이 '일본에 잘 오셨다, 만나서 반갑다'고 인사를 했다. 90도로 허리를 숙이는 일본식 인사였다. 그렇게 내 차례가 되었다.

일본 유학 시절
인도인 동료와 함께
기숙사에서

일본 유학 시절
동료들과 야유회

"한국에서 온 이창복입니다."

그런데 이상한 일이었다. 안면에 연신 미소를 짓던 시장의 얼굴이 조금 달라졌다. 그러더니 살짝 허리를 굽히다 말았다. 한국에서 왔다고 하니 반절만 하는 것이었다. 기분이 나빴다. 몹시 불쾌했다. 수모를 참으며 겨우 그 자리에서 물러섰다. 참고 넘어갈 일이 아닌 것 같았다. 잠시 후 인솔 교수에게 찾아가서 예의 상황을 이야기했다. 그리고 따졌다.

"왜 나만 그런 취급을 받아야만 합니까? 참 옹졸한 양반이더군요. 모욕적이었어요. 당장 도쿄로 돌아가겠습니다!"

인솔자인 일본인 목사가 난처한 얼굴이었다. 어쩔 줄 모르며 변명을 시작했다.

"이해하세요. 지금 관직에 있는 이들 가운데, 저 식민지 한국의 서울에 가서 공무를 수행하지 않았던 사람이 없을 겁니다. 그러니 조금만 이해하시길 바랍니다."

이 또한 애매하기 그지없는 변명이었다. 무엇을 이해하라는 것인가? 식민지 때 핍박받던 민족으로서 그 정도 깔보는 것쯤은 참아달라는 것인가? 여전히 화가 났다. 하지만 큰소리친 것처럼 나 혼자 그 일정에서 빠져나와 '당장 도쿄로 돌아간다'는 게 쉬운 일은 아니었다. 말도 통하지 않는데다 초행길이라 교통편도 모르니 자신이 없었다. 무엇보다, 나 혼자 일탈하여 개인행동을 한다면 그것이 안 좋은 소문으로 이어질 수 있었다. 또 다른 비난과 비아냥거림의 소지를 주기에 딱 좋은 상황이었다. 그래서 꾹 참고 말았다. 그래도 마음의 앙금이 쉬 풀리지 않았다.

'일본, 참으로 옹졸한 나라요 옹졸한 사람들이구나. 돈 없는 나라 국민이라는 게 한이로구나. 대한민국도 어서 이 어려운 시기를 이겨내고 선진국 대열에 서야 할 것인데.'

해외에 나가면 누구나 애국자가 된다더니, 느닷없는 차별의 서러움 속에 부국에의 열망을 다시금 불태우게 되는 것이었다. 모든 일정을 마치고 도쿄로 돌아왔다. 선진 농촌을 배우고자 일본에 온 지 6개월이 지나고 있었다. 그로부터 이어지는 6개월은 이전과 달랐다. 일단은, 여대생들에게 일주일에 세 차례 배우던 일본어 과외교습을 거부하고 말았다. 딴에는 자존심을 세운 결정이었다. 훗날 생각하면 좀 아깝기도 했다. 그때 착실히 배웠더라면 급할 때 써먹을 정도의 일본어는 구사할 수 있을 터였다. 한일 간의 정식 국교가 수립되기 전의 일이다. 여러모로 어려운 상황이었다. 3개월짜리 문화여권을 네 차례 나누어 끊으며 그렇게 1년간의 일본 유학을 끝마쳤다.

"패전 이후 피폐해진 일본은 농촌발전을 통해 부흥시켜야 한다."

일본의 가가와 도요히코かがわとよひこ 목사는 그와 같은 신념을 가지고 한평생 일본 농촌발전을 위해 온몸을 바친, 실천하는 종교인이자 대단히 진보적인 사상가다. 일본에서 짧게 머물고 배우며 그분의 일화를 접하고는 깊은 감명과 인상을 받은 바 있다. 바로 그 가가와 도요히코 목사가 자신의 신념으로 일구고 발전시킨 농촌에 직접 가보기도 했다. 이름하여 입체농업立体農業(릿따이노교). 종래의 논과 밭을 일구는 단순 농경에서 크게 한 발 나아가 축산과 임업과 농산물 가공 분야를 유기적으로 결합한 입체농업이 실현된 (더욱이 농촌의 복음화까지 역설하시는) 모습을 보며 다시 한번 감동받지 않을 수 없었다. 당시 일본의 정치를 칭찬할 만한 부분이, 바로 가가와 도요히코 목사의 철학을 받아들여 적극적인 농촌 정책을 펴나갔다는 점이었다.

'일본이 산업화에 성공하려면 먼저 농촌이 발전해야 한다.'

일본 정치인들의 선택은 옳았다. 잘사는 농촌이 잘사는 나라를 견인한 다는 것. 1950~60년대 일본 역사를 통해 증명된 진리였다.

우리나라의 경우는 어떠했는가? 농업의 육성과 성장이라는 건강한 중 간 과정을 거치지 않았다. 그를 생략하고는 바로 공업 발전에만 치중했다. 그 결과 농촌의 농민과 도시의 노동자 모두의 일상이 힘들어졌다. 갈수록 그 고통이 심해지는 악순환이 결과로 나타나고 있었다.

일본에서 유학하며 이름을 접하게 된, 내게 큰 감명을 준 인물이 또 한 명 있다. 바로 우치무라 간조うちむらかんぞう다. 메이지·다이쇼 시대 일본 의 대표적인 그리스도교 지도자인 그는 '무교회주의' 그리스도교 사상으 로 현대 일본 문화에 큰 영향을 끼친 분이다. 나로서는 더 특별하게 와 닿 을 수밖에 없었던 것이, 훗날 운동가로서의 내 삶에 큰 영향을 주었던 함 석헌 선생도 바로 이 우치무라 간조로부터 지극한 사상적 영감을 받았기 때문이었다. 이는 함 선생이 퀘이커교도적인 삶을 살아가는 데 많은 영향 을 주었다.

이에 관해 소개할 만한 글이 있다. 함석헌 선생이 쓴 「내가 아는 우치 무라 간조 선생」의 한 대목이다. 문장이 아름답고 내용 또한 훌륭하기에 여기 일부를 인용한다.

[…] 나는 귀국 후 처음에는 우치무라 식으로 집회를 하고 우치 무라 전집을 곁에 놓고 참고를 하였습니다. 그러나 얼마 안 가서 우 치무라는 우치무라이고 나는 나 나름대로 깨달아야 하지 않겠느 냐라고 생각하게 되었습니다. 그다음부터는 전집은 일부러 덮어두 고 그 대신 성경을 놓고 나 나름대로 씨름하기 시작했습니다. 한 점이 파악되기까지 그렇게 한 다음 선생님 책을 참고하였습니다.

나는 이것이 우치무라 식이며 우치무라 정신이라고 생각합니다. 우치무라는 내 속에 영원히 살아 있습니다. 물론 위대한 우치무라의 모든 것을 내가 알고 있다고는 말할 수 없습니다. 그러나 또 모든 것을 알 필요는 없습니다. 장자의 말대로 "鷦鷯巢於深林 不過一枝 偃鼠飮河 不過滿腹(뱁새가 깊은 숲에 보금자리를 마련할 경우 나뭇가지 하나면 충분하고, 두더지가 황하 강물을 마신다 해도 작은 배를 채우면 충분하다―편집자)"일 것입니다. 내가 우치무라에게서 내 나름으로 흡수하여 살아간다면 그것으로 족한 것입니다. 내가 살아 있는 한 우치무라도 내 안에서 영원히 살아서 자라는 것입니다. 이것이 무교회 정신이라고 나는 믿습니다.

1964년에 고국으로 돌아왔다. 1년간의 일본 유학생활을 토대 삼아, 원주대학교(지금의 상지대학교)에 제안하여 농촌진흥연구소를 차렸다. 나를 포함해 직원 세 명의 단출한 규모였다. 당시로서는 '농촌'을 '연구'한다는 개념 자체가 다소 생소한 분위기였다.

당시 원주대학교 원홍묵元鴻黙 학장과 각별한 인연이 있었다. 내가 일본 유학할 당시, 이분이 도쿄에 왔다가 금강회(재일 강원도민회)를 방문하여 인사를 나눌 기회가 있었던 것이다. 먼 일본 땅에 왔다가 농촌개혁을 위해 그 나라에서 공부 중인 원주 청년을 만났으니, 원주 지역 인사인 그도 깊은 인상을 받은 눈치였다. 바로 그러한 인연으로, 원주에 돌아와서 원주대학교 일을 시작하게 되었다. 원주대학교도 학교의 인적 쇄신과 발전을 위해 나 같은 청년들을 등용할 필요가 있었을 것이다. 겸사겸사 시간강사로 원주대학교 강의까지 맡게 되었다. 내 전공인 경제 분야에는 강의할 자리가 없어 부전공인 사회학개론, 농촌복지학, 농촌사회학, 지역사회

개발론 등을 맡아 3년 동안 열심히 강의했다.

좋은 강의를 하고 싶었다. 학생들에게 인기 있는 강사가 되고 싶었다. 그로써 내 고향 원주에서 더 많이 이름을 알리고 싶었다. 지역사회에서의 인적 토대를 형성하고, 나아가 사회적인 발판을 튼튼히 하고 싶었다. 훗날 정치권에 입문하고 그 위치에 서서 사회를 변혁시키고 싶었다. 큰 인물이 되고 싶었다. 세상을 위해 더 큰 일을 할 수 있는 인물이 되고 싶었다. 그것이 당시의 주된 관심사였다. 스물일곱, 야망이 대단한 청년 시절이었다.

쌍다리 밑 아이들과 함께하는 길

1965년 12월부터 원주대학교 부설 농촌진흥연구소에서 생활하면서 지역사회개발론, 농촌사회학 등의 강의를 진행하는 가운데 내 안에 모종의 변화가 찾아왔다. 원주라는 지역사회의 구조적 문제에 대해 그 어느 때보다 진지한 고민이 시작된 것이다.

내 시선은 원주 쌍다리 밑으로 향했다. 원주 쌍다리는 봉산동과 시내를 잇는 두 개의 다리를 말한다. 원래는 다리가 하나였는데, 아주 옛날에 오가는 교통량이 적었을 때 만들어진 것이라 1차선밖에 되지 않았다. 그래서 차 한 대가 다리를 건널 때 반대편에 먼저 다리에 진입한 차가 있을 경우 그 저편의 차가 다리를 통과해 빠져나올 때까지 기다렸다가 움직여야 했다. 이후 교통량이 크게 증가하며 바로 옆에 2차선 교량을 건설하여 쌍다리가 되었다. 구교는 오늘날 인도교로 사용되고 있다.

쌍다리 아래로 흐르는 냇물을 원주 사람들은 봉산천이라고도 하고 원주천이라고도 부른다. 옛날에는 봉산천의 수심이 제법 깊어서 나루터가 있었고 서울에서 소금배도 들어왔다. 물이 맑아서 전쟁 전에는 물놀이를 하는 사람들도 많았다고 한다. 봉산천 양옆으로는 홍수를 막기 위해 6킬로미터에 달하는 둑방이 축조되어 있다. 둑방길은 학생들의 등하굣길로, 젊은 연인들의 데이트 코스로 애용되는 장소다. 나 역시 머리가 복잡할 때는 혼자 그 둑방길을 걸으며 생각에 잠기기도 했고, 아내와 연애하던 시절에는 극장에서 영화를 관람하고 나와 그 길을 함께 걷기도 했다.

그러나 쌍다리와 둑방길이 낭만과 추억의 장소이기만 한 것은 아니었다. 다리 밑을 중심으로 넝마주이와 아편중독자들이 드문드문 군락을 이루고 있었던 것이다. 1960년대만 해도 절도와 크고 작은 폭행, 아편 밀매 등 좋지 않은 일들이 대부분 그곳 쌍다리 밑을 중심으로 발생하곤 했다.

내가 주목한 것은 쌍다리 밑에서 집단생활을 하는 10대 넝마주이들이었다. 대략 50~60명에 달하는 그들에게 글을 가르쳐주고 공부하도록 이끌어줄 계획이었다. 혼자 힘으로는 어림도 없었다. 시작할 당시는 동료들의 도움을 얻었고 지역 경찰들에게 협조를 청하기도 했다. 시내 중앙동의 건물 2층에 다섯 평짜리 교실을 마련했다. 시내 중고등학교에서 망가진 책걸상 20여 개를 얻어왔다. 그렇게 해서 1966년 12월, 50여 명을 모아 놓고 입학식까지 치렀다.

첫 일주일은 그런대로 출석률이 나쁘지 않았다. 그러나 1주가 지나고 2주가 지나고부터 세 명씩 네 명씩 빠지더니, 한 달 정도 되자 고작 서너 명밖에 안 나오는 것이었다. 기다리다 못해 하루는 시간을 내어 넝마주이들이 모여 사는 쌍다리 밑으로 찾아갔다. 그들 틈바구니에 섞여 이런저런 대화를 나누었다. 사정을 들어보니 임시학교에 나오지 못하는 나름의 이유가 없지 않았다. 일단은 시간이 문제였다. 본격적으로 넝마를 줍는, 조금 나이가 많은 아이들의 경우 낮에 일을 나가면 저녁에 돌아오는 시간이 저녁 7~8시였다. 그런가 하면 어린아이들은 저녁 6시부터 8시 사이에 시내로 나가 '걸달러', 즉 밥을 얻으러 다녀야 했다. 그러니 저녁 6시에 시작하는 야간학교에 참석할 형편이 되지 않는 것이었다. 대낮에 야간학교를 열 수도 없었고, 그렇다고 밤 9시에 수업을 시작할 수도 없었다.

고민에 빠져들었다. 어렵게 시작한 야학을 중도 포기할 수는 없는 일이었다. 배워야 했다. 가진 게 없는 아이들이니 더더욱 배워야 했다. 정규교육을 받고 장차 사회생활을 할 수 있도록 이끌어줘야 했다. 세상의 궂은 일들 못된 짓들은 다 마주하며 자라는 아이들이니만큼, 더 이상 삐뚤어지지 않도록 섬세하고 강력한 지도가 필요했다. 하지만 현실의 벽이 너무 높았다.

결국은 아이들의 거처로 찾아가 그들에게 글을 가르쳐주면서 그들의 생활을 파악해보기로 했다. 그 이후에 본격적인 진단과 치유법이 나올 터였다. 어느 날 밤 9시쯤, 쌍다리 밑의 넝마주이들이 사는 어느 방에 무작정 찾아 들어갔다.

"너희들이 야간학교까지 찾아오기가 힘든 것 같아서 그러는데, 내가 이곳으로 찾아와서 글을 가르쳐주면 어떨까?"

내 느닷없는 제안에 방 안의 공기가 묘해졌다. 꼬마들은 내심 반색인 반면 머리 굵은 아이들은 서로 눈치를 살피며 대답을 피하는 것이었다. 단번에 어떤 대답을 얻어내는 것보다는 서너 차례 더 드나들면서 친해진 다음에 다시 동의를 구하는 게 좋을 듯했다.

사나흘에 한 번씩 쌍다리 밑으로 찾아갔다. 가벼운 만화와 동화책, 한글교본 들을 갖다 주며 나눠서 읽어보라고 했다. 그랬더니 서로 먼저 차지하려고 수선을 피우는 것이었다. 무엇이든 읽을 것이 많으면 좋을 것 같아 더 많은 책을 구해다 주었다. 그렇게 친분을 쌓은 뒤, 그들 가운데 몇 명의 왕초에게 '내가 찾아와서 글을 가르칠 수 있게 해달라'고 다시 청했다. 왕초들이 한참 만에 동의를 해주었다.

이후로 거의 매일 저녁 쌍다리 밑으로 가서 하루 한두 시간씩 글을 가르쳤다. 초등학교 1~2학년까지 다닌 아이들도 있었지만 학교라고는 경험해보지 못한 꼬마들이 대부분이었다. 모두 열심히 배우려 했고 가르치는 나로서도 참으로 즐겁고 힘이 났다. 글을 가르치고 배우는 과정에서 개인들의 신상도 파악할 수 있었다.

그러나 얼마 지나지 않아, 이 정도 봉사 활동으로는 소위 '청소년 선도'의 효과가 거의 없는 것이나 마찬가지라는 한계를 실감하게 되었다. 우선 아이들이 나를 '밖에 있는 사람' 정도로 생각한다는 점이 문제였다. 다리 밑에서 자기들과 함께 생활하는 운명공동체가 아니라 그저 하루에 한두 시간 찾아와서 글이나 가르치고 가는 선생으로 여긴다는 점 말이다. 그러니 내가 어떤 훈계나 충고를 한다 해도 그 말을 마음 깊이 따를 리 없었다. 내가 와 있는 순간만 그저 적당히 넘기면 된다는 식이었다.

아이들의 처지를 이용하여 구호물자를 꿀꺽한다거나, 방송에 출연해서 이름값을 올리는 자들이 종종 있었던 모양이다. 나를 향한 아이들의 시선이 아주 미덥지만은 않은 것이 그래서인지도 몰랐다. 결국 그들과 함께 생활하는 방법밖에 없을 것 같았다. 같은 공간에서 먹고 자고 생활하는 속에서 그들을 제대로 선도하는 교육을 진행할 수 있을 것 같았다. 왕초급 세 명을 다시 불러 진지하게 물었다.

"당분간 여기서 너희들과 같이 먹고 자고 함께 생활하고 싶다. 어떻게 생각하니?"

내 입장에서도 힘든 결정이었지만 그들 역시, 자신들이 만든 조직 사회에 나 같은 사람을 받아들인다는 게 쉬운 일은 아니었다. 그 사회에도 하나의 조직 질서가 있었다. 가장 위에 '형'이라 불리는 왕초 몇 명이 있었고, 그 밑에 넝마주이 하는 벌이꾼이 여럿 있었으며, 마지막으로 걸꼬마 한 명이 벌이꾼 한 명마다 할당되었다. 이것이 그들의 조직체계였다.

왕초들은 몸도 건강하고 힘도 세고 싸움도 잘해야 한다. 말발도 있어야 한다. 왕초는 자기가 거느리고 있는 벌이꾼과 걸꼬마를 보호할 의무가 있다. 한편 벌이꾼은 거리를 돌며 돈이 될 만한 넝마를 모아올 의무가 있다.

큰아이들은 걸밥통 일을 할 수 없어 지게에 쓰레기를 모아서 팔아 용돈을 만든다. 큰아이 한 명과 걸꼬마 한 명이 한 조를 이루어 생활한다. 걸꼬마가 벌어온 걸밥을 큰아이와 함께 먹고, 큰아이는 쓰레기를 팔아 모은 돈의 일부를 걸꼬마에게 용돈으로 주기도 한다.

걸꼬마들은 자기 위의 벌이꾼과 나아가 왕초가 함께 먹을 밥을 구걸해올 의무가 있다. 벌이꾼이 폐품을 모아주면 왕초는 무게를 달아서 한 관에 얼마씩 값을 쳐준다. 대략 한 달에 한 번 정도 몰아서 계산했던 것으로 기억한다.

왕초는 벌이꾼으로부터 사들인 폐품을 분리한다. 먼저 종이, 고철, 유리 등으로 대별한 다음 종이는 모조지, 색지, 시멘트지, 포장지, 판지 등으로 소분류한다. 여기서 다시 판지는 미제 판지와 국산 판지로 나뉜다. 유리는 판유리와 공병으로 소분류되며 여기서 공병도 음료수병, 드링크제병, 주류병 등으로 세분한다. 왕초가 직접 분리하거나 아랫사람을 시키기도 하는데, 그렇게 나눠 모은 것은 장사꾼에게 팔려나간다. 외부의 시각에서 보면 나이 어린 걸꼬마들은 벌이꾼들에게, 벌이꾼들은 왕초들에게 노동착취를 당한다고 생각할 수밖에 없다. 그러니 나 같은 사람들이 개입되면서 이들이 구축한 조직 경제 질서가 흔들리지 않을지, 그것을 걱정하는 것일 터였다.

"다른 걱정은 하지 마. 너희들 넝마 주워 모으고 팔고 하는 문제에 개입할 생각은 전혀 없으니까."

분위기를 눈치챈 내가 그렇게 못 박자 왕초들이 저희끼리 따로 의견을 나누는 분위기였다. 그러더니 한 명이 다가와서 말했다. 한발 물러서는 기색이었다.

"그러면 선생님, 일단 돈 3천 원을 내어주세요."

"3천 원?"

"예, 저희 움막에서 같이 생활하긴 힘드실 테니, 선생님 묵으실 만한 집을 그 돈으로 지어드리겠습니다."

반가운 소리였다. 그 자리에서 원하는 액수를 세어주었다. 다음 날 저

쌍다리
아래에 있던
움막집

녁에 가보니 자기들 먹고 자는 움막 옆에 내가 머물 집 하나를 따로 지어 놓았다. 입구에서 허리를 굽히고 들어가면 나 하나 드러눕고 내게 딸린 걸꼬마 한 명이 옆에 누웠을 때 딱 맞을 넓이의 방이었다. 벽은 판자를 사다 세웠고 지붕 역시 판자로 얼키설키 걸쳐놓은 위에 루핑을 얹어 비가 새지 않게 했다. 바닥은 흙바닥에 시멘트 블록을 차곡차곡 뉘어놓고 그 위에 왕골자리를 깔았으니 다른 아이들이 사는 움막에 비하면 초호화판 이었다.

　바로 다음 날 '이사'를 했다. 짐이라 해봐야 집에서 챙겨간 책 몇 권과 시장에서 구입한 군용 모포가 다였다. 돌이킬 수 없는 삶이 시작되고 있었다. 늦겨울 추위가 매서운 1967년 2월이었다. 매일 저녁 찾아와서 글을 가르친 지 3개월 만이었다.

깡통 안에 든 밥

내게 배정된 걸밥 당번은 열두 살 먹은, 귀엽게 생긴 꼬마였다. 걸꼬마들은 매일 저녁 다리 위로 나가 원주 시내를 헤매며 밥을 얻어와서 '형'과 같이 먹었다. 형은 꼬마에게 매달 얼마씩 용돈을 주거나 옷을 사주고 더불어 아직은 약한 꼬마를 보호해주는 역할을 맡았다. 이러니 형과 꼬마는 친형제처럼 의가 좋을 수밖에 없었다. 내게 배정된 꼬마도 그러한 마음으로 나를 챙겨주었고, 나 역시 친동생처럼 그 꼬마를 돌봐주고자 했다.

아침이면
걸꼬마 아이들은
걸밥통에 음식을
얻으러 나간다.

꼬마가 처음으로 걸밥을 얻어오던 저녁이 생각난다. 처마 끝에 꼬마와 나란히 앉아 걸밥 깡통을 가운데 두고 먹기 시작했다. 당시 연애 중이던 아내가 '제발 밥만은 따로 나와서 먹을 수 없느냐'고 사정했었다. 그러잖아도 자기 몸 하나 챙길 줄 모르는 주제에 걸밥을 먹는다고 하니 마음이 아프고 안쓰러웠을 것이다. 하지만 그럴 수는 없는 일이었다. 한 집에서 함께 밥을 먹는다고 하여 식구食口다. 진정으로 이들의 식구가 되려면 이들과 똑같이 생활해야 했다.

그러나 역시 쉬운 일은 아니었다. 막상 숟가락을 대려고 하니 낮에 내내 지붕 위에 놓아두었던 시꺼먼 깡통의 지저분한 구석구석이 눈에 들어왔다. 깨끗한 물이 없으니 깨끗이 닦지를 못하고 그냥 지붕 위에 올려두어 햇빛에 말려두었던 깡통이었다. 구걸하러 나갈 때면 시커먼 손바닥으로 깡통 안을 휘휘 쓸어 말라붙은 밥찌꺼기만 털어내고는 거기에 그대로 음식을 담아왔다. 온 시내를 헤매다니며 온갖 먼지가 다 묻었을 깡통이고 그 안에 담아온 밥이었다. 다짐은 하였지만 선뜻 숟가락이 나가지 않았다.

"선생님, 어서 드세요."

걸꼬마가 눈을 깜빡이며 재촉했다. 내가 먼저 한술 떠야 자기도 숟가락을 들이댈 수 있을 터였다.

"그래 먹자. 추운데 걸달러 다니느라 고생 많았다. 잘 먹을게."

눈을 딱 감고 한 숟가락 퍼서 입에 가져가 넣었다. 들큼했다. 쉬었다고 할 수는 없었지만 오래된 밥 냄새였다. 구역질이 치밀었다. 겨우 삼켜 넘겼다. 고역이지만 인내심을 발휘해 다시 두 번째 숟가락을 떠서 입에 넣었다. 한입 씹는데 작은 돌이 아작 씹히는 느낌이었다. 뱉고 싶었지만 곁에서 맛있게 걸밥을 먹는 꼬마를 봐서 그럴 수 없었다. 겨우 삼키고는 꼬마에게 양해를 구했다.

"점심 먹은 게 얹혔나 입맛이 별로 없네. 많이 먹어라."

자리에서 일어나 천변을 한참 걸었다. 그러다가 허리를 꺾고는 죄다 토해버리고 말았다. 눈앞이 캄캄했다. 밥 한 끼 먹는 게 이렇게 힘든데 과연 이네들과 함께 살아가는 일이 가능할 것인가.

하지만 쓸데없는 걱정이었다. 그로부터 고작 며칠 뒤, '까바리(깡통)'에 코를 박고 맛있게 걸밥을 퍼먹는 처지가 되었으니 말이다. 아침은 10시쯤 먹었고, 점심은 굶었으며, 저녁은 8시 넘어 9시 다 되어야 먹었다. 게다가 걸밥은 이상하게도 소화가 쉽게 되었다. 달리 먹을 게 없고 그래서 늘 배고파 있으니 그렇게 체질이 변하는 것이었다.

아침저녁으로 걸꼬마 30여 명이 시내를 누비며 밥을 얻었다. 한 동네로 몰려가면 말도 많이 생기고 수확도 좋지 못하니 지역별로 나뉘어 걸달러 다니곤 했다. 시내 시장 근처와 중심 지역에서는 비교적 쌀밥을 많이 퍼주는데, 쉬기 일보 직전이거나 오래된 밥이 많았다. 반면에 변두리 지역으로 나가면 대체로 새로 지은 밥인 경우가 많았다. 쌀밥보다는 보리밥이 주종이었다.

걸꼬마들이 밥 동냥을 하고 돌아와서 떠드는 것을 들어보면 온 원주 시내의 부엌살림을 대충 헤아려볼 수 있을 정도였다. 어느 집 아주머니는 밥을 잘 주고 어느 아주머니는 밥도 안 주면서 성질만 더럽게 부린다고 타박하는 소리로 예의 구체적인 장면들이 충분히 상상되었다. 사실 아주머니 입장에서도 여간 난처하지 않은 노릇일 터였다. 하루 이틀도 아니고 일주일에 서너 번은 걸꼬마들이 찾아와서 구걸을 하니 넉넉한 살림이 아니라면 짜증이 날 수도 있을 터였다. 걸꼬마들이 걸달라고 접근할 수 있는 집은, 따지고 보면 아주 잘사는 집들은 제외되기 마련이었다. 잘사는 집들은 대체로 꼬마들이 접근하기가 쉽지 않았다. 높은 담장에 철조망을 하고 철문을 꼭 닫고 사는 데다, 밖에서 누가 벨을 누르면 나와서 보고는 꼬마들의 꾀죄죄한 모습에 그냥 현관문을 닫고 들어가는 터였다. 결국 꼬마들이 깡통을 달랑거리며 가까이 접근할 수 있는 부엌은 적당히 가난한 집이 대다수였던 것이다.

꼬마들이 많다 보니 별일이 다 일어났다. 한 아이가 걸달러 갔다가 울면서 돌아왔다. 개에 물린 종아리에서 피가 철철 흐르는 중이었다. 피를 본 아이들이 흥분했다. 덩치 좋은 녀석 몇이 나섰다.

"어느 집이야? 당장 쫓아가자!"

아이를 데리고 그 집에 가서는, 얼마나 거칠게 굴어댔는지 치료비의 몇 배나 될 돈을 받아왔다. 그리하여 치료비의 일부로 붕대와 머큐로크롬을 사서 꼬마에게 주고, 나머지는 저희끼리 막걸리를 사서 마시며 낄낄 웃고 떠드는 것이었다.

운이 좋지 않으면 몇 시간을 돌아다녀도 빈 깡통을 채우지 못해서 혼이 날까 봐 도망가는 아이도 있었다. 꼬마 한 명이 도망가면 모두 긴장상태에 들어섰다. 한 명이 도망가면 연달아 몇 명이 더 도망가는 경우도 있고, 그러다 보면 조직이 와해될 수 있기 때문이다. 한 명이 없어진 것이 알려지면 모두 총출동해 온 시내로 꼬마를 찾아 나섰다. 꼬마들은 도망을 가봐야 멀리 못 간다. 시장 구석이나 시내 거리를 배회하거나 아니면 동네 어느 골목 구석에 쪼그리고 있다가 붙잡히기 일쑤였다. 도망치다 잡혀온 꼬마는 동료들이 보는 앞에서 엄청나게 기합을 받았다. 형들이 거의 죽일 듯한 기세로 꼬마를 잡아 족쳤다. 그래야 이후에 다른 꼬마들이 도망갈 생각을 못 하기 때문이다.

가장 낮은 곳의 일상적 삶

쌍다리 생활을 시작하면서 원주대학과 차츰 멀어지게 되었다. 처음에는 시간강사 일과 쌍다리 자활대 생활을 병행했다. 그러나 몸은 하나이고 하루는 24시간이었다. 두 세계 모두 욕심을 부려봐야 가능한 일이 아니었다. 결국 대학 일을 포기하기에 이르렀다. 사명감이 시킨 선택이요 어려운 결정이었다.

돌이켜보건대 쌍다리 자활대 활동은 젊은 시절의 고민 끝에 피할 수 없이 맞이했던, 인생사에 있어 가장 강렬하고 특별한 한때였다. 사회를 변화시키고 누군가를 구원해야겠다는 고민이 컸다기보다, 그처럼 어두운 사회의 단면을 알게 된 이상 가만히 있을 수가 없어서 무작정 뛰어든 일이었다. 단 한 번도 후회한 적은 없었다. 그때 온몸으로 버티고 고생했던 별별 경험들이, 이후에 여러 재야단체를 맡으며 대중운동을 전개해나가는 데 있어 대단히 유용한 무기가 되어주었음은 물론이다.

어느 날 저녁, 시내에 나갔던 아이들이 개를 한 마리 끌고 들어왔다. 그 개를 잡아서 밤새 솥에 끓였다. 그것으로 다음 날 아침에 한바탕 파티를 벌였다. 먹을 것은 없고 늘 배는 고프던 참에 나도 한 그릇 잘 얻어먹었다. 그런데 그다음 날, 누군가 찾아와서 이러저러한 개 혹시 못 봤느냐고 묻는 것이었다. 눈치를 채고 쫓아온 기색이었다. 나는 크게 당황했지만 아이들은 달랐다. 거침없이 쫓아 나와서 도리어 따지고 드는 것이었다.

"아니, 집 잃은 개를 왜 여기서 찾아요?"

"우리가 그 개를 어떻게 했다고 생각하는 거예요? 지금 우리를 의심하는 거야?"

그렇게 시비를 걸고 나서니 결국 개 주인이 아무 소리도 못 하고 물러날 수밖에 없었다. 느낀 바가 많았다. 나는 그들을 선도하기 위해서, 적어도 그들이 사회에 죄를 짓지 않도록 교육시키기 위해서 그들과 함께 살고 있었다. 개를 훔쳐온 것에 대해 잘못을 지적하고 개를 돌려주라고 당연히 타일렀어야 했다. 그러나 그렇게 못 했다. 배가 고파서이기도 했다. 그러나 선도나 교육에 앞서, 함께 어울려 살아가는 것이 더욱 중요한 가치라고 생각했던 것 같다. 일단은 '함께 사는 사람'이라는 그네들의 믿음을 얻는 것이 더 중요하다는 판단이었다. 그러기 위해서는 훔쳐온 개를 잡아서 함께 일용한 양식으로 삼을 정도로 '똑같은 사람'이 되어서 같이 가야만 했다.

아이들에게 한글을 가르치고 학교에 다니게 해주었다지만, 한편으로는 나 역시 그들에게서 많은 것들을 배울 수 있었다. 그것은 어쩌면 학교에서는 배울 수도 가르쳐줄 수도 없는 덕목이었다. 사회의 가장 밑바닥에서 함께 어울리며 스스로 익힐 수밖에 없는 가치였다. 명예욕에 집착하지 않는 것. 돈에 집착하지 않는 것. 권력에 집착하지 않는 것. 세속적인 가치에 집착하지 않는 것. 그 시절에 그들과 함께 생활하며 얻은 교훈들이다. 이후로 내 온 일생을 거치며 중심으로 삼았던 교훈들이다.

초여름 어느 오후, 간만에 다리 밑의 꼬마들 몇 명과 시내를 거닐었다. 원주 시청 정문 앞을 통과하는데 건물 사이에 커다랗게 걸린 플래카드가 눈에 들어왔다. '5월은 청소년의 달'이라고 쓰였다. 개중에 한 아이가 역시 그 문구를 보았는지 지나가듯 한마디 던진다.

"쳇, 사기 치고 있네."

내가 물었다.

"뭐라고? 사기?"

그러자 그 아이가 피식 웃으며 설명했다.

"사기죠. 선생님 저거요, 다 큰애들이 사기 치는 거예요."

주변의 다른 아이들이 깔깔거리는데, 나는 웃지 못하였다. 뜻밖의 충격이었다. 강렬한 깨우침이었다. 대관절 '큰애'가 누굴까. 아마도 원주시장이나 지역구 국회의원 등을 말함일 터였다. 그네들 사회 지도층이 시민들을 상대로 '청소년의 달'이니 뭐니 해가면서 사기를 치고 있다는 말이었다. 지저분한 정치질을 하고 있다는 주장이었다. 진위 여부를 떠나 얼마나 대범한 노릇인가. 비록 걸밥을 얻어먹는 처지일지언정 얼마나 당당한 언행인가. 그때만 해도 '정치'에 대해 막연하나마 오랜 뜻을 품고 있었던 나였다. 그런데 아이들의 그 모습을 대하며, 뭐랄까 부끄러움 같은 것을 느끼

아이들과
강가에서

지 않을 수 없었다. 대오 각성의 순간이었다. 내가 옹졸했구나. 내가 훗날 올라가기를 바랐던 위치가, 어떤 이들에게는 그토록 하찮은 자리였구나.

고백건대 재야에 오래 머물면서, 몇 차례 기회가 있었음에도 계속 정치 입문을 고사했던 것은 그날의 일화가 준 귀한 교훈 때문이었다. 주변의 동지들보다 정치 입문이 크게 늦은 것도 그날 이후로 내 안에 정리된 새로운 가치체계 때문이었다.

넝마주이들 사이에서 통용되는 은어 가운데 '짬집'이라는 게 있다. 잔 칫집이나 초상집이나, 관혼상제 등의 행사가 있어 먹을 것이 많이 나오는 집을 부르는 말이다. 그중에서도 결혼식이 있는 집이면 '꽃짬집', 초상집은 '깨진 짬집'으로 통했다.

더위가 한창 기승이던 7월 여름날. 어느 동네에 깨진 짬집이 있다며 아이들이 우르르 밥을 얻어먹으러 가는 참이었다. 어떤 장면이 펼쳐질지 궁금하기도 하고 아닌 게 아니라 나도 배가 고파서 동행하기로 했다. 참고로 당시 나의 행색은 어느덧 넝마주이와 다를 바 없는 모습이 되어 있었다.

시내 변두리에 있는 예의 깨진 짬집은 그렇게 잘사는 집같이 보이지는 않았다. 집에 당도하자마자 아이들이 지고 있던 넝마 통들을 척척 내려놓았다. 그리고 그중 한 명이 큰소리로 외쳤다.

"주인 계십니까!"

그러자 집에서 어느 젊은이가 살며시 문을 열고 나왔다. 우리 행색을 보고는 어쩌지 못하고 주춤거리는 기색이었다. 이에 또 한 아이가 능청스 레 친한 척을 했다.

"초대해주셔서 고맙습니다!"

청년이 어쩔 수 없이 우리를 집 안으로 안내하는데, 멀리 떨어진 뒤란

쪽이었다. 그러자 우리 중 한 명이 투덜거렸다.

"이보시오. 우리가 뭐 거렁뱅인 줄 알아?"

당황한 청년이 다른 사람과 수군수군 대화를 주고받더니, 결국 우리를 사랑채 윗방으로 안내했다. 윗방에 앉아 잠시 기다리니 술과 음식이 한 상 잘 차려져 나왔다. 젊은이가 상을 놓고 물러가려 하자 짓궂은 녀석들이 다시 호통을 쳤다.

"이 집에는 주인도 없소? 손님들이 왔는데 주인이 나와서 인사를 해야 할 것 아냐!"

머쓱해진 젊은이가 머리를 긁으며 물러서고, 이어 상주가 찾아왔다. 힐끔 보니 중학교 동기생인 김 아무개였다. 행여 그가 알아볼까, 나는 쓰고 있던 밀짚모자를 더 푹 눌러쓰고 얼굴을 돌렸다.

"멀리까지 와주셔서 감사합니다. 한 잔씩 하시지요."

상주가 공손하게 술을 한 잔씩 따라주고 나갔다. 귀찮긴 하지만 말썽 없이 잘 돌려보내려는 마음으로 꾹 참고 친절을 베푸는 모습이었다. 우리는 상에 놓인 떡과 부침개와 과일 등으로 실컷 배를 채울 수 있었다.

이후로도 나는 아이들과 함께 두어 번 더 깨진 쌈집을 찾아갔다. 첫 번째는 호기심 때문이었고 두 번째부터는 아이들과 어울리는 동시에 사고를 치지 않도록 관리하기 위해서였다. 아니다. 솔직하게 말하면 무엇보다 배가 고파서였다. 아이들과 함께 식은 걸밥을 나눠 먹으며, 나도 어느덧 그들 중 한 명이 되어가고 있었다.

그런가 하면 또 하루는 어느 동네에 '꽃쌈집'이 생겼다기에 아이들이 우르르 몰려갔다가 작은 말썽이 벌어진 적도 있었다. '시내 모처에서 아이들이 말썽을 부리고 있으니 수습해달라'는 경찰의 청을 듣고 쫓아가보니, 예식장 앞에 놓인 버스에 우리 아이들 예닐곱 명이 올라탄 채 버티고 있는 중이었다. 피로연이 열릴 신랑 집까지 손님들을 모시고 갈 버스였는데, 손님들은 무서워서 타지 못하고 있는 상황이었다.

사연을 알아보니 '카스텔라'가 문제였다. 당시에 결혼식이 있는 날에는 예식장을 찾은 하객들에게 카스텔라 상자를 하나씩 나눠주는 것이 유행이었다. 아이들이 우르르 몰려가서 예의 카스텔라를 다섯 상자 달라고 요구했던 모양이다. 그게 다른 꽃짬집에서는 통하기도 했던 터였는데 이날 따라 신랑 측 사람이 안 된다며 완강하게 고개를 내저었다. 그러자 아이들이 물러서지 않고 실력행사에 나섰던 것이다.

알고 보니 신랑 측 손님 가운데 지역 경찰관이 있었다. 그처럼 믿을 만한 구석이 있으니 신랑 측이 '고약한 것들 한번 당해봐라' 하고 끝까지 상대해 일이 커진 측면이 있었다. 그러고는 문제가 되니 그 경찰관을 통해 나에게 연락을 해온 것이다. 카스텔라를 내놓으라고 떼를 쓰고는 그게 안 된다고 버스에 올라타 생짜를 부린 아이들도 물론 잘못이었다. 그러나 좋은 날에 배고픈 아이들에게 너그럽게 인심을 쓰지는 못할망정 '우리 사촌형이 경찰관이니 썩 물러서지 않으면 잡아가겠다'고 으름장을 놓은 신랑 측도 곱게 보이지만은 않았다.

아무래도 배고픈 사람이 궂은일을 더 많이 하기 마련이다. 그런 식으로 아이들이 거리를 배회하다가 폭행 사건에 연루되거나 좀도둑질을 해서 경찰서에 끌려가는 일이 없지 않았다. 많아야 열다섯이나 열여섯 살, 경찰서로 찾아올 엄마 아빠도 없는 아이들이었다. 그때마다 내가 부리나케 달려가서 사력을 다해 막아주곤 했다. 담당 검사에게까지 쫓아가서 "국가가 법으로 다스리기 전에 딱 한 번만 기회를 달라, 내가 책임지고 선도하겠다"고 손이 발이 되게 빌었다. 쌍다리 밑에서 그녀들과 함께 생활하는 내 이력이 어느 정도 알려졌기에 그쯤에서 정상참작이 되곤 했다.

아편중독자들을 몰아내다

어느 날은 경찰서장실을 찾아가 이런저런 대화를 나누다가, 서장이 골치 아파 죽겠다는 시늉을 하더니 뭔가 요청하는 것이었다.

"학다리 밑의 아편쟁이들 때문에 내가 아주 고민이네. 단속하면 사라졌다가 다시 모여들고 또 모여들고⋯⋯. 이 선생이 아이들이랑 같이 그 작자들 좀 쫓아버려줄 수 없겠어요?"

쌍다리 아래쪽으로 학다리라는 다리가 있는데, 거기에 아편중독자들이 40명 정도 모여든 지가 꽤 오래였다. 엄연한 사회 문제였다. 나도 알고는 있었으나 아이들과 생활하기에 바빠 거기까지는 관심을 가지지 못한 터였다.

"해보지요 뭐. 하지만 책임은 서장님이 지실 수 있지요?"

서장이 고개를 끄덕였다.

"그런 걱정은 마시고 일단 좀 몰아내줘요. 내가 이 선생만 믿고 있을 거요."

그런 부탁을 받았다는 것 자체가 내심 뿌듯한 마음이었다. 그날 오후, 아이들 중에서 덩치가 있는 녀석들로 30명을 모이게 했다. 그러고는 '사회를 위해서 너희들이 봉사할 일이 생겼다'며 장황하게 운을 떼었다.

"저기 학다리에 아편중독자들 모여 있는 데 알지? 죄다 잡아와. 경찰서장의 명이다."

그러자 신이 난 아이들이 학다리 쪽으로 몰려갔다. 잠시 후, 젊은 남녀,

중년 남녀, 노인네들에 그들의 자녀들까지 수많은 이들이 자활대 앞으로 모여들었다. 이들을 한 명 한 명 불러 개별상담을 시작했다. 고향은 어디고 가족은 어떻게 되는지, 생활환경은 어떠한지, 아편에 중독된 경위는 무엇인지, 현재의 몸 상태는 어떠한지 등을 꼼꼼하게 묻고 그 대답을 기록했다.

이를 통해 새롭게 알게 된 것이 몇 가지 있었다. 일단은 학다리 밑에 상주하는 중독자 외에도 정상적으로 일상생활을 하면서 일주일에 한두 번 아편을 맞으러 오는 사람들이 1백 명 정도 된다는 것이었다. 처음에는 대개 습관적으로 아편을 맞거나, 이미 맞아본 경험을 가진 친구의 소개로 아편을 접하게 된다고 했다. 사는 곳들을 보면 원주시를 중심으로 원성군과 횡성군에서 온 사람들이 많았고 강릉 등 멀리서 온 사람도 몇 있었다. 중독자가 되면서부터는 패가망신의 시작이었다. 처음에는 가축을 팔고 그러다 땅을 팔고 집을 팔고 나중에는 가족까지 뿔뿔이 흩어지며 혼자 되어 다리 밑으로 오게 된 사연이 태반이었다. 오랜 시간에 걸쳐 개별상담을 끝내고, 그들을 죄다 모아놓고 최대한 알아듣게 설명했다.

"일단 오늘 이 자리는 제가 임의로 소집한 게 아니라 원주 경찰서장의 요청에 의해 일부 권한을 받아 행해진 것임을 밝힙니다."

만일을 대비해 경찰서장 이야기를 먼저 언급했다.

"지역사회의 문제임은 물론 중독자와 그렇지 않은 이들 모두에게 큰 피해를 주고 있는 학다리 아편소굴을, 오늘 이 시간부로 완전히 폐쇄합니다. 아편이 거래되는 경로를 원천적으로 차단, 새로운 중독자가 만들어지는 것도 막고 이미 중독된 사람들도 일상을 회복할 수 있도록 할 것입니다."

그 자리에 끌려온 사람들 모두 나라 잃은 양 절망에 빠진, 나아가 불만이 가득한 얼굴들이었다.

"아편이 한 사람과 그 가족을 어떻게 망쳐놓고 마는지, 그 해악을 모르는 사람은 없을 것입니다. 이 시간부로 당장 이곳을 떠나주세요! 명령입니다!"

그러나 서로 눈치만 볼 뿐, 그러겠노라고 나서는 이는 한 사람도 보이지 않았다. 이미 영혼까지 아편에 중독된 사람들이었다. 말로는 통하지 않을 노릇이었다. 개중에서 노약자와 부녀자, 아이들을 따로 불러냈다. 그러자 남은 이들이 열다섯 명 정도였다. 내가 아이들에게 신호를 주었다.

"안 되겠다. 저자들 손 좀 봐줘라. 정신이 번쩍 들게 해!"

간만에 '주먹'을 쓰게 된 아이들이 신이 났다. 사람들을 각자 여기저기로 끌고 가더니 흠씬 두드려 패기 시작했다. 한바탕 난리가 났다. 죽는다고 엄살을 떠는 사람도 있었고 살려달라고 싹싹 비는 사람도 있었다. 아이처럼 엉엉 우는 사람이 있나 하면 사람 죽는다고 악을 쓰는 사람도 있었다. 5분 정도 지나 아이들에게 물러나라고 지시를 내렸다. 벌벌 떠는 사람들을 다시 모아놓고 최후통첩을 내렸다.

"일주일 여유를 주겠습니다. 단단히 준비해서 원주를 떠나세요. 마지막 경고입니다."

그제야 모두 그러겠노라고 고개를 끄덕였다. 단단히 다짐을 받은 다음에야 그들을 돌려보냈다.

그런데 이틀 후, 수사과 형사 몇이 나를 찾아와서 따지고 들었다.

"이창복 씨, 당신이 뭔데 사람들을 데려다 멋대로 폭행을 해요? 잡혀가고 싶어?"

아편중독자들을 손봐준 것에 대한 이야기였다. 그런데 분위기가 이상했다. 정당한 공무를 집행하기 위해 온 것도 아니고, 남동생이 밖에서 맞고 오니 마지못해 나선 형처럼 짜증을 내는 것이었다. 나로서는 방법이 좀 과격했지만 해야 할 일을 했으니 주눅들 이유가 없었다. 게다가 믿는 구석이 있었기에 개별상담 기록까지 보여주며 당당하게 나섰다.

"당신들이 해야 할 일을 내가 대신 한 겁니다. 고맙다고 해야 할 상황 아닌가요? 게다가 잘 모르시나 본데, 지난번에 경찰서장님이 특별히 부탁하셔서 나선 거란 말입니다."

형사들이 별다른 대꾸를 못 하고 무색하게 돌아갔다. 그러자 아이들이 와서 내게 귀띔을 해주었다. 수사과 형사들이라면 '끄나풀' 몇 명을 데리고 있기 마련인데, 그 속에 아편중독자들도 섞여 있었다는 것이다. 사건 사고가 생기면 정보원 노릇도 해주고, 중독자들이 물건을 훔치다 걸리면 뒤에서 슬쩍 봐주기도 하는 상부상조의 사이라는 것이다. 그런 판인데 끄나풀이 '억울하게 얻어맞았다'고 일러바치니 항의 한마디 하러 찾아오지 않을 수가 없을 터였다.

약속한 일주일이 지났다. 중독자들은 여전히 학다리 밑을 벗어나지 못하고 있었다. 다시 아이들을 시켜 그들을 불러다 혼을 내주었다. 두 번째는 겁을 집어먹은 이들이 안간힘을 쓰며 저항하는 통에 끌고 오는 것이 무척 힘들었다고 했다. 이번에도 잔뜩 혼을 내주고는 언제 떠날 생각이냐고 따져 물었다. '일주일 뒤에는 꼭 떠나겠다'고 대답하는 것을 믿어보는 수밖에 없었다.

중독자들이 학다리 밑을 떠나지 못하는 이유는 단 하나, 그곳을 떠나면 아편의 공급 루트가 영영 끊어지기 때문이었다. 다른 데서는 이곳에서처럼 손쉽게 아편을 구할 수가 없기 때문이었다.

아편중독자의 일상은 참으로 비루하고 비참하다. 일단 중독이 되면, 새로 아편을 맞기 전까지는 몸 전체가 붓고 힘이 없어서 잘 걸어 다니지도 못할 정도다. 천변 양지 밝은 데에 그들이 웅크리고 앉아 있는 것을 보면,

뭔가 살갗이 반짝반짝하는 것을 볼 수 있었다. 유리 조각이었다. 미세한 유리 조각들이 살 속에서 삐죽삐죽 삐져나왔다. 아편을 구하지 못하면 시내 약국에서 모르핀 진통제를 사다가 맞는데, 그것도 한꺼번에 대여섯 개씩 맞았다. 기술도 없는 사람이 앰풀을 깨서 주사기에 넣고 주사할 때, 아주 작은 유리 조각들이 주사기를 통해 몸으로 들어갔다가 다시 나오는 통에 반짝이는 것이었다.

약속했던 일주일이 지났다. 학다리에 가보니 몇 사람은 떠났는데 나머지는 여전히 그대로 남아 있었다. 말로도 안 되고 두드려 패도 듣지 않으니 강제로 등 떠밀어 보낼 수밖에 없었다. 시청 사회과 직원을 오라고 해서 중독자들 한 사람 한 사람에게 차비를 주도록 했다. 이 사람은 집이 평창이니 평창 갈 비용을 주고, 이 사람은 여주 사람이니 여주 가는 차비를 주고, 이 사람은 홍천에서 왔다니 홍천 갈 교통비를 주도록 했다. 그러고는 강제로 끌고 가서 죄다 돌려보냈다. 약간의 저항이 있었지만, 여러 차례 약속을 어긴 전과가 있기에 그들도 울상이 되어 떠날 수밖에 없었다. 그렇게 학다리 밑을 깨끗이 청소하고 두 번 다시 아무도 발을 들여놓지 못하도록 했다. 아편중독자 소굴이 말끔하게 소탕된 것이다.

이후로 다리 근처에서 구멍가게를 하던 아주머니들로부터 '고맙다, 수고하셨다'는 인사를 많이 받았다. 그러나 무작정 쫓아내는 것이 중독자들을 위해 최선의 방법인지는 나 스스로도 솔직히 의문이었다.

석 달쯤 뒤, 시내 거리를 걷는데 웬 50대 남자가 찾아와서 알은체를 했다. 그때 얻어맞고 쫓겨난 중독자였다. 그런대로 멀끔한 행색이었다.

"실례지만 요즘도 아편을 맞으시는지……."

남자가 웃으며 고개를 저었다.

"전혀요. 어디 구할 데가 있어야지요."

"아아."

"처음에는 죽을 것 같았어요. 하지만 이제는 참을 만합니다. 안 참으면 어쩌겠어요. 다행히 밥도 잘 먹고 건강도 많이 좋아졌습니다. 감사합니다. 선생님 덕분이에요."

뿌듯했다. 잘 견뎌준 그에게 고마웠다.

자활의 험난한 여정, 그리고 인연

아이들이 사는 환경을 개선해줘야겠다고 결심했다. 얼기설기 지은 움막에서 먹고 자는 아이들에게 선도니 자활이니 떠든다는 게 말이 되지 않는 노릇이었다. 기본적인 삶의 터전부터 먼저 바꿔줄 필요가 있었다.

"집을 짓자. 움막들을 부수고, 힘들겠지만 우리 힘으로 살 집을 짓는 거야. 어때?"

그러나 아이들의 표정이 밝지 않았다. '환경이 바뀐다'는 것에 어째서인지 본능적인 거부감을 가지고 있는 그네들이었다. 아이들의 닫힌 마음을 열고 설득하는 데 힘이 많이 들었다.

먼저 36사단에서 군용 트럭 한 대를 지원받아서 흙벽돌을 만들 황토 한 차를 천변에 부려놓았다. 그러고는 아이들과 함께 황토를 반죽하고 흙벽돌을 찍어 그늘에 말렸다. 그러던 즈음 어느 일요일이었다. 점잖게 생긴 한 사람이 쌍다리 아래, 우리 사는 곳을 찾아왔다.

"이창복 씨가 어느 분이시죠?"

"접니다만."

"말씀 많이 들었습니다. 원주대학교에 계시다가 갑자기 여기 오셔서 자활대 운영하시느라 고생 많으시죠? 고귀한 뜻으로 벌이시는 사업이니 하늘이 알아서 도움을 드리리라 믿습니다."

"감사합니다. 그런데 누구시죠?"

"아, 지 주교입니다."

삽을 든
아이들

자활대 사업으로
벽돌공장사업을
벌이기도 했으나
큰돈을 만들지는
못했다.

아이들과
일하는 중에

웬 독지가가 찾아와 통성명을 하는 줄 알았다. 성이 지씨고 이름이 주교라는 줄 알았다. 그때만 해도 천주교를 잘 몰랐던 탓이다.

"필요한 게 많으실 텐데. 무엇을 도와드리면 좋을까요?"

"아, 보시다시피 주거 환경이 이래서 집을 좀 지어볼까 하는데요."

"그래서 황토를 가져다놓으셨구나. 제가 제대로 된 집을 하나 지어드리면 어떨까요?"

"예?"

"부담은 갖지 마시고. 설계도가 있으면 하나 가져다주세요."

평소 가까이 왕래하던 장일순 선생에게 찾아가서 '지 주교라는 사람이 찾아왔었는데 혹시 누군지 아시냐'고 물었다. 그러자 장 선생이 깜짝 놀라셨다. '지학순 주교가 정말 거기 찾아오셨느냐'고 되물으셨다. 듣고 보니 두 분이 아는 사이였다. 훗날, 원주의 재야인사들로 큰일을 하실 분들이었다.

그게 인연이 되어 태장동 KBS가 있던 하천부지 1,300평에 벽돌 기와집을 지을 수 있었다. 감개가 무량했다. 낡은 움막을 버리고 새집으로 이사 들어서는 아이들의 표정도 잔뜩 상기되어 있었다. 바로 그곳을 거점으로 본격적인 불우청소년 지도와 선도 일을 해나가게 되었다. 아이들이 정상적으로 성장해나가는 데 그 같은 환경이 큰 도움이 되어주었다. 쓰러져가는 움막집에 비할 바가 아니었다.

이후로 지학순 주교님은 그곳 우리 거처에 가끔 찾아와 살림을 살펴보시는 한편 천주교 이름의 구호물자, 옷, 양곡 등을 전해주시곤 했다. 그렇게 시작된 지 주교님과의 인연은 저 1980년대와 1990년대를 거치며 내가 힘들고 괴로울 때, 서슬 퍼런 독재정권의 핍박을 받을 때에도 큰 힘이 되어주었다.

이제 자활대 소속 아이들에게 정규교육을 시킬 때가 되었다. 더 늦기 전에 초등학교에 들여보내야 했다. 대체로 열세 살에서 열네 살, 많게는 열다섯 살 아이들이었다. 나이에 맞게 수준에 맞게, 대략 30명가량을 원주 학성초등학교에 편입시켰다. 늦었지만 꼭 해야 할 일을 해낸 것 같아 마음이 놓였다.

그리고 두어 주 뒤, 아이들이 있는 학교에 몰래 찾아갔다. 아이들이 어떻게 생활하는지, 적응하는 데 문제가 없는지 확인해보기 위해서였다. 그런데 가슴 아픈 장면을 확인하고 말았다. 아이들이 동급생들과 도통 어울리지 못하고 저희끼리만 어울려 따로 노니는 모습이었다. 학교를 안 다닌 공백기가 컸던 탓으로 이해는 되었지만 무척 안타까웠다. 그런 와중에 어떤 빛나는 가능성을 잠깐 목격하기도 했다. 수업 끝나고 10분 쉬는 시간이었다. 우르르 운동장에 몰려나온 학생들이 공을 차고 노는데, 그때는 우리 아이들이 앞장서서 열중하는 모습이었다. 두어 살 어린 동급생들을 이끌어가며 공을 차는데 제법 소질이 있어 보였다. 무엇보다 즐기는 모습이 좋아 보였다.

이거구나 싶었다. 아이들이 적극적으로 단체생활에 적응할 수 있는 길을 찾아냈구나 싶었다. 그때까지 학교 안에 축구부가 없었는데, 자활대 학생들로만 학성초등학교 축구부를 만들었다. 교장선생님이 흔쾌히 허락해주었다. 이후로 다른 초등학교 축구부와 약속을 잡아서 방과 후에 축구경기를 했다. 학교를 대표하는 일이니만큼 아이들도 진지하게 최선을 다하는 모습이었다. 지기도 많이 졌고 이기기도 많이 이겼다.

본격적으로 해봐도 좋을 것 같다는 생각이 들었다. 마침 여름방학이 되었다. 사회에서 축구코치로 일하던 분을 모셔와 강도 높은 합숙 훈련을 받도록 했다. 가능성이 보이니만큼 전문적으로 지도해주고 싶은 욕심이었

자활대 축구팀
기념촬영

다. 쌍다리가 아니라 초등학교 강당에 숙소를 차려놓고 거기서 밥해서 먹고 자고 생활했다. 아이들도 열심히 따라왔다. 방학이 끝나고서 보니 아이들 모두 축구를 보는 눈과 체력, 발재간 등이 눈에 보일 정도로 향상되어 있었다.

　가을이 되었다. 해마다 열리는 원주시 주최 초등학교 축구대회에 학성초등학교 대표로 처음 출전했다. 그 결과 여덟 개 참가팀 중에서 당당히 1등을 차지했다. 일대 파란이었다. 우연한 성과가 아니었다. 코치의 노력과 아이들이 흘린 땀의 합작품이었다. 이후 10월에 펼쳐진 강원도 초등학교 대회에도 출전하여 역시 우승컵을 거머쥐었다. 아이들도 나도 한껏 고무될 만했다. 강원도 축구계가 술렁거리기 시작했다.

　강원도대회 우승팀의 자격으로 전국 초등학교 축구대회에 출전했다. 그야말로 영화 속 이야기 같은 역사가 쓰이고 있었다. 전국대회는 뭔가 달

자활대 아이들로 구성된
학성초등학교 축구팀

랐다. 규모가 그러했고, 각 지역을 대표해 출전한 초등부 팀의 수준과 선수 개개인의 능력도 예전 지역대회에서 접하던 것과는 많이 달랐다. 두렵기도 했지만 용기를 낼 수 있었다. 아이들도 예전의 쌍다리 밑에서 걸밥을 먹던 그 아이들이 아니었다. 첫 경기. 첫 골. 첫 승리. 첫 대표. 첫 출전. 모든 것이 첫 경험인 학성초등학교 축구팀이 거둔 최종 성적은 전국대회 준우승이었다. 우승을 차지했더라면 얼마나 좋았겠냐만 그 역시 놀랍고 값진, 거의 기적과 같은 성과였다.

동대문운동장에서 결승전을 마치고는 준우승 상패를 들고 당당히 원주로 돌아왔다. 우리를 향한 사람들의 시선이 달라져 있었다. 이전까지는 어디 가서 '자활대 학생들 좀 지원해달라'고 부탁해봐야 관심도 없는 듯 인색하게 굴더니, 이제는 구청 청소년과 직원들부터 태도가 달라졌다. 더욱 중요한 것은 학생들 스스로 달라졌다는 점이었다. 땀 흘려 자기 기량

을 키워서 성과를 이루어 타인들로부터 인정받았다는 것. 그 자신감이야
말로 무엇에도 비할 수 없는 선물이었다.

학성초등학교 축구부 학생 20명 대부분이 학성중학교와 학성고등학교
까지 올라가서도 축구를 계속했다. 그리하여 몇 년 뒤에는 그들이 뛰는
팀이 대전에서 열린 전국 고등학교 축구대회에서 당당히 우승을 차지하
기도 했다. 훗날, 선수들 가운데 뛰어난 몇 명은 한국전력, 포항제철 실업
팀과 축구 명문 고려대 축구팀으로 스카우트되기도 했다. 개중에는 공부
에 공을 들여 중학교 체육교사가 된 친구도 있다. 축구라는 스포츠가 효
과가 대단한 교육이기도 하다는 것을 깨달았다. 반칙을 하면 카드를 받는
다는 것. 룰이 있고 그 안에서 최선을 다해야 한다는 것. 노력한 만큼의
성과가 따라온다는 것. 이것들이 또 다른 중요한 사회화 교육이었다.

학성초등학교
축구팀은 졸업 후
학성중학교에
진학하여
학성중 축구팀을
구성했다.

아이들을 위한 자활 대책의 일환으로 추진한 사업이 몇 가지 있다. 그 중 하나가 원주천의 자갈을 활용하자는 아이디어에서 시작되었다. 천변의 큼직큼직한 자갈을 일정한 크기로 부숴 건축 골재로 납품하는 상품을 만들 수 있다는 것인데, 쓸 수 있는 자원은 지천에 있으니 잘만 하면 적지 않은 수익을 기대할 수 있을 것 같았다.

천변에 자갈 부수는 기계를 설치하는 비용을 알아보니 50만 원 정도 든다는 것이었다. 그때 내가 원주대학에서 강의하고 지역연구소 운영하며 받는 돈이 한 달에 많아야 3만 원이었다. 궁리 끝에 국민은행 지점장을 찾아갔다.

"청소년 자활을 위해 뭘 좀 해볼까 합니다. 천변에 건설자재 제작 기계 하나를 설치해보려는데, 50만 원만 신용·융자를 해주실 수 있을까요?"

지점장이 단박에 고개를 저었다.

"죄송하지만 쉽지 않을 것 같군요."

"아아."

"저어 혹시…… 소유하신 토지 같은 게 있으신가요?"

"땅이요? 있지요. 지정면에 산도 조금 있고 농지도 있고요."

"지정면? 죄송하지만 그 정도로는 담보가 안 될 것 같네요. 죄송합니다."

약이 올랐다. '어디 한번 해보자' 싶었다. 그래서 '짓궂은 장난'을 벌였다. 다음 날, 아이들을 모두 데리고 국민은행으로 찾아갔다. 아침 10시에 개장하자마자 40명 모두 통장을 만들고 100원씩 입금하게 했다. 지금 돈으로는 1천 원이 넘는 액수였지만, 어쨌거나 소액이었다. 고객들이 몰려드는 바쁜 아침 시간에 40명이나 되는 아이들이 창구에 몰려와 우글거리니 여간 고역이 아니었을 것이다. 그래도 어렵게 사는 아이들이 자활 대책의 일환으로 저축을 하는구나 하고 여겼는지 군말 없이 통장을 만들어주었다. 물론 내 속셈은 그게 아니었다. 다음 날 역시 아침 10시 개장하자마자 은행으로 40명의 아이들이 들이닥쳤다. 그러고는 어제 입금한 100원을 모두 인출하게 만들었다. 창구가 이틀 연속으로 난리가 벌어졌다. 직원들이 당황했고, 오래지 않아 지점장이 뛰어 내려왔다. 사색이 된 얼굴로 사정했다.

"아니 선생님, 어쩌시려는 겁니까? 다른 손님들 생각도 좀 해주셔야죠."

나도 나대로 섭섭한 이야기를 늘어놓았다.

"나 혼자 잘 먹고 잘살려고 한 것도 아니고, 어려운 아이들이 자기들 힘으로 먹고사는 법을 만들어보려 하는 건데 은행이 너무한 거 아닙니까? 내가 원주에서 평생을 살 사람인데 돈 50만 원을 떼먹겠어요? 사정 좀 봐주세요."

"아 예, 잘못했습니다. 저희가 생각이 짧았습니다."

지점장이 두 번 세 번 고개를 숙이며 융자를 해주겠다고 약속했다. 그 즉시 아이들을 끌고 은행에서 물러났다.

계획대로 진행되는 듯했다. 융자받은 돈으로 부품들을 사들이고 기계를 조립했다. 그리고 자갈을 퍼 담아 잘게 부수는 작업을 시작했다. 그런데 뭔가 이상했다. 힘차게 돌아가는 듯싶더니 쿵쿵 쿵쿵 소리가 나다가 멈춰 서고, 다시 돌리면 조금 움직이다가 쿵쿵 쿵쿵 요란한 소리를 내면서 멈춰 섰다. 알고 보니 설계가 엉터리였다. 개조나 수리도 불가능했다. 천변에 큼직한 고물 쇳덩어리 하나가 들어선 것이었다. 가슴 아프고 황당한 노릇이었다.

고물 쇳덩어리만 생겨난 게 아니라 50만 원 생빚까지 생겨났다. 그러잖아도 넉넉지 않은 살림에 그 돈을 언제 갚을지 막막했다. 사정 이야기를 들은 모 지인이 새로운 정보 하나를 주었다. 건설부에서 중장비를 대여해주는 제도가 있는데 신청해보라는 것이었다. 쓸 만한 불도저 한 대를 대여받으면 그것을 여기저기 공사장에 투입시켜 돈을 꽤 벌 수 있다는 것이었다.

중기공장 공장장을 찾아갔다. 쌍다리 재활원에서 왔는데 불도저를 2주일만 빌리자고 부탁했다. 그러나 자기들 돌릴 장비도 부족하다며 단박에 거절했다. 시무룩이 숙소로 돌아왔는데, 아이들이 어떻게 그 소문을 들은 모양이었다. 시키지도 않은 '응징'을 시작했다. 그날 밤부터 공장의 담을 몰래 타 넘고 중장비 부속들을 하나씩 둘씩 빼와 엿으로 바꿔먹는 것이었다. 부속이 하나라도 빠지면 중장비는 꼼짝 못 하는 고철이 되고 만다. 다시 구입해올 때까지 창고에 썩혀야 하는 것이었다. 그렇게 며칠이 지나니 견딜 수가 없었던 모양이다. 마침내 공장장이 나를 찾아왔다. 이미 어느 정도 눈치를 챈 듯했다.

"원하시는 대로 2주간 대여를 해드리겠습니다. 아이들더러 담 좀 넘지 말라고 해주세요."

그렇게 불도저를 빌려놓기는 했는데, 당장 써먹을 데가 없으니 문제였다. 그때 생각해낸 이름이 김영진이라는 친구였다. 고등학교 동기로 고시 합격하고 젊은 나이에 평창군수가 된 친구였다. 그에게 찾아가 특별히 부탁했다. 덕분에 평창 어느 지역의 보堡 막는 공사에서 일을 맡았다. 거기서 한 달 동안 일해주고 받는 돈이 180만 원이었다. 불도저를 대여하며 공장에 내는 임대료가 일주일에 15만 원이었다. 정확하게 말해 일주일은 정부시책에 따라 무상으로 대여받았으니 한 달 4주 동안 대여비가 45만 원이었다. 덕분에 임대료 내고도 남는 돈으로 빚도 갚고 학성초등학교 자활대 축구팀에 유니폼 등 축구용품도 마련해줄 수 있었다.

수년간의 자활 사업에 대해 총평하자면, 사업적인 부분에서 크게 성공했다고는 보기 힘들다. 사업이라는 것이 말처럼 쉬운 영역이 아닌 데다 내

능력에도 한계가 있었다. 또 하나, 사업적인 성공을 위해 접근하다가 선도적 측면에서 문제가 될 듯해 멈추고 돌아서야 했던 적도 적지 않았다.

정신적인 독립을 위한 선도와 경제적인 자활은 그 결이 조금 다르다. 두 가지 가치를 모두 충족하기는 그만큼 더 힘이 들었다. '자활'이나 '기부' 등에 대해 아무런 생각도 없는 업체와 함께 일할 경우 특히 그러했다. 실패와 착오를 거듭했음에도 당시의 자활 사업이 아이들에게 많은 배움을 주었음은 분명하다. 자활하려는 의지, 내 운명을 스스로 개척해나가려는 마음을 심어주었으리라 믿는다.

자활대의 존재가 차츰 알려지며, 특히나 전국을 놀라게 한 축구부의 활약 덕분에, 행정적인 문제를 풀어나가는 것이 한층 쉬워졌다. 시에 뭔가를 요구하면 예전처럼 덮어놓고 무시하는 경우는 없었다. 긍정적인 변화였다.

자활대 숙소 준공식. 숙소가 준공되고 아이들은 움막에서 숙소로 거처를 옮기게 되었다. (가운데가 지학순 주교)

덕분에 아이들의 주민등록증을 만들어줄 수 있었다. 중간에 관청의 온갖 부서를 오락가락 헤매며 고생도 많이 했지만, 덕분에 한 명도 빠짐없이 신분증을 갖게 되었다. 장차 사회로 진출하는 데 있어 없어서는 안 될 자격이 갖추어진 셈이다. 아울러 덕분에 시립자활원 조례를 만들게 되었다. 1970년도의 일이다. 자립을 위해 더욱 안정적인 제도적 발판을 마련해낸 것이다. 이로 인해 자활대는 자활원으로 한 단계 발전되었다. 더 이상 내가 필요 없을 정도의 체제가 만들어진 것이었다.

1966년부터 1971년까지 햇수로 5년 동안 쌍다리의 아이들과 함께 생활했다. 1년에 대략 300~400명 되는 아이들을 만났다. 나와는 대략 열다섯 살 정도 나이 차이가 나는 친구들이었다. 대부분 가출청소년들이었다. 한 사람 한 사람 상담을 해보면 대부분 노동자 가정의 자녀들, 방 한 칸에 편모 편부 슬하에서 생활하던 아이들이었다. 좁은 집에서 습관처럼 구박받고 잔소리 듣다가, 또는 무관심하게 방치되다가, 참지 못하고 집을 뛰쳐나온 아이들이었다. 사회학에 관심이 많은 입장에서, 그 같은 상담 결과를 보면서 당연하게도 이런 의문과 고민이 생겨났다. 이 시대의 가출청소년을 선도한다는 일이, 결국은 노동자가 잘살 수 있도록, 노동자 가정이 자립할 수 있도록 근거를 마련해주는 데에서 시작되어야 하는 것 아닐까?

세월이 가며 길도 바뀌고 건물도 새로 지어지듯, 쌍다리에서 생사고락을 함께했던 친구들의 소식을 오랜 시간이 지난 이즈음에도 종종 듣는다. 자녀들 결혼시키고 손자도 보고 잘살고 있다는 이야기에 흐뭇함 이상의 감동을 느끼곤 한다. 강릉에서 국밥집을 크게 하는 친구도 있고, 한국전력에서 일하다가 정년퇴직한 친구도 있다. 장애인 복지시설을 성공적으로 운영하며 사회복지에 크게 기여하고 있는 친구도 있다. 씨감자 사업을 크게 벌이는 등 농민의 삶을 살아가는 친구도 있다. 대단히 안정된 자리를 잡은 친구도 있는가 하면 하루 벌어 하루 먹으며 근근이 살아가는 친구들도 없지 않다. 자기들끼리 수시로 연락을 하고 지내는 모양이다. 내가 국회의원 선거에 나섰을 때, 그들끼리 사발통문으로 연락 주고받고 지지선언을 해주었다는 이야기를 뒤늦게 들었다.

모두가 행복했던 것은 아니다. 하룻밤 새에 폐결핵으로 죽은 친구도 있었다. 고단한 현실에 지친 나머지 창창한 나이에 식솔들을 남기고 스스로 생을 마친 친구도 있었다. 실종되고 연락이 끊긴 친구도 여럿이었다. 그 모든 이들과의 5년여에 걸친 기억을 한데 엮어 체험수기 『쌍다리 밑의 神話』(분도출판사, 1981)를 내놓기도 하였다. 내세울 것 없는 그간의 활동을 과시하려 함은 아니었다. 소외된 이들에 대한 사회의 관심을 그렇게나마 호소하고 싶은 마음에서였다. 지학순 주교가 감사하게도 추천사를 써주셨다. 1981년에 써주신 추천사의 그 마지막 부분이 오늘날 이 사회에서도 유효한 말씀으로 가슴에 와 닿는다.

"[…] 끝으로 우리 사회가 아무리 경제가 성장하고 국력이 신장된다 하더라도 사회의 음지에서 신음하고 있는 생명을 외면하고 그들의 인권을 무시한다면 결코 민주복지사회를 구현할 수 없음을 가슴 깊이 느끼기 때문에 이 책을 삼가 추천하는 바이다."

나이 많은 형들에게 신생 원주시립자활원의 살림 일체를 일임한 뒤 1971년 여름에 쌍다리에서 올라왔다. 더욱 험하고 더욱 절실한 일들이 사회에서 나를 기다리는 중이었다.

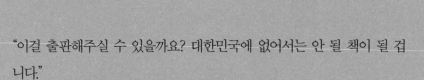

두려움 없는 믿음으로 시대를 껴안다

"이걸 출판해주실 수 있을까요? 대한민국에 없어서는 안 될 책이 될 겁
니다."
"무슨 내용인가요?"
"'전태일 평전'입니다. 수배 생활 하면서 쓴 글이지요."
[…] 출판사로서도 부담이 컸고, 국내에서 출간했다가는 서점에 뿌리기
도 전에 여러 사람 잡혀갈 것 같았다. […] 그런 과정을 통해 1983년에
'어느 청년노동자의 삶과 죽음'이라는 제목으로 출간된 이 책은 사회적
으로 어마어마한 반향을 불러일으켰다. 책을 읽은 수많은 이들의 마음
에 불을 질렀고, 우리 시대에 영원히 남을 고전이 되었다.

성당과 함께 청년노동자들과 함께

"가톨릭노동청년회의 전국회장 자리가 비었는데, 와서 일해볼 생각 없어?"

하루는 지학순 주교께서 그렇게 물으셨다. 주교님이 가톨릭노동청년회(JOC, 지오쎄)의 총재 주교 자리에 있던 때였다.

"뭐 하는 덴가요?"

"청년노동자들을 교육하고 생활을 보호하고 권익을 지켜주는 일이지. 일하는 방법은 다양하게 있을 것이고."

지학순 주교의
사회선교협의회
이사장 재임
말기에
(왼쪽부터 이창복·
박형규·지학순)

많지 않지만 보수도 조금 있었다. 1970년대가 태동할 즈음이었다. 30대에 들어설 즈음이었다. 잠시 고민했다. 그러겠다고 뜻을 밝혔다. 내 안에 새로운 의지가 가득 차올랐다. 자활대에 몸담으며 깨닫고 뜻한 바와 일맥상통하는 것이었다.

앞서 언급했듯 아이들 3백 명의 신상카드를 기록하며 깊이 생각했던 것이 아이들의 성장환경, 가정환경에 대한 것이었다. 환자들을 병원에 데려가 충분히 치료받도록 하는 일도 물론 중요하지만 그에 앞서, 아파서 병원 갈 환자가 생기지 않도록 평소 예방과 섭생, 위생환경을 잘 관리해주는 일이 더 중요하지 않겠는가. 마찬가지로, 가출한 아이들을 모아서 선도하는 것도 중요한 일이지만 그에 앞서, 아이들이 집에서 도망쳐 거리를 헤매는 일이 없도록 가정환경을 개선하는 것이 더 중요한 일 아니겠는가. 노동자에게 양질의 교육 받을 기회를 주어 환경을 개선시키는 일. 자활 사업보다 몇 배는 더 크고 의미 있는 사회적 활동이 될 수 있으리라고 믿었다. 그리고 결과적으로 그 믿음은 틀리지 않았다.

천주교가 이 땅에 들어온 지 240년이 되어간다. 초기에는 모진 박해도 많이 받았다. 그래서 사회 문제에 크게 관심을 못 가졌던 것이 사실이었다. 교회와 교인을 보호하기 위해 대외적인 활동을 일부러 피해왔던 것 또한 사실이다. 그러나 가톨릭은 원칙적으로 사랑과 실천의 종교다. 사랑을 온 누리에 실천하는 종교다. 가톨릭의, 가톨릭노동청년회의 부름을 거부하지 않았던 또 하나의 이유다.

원주에서의 짧은 활동을 접고 서울로 나아갔다. 1971년도의 일이다. 청년노동자들의 인격과 권리가 사회에서 제대로 지켜지도록 돕는 역할. 거두절미하자면 가톨릭노동청년회의 존재 이유를 그렇게 설명할 수 있을 것 같다. 쿠데타로 정권을 잡은 박정희가 경제개발 5개년계획을 1, 2차에 걸쳐 진행하던 시절이었다. 산업현장 일선에서 착취당하는 노동자들의 고통에 관심 가진 이가 아무도 없던 시절이었다. 그것이 바로 구로를 비롯한 전국 공단의 실태였다.

가톨릭노동청년회는, 몸담고 일하다 보니 깨달은바 조직의 뿌리가 대단히 깊고 탄탄했다. 바티칸에서부터 시작된 노동청년조직이 무려 120여 개국에 걸쳐 체계적으로 조직되어 있었다. 국내외를 망라한 글로벌조직이었다. 또한 가톨릭노동청년운동은 국경을 넘어 이어지는 세계적인 운동이었다.

교구 단위로 교구연합회가 있고, 교구연합회가 전국 본부를 만들어서 큰 줄기를 형성했다. 각 성당의 조직을 섹션이라고 하는데 섹션이 세 개 이상 있을 때 교구연합회가 인정되었다. 그렇게 전국적으로 500여 곳 성당에 지오쎄 조직이 뿌리를 내리고 있다. 이는 한 성당에 세 팀 이상 되었을 때 형성되는데, 한 팀에 보통 일고여덟 명 이상이니 요컨대 30명 정도만 모이면 성당 내에서 조직 활동을 할 수 있다. 구성원들은 물론 청년노동자들, 직장을 가진 청춘 남녀들이었다.

가톨릭노동청년회 운동은 벨기에의 카르딘Joseph Cardijin 추기경에 의해 처음으로 시작되었다. 제2차 세계대전이 끝나고 전쟁의 여파로 서구 유럽 사회는 피폐한 속살을 드러내고 만다. 특히나 자립 배경이 없는 청소년들이 거리 곳곳에 방치되어 암울한 미래를 맞이하는 모습이었다. 이에 카르딘 추기경이 1921년, 거리의 청년노동자들을 규합해 이른바 자활운동을 시작하게 된다. 그 배경에는 교황 레오 13세가 1891년에 발표한 노동헌장 회칙이 존재하고 있었다.

노동헌장은 '노동자들은 노동현장에서 인간적인 대우를 받아야 한다'는 진리를 노동기본권을 통해 천명하였다. 교회의 가르침으로 이야기하자면 이렇게 풀이될 수 있겠다. '하느님의 모습에 따라 창조된 인간은 그 인격이 하느님의 것처럼 존중되어야 하며, 나아가 그 가치를 잘 양성해 더 나은 하느님의 자녀로 살 수 있도록 해야 한다. 그래야 사회가 안정되고 세상이 평화로워지며 결국 이 땅에 하느님의 나라가 만들어질 수 있다.'

카르딘 추기경은 이렇게 직설적으로 지적한 바 있다. "공장에서 나오는 물건은 화려하지만 그 물건을 만들던 노동자는 걸레가 되어 공장에서 나온다." 심신이 지친 노동자들이 자신들의 권리를 되찾을 수 있도록, 가톨릭노동청년회가 청년노동자들을 교육하고 '의식화'하는 데에는 기본적인 3단계 원칙이 있다. 첫째, 노동현장 안팎의 모든 것을 하느님의 시각으로 관찰하고 조사한다. 둘째, 그 내용 일체를 오로지 하느님의 뜻에 맞추어 고려하고 판단한다. 셋째, 이상의 결정 내용을 어디까지나 하느님의 사랑에 따라 실천한다. 하느님의 마음으로 노동운동을 해나간다는 것이 가톨릭노동청년회의 기본이자 요체인 것이다.

노동자가 노동자로서 품위를 잃지 않고 살아갈 수 있기 위해 무엇보다 중요한 것은 노동조합 결성운동이다. 또 하나는 청소년 양성운동이다. 청소년들의 의식을 변화시키고 생활을 변화시키고 자아를 변화시켜 결국은 사회의 유능한 인재로 양성하는 운동이다. 물론 교회조직이기에, 하느님의 뜻을 널리 전하는 전교운동도 함께 진행하고 있다.

우리나라에 가톨릭노동청년회의 운동이 도입된 것은 1958년경이다. 곡절 많은 현대사에 비추어 그 역사가 짧지만은 않은 셈이다. 5.16 쿠데타가 일어나고, 경제개발 5개년계획이 시작되고, 그 과정에서 농촌의 젊은 청년들이 도시로 몰려들기 시작했다. 농촌은 일손을 뺏겨 시름에 잠기고, 도시는 가난한 사람들이 늘어나며 힘겨운 나날이 이어졌다. 도심지 이곳저곳에 공장단지가 생겨나고 국가 주도의 산업화가 진행되며 노동자들은 기본적인 권리마저 빼앗긴 삶에 방치되었다. 덕분에 경제 규모는 팽창했지만 경제발전의 주역인 노동자는 숨도 마음 편히 쉬지 못하는 공장의 노예가 되어갔다. 그것이 1970년대 상황이었다. 바로 이러한 시기에 가톨릭노동청년회의 운동이 전국적으로 번져나갔다.

1971년 가톨릭노동청년회 전국본부에 처음 들어갔을 당시 지오쎄 조직은 그 운동 동력과 범위가 상당히 제한적이었다. 회원들은 주로 성당 청소를 해주고 교리 반에 커피를 타주고 그 밖의 잔심부름을 도맡는, 성당 중심의 활동을 하고 있었다. 사제 입장에서는 참으로 고마운 조직이었지만 내가 보기에는, 지오쎄의 본래 목적에 부합하는 활동이 아니라는 생각에 대단히 아쉬웠다.

나는 가톨릭노동청년회 전국회장으로서 두 가지에 집중했다. 한 가지는 전국적으로 성당마다 지오쎄 단체들을 더 많이 더 크게 육성시키는 일이었다. 또 한 가지는 지오쎄의 활동을 성당 중심에서 직장 중심으로, 공장 중심으로 이동시키는 일이었다. 이를 위해, 성당 내에서 이루어지던 모임을 직장 단위에서 갖도록 유도했다. 요컨대 화성섬유에서 일하는 청년들은 화성섬유에서 모이고, 태창방직에서 일하는 청년들은 태창방직에서 모이도록.

모임이 시작되면 생활 반성과 토의를 진행하며 '현재 공장 노동환경의 구조적 문제가 무엇인가?', '공장 안에서 노동자의 현실은 어떠한가?'를 관찰하도록 했다. 이 문제를 하느님의 뜻에 따라 해결하려면, 결국 노동자의 권익이 최우선으로 지켜져야 한다는 결론이 나온다. '그렇다면 노동자의 권익은 어떤 방식을 통해 지켜져야 하는가?' '노동조합을 만들어야 한다. 노동조합을 통해 합법적으로 권리를 되찾는 방법이 가능해진다.' 회의를 거듭하며 그들 스스로 의식화를, 의식의 발전을 이루어갔다. 모임을 성당

가톨릭노동청년회
전국지도자훈련회
(1973)

문동환 박사를
모시고 열었던
청년신앙강좌.
한국 교회의
역사적 역할에 대한
고민을 나누었다.

지오쎄 원주교구
활동 중
광산 실태 조사팀

중심에서 직장 중심으로 이동시킨 결과로 나타난 효과였다.

천주교의 가톨릭노동청년회와 개신교의 도시산업선교회라는 두 단체가 쌍벽을 이루며 노동자들에게 상당히 힘이 되어주었다. 구로를 포함한 전국 공단의 단위사업장에 속속들이 노동조합이 생겨난 것도 그로 인한 결과라 하겠다. 문제는 한국노총과의 보이지 않는 싸움이었다. 지금은 많이 달라졌지만 그땐 전국노동조합이 한국노총 하나뿐이었기에 전통적으로 어용노조에 가까운 활동을 했다. 그 무렵, 대학생들이 학교를 떠나 이른바 위장취업으로 공장에 들어가는 경우가 많았다. 현장 노동자들에게 다가가 그들이 스스로 권리를 쟁취해낼 수 있도록 의식화하려는 목적이었다. 대학생들이 공장에 들어가서 제일 처음 시작했던 사업은 단위노동조합을 구성하는 일이었다. 두 번째로, 그렇게 탄생한 전국노동조합이 힘을 발휘할 수 있을 때까지 끈질기게 버티어야 했다.

가톨릭노동청년회에 들어와서 3년 정도 지나니 달라지는 분위기가 느껴졌다. 그간 조직의 체질을 개선하고자 노력했던 결과가 하나둘 나타나는 것이었다. 요컨대 어느 공단 어느 산업체에서 노동쟁의가 발생했다고 하면, 그 이면에 어김없이 지오쎄 회원들이 '개입'되어 있다는 인식이 널리 퍼져 있을 정도였다. 다들 열심히 했다. 나뿐 아니라 청년회에 속한 이들 모두가 노동환경 개선을 위해 열심히 활동했다. 교회가 주관하는 노동운동이니만큼 교육이나 홍보물 제작 등에 교회의 보조를 받을 수 있다는 조건도 우리로서는 유리한 측면이었다. 바티칸으로부터 직접 지원을 받는 경우도 적지 않았다.

그런데 모난 돌이 정 맞는다는 속담을 이런 경우에 쓸 수 있을지 모르겠다. 어느 날인가 주교회의에서 나를 불렀다. 가톨릭노동청년회가 전국

공단의 노동분쟁에서 활약하고 있다는 내용이 가톨릭신문에까지 실리던 즈음이었다. 교회 내에 찬반여론이 빗발쳤다. 자중하자는 여론이 대세였다. 우리들의 활동을 우려하는, 나아가 못마땅해하는 분들도 적지 않았다. 그분들은 우리가 되도록 교회 안에서 활동해주기를 바랐다. 교리 공부시간에 안내를 도맡고 청소를 하고 커피나 음료를 준비하는 등. 그러나 그것은 가톨릭노동청년회가 해야 할 일이 아니었다. 교회 밖으로 나아가라. 나가서 활동하라. 이것이 조직을 운영하는 나의 주관적인 판단이었다. 지학순 주교는 전폭적인 지지는 물론 교회 내의 반대 여론들을 열심히 막아주었다. 그럼에도 여론이 악화되고, 마침내 주교회의가 나섰던 것이다.

"노동청년회는 이즈음 무슨 일을 하고 있는 것인가요? 우려하시는 분들이 많습니다. 납득할 수 있도록 설명해주세요."

두렵지 않았다. 오히려 이때가 기회다 싶었다. 차트를 만드는 등 철저히 준비한 끝에 주교회의에 나섰다. 그러고는 대한민국의 노동 현실을, 산업체의 구조적인 문제들을, 한국노총의 어용 행각을, 노동청년회의 활동과 그간의 성과에 대해 한 시간 넘게 상세히 보고를 올렸다. 전국회장으로 일을 시작하고 1년여 뒤의 일이었다.

나중에는 이 일이 로마 교황청에까지 보고되었다. 그리고 놀랍게도, 당시 교황이던 바오로 6세가 친히 답신을 보내왔다.

"너무 강경하게 투쟁적으로 나가는 것은 바람직하지 않습니다. 대립과 투쟁보다는 타협(Compromise, 화해, 양보)의 정신이 필요합니다."

청년회의 날 선 예봉을 꺾게 하는, 조금은 실망스러운 반응이었다. 그럼에도 5천만 원의 지원금을 배로 늘려주셨다. 무언의 응원을 하셨던 것이라고 생각한다. 무엇보다 고무적인 것은, 사회활동을 하면 할수록 신도들의 반응이 적극적으로 변하더라는 점이었다. 나아가 참여 신도들의 숫자도 늘어났다.

지오쎄 회장으로 있으면서 교회일치운동教會一致運動(Ecumenical movement)을 벌여나갔다. 에큐메니즘은 기독교의 다양한 교파를 초월하여 모든 교회의 보편적 일치 결속을 도모하는 신학적 운동이다. 나는 여기서 더 나아가, 이를 노동운동과 접목시켰다. 다시 말해 천주교에서는 가톨릭학생회와 가톨릭노동청년회, 노동사목 등의 단체가 참여하고 개신교에서는 도시산업선교회, 빈민선교회, 기독학생청년회(Korea Student Christian Federation, KSCF) 등이 참여하는 초대형 협의회를 만든 것이다. 그리하여 신구교가 공동으로 노동운동을 전개해나갈 수 있게 되었다.

가톨릭노동청년회 회장으로서 조직을 운영하고 사업을 진행하다 보니 답답한 점이 있었다. 철저하게 짜인 1년 사업계획에 따라 움직이는 노동청년회의 속성 때문이었다. 따라서 미리 정해진 사업계획 외의 신규 사업에 대해서는 예산 등을 얻기가 어려웠다. 이는 조직 운용의 효율성과도 연결되는 측면이었다.

그래서 만든 것이 한국노동교육협의회였다. 지학순 주교를 회장으로 모시고 신구교 신부와 목사 몇 분을 내세운 조직이었다. 노동교육협의회를 통해 필요한 시기마다 필요한 인원과 예산을 편성, 입체적인 노동자 교육을 진행할 수 있게 되었다. 고맙게도 지학순 주교께서 예산상의 실질적인 도움을 주셨다.

이때 추진해서 크게 성공을 거두었던 대표적인 사업이 1972년의 '노동자수첩' 제작 배포였다. 당시 근로기준법을 찾아서 보면 모두 한자로 되어 있었다. 그러니 한자를 읽지 못하는 일반 노동자들에게는 있으나 마나였다. 오죽하면 전태일 열사가 근로기준법을 공부하다 말고 "나에게 대학생

친구가 한 명이라도 있었으면"이라는 말을 남겼을까. '노동자수첩'은 바로 이 근로기준법을 우리말로 옮기고 알기 쉽게 설명을 곁들인, 수첩만 한 크기의 얇은 책자였다. 이름하여 『알기 쉬운 근로기준법』. 이 책자를 2만 부 찍어 노동자들에게 배포하고 공부하게 했다. 파급효과가 엄청났다. 말 잘 듣는 노동자, 일 부려먹기 좋은 노동자들이 그 책을 가까이 두고 읽으며 할 말은 하는 노동자, 자기 권리를 스스로 찾는 노동자로 성장했다. 요컨대 회사 간부들과 언쟁이 붙었을 때, 그 책을 들이대면서 이렇게 주장할 수 있게 된 것이다. '우리의 권리들이 여기 정해져 있어요. 보세요.' 간부들이 꼼짝 못 하게 되었으니 노동자수첩의 인기는 상당했다. 이 덕분에 산업현장에서 많은 도움을 받았다는 인사를 종종 들었다.

천주교 조직은 치밀하다. 느슨하지 않다. 1970년도 당시, 지오쎄가 조직된 전국 5백여 성당에서 매주 청년들이 모였으니 조직적인 노동운동이 상당히 힘차게 전개될 수 있었다. 본당 중심의 지오쎄 활동에서 현장 중심의 활동으로, 현장에서 노동자의 권익을 위해 투쟁할 수 있도록 교육하고 지도했다. 그로써 많은 변화가 가능해졌다. 바로 그 같은 동력이 제2의 한국노동조합운동인 민노총을 탄생시키는 중요한 밑거름이 되지 않았나 생각한다.

1970년대의 바람에 휩쓸리다

　1971년 12월 6일, 박정희가 국가비상사태를 선포했다. 대통령에 의해 국가비상사태가 선포된 것은 이때가 사상 처음이었다. "현재 대한민국은 국가안전보장상의 중대한 시점에 처해 있다"라고 선언한 박정희는 그 이유로 "중공의 유엔 가입을 비롯한 제 국제정세의 급변, 그 틈을 탄 북한의 남침 위협"을 들었다. 이에 따라 "국가안보를 최우선시하고 일체의 사회불안을 용납하지 않으며, 최악의 경우 국민 자유의 일부도 유보하겠다" 등 여섯 개 항의 특별조치를 발표했다.

　하지만 정권의 속내는 따로 있었다. 당시 대학가는 학생들의 교련 반대 투쟁, 부정부패 척결시위 등 대정부 투쟁이 고조되고 있었다. 산업현장에도 비인간적인 작업 환경에 지친 노동자들이 자신들의 정당한 권리 찾기에 나서 각종 쟁의가 빈번해지는 분위기였다. 박정희는 국가비상사태를 활용해 이를 막아볼 요량이었다. 2차 경제개발계획에 들어서던 즈음이었다.

　그 당시 내 사회적 활동의 가장 큰 지향점은 어디까지나 '근로자들이 그들의 정당한 권리를 스스로 지키고 보장받을 수 있도록 도와주는 것'이었다. 그것은 가톨릭노동청년회라는 조직의 존재 이유이기도 했다. 노동운동과 민주화운동은 별개의 것이 아니었다. 동전의 양면과 같았다. 노동운동이 제대로 정착되면 될수록 나라의 민주화가 빨라지기 마련이었다. 마찬가지로 민주화가 사회에 정착하면서, 노동운동이 제대로 권리를 보장받게 되고 그 성과를 이루기 마련이었다.

'공장 안에 교회를 세우자.' 간단하지만 대단히 직설적인 슬로건이었다. 공장 근로자들 가운데 가톨릭 신도를 대상으로, 가톨릭 신도 가운데 노동자를 중심으로 그 슬로건의 의미를 새겨나갔다. 앞서 소개했듯 관찰과 판단과 실천이라는 구체적인 3단계 활동요령을 통해서, 즉 하느님의 자애로운 눈에 의한 관찰과 하느님의 자애로운 마음에 의한 판단과 하느님의 사랑에 의한 실천을 통해 그들 스스로 해야 할 일을 찾아 나섰다. 한 명 한 명의 노동자가 그렇게 변화했다. 노동자들의 인간됨이 그렇게 진화했다. 그 곁에 가톨릭노동청년회가 있었다. 서울의 화성산업, 부산의 태광산업 등 단위사업장들의 전반적인 분위기도 그렇게 변해갔다. 태광산업에서 일하며 가장 힘차게 노동운동을 전개해나갔던 스물여섯 살 먹은 미혼여성 노동자가 생각난다. 작은 체구임에도 조직을 위해 엄청난 활동을 벌이던 그 노동자는 나중에 한국 노동운동계의 큰 인물로 성장했다.

앞서 말했듯 당시 노동운동의 가장 큰 걸림돌은 한국노총이었다. 자기들이 관여하지 않은 노동조합은 관리가 어려울 터였으므로 사사건건 훼방을 놓고 우리가 민주적으로 세운 조합장을 교체하는 등 저급한 공작을 벌였다. 그러고는 자기들의 꼭두각시 같은 인물을 노조위원장에 앉혔다. 복수노조가 인정되지 않는 시기, 한국노총과 더불어 회사와 경찰의 합작품이었다.

돌이켜보면 한국노총과의 싸움이 첨예하던 1970년대는, 1980년대 민주노총이라는 싹을 틔우게 한 중요한 시기였다고 할 수 있을 것이다. 그때 탄압당하며 각성한 노동자들의 의식이 마침내 그들 자신의 권리를 지킬 수 있는 무기가 되었다. 요즘 한국노총은 민주노총과 쌍벽을 이루며 정상적인 노동운동을 하고 있다. 이른바 '어용노총'의 몰락은 세상이 바뀌며 자연스럽게 진행된 수순이었던 것 같다. 민주노총이 생기자, 예전의 작태에 머물러 있다가는 결국 단위조합들이 빠져나가고 회비가 적게 걷혀 운영에 곤란을 겪을 수밖에 없으니 결국 자구책으로라도 스스로 체질을 개선하지 않을 수 없었을 터였다. 노동자의 의식을 강화하고 노동운동이 이 땅에 뿌리를 내리는 데 영광스럽게도 개신교의 산업선교회와 가톨릭의 노동청년회가 적지 않은 역할을 해줄 수 있었다.

1973년 12월 25일 성탄 때의 일이다. 명동성당에서 노동자성탄축하미사를 막 끝낸 직후였다. 신학대학교 학생 누군가 찾아와 뭐라고 귓속말을 하는데 주변이 하도 시끄러워서 잘 들리지 않았다. 나는 못 알아들었지만 대충 고개를 끄덕였다. 나중에 알고 보니 "유신헌법 철폐하라'라는 플래카드를 들고 시위행진을 할까 하는데 괜찮을까요?"라는 질문이었던 모양이다. 내 '허락'이 떨어지자 단숨에 행진이 시작되었다. 마침 노동쟁의로 명동성당에서 시위 중이던 노동자 3백 명이 여기에 합류했다. 명동성당 계단을 내려선 시위대가 YWCA 건물 쪽으로 향했다. 오래 걷지 못했다. 길목을 지키고 있던 중부경찰서 기동대가 덮치며 간단하게 부서지고 말았다.

그날 저녁에 중부경찰서 유치장에 갇혔다. 시위를 누가 주동했느냐고 따져 묻는데, '무슨 소리인지 제대로 알아듣지 못한 채 허락했다'고 대답할 수는 없었다.

"모두 제가 지시한 일입니다. 제가 책임지겠습니다."

그러고는 젊은 혈기에 되레 큰소리를 쳤다. 유신헌법의 부당함을 말하고, 노동쟁의에 나서지 않을 수 없었던 노동자의 현실에 대해 역설했다. '젊은 노동자들이 얼마나 힘든 환경 속에서 일하고 있는지 아느냐'며 큰소리쳤다. 그런데 반응이 뜻밖이었다. 내 진실이 통했던 것일까, 아니면 마침 운 좋게 마음씨 좋은 경찰관을 만났던 것일까. 조서를 꾸미던 경찰이 고개를 끄덕거렸다.

"압니다 알아. 하지만 우리도 어쩔 수 없네요. 목구멍이 포도청이라."

양식 있는 형사들을 어쩌다 만나면 그들에게 들었던 대표적인 변명이 바로 그러했다. 교회운동이 되었건 노동운동이 되었건, 정권 입장에서 우리의 활동을 우호적으로 바라볼 리가 없었다. 언제나 탄압의 대상이었다. 끊임없이 미행당하고 도청당하고 감시당하는 신세였다.

예컨대 서울에서 활동하다가 며칠 만에 원주로 내려오는 때면, 서울의 중부경찰서 정보과 형사가 나를 따라붙어 원주까지 함께 간다. 원주에 와서는 원주경찰서 정보과에 나를 인계하고 돌아간다. 그때부터는 원주경찰서 정보과 소속 직원 한 명이 따라붙어 나를 감시한다. 좁은 원주 시내를 걷다 보면 우연히 아는 사람을 만나기가 십상이다. 그런데 누군가를 느닷없이 마주쳐 인사하고 잠깐 대화를 나눌 경우, 형사가 나중에 그 사람에게 찾아가 닦달해대는 것이다.

"실례 좀 하겠습니다. 신분증 좀 보여주시죠. 아, 사복경찰입니다. 이창복 씨를 어떻게 아시나요? 최근에 또 언제 그분을 만나셨죠? 만나서 무슨 이야기를 하셨는지 소상히 말씀해주세요. 나중에 큰일 나실 수 있으니 거짓말 마시고요."

그 사람으로서는 봉변을 당한 기분일 테고 나로서는 그 사람에게 몹시 미안해지는 노릇이었다. 그래서 나중에는, 길에서 우연히 예전의 학교 동창을 만나도 그 사람을 위해 못 본 척 모르는 척 지나갈 때가 많았다. 그러다 보니 친구들 사이에서 '이창복이 요새 되게 잘난 척하더라. 길에서 만났는데 아는 척도 안 하더라' 하는 소문이 돌기도 했다. 이래저래 입장 난처한 일이었다.

원주에 와서 집에 들어가면, 정보과 형사들이 집 안에까지 들어오지는 않더라도 바깥에서 서성거리며 밤을 새우곤 했다. 노골적으로 24시간 감시를 하는 것이었다. 사생활이 고스란히 노출된 채 살아가야 하니 참 힘들었다. 짜증이 나서 한두 번 장난을 친 적도 있었다. 이를테면 A라는 곳으로 가는 척하다가 몰래 샛길로 빠져 B라는 지역으로 몸을 숨기곤 했다. 졸지에 내 행적을 놓치고 만 수사관이 당황해서 나를 찾아다니는 모습을 멀리서 훔쳐보며 웃기도 했다.

나뿐만 아니라 정보과 사람들에게도 참 못 할 짓이었다. 따지고 보면 그 사람들이 무슨 죄가 있을 것인가. 위에서 시키니까 따른 것일 뿐인데. 그들 중에는 나중에 경찰 간부가 된 사람도 있다. "이 선생님 덕분에 치질에 걸렸으니 치료비 물어주세요." 그중 어떤 이는 훗날 그런 농담도 했다. 밤새도록 우리 집 앞에서 감시하다가 다리가 아파 돌계단에 앉아 오래도록 시간을 보냈는데, 그 차가운 곳에 있던 바람에 그만 치질이 생기고 말았다는 것이었다.

어둠의 시대의 사람들

바티칸 교황청에 '정의평화국'이라는 기구가 존재한다. 바로 그 정의평화국으로부터 세계 각 나라의 주교회의 산하에 정의평화위원회를 두게되어 있다. 하느님이 뜻하신 정의에 따라서 세상에 평화가 정착하도록 온누리에 사랑이 가득하도록 힘을 모으고, 그러한 일을 위해 힘쓰는 곳이바로 정의평화국과 정의평화위원회다. 지구촌의 각종 분쟁지역에 찾아가평화의 사도 역할을 하기도 하고, 어느 나라 어느 사회에 정의롭지 못한모습들이 보이면 이를 고쳐나갈 수 있도록 역할을 하기도 한다. 사실 교회라는 곳은 '세상 안에 하느님의 정의와 평화가 이루어지도록' 돕는 데그 존재 목적이 있지 않은가.

1973년 12월 어느 날, 정의평화위원회가 주최하는 연말 모임이 열렸다.주교회의 산하 조직의 행사이니만큼 그 규모가 제법 성대했다. 주교들에수녀원장들에 평신도 대표들까지 대략 80명의 교회 인사들이 한자리에모였다. 그 자리에 초청하지도 않은 김대중 선생이 찾아왔다. 조금 의아했지만 기왕 오신 분이니 대접을 하지 않을 수 없었다.

시간이 되어 송년회가 시작되었고 먼저 추기경이 덕담을 하셨다. 이어광주교구장 윤공희 대주교가 인사말을 했다. 세 번째로 지학순 주교에 이어, 앉은 순서에 따라 김대중 선생이 네 번째 차례로 이야기를 시작했다.그해 여름에 도쿄에서 납치되어 남태평양에서 죽을 고비를 넘기고 가까스로 귀국하게 된 등등의 과정이 장황하게 설명되었다. 좌중의 누구도 그 이야기가 자아낸 엄숙한 분위기를 깨지 못하였다. 모두 숨죽인 채로 경청할 따름이었다.

"그 와중에도 하느님께서 끝내 목숨을 지켜주신 것은, 이 김대중이에게 할 일이 아직도 남아 있기 때문이 아닌가, 하는 생각을 하지 않을 수가 없었던 것입니다."

거의 간증하듯이 열변을 토해내는데, 자리에 함께 계시던 나이 지긋한 장상수녀 몇 분이 흑흑 소리 내어 흐느껴 우셨다. 그렇게 '주객이 전도된' 상태에서 연말 모임이 끝났다. 그것이 김대중 선생과의 첫 만남이었다.

김대중 선생을 그렇게 알게 된 후, 그분도 정치인인지라 천주교인들을 자기 측근에 놓고 싶은 마음이 있었을 것이고 우리 교회 입장에서도 노동운동을 하면서 야당 지도자들의 협력이 필요할 때가 있어 서로 자주 만나게 되었다. 우리 쪽에서 먼저 동교동에 연락하고 찾아갈 때도 있었고 동교동에서 먼저 불러들여 만날 때도 있었다. 노동 문제를 비롯해 전반적인 민주화운동에 대해 많은 대화를 나누고 다양한 정보를 주고받았다. 조직적으로 결합된 것은 아니었지만, YH 사건, 태광산업사건, 한국모방사건 같은 굵직굵직한 사건이 터질 때면 야당 쪽의 긴밀한 도움을 받기도 했다.

1974년 박정희는 1971년 국가비상사태 선포에 이어, 긴급조치 1호를 선포하고 나선다.

1. 대한민국 헌법을 부정, 반대, 왜곡 또는 비방하는 일체의 행위를 금한다.
2. 대한민국 헌법의 개정 또는 폐지를 주장, 발의, 청원하는 일체

의 행위를 금한다.

3. 유언비어를 날조, 유포하는 일체의 행위를 금한다.

4. 전 1, 2, 3호에서 금한 행위를 권유, 선동, 선전하거나 방송, 보도, 출판, 기타 방법으로 이를 타인에게 알리는 일체의 언동을 금한다.

5. 이 조치에 위반한 자와 이 조치를 비방한 자는 법관의 영장 없이 체포, 구속, 압수, 수색하며 15년 이하의 징역에 처한다. 이 경우에는 15년 이하의 자격정지를 병과할 수 있다.

6. 이 조치에 위반한 자와 이 조치를 비방한 자는 비상군법회의에서 심판, 처단한다.

7. 이 조치는 1974년 1월 8일 17시부터 시행한다.

1972년 개헌된 유신헌법 53조에 규정되어 있던, 대통령의 권한으로 취할 수 있었던 특별조치였다. 국가비상사태나 마찬가지로 긴급조치 역시 의도의 안과 밖이 다른 정치적 행위였다. 요컨대 박정희는 이 조치를 발동함으로써 '헌법상의 국민의 자유와 권리를 잠정적으로 정지'할 수 있었다. 독재통치를 위한 사상 최고로 강력한 권한을 대한민국 헌법으로부터 위임받게 되었던 것이다.

힘으로 찍어 누르려는 독재자의 폭거가 갈수록 거세어지고 있었다. 그러나 민주주의를 열망하는 세력들이 얌전히 있을 리 없었다. 군사정권의 계산은 간단했다. '무엇이건 힘으로 제압하겠다'는 것이었다. 그러나 그들이 모르는 것이 있었다. 민초들은 힘에 밀리면 밀릴수록 반발이 커진다는 진리였다. 긴급조치에 반발하는 재야 세력들이 들불처럼 일어섰다.

이 와중에 발생한 것이 1974년 벽두를 들끓게 한 민청학련 사건(전국민주청년학생총연맹 사건)이다. 긴급조치 위반이라는 죄목으로 지학순 주교가 공안경찰에 끌려가는 초유의 사건이었다. 당시 민청학련 사건에는 김지하 시인이 연루되어 있었다. 하루는 김지하가 지학순 주교를 찾아와 활동에 필요한 재정을 요청했다. 지학순 주교가 이에 선뜻 응하고 몇 차례에 걸쳐 100만 원가량을 건넸다. 이후 지학순 주교가 해외로 잠깐 떠난 사이, 김지하 시인이 공안경찰에 끌려 들어갔다. 민청학련에 자금을 조달했다는 혐의였다. 수사의 초점은 '김지하가 어디에서 그 돈을 마련했느냐'에 맞춰졌다. 화살이 마침내 지학순 주교에게로 겨누어졌다.

그해 여름, 지학순 주교는 귀국하자마자 공항에서 연행되었다. 평신도도 아니고 일반 신부도 아닌 주교가 공안경찰에 잡혀갔다. 교회가 발칵 뒤집어지고 말았다. 주교는 교회 안에서 형벌권과 행정권을 가지고 있는 명실상부 하느님의 대리인이었다. 나아가 교회 입법권을 가지고 있는 막강한 권한의 소유자였다. 이런 주교가 백주 대낮에 사람 많은 공공장소에서 연행되었다. 20세기 문명국가에서 있을 수 없는 일이었다.

지학순 주교는 조사를 받고 2주 만에 일단 석방되었다. 그러나 동생의 집에 머물며 그 밖으로는 나갈 수 없도록 일종의 가택구금이 내려졌다. 동생의 집이니 여러모로 불편하고 활동에 제한이 있을 수밖에 없었다. 결국은 명동 바오로수녀원으로 거처를 옮기기로 결정하고 추진에 들어갔다. 그러나 이는 공안기관의 치밀한 방해공작에 의해 번번이 좌절되고 말았다. 기관원들은 동생 집으로 가지 않겠다고 버티는 지학순 주교를 향해 "자꾸 이런 식으로 나오면 재구속할 수밖에 없다"라고 협박을 늘어놓기도 했다.

참다못한 지학순 주교가 행동에 나섰다. 명동성당 성모상 앞에서 양심선언을 한 것이다. 한국 대중운동 사상 처음이었다. 이후로 틈만 나면 사회 저명인사들이 쏟아내는 그 양심선언의 첫 교범 같은 것이었다.

> [⋯] 정부가 교회에게 나 자신에 어떠한 선언을 하고 어떠한 지
> 시를 내리든, 나는 내 양심에 비춰 그것을 절대 받아들일 수 없음
> 을 밝힌다. 이 땅의 민주화를 위해 쓰일 것임을 잘 알았기에 김지
> 하 시인에게 활동비를 건넨 것은 사실이다. 그러나 어떤 사리적 목
> 적을 위한 일이 아니었다. 사목자로서 사회 지도층의 입장에서 결
> 행한, 국가의 미래를 생각한 결단이었다. [⋯]

양심선언 이후 지학순 주교는 다시 연행되었다. 그리고 두 번째 연행은, 우려스럽게도 상당히 장기화될 것처럼 보였다. 이번에는 사제들이 행동에 나섰다. 일주일에 한 번씩 모여 정기적인 기도회를 가지기로 의견을 모았고 이를 실행에 옮겼다. 기도회는 명동뿐 아니라 원주와 인천 등 전국을 오가며 이어졌다. 특히 원주는 교구장이 구속된 상황인지라 어느 지역 못지않게 적극적이었다.

8월 하순, 역시 기도회에 모인 사제들이 도통 변화될 조짐이 보이지 않는 현 상황을 타개하기 위한 대책들을 논의했다. 그 자리에서 '기도회라는 명목 말고 정례적인 모임을 만들자'는 안이 나왔다. 민주화를 위한 사제 조직이 이렇게 탄생했다. 바로 '천주교정의구현전국사제단'이다. 지학순 주교가 시무하던 원주에서 조직이 결성되었다. 함세웅 신부, 신현봉 신부, 김승훈 신부 등이 정의구현사제단을 앞서서 이끌었다.

그즈음의 어느 날이다. 지학순 주교 석방을 요구하는 명동성당에서의 합동기도회를 마친 뒤 숙소로 돌아와 잠들었다. 그런데 공안경찰이 예고도 없이 들이닥쳤다. 새벽 1시가 넘었는데 다짜고짜 나를 끌고 가더니 어

느 빈 사무실에 앉히고 심문을 시작했다. 장차 숱하게 겪게 될 장면 가운데 하나일 뿐이었다. 그러나 당시로서는 '난생처음 겪는' 사건이었다. 겁이 더럭 났다. 조사를 받기 전부터 극한의 두려움이 몰려들었다. 이가 덜덜 떨렸다. 과장이 아니라, 윗니와 아랫니가 딱딱 부딪치는 게 느껴졌다. 그 소리가 귓가에 생생히 들려왔다.

공안경찰들과의 첫 번째 만남은, 다행히 별 고초 없이 끝이 났다. 그때만 해도 교회의 우산 안에서 어느 정도 신분이 보장되었다. 애초부터 경찰들로서는 끌고 와서 겁만 주고 풀어줄 생각이었을 것이다. 결과적으로 '겁만 주겠다'는 그들의 전략은 기가 막히게 들어맞은 셈이었다. 그날 새벽 텅 빈 조사실에서 막연한 공포감에 사로잡힌 채 윗니 아랫니 딱딱 부딪치는 소리를 들었던 그 기억은 오랫동안 나를 부끄러운 자괴감에 빠뜨렸다. 그토록 겁이 많고 나약해서야 무슨 대중운동을 해낼 수 있을 것인가. 그 같은 회의감에서 좀처럼 벗어날 수 없었다. 한편으로, 이후로 무려 네 번이나 구속, 수감되도록 계속 이 바닥을 지켜왔지 않은가 하는 생각도 해본다. 천성적으로 나약하고 겁이 많지만, 그래도 끈기만은 누구 못지않은 것이 아닌가.

1976년부터 사회선교협의회에 소속되어 활동했다. 민통련에서 본격적인 민간 사회활동을 시작하기 전까지, 그 자리에서 대략 8년 동안 일했다. 총무로 시작해서 나중엔 부회장 자리까지 맡았다. 지오쎄 회장으로 있으면서 시도했던 교회일치운동을 사회선교협의회에서도 시도했다. 기독교의 다양한 교파를 초월하여 모든 교회의 보편적 일치 결속을 도모했고 또한 이를 운동의 동력으로 활용했다. 기독교의 구교와 신교가 합쳐지니 매사에 다이내믹한 힘이 발휘되었다. 덕분에 세상 무서운 줄 모르고 폭넓게 뛰어다녔다. YWCA, 기독교회관, 동대문성당 등을 빌려서 최악의 노동 현실을 규탄하는 대회를 열곤 했다. 그럴 때마다 수많은 사람들이 몰려들어 호응해주었다. 그 와중에 천주교 소속으로 빈민운동을 하던 제정구나 산업선교회의 인명진 목사 등을 알게 되었다. 지금은 골수 보수로 변신한 김진홍 목사, 얼마 전 세상을 떠난 박홍 신부와도 친분을 맺었다. 당시에 기독교운동을 하던 분들 가운데 언젠가부터 극우세력이 되어버린 경우를 많이 보았다. 십 년이면 강산도 변한다더니 차마 웃지 못할 노릇이다.

민주주의 열망의 마음을 집대성하다

　지학순 주교의 구속 이후, 민주주의를 열망하는 움직임이 교회 안은 물론 교회 밖에서도 더욱 거세어져만 갔다. 종내는 재야의 인사들과 교회가 힘을 합쳤다. 민주화운동세력의 결집을 위해 1974년 11월 27일 발족한 민주회복국민회의가 그것이다. 이병린·함석헌·천관우·김홍일·강원룡·이희승·이태영의 7인 위원회를 중심으로 재야인사 71명이 참여한 가운데 탄생한 민주회복국민회의는 가장 먼저 민주회복국민선언을 발표한다. 이 역시 이후 숱하게 발표되는 대규모 선언의 시초와도 같았다.

> "현행 헌법은 최단 시일 안에 합리적 절차를 거쳐 민주헌법으로
> 대체되어야 한다. 반정부 행동으로 말미암아 복역·구속·연금 등을
> 당하고 있는 모든 인사들은 속히 사면되어야 한다."

1974년 민주회복국민선언 서명자 (총 71명)
원로　　　윤보선 백낙준 이인 김홍일 유진오 정일형 정화암
독립투사　김재호 안재환 유석현
제헌의원　진헌식 송진백 황호현
천주교　　윤형중 함세웅 신형봉 김택암 안충석 양홍 이창복
　　　　　박상래
개신교　　김재준 함석헌 강신명 강원용 김관석 윤반웅 조향록

	이상린 박창균 강기철 계훈제
학계	이희승 정석해 이동화 전경연 박봉근 서남동 문동환 안병무
문인	이헌구 김정한 박연희 김규동 백낙청 고은 김윤수 김병걸 홍사중
언론인	천관우 리영희 장용학 김용구 부완혁 임재경
법조인	이병린 홍성우 황인철 한승헌 박경규
여성계	이태영 공덕귀 이우정 김정례
정치인	김영삼 양일동 안필수 고흥문 윤제술 김철

당시 중앙 일간지들에 실린 명단이다. 가톨릭 측 인사들을 보면, 다들 사제인 가운데 평신도는 나 한 사람이었다. 1974년 12월 25일 창립총회를 개최한 민주회복국민회의는 윤보선·백낙준·이희승·김수환·김대중 등을 고문으로, 윤형중(상임대표)·함석헌·이병린 등을 대표위원으로, 홍성우·함세웅(대변인)·한승헌 등을 운영위원으로 선임하였다. 그 외 지속적 활동을 위해 사무국을 설치하고, 1975년 3월 초까지 일곱 개 시도지부와 20개 시군지부를 결성했다. 이후 국민회의는 김영삼·양일동 등 야당 총재들이 참여하며 재야와 야당이 함께하는 반유신운동단체의 성격을 보이기도 했다.

국민회의가 전국으로 확대되며 반유신 민주화운동이 활발하게 진행되자 정부는 이 조직을 강력하게 탄압했다. 먼저 국민선언에 참여한 국립대학의 교수들이 곧바로 대학에서 추방되었다. 1974년 11월 27일 서울대학교 백낙청 교수가 파면되고 경기공전의 김병걸 교수가 권고사직되었다. 사립대학 소속의 안병무·문동환·박봉랑·서남동 교수 등에게도 경고가 내려졌다. 1975년 1월 17일 국민회의 대표위원 이병린 변호사는 간통 혐의로, 3월 22일에는 운영위원 한승헌 변호사가 반공법 위반 혐의로 구속되었다. 10월 21일 김윤식과 계훈제는 긴급조치 위반혐의로 구속되었다. 이외에도 관계된 많은 이들이 생업에서 온갖 불이익을 받았다. 나아가 경찰과 수사기관이 국민회의 지부 관계자들을 미행하고 불법 연행하거나 자택을 수색하는 사례가 빈번했다.

뒤에 가서도 언급되겠지만 민청학련 사건은 이른바 유신정권에 의한 대표적 용공조작 사건으로 꼽는다. 당시에도 물론 '군부독재가 민주세력 탄압을 가중시키기 위해 조작한 일'이라는 생각들을 막연하게나마 갖고 있었다. 민청학련에 대한 재조사 요구는 그간 끊임없이 이어졌고, 마침내 2005년 12월 국가정보원 과거사진실규명위원회는 "민청학련 사건은 학생들의 반정부 시위를 인민혁명 시도로 왜곡한 학생운동 탄압사건"이라고 발표하였다. 2009년 9월 사법부는 이 사건 관련자들에 대하여 "내란 죄로 인정할 증거가 없다"라고 무죄를 선고하였다. 2010년 10월 서울중앙지방법원은 이 사건의 관련자와 가족 등이 국가를 상대로 제기한 손해배상 소송에서 "국민을 보호해야 할 국가가 유신체제를 유지하기 위해 오히려 가해자가 돼 불법행위를 저질렀다"라고 국가가 520억여 원을 배상하라는 판결을 내리기도 하였다.

많은 이들이 말하듯 원주는 민주화의 성지다. 원주교구의 지학순 주교님이 잡혀 들어가며 민주회복국민회의가 만들어진 것을 비롯해 많은 민주화항쟁의 발화점이 바로 원주였다. 1972년에 원주교구를 중심으로 진행된 부정부패규탄대회도 그중 하나였다. 1965년 설정된 원주교구의 초대 교구장 지학순 주교님은 1971년 "이 땅에 부정부패와 불의가 사라지고 정의로운 사회가 이룩되기를 기원한다"라며 '부정부패 일소를 위한 특별 미사 및 부정부패 규탄 대회'를 개최하기도 했다. 그런가 하면 1976년 유신 정권 당시 민주화운동에 한 획을 그은 '원주 선언'은 같은 해 명동성당에서 발표된 3.1 민주구국선언으로 이어졌다.

정치적인 문제로 주교를 구속시킨다는 것은 민주주의를 열망하는 국내 시민들에게뿐 아니라 전 세계적으로도 뜨거운 이슈였다. 쉽게 말하면 나라 망신이었다. 군사정권으로는 악수를 둔 셈이었다. 바티칸 교황청에서도 항의서한을 보내올 정도였다. 부담을 느낀 군사정부는 지학순 주교를 그해 11월 형 집행 정지시킨다.

그러나 그런 '혜택'은 꿈도 꾸지 못할 처지의 김지하 시인은 여전히 투옥 중이었다. 가만히 있을 수 없었다. 그리하여 기획되고 주최된 행사가 '김지하 석방을 위한 문학의 밤'이었다. 21세기 오늘날의 대한민국에서도 아직 해결되지 않은 '양심수 없는 세상'의 문제이기도 했다. 이 뜻깊은 행사가 대전에서, 부산에서, 대구에서 별 탈 없이 열리도록 사람들을 조직하는 데 힘을 아끼지 않았다.

전국을 순회하던 문학의 밤 행사가 대구까지 내려왔다. 대구교구의 어느 신부님이 자신의 성당을 빌려주고 그 행사를 열도록 돕기로 약속했다. 그런데 행사를 불과 며칠 앞두고 문제가 생겼다. 대구교구장이 그 성당으로 쫓아온 것이다. 행사를 열지 말라고 지시하기 위해서였다. 천주교에서는 명령체계가 분명하다. 신부가 교구장의 말을 거역할 때는 옷을 벗어야 할 수도 있다. 위기의 상황에 그 신부가 꾀를 내었다. 교구장이 오기 전에 먼저 자리를 피한 것이다. 지시를 어길 수는 없으니 지시받는 것을 재치를 발휘해 슬그머니 거부한 것이었다. 결국 문학의 밤 행사는 이상 없이 주최되었고, 불복종은 없었으니 그 신부도 무사히 자리를 보존하게 되었다. 마산교구에서도 그와 비슷한 일이 있었다. 교회가 사회 문제에, 특히 정치적인 문제에 나서지 않기를 바라는 이들이 더 많은 시절이었다. 그것이 일반적인 분위기이고 현실이었다.

전국의 교구를 돌면서 개최한 '김지하 석방을 위한 문학의 밤' 행사 때마다 김지하의 시를 낭송하고 강연도 하고 함께 노래도 부르며 참석자들의 큰 호응을 불러 모았다. 그때 느낀 것 하나가 '노래를 통한 대중운동의 전파력이 엄청나게 빠르다'는 사실이었다. 〈아침이슬〉을 비롯한 운동권 가요들을 열심히 따라 부르는 모습을 보며, 사람과 사람을 통해 입과 입을 통해 그 노래들이 빠르게 전파되는 모습을 보며 깨달은 사실이다.

처음에는 〈아침이슬〉이 김지하가 만든 노래인 줄 알았다. 그래서 행사 팸플릿에 잘못 적어서 배포하고 말았다. 이 소문을 들은 김민기가 정색하면서 화를 냈다.

"정말 모르고 그런 거예요? 모르면 물어봐야지, 남의 노래를 멋대로 훔쳐 가면 어떻게 해요?"

김민기는 인천에서 노동자 생활을 했다. 한창 유행하던 '위장취업'과 다르면서도 비슷한 경우였다. 노동현장 속에서 노동자들과 함께 생활하면서 느낀 내용을 바탕으로, 그가 극의 줄거리를 만들고 가사를 쓰고 곡을 붙였다. 이것이 1978년 김민기 작사·작곡으로 만들어진 음악극 〈공장의 불빛〉이다. 서곡을 포함하여 총 21편의 노래로 짜인 음악극으로 대부분의 대사가 노래로 구성되었다. 총 공연 시간이 35분인 이 작품은 카세트테이프 한 면에 전체가 수록되었고 뒷면에는 반주 음악만 따로 수록되었다. 같은 해에 채희완 안무·연출로 공연되기도 했다.

바로 이 〈공장의 불빛〉에 얽힌 차마 웃지 못할 기억이 있다. 하루는 김민기가 내게 찾아와 '이 작품을 카세트테이프로 제작하려는데 돈이 50만 원 정도 필요하다'고 했다. 내가 어떤 분에게 부탁하여 쾌히 그 액수를 협찬받아 전달했다. 그 돈으로 카세트 수천 개를 만들었고 이를 전국 각지에 배포하기까지 내가 한 번 더 도왔다. 지역단체들이 장사를 잘했다. 김민기의 이름값 때문인지 작품이 훌륭해서인지 물건을 보낸 곳마다 남은 것이 없을 정도로 잘 팔렸다. 문제는 판매대금이 별로 남지 않았다는 것이었다. 지역사회단체들이 늘 영세하고 경제적으로 쪼들리는 처지라, 급한 대로 일단 그 돈을 써버린 것이다. 수금이 되지 않으니 김민기는 울상이 될 수밖에 없었다. 중간에 개입한 내 입장도 난처해졌다. 어쨌거나 그즈음, 지역별로 다니는 곳마다 김민기의 〈공장의 불빛〉 노래가 들려왔다.

비상계엄과 위장결혼식

김재규의 거사로 1979년 10월 26일 박정희가 사망했다. 다음 날 새벽 3시 45분경 국무회의에서 비상계엄이 선포된다. 그로부터 며칠 뒤 열린 군 주요지휘관 회의에서 '유신 체제로는 더 이상 안 된다. 바꿔야 한다. 민주주의를 열망하는 국민들의 목소리에 이제라도 귀를 기울여야 한다'는 의견이 모였다. 일반인들의 경우 당연히 민주화에 대한 열망이 더할 나위 없이 부풀어 오르고 있었다. 계엄사령관을 맡은 정승화 육군 참모총장 역시 '이번 기회에 대한민국이 민주화를 이루지 않으면 안 된다'는 견해를 여러 차례 밝혔다.

"군이 정치에 관여한다는 것은 [그럴] 여력도 없을뿐더러 곧 우리의 의무를 포기하는 결과가 될 것이다. 군은 더 이상 정치에 개입해서는 안 된다. 지금과 같은 공백기를 넘어 새로운 정치권력을 창출하는 데 나는 일절 관여하지 않을 것이다."

그러나 일부 세력은 모호한 태도를 취하는 중이었다. 하나회가 그러했으니, 그 속내는 얼마 뒤 12.12 쿠데타를 통해 만천하에 드러나고 만다.

1979년 11월 5일, 10.26으로 휴지 상태였던 국회가 속개됐다. 이날 김영삼은 '제3공화국 헌법으로 돌아가는 것을 원칙으로 3개월 안에 대통령을 직접 선거로 선출하자'고 주장했다. 이는 미세한 차이 몇 부분을 제외하고는 김대중의 의견과도 일치하는 내용이었다. 나중에는 김종필도 이와 거의 같은 입장을 밝히게 된다. 11월 10일 드디어 최규하 대통령 권한대행의 시국 특별 담화가 발표되었다.

"[유신]헌법에 규정된 시일 내에 국법이 정하는 절차에 따라 대통령 선거를 실시하되 새로 선출되는 대통령은 현행 헌법에 규정된 잔여 임기를 채우지 않으며, 현실적으로 가능한 한 빠른 기간 내에 […] 헌법을 개정하고 그 헌법에 따라 선거를 실시해야 한다."

유신헌법에 의해 빨리 새 대통령을 뽑는 절차를 밟아서 대통령 권한대행인 최규하 자신이 '권한대행'자를 떼겠다는 것이었다. 그러고는 그렇게 대통령이 된 자신이 (또는 새 대통령이) 전임 대통령의 남은 임기를 채우지 않고, 가능한 한 빨리 헌법을 바꾸고 그 헌법에 따라 선거를 치르겠다는 이야기였다.

최규하 권한대행의 이 같은 발표를 민주화운동세력은 받아들이기 힘들었다. 박정희가 죽은 마당에 유신헌법을 들먹이며 그를 통해 대통령을 선출하다니 이치에 맞지 않는 일이었다. 그런 식으로라면 대한민국의 민주화 일정이 불분명하게 길어지는 것 아닌가 하는 우려가 컸다. 무엇보다 '신군부를 억압하고 통제할 수 있는 힘이 최규하에게 있겠는가'가 문제였다. 대단히 회의적인 상황이었다. '유신헌법을 빨리 폐지해야 한다'는 것이 재야인사들의 한결같은 주장이었다. '제대로 된 민주주의 방식으로 새롭게 정부를 수립해야 한다.' 이것이 민주화 세력들의 올곧은 주장이었다.

이처럼 뒤숭숭한 와중에 'YWCA 위장결혼식' 사건이 벌어지게 된다. 11월 어느 날, 조성우 동지가 사무실로 전화를 걸어온 것이 시작이었다. 시간 괜찮으면 점심이나 함께하자는 것이었다. 사무실 근처 식당에서 그를 만나 식사하면서 많은 이야기를 나누었다.

"통대(통일주체국민회의 대의원대회)가 곧 대통령을 세울 텐데, 보고만 있을 겁니까?"

"막아야지요. 국민대회를 제대로 열어서 목소리를 내야지요."

"좋습니다. 어서 준비합시다."

"하지만 사람 모으기가 보통 어렵지가 않아서."

"방법이 있어요."

조심스러운 나를 향해 조성우가 눈을 반짝였다.

"유진산 씨가 한번 써먹은 방법인데, 위장결혼식을 여는 겁니다."

"아…… 거짓말로 사람을 모으자고요?"

"그것 아니고는 방법이 없잖아요."

그와 내가 그 자리에서 '음모'를 꾸미기 시작했다. 나는 교회와 노동계의 사람들을 동원하기로 하고, 조성우 동지는 다른 쪽을 맡기로 했다. 당시에는 명함만 한 종이에 결혼식 날짜와 장소 등을 인쇄해서 뿌리는 것이 유행이었다. 그래서 우리도 작은 전단 몇천 장을 만들어 배포를 시작했다. 신랑은 홍성엽이라는 간사가 당시 총각이라서 그를 내세우기로 했고, 신부는 대역을 못 찾아 즉석에서 만든 이름을 사용했다.

그러던 즈음 박종태, 양순직 전 의원들로부터 만나자는 연락을 받았다. 관철동 경양식집에 가보니 그곳에 이미 조성우 동지와 이신범이 나와 있었다. 이런저런 이야기를 나누던 중, 박종태가 두툼한 봉투를 내밀었다. 현금 50만 원과 윤보선이 사인한 편지가 담겨 있었다. 참고로 나는 윤보선의 사인이 어떻게 생겼는지 익히 알고 있었다. 언젠가 윤보선으로부터 지학순 주교에게 보내는 편지를 대신 건네받았는데, 그 내용이 하도 궁금해서 몰래 뜯어보고는 감쪽같이 붙여놓은 적이 있었다. 그때 사인의 모양이 뇌리에 분명히 남겨졌던 것이다. 박종태가 전한 편지의 사인을 보니 내가 기억하는 그 윤보선의 것이 분명했다. 편지의 요지는 이러했다.

"계엄군은 우리의 편입니다. 어제 모 장군이 나에게 찾아와서 브리핑을 해주었는데, '군부가 민주화를 열망하고 있다'는 사실을 확실하게 느낄 수 있었습니다. 대령 계급장을 단 어떤 장교는 '집회가 열리면 협조하겠다'고 까지 약속해주었습니다. 그러니 집회가 끝나고 행진을 할 때, 절대 돌을 던지지 말고 불을 지르지도 마세요. '계엄군은 우리 편이다', '미군은 한국의 민주화에 간섭하지 말라'라는 구호를 외쳐주세요. YWCA 집회가 끝이어서는 안 됩니다. 남대문에서도, 을지로에서도, 종로에서도 집회는 이어져야 합니다. 마지막으로는 광화문 앞에 집결해 민주화를 외쳐야 합니다."

편지를 읽고 나자 등골을 타고 서늘한 기운이 엄습했다. 이제 돌이킬 수 없는 강을 건넌 셈이었다. 한편으로 든든한 지원군을 얻었다는 생각도 들었다.

"이런 격려까지 받은 마당인데, 시간을 두고 좀 더 준비해서 더 큰 규모로 일을 벌이면 어떨까요?"

내가 자리에 앉은 사람들에게 제안했다. 그러자 사람들이 고민하는 얼굴들이었다. 이미 계획에 따라 모든 일정이 진행되는 중이었다. 사실상 행사 연기는 가능한 일이 아니었다. 집회 날짜가 다가오고 있었다. 머릿속이 점점 더 복잡해지고 있었다. 계엄군이 정말 우리 편일까? 그것이 가장 큰 화두였다. 윤보선의 주장이 아무리 확고하다 해도, 어느 장군이 그런 발언을 했다 해도, 그 내용을 100퍼센트 믿을 수는 없는 일이었다.

행사 준비가 비밀리에 진행되고 있었다. 그 와중에 나는 원주로 내려가서 사람들에게 집회 참석을 권유했다. 부천과 인천, 구로 등지를 돌아다니며 노동계의 적극적인 참여를 호소하기도 했다.

마침내 11월 24일 당일이 되었다. 행사가 시작될 시간보다 네 시간 빨리, 정오쯤에 명동으로 나갔다. 조마조마한 심정으로 YWCA 주변 분위기를 살폈다. 군인이 두 명씩 동초를 서는 중이었다. 그 외에도 많은 군인들이 근처를 서성이는 모습이었다. 뭔가 낌새를 챈 분위기였다. 그러나 적극적으로 방어하고 막으려는 것 같지는 않았다.

운명의 오후 4시. 사람들이 하나둘 모여들었다. 군인들이 사람들의 입장을 저지하지는 않았다. 계엄군이 과연 우리 편인 것인가. 그런 순진한 생각이 들기도 했다. 5시 30분이 지났다. 행사장소는 자리가 없을 정도로 사람들로 가득 들어찼다. 그제야 뭔가 심상치 않음을 느꼈는지 군인들이 사람들의 입장을 제지하고 나섰다. 하지만 이미 그때는 가짜신랑 홍성엽이 식장 입구에 서서 하객들에게 인사하는 중이었다. 심지어 그의 어머니는 화촉 등까지 밝혀 들고 있었다. 참 아이러니하게도 또 불운하게도, 그는 끝내 결혼을 못 하고 재야단체 일에만 열심이다가 이른 나이에 세상을 떠나고 말았다. 그와의 일화를 생각할 때마다 가슴이 아려오는 것을 어쩔 수 없다. 행사가 시작되었다. 사회자가 떨리는 목소리로 선언했다.

"여기 와주신 여러분들께 말씀드립니다. 오늘 이 자리는 결혼식장이 아닙니다. 오늘 우리는 누군가의 결혼식이 아니라 저 통일주체국민회의의 대통령 선거를 저지하는 국민대회를 열 것입니다!"

대회의장 안이 삽시간에 조용해졌다. 잔기침 소리 하나 들리지 않았다. 사회자가 다시 입을 열었다.

"먼저 대회장인 함석헌 선생께서 선언문을 낭독하시겠습니다."

그러나 맨 앞줄에 앉아 있던 함석헌 선생은, 지목을 받았음에도 도통 움직이지 않았다. 장내의 나직한 박수 소리가 3분 가까이 이어졌다. 그럼에도 함 선생님은 미동조차 하지 않았다. 바로 뒷줄에 앉아 있던 나는 그제야 '함석헌 선생님에게 사건의 전모가 제대로 전달되지 않았다'는 것을 직감했다. 따지고 보면 우리 실수고 잘못이었다. 바로 전날, 우리는 원남동 앰네스티 사무실에서 마지막 성명서를 작성하고 '이것을 누구 이름으로 발표할 것인가'에 대해 논의하였다. 그 결과 박종태, 양승직 두 공화당 의원을 대표로 내세우는 것은 문제가 있다는 데 의견이 모아졌다. 결국 선택된 인물이 함석헌 선생이었다. 우리는 최 아무개에게 '오늘 저녁 함석헌 선생을 찾아가서 선언서 낭독을 부탁하라'고 요청했다. 그렇게 일단락되었다. 그런데 최 아무개가 무슨 일인지 그날 저녁 함 선생님을 찾아뵙지도, 다음 날 우리에게 그 사실을 이야기하지도 않았던 것이다. 함석헌 선생은 아무런 마음의 준비 없이 자리에 앉아 있었는데 사회자가 갑자기 호명하니 당황스러우셨을 것이다. 눈앞이 캄캄했다. 손바닥에 땀이 찼다. 자칫 장내가 어수선해지고 행사가 엉망이 될 수도 있는 상황이었다. 내가 서둘러 박종태에게 다가가 나직이 그러면서도 다급히 외쳤다.

"선언문을 읽어요! 어서요!"

역시나 당황해서 어쩔 줄 몰라 하던 박종태가 단상에 올랐다. 정신을 다잡고 준비한 원고를 펼쳤다.

"'통대'에 의한 대통령 선출을 우리는 반대합니다. 유신의 청산을 위한 유신의 연장이란 결코 용납될 수 없는 일입니다! 저 녹슨 독재의 쇠사슬을 마지막 허리까지 끊어버립시다!"

살얼음판 같은 계엄 시기였다. 12월로 예정된 통일주체국민회의 대의원의 대통령 선출을 저지하고 민주화를 촉구하는 기습적인 집회였다. 이를 '통대 선출 저지 민주화 촉구 대회'라고도 부르는 것은 그래서다.

그로부터 채 2분도 지나지 않아, 문밖에서 우당탕 소리가 들려오더니 대회장 안으로 군인들이 쳐들어왔다. 우리는 문짝에 바리케이드를 쳐가며 저항했다. 결사적으로 저항하며 '통대에 의한 대통령 선출 반대한다!', '거국 민주 내각을 구성하라!' 등의 구호를 외쳤다. 그러나 수많은 군인들을 당해내기란 물리적으로 불가능한 일이었다. 마침내 바리케이드를 뚫고 진입한 계엄군이 닥치는 대로 참석자들을 두들겨 패면서 끌어냈다.

행사장에서 가까스로 빠져나온 사람들이 거리에 모였다. 주로 젊은 사람들을 중심으로 한 150여 명이 시위대를 편성하고 스크럼을 짜서 가두 시위를 벌였다.

"유신 철폐!"

"통대 반대!"

힘차게 구호를 외치면서 조흥은행 앞까지 나아갔다. 잠시 뒤, 뒤쫓아 온 계엄군에 의해 이들 가운데 상당수가 무참히 얻어맞고 또 끌려갔다. 당시 상황을 곰곰 짚어보면, 처음에는 일부 계엄군들이 우리의 행사를 방조하는 분위기였다. 심하게 제지하지는 않았다. 아마도 정승화 계엄군이 그러했을 것이다. 그런데 나중에 전두환이 지휘하는 계엄군이 투입되며 엄청나게 공격적인 탄압이 일어났다. 우리가 볼 때 그 차이는 극명했다.

이날 계엄군한테 연행된 사람이 140명이 넘었다. 많은 이들이 젊은 군인들에게 심하게 두들겨 맞았다. 연행된 이들 중에는 유신이 한창이던 때 가혹한 고문을 당한 경험을 가진 이들이 적지 않았다. 그런데 이날 계엄군한테 당한 구타와 고문이 '그때 못지않았다'는 이야기가 나왔다. '군인들이라 역시 다르다. 지독한 놈들이다'라는 소리가 절로 나올 정도였다.

김병걸 교수는 모진 고문의 후유증으로 상당 기간 걷는 것이 힘들 지경이었다. 함석헌 선생은 무릎에 피멍이 들도록 구타를 당한 데다 수염이 뽑히는 능욕을 당했다. 백기완 선생도 심한 고문으로, 한때 극심한 기억 상실증에 걸리기도 했고 조그만 금속성 소리에도 깜짝깜짝 놀라는 정신 착란증, 협심증 같은 것들이 겹쳐 폐인이 되다시피 했다. 거기에다 고관절과 무릎 관절, 5번 요추의 극심한 통증으로 잠도 못 이루다가 병보석으로 석방되었는데 석방될 당시 체중이 불과 40킬로그램이었다.

YWCA 위장결혼식 사건 이틀 후인 11월 26일 국회는 여야 만장일치로 헌법개정심의특별위원회 설치를 가결했다. 12월 3일에는 백두진이 국회의장직을 사임했다. 12월 6일 급기야 최규하 권한대행이 유신헌법과 '통대'에 의해 대통령이 됐다. 7일에는 자정을 기해 긴급조치 9호가, 8일에는 김대중 연금이 연이어 해제되었다. 10일에는 부총리였던 신현확이 총리로 임명되었다. 그리고 이틀 후인 12일 쿠데타가 일어났다.

1970년대는 군부독재의 시기였다. 군부의 민주화 탄압이 극도로 치달은 시기였다. 박정희는 국민과의 약속을 너무도 많이 어긴 독재자였다. 총칼로 차지한 그 자리에서 물러나겠다는 수차례의 약속을 단 한 번이라도 지켰다면 대한민국의 역사가 어떻게 흘러갔을까? 적어도 박정희 스스로 그런 비참한 최후를 맞지는 않았을 것이다. 나라의 민주화도 더 빠르게 진행되었을 것이다.

박정희가 없었다면 과연 우리나라의 경제 부흥이 불가능했을까? 장면 정부는 유약하기는 했지만 민주정권으로서 가진 경제건설의 청사진은 분명했다. 4.19 혁명 후 합법적으로 세워진 민주당 정권은 대한민국 근대화를 위해 경제 제일주의와 수출 제일주의가 필요하다고 판단하였다. 그리하여 경제개발 5개년계획을 세웠다. 이를 위해 태백산 계획, 울산공업단지 조성 계획을 세웠다. 또한 그에 필요한 자본을 동원하고자 대일 청구권 자금, 미국의 대한원조증액 요청, 독일 등 선진국의 차관도입, 외국기업의 투자유치 계획 등에 관한 대강의 교섭안까지 마련했다. 5.16 세력이 반란을 일으키면서 이 모든 것을 물거품으로 되돌렸다.

박정희는 민주당 정권과 이병철 등 실력 있는 경제인들의 조직체인 한국경제협의회가 합심해 만든 민주당의 경제개발 5개년계획을 몽땅 빼앗았다. 그러고는 앞에 신新 자 하나만 덧붙여 신경제개발 5개년계획을 표방했다. 마치 계획안을 자기들이 만든 것처럼 내세웠다.

우리 국민들은 근면하다. 열심히 일하는 성실한 사람들이다. 바로 이것이 대한민국의 경제를 일으켜 세운 원동력이라고 생각한다. 역사 속에 박정희가 존재하지 않았다 해도, 2022년 오늘날 우리의 경제 수준이 여전히 후진국 상태는 아니었을 것이라고 나는 믿는다.

1980년의 그때 그곳 그 기록

1980년 5월 18일, 나는 광주에 있었다. 그날이 대한민국 민주주의 역사 속에 어떤 날로 기록될 것인지 전혀 모르는 채로. 전두환의 신군부에 의해 서울의 봄을 빼앗기고 민주화에 대한 열망이 전국적으로 들불처럼 타오르던 시기였다. 언제 폭발할지 모를 팽팽한 긴장감과 위기감으로 온 나라가 경직되어 있는 즈음이었다. 특히나 대학가의 분위기는 가파르게 들끓어 오르고 있었다. 대략 4월 말, 5월 초부터 '신군부정권 퇴출'과 '학내민주화 쟁취'를 외치는 구호들이 힘차게 메아리치는 중이었다. 많은 학생들이 학교 밖으로 나오기 시작했다. 광주 역시 마찬가지였다.

17일 저녁 광주로 내려가서 하룻밤을 잤다. 다음 날인 18일은 내내 바빴다. 오전에는 광주 살레시오고등학교에서 열린 가톨릭노동청년회 교육 행사장에 찾아가 강의를 했다. 오후에는 광주 YWCA에서 주최하는 노동자교육 프로그램을 찾아가 역시 강연 일정을 소화했다.

바쁜 일정을 마치고 나니 오후 4시쯤이었다. 광주에 내려온 김에 광주 교구청에 찾아가서 윤공희 대주교께 인사를 드렸다. 가톨릭센터 7층에 교구장실이 있었다. 그곳에 가서 차 한잔 나누며 이런저런 이야기를 주고받는 참이었다. 교구장실 창밖으로 금남로가 한눈에 내려다보이는 위치였다. 그때 거기서 나는 보았다. 내 눈을 의심하면서 똑똑히 목격하였다. 계엄군을. 계엄군에 무참히 구타당하는 시민들을. 온몸의 피가 얼어붙는 경악 속에서 그 모든 장면들을, 그해 광주에서 일어난 비극의 일부 장면들을 생생히 지켜보았다.

계엄군들이 길 가는 사람들을 다 잡아들이는 중이었다. 사람들을 굴비 엮듯 엮어서 끌고 가는 중이었다. 포승줄도 아니고 철사에 묶어서 끌고 가는 중이었다. 공포에 질려 순순히 끌려가는 사람들을 군인들이 사정없이 때리는 중이었다. 소총에 대검을 장착하고 사람을 찌르고 위협하는 중이었다. 곤봉으로 사람의 머리고 어깨고 잔등을 마구 때리고, 사람들이 항의하자 대검으로 옆구리를 콱 찍는 중이었다. 그렇게 엉망을 만들어서 군용 트럭에 이송하는 중이었다.

당시 서울 지역의 경우, 서울대학교 한 군데에서만 1만 명 이상의 학생들이 시위에 나설 정도였다. 그만큼 학생들의 시위 규모가 커지고 있었다. 그러나 언론은 입을 꾹 다물고만 있었고, 그래서 그런지 시민들의 호응은 크지 않은 편이었다. 이에 시위를 잠시 멈춘 대학생들은 '우리가 길거리로 나서지 않을 수 없는 이유'를 구구절절 밝힌 전단을 거리에 배포하기도 했다. 서울 지역 대학생들이 마지막으로 모인 것은 5월 15일, 서울역 대규모 집회였다. 이날 평화적으로 집회를 마무리하며 학생들은 '5월 21일 개원하는 국회에서 계엄령 해제 결의안을 의결하라', '또한 학생회를 예전처럼 부활시켜라'라고 목소리를 높였다. '그때까지는 시위를 자제할 것이며, 요구사항이 관철되지 않으면 다시 시위를 재개하겠다'고도 밝혔다. 일종의 최후통첩이었다. 당시의 정황으로 보면 실제로 계엄령이 해제될 가능성이 크게 점쳐진 것도 사실이었다.

그런데 이 같은 시위대의 태도에 대해 비판 아닌 비판을 하는, 불만 아닌 불만을 표시하는 이들이 적지 않았다. 요컨대 '교정 밖으로 나왔으면 강하게 한번 붙어서 힘을 보여줘야지 너무 맥없이 돌아선 것 아니냐' 하는 반응들이었다. 이를 의식했던 것일까. 17일 저녁 서울 지역 각 대학 학생대표들이 이화여자대학에서 모였다. 전국적인 저항운동을 계획하기 위해서였다. 그리고 이를 눈치챈 계엄부는 날을 곤두세우고 탄압을 준비했다. 제주도까지 포함한 확대계엄령이 선포되었다. 국회를 해산시키고 학생들에 대한 탄압을 자행하기 시작했다.

이러한 흐름은 광주전남 지역 역시 다르지 않았다. 전남대학교 학생들도 17일 오후부터 대학 정문 앞에 모여 구호를 외치는 등 행동에 나섰다. 이때부터 물리적인 탄압이 눈에 보이기 시작했다. 하루 지나 18일부터는 수위가 더욱 심해져 강경일변도의 통제가 진행되었다. 학생들로서는 저항하지 않을 수 없었다. 군인이 얌전하게 있는 광주 시민들을 건드려서 흥분시켰던 셈이다. 그럴 의도로 도전해온 것이다.

급기야 전경들이 전남대학교 안으로 침입했다는 소식이 들려왔다. 교내에 머무는 학생들을 내쫓는 한편 저항하는 몇몇 학생을 잡아가기도 했다는 것이다. 광주의 저항은 거세었다. 꺾는다고 부러지거나 누른다고 잠잠해질 분위기가 아니었다. 잡혀간 동지를 석방시키고 계엄령을 해제하라는 시위가 커졌다.

광주 가톨릭회관 7층, 창문 앞에 선 윤공희 대주교와 내가 서로 말을 잃고 말았다. 말을 잃은 채 금남로에서 벌어지는 참혹한 장면을 지켜보고만 있었다. 눈앞이 캄캄했다. 지옥도가 따로 없었다. 큰일이구나. 군인이 아니라 무뢰한들이구나. 이런 생각이 들었다. 광주가 이 정도니 서울은 더 심하겠구나. 온 세상이 난리가 나겠구나. 어서 올라가야겠구나. 어서 가서 무슨 대책을 세워도 세워야겠구나.

부랴부랴 고속터미널로 향했다. 그런데 이게 웬일인가. 서울행 표를 끊으려는데 올라가는 버스가 없었다. 도시 간 이동통제가 시작된 것이다. 광주로 들어오는 이동 역시 이미 차단이 된 상태였다. 터미널 근처의 여관을 잡았다. 저녁을 먹는 둥 마는 둥 자리에 누워 이불을 뒤집어썼다. 잠이 오지 않았다. 두려웠다. 예감이 안 좋았다. 밤새 그렇게 뒤척였다. 다음 날 아침, 다시 터미널로 향했다. 전날 오후에 비해 외부로의 이동통제는 조금 완화된 분위기였다. 겨우 서울행 버스에 올라탔다. 버스 안에서도 내내 걱정만 가득했다.

마침내 다다른 서울은, 그런데 평안했다. 겉보기에는 거짓말처럼 평안했다. 섬뜩한 평화로움이었다. 광주에서의 끔찍한 상황들이 거짓말 같았다. 언론은 거의 완벽하게 통제되는 중이었다. '광주에서 무슨 소란이 있었다'는 정도의 이야기만 찔끔찔끔 들을 수 있었다. 혼란스러웠다. 광주만 당하고 있구나. 광주만 핏빛이었어. 광주에서의 체험이나 서울에 돌아와서의 체험 모두가 악몽 같았다. '최규하가 대통령으로서 더 힘을 행사할 수 있었다면 어땠을까. 이런 비극은 없이 민주화가 앞당겨지지 않았을까' 하는 생각도 뒤늦게 들었다.

18일부터 25일까지, 내가 도망치듯 떠나온 광주는 일주일 동안 무정부상태에 처하게 된다. 이제는 많이 알려진 그날들의 진실이다. 그 일주일 동안 광주 시내에는 절도, 약탈 등 불미스러운 사건이 단 한 차례도 발생하지 않았다고 한다. 좀도둑 한 명 없이 질서정연했다고 한다. 광주의 시민의식이 그만큼 대단했다는 것이다.

그러고는 일주일 정도 지났을까. 누군가 명동성당 사무실로 나를 찾아왔다. 사회선교협의회 총무로 근무하던 때였다. 창백한 안색의, 모 민족종교의 강 도사(일종의 직책으로 생각됨)라는 사람이었다. 나에게 뭔가를 내미는데 빼곡하게 내용이 적힌 대학노트 몇 권이었다.

"이게 뭔가요?"

"광주의 기록들입니다. 5월 19일부터 26일까지 진실이 담긴 일지죠. 그때 광주에서 무슨 일이 있었는지, 대강은 알고 계시겠지요?"

두근거리는 가슴을 진정시키며 노트 안의 메모를 훑어보았다. 어느 날 몇 시에 시가지 행진이 있었고, 그 와중에 몇 명이 어떻게 죽었으며 몇 명이 다쳐서 어느 병원에 입원해 있다는 등의 내용, 6백 명 이상의 무고한 시민이 목숨을 잃고 수많은 사람들이 부상당한 구체적인 사례 등이 낱낱이 기록되어 있었다. 수기로 적은, 대단히 소상한 기록이었다.

"직접 취재하신 겁니까?"

"그런 셈이죠."

"그렇다면 이것을……."

"부탁입니다. 책으로 출판해주세요. 많은 사람들에게 이 사실을 알려야 합니다. 보다 많은 사람들이 이 사실을 알아야 합니다."

인터넷이 없던 시절이었다. 대중에게 널리 알리려면 전단 다음으로 출판물이 가장 유용하던 때였다. 그러나 자신이 없었다. 시간도 비용도 마땅치 않은 데다, 이 엄혹한 시기에 이런 내용을 책으로 출간해서 판매하는 일이 과연 무리 없이 진행될 수 있을까?

"노트를 일단 놓고 가시지요. 복제해서 뿌리든지, 우리가 방법을 찾아보겠습니다."

"그건 좀 곤란하겠는데요."

"어째서 그런가요?"

"그랬다가는 다칠 사람들이 너무 많습니다. 대신에 제가, 기록 가운데 실명이나 민감한 지명 등은 빼고, 중요한 부분들만을 녹음해서 드리면 어떨까요."

명동성당 인근에 교회에서 운영하는 회관이 있었다. 그곳의 조그만 방을 빌려서 서너 시간 직접 녹음할 수 있도록 했다. 녹음한 것을 밤새도록 옮겨 적었다. 녹취를 한 것이다. 넓은 종이 한 장에 가득 차는 분량이 되었으니 이것이 『찢어진 깃폭』이다. 원 기록의 10분의 1도 되지 않는 축약본. 그러나 그만으로도 끔찍한 광주의 참상을 충분히 전달할 수 있었다. 첩보영화를 방불케 하는 비밀 작전이 쉴 새 없이 이어졌다. 다음 순서는 이것을 경북 왜관에 위치한 분도출판사에 보내어 인쇄한 뒤 인쇄물을 가지고 올라오는 일이었다.

명동성당을 중심으로 인쇄물을 뿌리기 시작했다. 『찢어진 깃폭』의 반향은 대단했다. 우연히 이를 접한 일반 시민들은 참혹하기 그지없는 광주의 실상에 여지없이 경악했다. 공안정권의 반응도 그만큼 날카로웠다. 『찢어진 깃폭』을 가지고 다니던 사람이 불심검문에서 걸려들고, 가혹한 심문과 모진 고문이 이어지고, '이창복에게서 인쇄물을 건네받았다'는 사실이 밝혀졌다.

그날 저녁, 아무것도 모르는 채 원주 집에서 저녁식사를 하던 중이었다. 초인종 소리가 요란하더니 원주경찰서 형사가 헐레벌떡 나타났다.

"선생님, 어서 피하세요. 서울에서 형사들이 내려온답니다."

어느 시절이나 그렇듯, 죄 없는 사람을 붙잡아가서 가혹행위를 하며 죄를 만들어내는 형사가 있는 반면 이처럼 양심 있는 형사도 있었다. 부랴부랴 짐을 챙겨서 집 밖으로 도망 나왔다. 문규현 신부가 계시는 군산성당으로 가서 몸을 숨겼다. 한두 달 숨어 지내다가 모악산 산골에 위치한 수류성당으로 거처를 옮겨서 12월까지 다시 한두 달 숨어 살았다. 그러던 1980년 12월 어느 날, 원주에서 누가 찾아왔다.

"지학순 주교의 말씀을 전달하러 왔습니다. 이제 그만 나오시랍니다."

유학성은 천주교 신자로, 한때 동해안 경비사령부에서 사령관으로 있으며 원주교구장인 지학순 주교를 알게 된 모양이었다. 그 인연을 통해, 지

『찢어진 깃폭』 관련 신문기사. 2021년 5월 18일《오마이뉴스》기사 「계엄사가 고문한 정마리안나를 아시나요?」에서 가져옴. 이창복은 강 도사의 음성을 녹음하여 사회선교협의회 사무실에서 밤새 풀어썼고, 이것을 분도출판사에서 인쇄 후 정마리안나 등에게 넘겼다. 기사는 이후의 일들을 기록함.

학순 주교가 그에게 '도피 중인 이창복 씨에 대한 문제를 마무리 짓자'는 제안을 해온 모양이었다.

첫날은 원주 보안대로 갔다. 그곳 철창 안에서 하루 저녁을 신세졌다. 12월이었다. 추운 날이었다. 온몸의 뼈마디가 저릴 정도로 추운 밤이었다. 이튿날 서빙고 분실로 갔다. 자진출두 형식이었다. 훗날 안 이야기지만 자진출두를 약속하며 지학순 주교는 나에 대해 몇 가지 합의 사항을 요구했고 이를 관철시켰다. 첫째, 고문하지 않을 것. 둘째, 구속시키지 않을 것. 셋째, 군복으로 갈아입히지 말 것. 이해할 수도 없고 이해해서도 안 될 구태 가운데 하나로, 당시 대중운동을 주도한 혐의로 끌려온 인사들에 대해 공안경찰이 가장 먼저 하는 일이 입고 온 사복을 벗기고 낡은 군복으

소   속 : 국제 카톨릭 여자 협조회

신   분 : 명신도 사도직

성   명 : 꼬렛뜨 느왈 (*Colettee Noir*) 45세 가량

3. 혐의 사실

가. 80. 5. 29 명동 소재 문방구점에서 노동문제 상담소 정 마리안나 (41세)와 같이 광주 사태에 대한 "어느 목격자의 증언"이란 유언비어 원고를 2부 복사하여 그중 1부를 광주에서 상경한 김성용 신부에게 전달 하므로서 80. 5. 30 천주교 정의 구현 사제단 모임에서 40여명의 신부에게 동 유언비어 내용을 전파케한 혐의와

나. 80. 6. 3 명동 소재 전진상 교육관내에서 정 마리안나 로부터 "어느 목격자의 증언" 내용을 녹음한 카셋 테이프 1개를 받아 일본 정의 평화 위원회 간부인 송 오에게 송달하여 동 내용을 일본 각 신문에 인용 보도 하므로서 국제적인 물의를 야기케한 혐의가 있음.

『찢어진 깃폭』 관련 조서

로 갈아입히는 것이었다. 납득할 수 없는 인격 파괴의 비상식이 그로부터 시작되는 것이었다.

지학순 주교의 요구가 통했는지, 과연 그곳에 간 나는 군복으로 갈아입는 과정을 생략한 채 조사를 받게 되었다. 대단히 이례적인 대우였다. 처음에 들어간 방은 침대와 욕실, 조사관 책상도 딸린 나름 쾌적한 방이었다. 이 역시 나를 위한 특별대우였다. 공안형사 한 명이 이렇게 생색을 냈다. '특실입니다. 함석헌 씨도 이 방에서 묵은 적이 있지요. 얼마 전에는 남기욱 강원도 교육감도 며칠 있었고.' 한 이틀 그곳에서 편하게 조사를 받았다. 3일째 되니 방을 옮기라고 했다.

새로운 방은 분위기가 180도 다른, 살벌한 공간이었다. 벽도 천장도 바닥도 검붉은 타일로 둘러싸인 방이었다. 그 음침한 색감이 주는 위압감이 참으로 굉장했다. 게다가 구석에는 쇠로 만든 전기의자가 있었다. 스위치를 켜면 그 의자가 아래위 층으로 오르락내리락 돌아가며 전기 충격을 일으키는, 보기에도 끔찍한 고문 기구였다. 벽에는 야구방망이도 몇 개 세워져 있었다. 덜컥 두려움이 밀려들었다. 거의 본능적인 극한의 공포였다.

'아, 이제 나를 본격적으로 때리고 고문하겠구나. 지 주교님의 요구조건을 들어주는 듯하더니, 이렇게 약속을 어기는구나. 이제 난 죽었다. 끝까지 버텨낼 수 있을까. 여기서 살아나갈 수만 있다면, 차라리 다른 나라로 이민을 떠나는 게 어떨까.'

지금 생각하면 부끄러운 일이다. 변변치 않은 고백이지만 나는 누구처럼 용감하고 배짱이 두둑한 투사가 아니었다. 다만 옳은 일을 하고자 노력했던, 평범하기 이를 데 없는 시민일 따름이었다. 그 방에서 서너 시간을 기다리는데, 옆방에서 이상한 소리들이 들려오기 시작했다. 이상한 소리가 아니라 끔찍한 소리였다.

"옷 벗어! 다 벗어! 빤쓰까지 벗으라고 이 새끼야!"

누군가 악쓰는 소리에 이어 고문의자 돌아가는 드르르륵 쇳소리가 들려왔다. 이어 누군가의 억눌린 비명 소리가 이어졌다. 실제 상황이었다. 옆방의 누군가 목숨이 위태로운 가혹행위를 당하는 중이었다. 벽 하나 건너에서 그런 지옥이 연출되는 중이었다. 온몸에 소름이 끼쳤다. 심장이 터질 듯 뛰었다.

"불어! 안 불어? 이런 간첩새끼가! ……어이, 밖에 의사 대기 중이지?"

옆방의 고문 형사들이 거침없이 한 생명을 유린하는 중이었다. 아마도 공안사범으로 끌려 들어온 사람이 고문을 당하는 모양이었다. 쇠의자 돌아가는 소리가 고막을 찢을 듯 연신 이어지는 중이었다. 결국에는 고문 피해자가 뭐라 입을 여는 것이 들려왔다. 자세하게는 들을 수 없지만 고통을 피해 저들이 원하는 정보를 실토하는 것 같았다. 나는 그 같은 극한의 공포감 속에서 서너 시간을 기다렸다.

천만다행으로, 이후 진행된 조사과정에서 나에 대한 고문이나 가혹행위는 없었다. 나중에 알고 보니 그때 나보다 더 '거물급'에 속하는 인사가 잡혀 들어와서 내가 '특실'을 내주고 그 끔찍한 검붉은 타일 방으로 잠시 옮겨진 것이었다.

서빙고동 영창에서 끔찍한 하루를 보내고 며칠 만에 풀려났다. 하늘이 노랗게 보였다. 세상이 다르게 보였다. 거리에는 귀에 익은 캐럴이 가득 흐르고 있었다. 12월 25일, 온 누리에 평화와 축복이 가득한 크리스마스였다.

이제 와 안타까운 것은 『찢어진 깃폭』이 남은 게 단 한 부도 없다는 사실이다. 그만큼 엄혹한 시절을 살아왔다는 반증일 것이다. 보이는 족족 압수하고 소지하고 있던 자를 잡아다 족쳤으니 남은 게 있을 리 없었다.

시간이 조금 지나, 그 강 도사란 사람의 근황이 궁금해졌다. 그를 다시 만나고자 여러 방법으로 수소문해보았다. 그의 안부도 궁금했고 무엇보다 그가 가지고 있던 그 두꺼운 대학노트가 궁금했다. 예의 그 기록들을 다시 찬찬히 살펴보고 가능하다면 다시금 출간할 생각도 가지고 있었다. 애초에 그 사람을 나에게 안내했던 지오쎄 회원에게도 물어보았지만 행적을 알 수 없었다. 두고두고 아쉬운 일이었다.

독립운동 하는 마음으로 하세요

5.18 광주항쟁에 얽힌, 아울러 지학순 주교님과도 얽힌 또 하나의 일화가 있다. 서빙고에서 풀려나와 원주 집에서 머물던 때였다. 노량진경찰서 정보과에서 왔다는 자들이 집에 들이닥쳤다. 다짜고짜 나를 잡아끌고는 차에 태웠다.

"무슨 일입니까? 어디로 가는 거예요? 이유라도 압시다."

내가 묻자 그들 중 일부가 차갑게 대꾸했다.

"유인물 때문이에요. 가면 다 알게 되어 있어요."

유인물이라니? 노량진경찰서에 가서 밤새 알지 못할 조사를 받았다. 그 와중에 그들이 내미는 것을 봤는데, 놀랍게도 광주에서의 학살 장면이 실린 사진집이었다. 일본에서 인쇄한 책자라 했다. 나로서는 처음 보는 것이었다.

"이창복 씨. 똑바로 대답해. 당신이 이 책자를 ○○○ 씨에게 건넨 거 맞지? 말해봐. 이거 어디서 났어? 응?"

사연은 이렇다. 이제는 그 이름조차 기억이 나지 않는 사회선교협의회 여성 간사가 있었다. 그분의 언니가 그 사진집을 가지고 다니다가 그만 불심검문에 걸리고 만 것이다. 당사자는 물론 여동생인 간사까지 줄줄이 정보과로 끌려 들어왔다. 생전 경찰서 출입 한 번 해보지 않은 사람들이 조사실에 끌려갔으니 잔뜩 겁에 질리고 말았을 것이다.

"이거 어디서 나왔어. 응? 큰일 나기 전에 어서 말해!"

책상을 치며 옥박지르자, 그만 내 이름을 댔다는 것이다. 『찢어진 깃폭』 사건으로 널리 알려진 이름이 순간적으로 떠올랐을지도 모른다. 처음에는 항변했다.

"이런 거 지금 처음 봅니다. 본 적도 없는 물건을 누구에게 주고 말고 할 수 있겠소?"

거짓말이 아니었다. 그렇게밖에는 더 이야기할 수 없는 노릇이었다. 형사들이 슬그머니 귀뜸해주었다.

"에이, ○○○ 씨라고 몰라요? 선교협회 간사라는 사람이 당신 이름을 대던데. 정말 생각 안 나?"

일종의 유도심문이었다. 그런 식으로 조사를 진척시키는 것도 하나의 심문 기술이었다. ○○○ 씨라면 어쨌거나 아는 이름이었다. 그들이 이 사진집으로 인해 고초를 겪고 있음을 즉시 눈치챌 수 있었다. 내가 협조하지 않으면 수사는 더 꼬이고 나와 그 사람들 모두 더욱 힘들어질 터였다. 어쩔 수 없이 '사실'을 인정하고 말았다.

"이제 생각납니다. 맞아요. 그분에게 사진첩을 빌려줬어요."

"진즉에 그렇게 나올 일이지. 좋아."

형사 한 명이 빙그레 웃었다.

"다시 시작하지. 그럼 당신은 누구에게서 이걸 얻었어? 솔직히 털어놔. 기왕 시작한 거 빨리빨리 끝내자고."

내가 일본에서 직접 수입해왔다는 등 거짓말을 만들어낼 수는 없었다. 잠깐 궁리 끝에, 그 순간 가장 믿고 기댈 만한 이름을 떠올렸다.

"지학순 주교님의 것입니다. 그분 책상 위에 이 책자가 있기에, 몰래 슬쩍해왔지요."

'책자를 전달받은 것'이 아니라 '몰래 슬쩍'했다니 그 와중에 기지를 발휘한 셈이다. 그래야 지학순 주교의 혐의가 더 무거워지지 않을 터였다. 어쨌거나 '불온서적 소지' 정도의 사안으로 일개 주교를 어떻게 할 수는 없는 일일 터였다.

험한 분위기 속에서 조사가 다 끝나고 구속영장 신청 순서가 남아 있었다. 그런데 닷새 뒤, 뜻밖의 상황을 맞이했다. 부랴부랴 유치장 철문을 열고 나를 꺼낸 그들이 '어서 세수와 면도를 하시라'고 청했다. 거짓 친절이 밴 얼굴이었다. 며칠 만에 까칠해진 얼굴에 면도를 하고 세수를 하고 나자 다시 부랴부랴 나를 차에 태웠다.

"어디 가는 건가요?"

"원주에 갑니다."

"원주? 설마 이대로 집에 보내주는 건가요?"

"집에도 곧 가시겠죠. 하지만 행선지는 댁이 아닙니다."

"……예?"

차가 한참을 달려 도착한 것은 놀랍게도 원주 가톨릭센터였다. 함께 차에서 내린 정보1계장이 나를 이끌고 지학순 주교의 사무실까지 동행했다. 그러고는 나보다도 먼저 주교님에게 인사를 드리는데, 마치 죽을죄를 진 사람처럼 90도로 허리를 굽히는 것이었다. 그런 식으로 주교님 앞에 선 나는 어리둥절 놀라지 않을 수 없었는데, 반면에 지학순 주교는 그다지 놀라는 얼굴이 아니었다. 주교님이 내 어깨를 두드려주었다.

"고생했지? 말 안 해도 알아."

"죄송합니다. 실은 저도 다급한 나머지, 어쩔 수 없이 주교님을 팔았습니다."

주교님이 그저 고개를 끄덕이며 웃어주셨다.

지학순 주교를 처음 뵌 것은 앞서 이야기했듯 원주 자활대 시절이었다. 흙집을 지으려고 준비하고 있는데 갑자기 찾아오셔서 '뭐 필요한 게 없느냐'고 물어주시고, 좁은 흙집 대신 넓은 시멘트 블록 집을 지을 수 있도록 도와주신 분이었다. 심지어 당시만 해도 내가 천주교로 개종하기 전이었으니 그때부터 이어진 오랜 인연이었다. 그분 덕에 가톨릭노동청년회 등 다양한 교회 일을 해나갈 수 있었다. 나를 이끌어주던 교회의 품을 떠나 민통련을 비롯한 재야단체의 일을 맡으며 물리적인 거리는 멀어졌지만 마음은 늘 가까이 있는, 그런 분이었다.

지학순 주교가 환갑을 맞이하던 해의 일이다. 원주교구청에서 환갑 축하 미사를 마치고 주교관 뜰에서 축하연을 진행하였다. 당시 서울에 있던 나는 함께 생활하던 노동자 서너 명과 함께 그 자리에 참석했다. 노동자들과 대화를 나누던 중, 원풍모방 노동자들 몇이 전세 보증금이 없어 고통받는다는 말을 전해 들은 주교님은 그 자리에서 환갑 축하예물 600만 원을 건네주셨다. 힘없고 가난한 이들에 대한 그분의 지극한 연민과 사랑을 확인할 수 있었다. 참으로 없던 시절에 마음만은 부유한 사람들의 따뜻하고 정이 넘치는 사연이었다.

외국에서 우편물들이 오면 거기 붙은 우표를 깔끔히 떼어서 모았다가 수집상에 팔아 그 돈을 좋은 데 쓸 만큼 알뜰하고 섬세한 주교님은, 동시에 남자다운 풍모로 주변 사람들을 이끄는 리더십을 갖춘 분이었다. 지학순 주교 하면 많은 사람들이 가장 먼저 떠올리던 것이 '유신헌법은 무효'라는 양심선언이었다. 그래서 그런지 주교님 주변에는 뭔가 정보를 캐묻기 위해 또는 냄새를 맡기 위해 접근하는 공안경찰들이 늘 끊이지 않았다. 그처럼 경찰들이 찾아올 때마다, 주교님의 표정이며 말투는 평소의 그분답지 않게 야멸치고 딱딱해졌다.

"뭐야, 또 왔어?"

"이번에는 무슨 일이야? 할 일이 그렇게들 없나."

"할 말 없으면 돌아들 가. 나 바쁘니까."

그런 식이라 곁에서 보기에도 민망해질 정도였다. 그래서 누군가 '형사들에게 왜 그렇게 심하게 대하시는 건지요'라고 묻자 한숨을 쉬며 이렇게 대답하셨단다.

"이렇게라도 하지 않으면 저 사람들이 나를 얼마나 괴롭힌다고. 나도 어쩔 수 없어. 나도 이러고 싶지 않다고."

지학순 주교가 선종하신 지 어느덧 30년이 되었다. 가톨릭노동청년회 전국본부 총재로 계실 때 가끔 전국본부에 들르시던 지 주교님은 그때마다 자리에 있던 회원들에게 점심을 사주시며 이렇게 말씀하셨다.

"독립운동 하는 정신으로 노동운동을 하세요."

참으로 감사하고 감동스러운 장면이었다. 역시 총재 주교로 계실 때, 주교님은 '한국노동교육협회'를 만들고 김찬국·문동환·이문영·조지송·박청산 님 등을 이사로 선임해 많은 노동자들을 교육시켰다. 비록 예산은 넉넉지 못했으나 이사님들이 일체의 강사료 없이 강의를 맡아주셔서 큰 도움이 되었다.

앞서 말했듯 지 주교님은 노동자 문제뿐만 아니라 군부독재 정권에 맞서 민주화운동을 전개하는 데도 큰 역할을 하셨다. 1974년 민청학련 사건에 연루되어 구속되기 직전 명동성당 성모상 앞에서 양심선언을 하셨을 땐 김수환 추기경께서도 임석하셨다. 이로 인해 10개월간 옥고를 치른 이후로도 군부정권 타도에 꾸준히 힘을 실어주셨다. 1970년 후반에는 정세에 대한 정확한 정보와 세태의 흐름을 파악하기 위해 김동길 연세대 교수, 김찬국 연세대 부총장, 함석헌 선생, 천관우 동아일보 전 편집국장, 박형규 목사, 이병린 변호사, 조화순 목사 등 주요 인사를 주교관으로 초청해 담론을 나누셨다. 대한민국 민주화운동이 나아가는 방향을 밝혀주는, 아주 중요하고 상징적인 자리였다. 나 또한 당시에 이 일을 위해 열심히 중간역할을 했다.

주교님을 마지막으로 뵌 것은 범민련(조국통일범민족연합) 창립준비위원회 문제로 세 번째 옥살이를 하고 출소할 즈음이었다. 지 주교님이 입원하고 계신 강남 성모병원으로 문병을 갔다. 기력이 완전히 소진된 채 산소호흡기로 연명하는, 의식이 없는 상태였다. 두 분의 수녀님이 병실을 지키고 계셨다. '유신과 맞서 싸우시던 어른이 이렇게 세상을 떠나시는구나.' 그런 생각에 만감이 교차하였다. 그것이 생전의 마지막 인사였다. 그리고 얼마 후 원동성당에 모셔진 유해에 영결 인사를 드렸다.

지학순 주교 환갑 잔치. 원풍모방 노동자의 어려움을 들은 지 주교는 이날 받은 성금 중 600만 원을 원풍모방 노동자의 전세자금으로 쾌척했다. (오른쪽 끝이 무위당 장일순 선생)

지학순 주교 기념사업회에 대한 이야기를 잠깐 하고 싶다. 지 주교님은 1992년 3월 12일에 소천하셨다. 이후 1년이 다 되도록 기념사업을 하기 위한 움직임이 없던 터에 어느 날 박의근(야고보) 형제가 내 사무실을 방문한 김에 이야기가 나왔다.

"지 주교님 선종 1년이 가까워오는데 기념사업회를 조직합시다."

준비위원을 만들어 논의하는 한편 원주교구장을 만나 기념사업회 조직을 허락해주십사 부탁드렸다. 그러나 주교님은 '성직자가 다 같은 성직자인데 특별히 지학순 주교 기념사업회만 조직하면 성직자 간에 위화감이 조성된다. 그렇지 않아도 배론성지에 지학순 주교 유물관을 준비한다 하니 그렇게 아시라'고 말씀하셨다. 결국 허락을 받지 못했다는 내용을 준비위원회에 보고했다. 그러자 위원들이 '그분은 원주교구만의 주교가 아니라 전국적으로 존경받는 분이시니 그대로 진행하자'고 의견을 모았다.

그리하여 1993년 3월 서울 명동 가톨릭회관에서 1주년 추모식과 기념사업회를 열게 되었다. 기념사업회는 후에 명칭을 '지학순 주교 정의평화기금'으로 바꾸고 매년 한 번씩 국내외에서 정의로운 활동으로 사회를 이롭게 한 개인이나 단체를 선정하여 시상하는 일을 오늘날까지 계속하고 있다. 시상식 이외에 주교님의 선한 정의로움을 기리는 걷기대회 등을 개최하기도 한다. 지학순 주교 정의평화기금이 아직도 원주교구장의 정식 허락을 받지 못한 채 진행되고 있는 것은 안타까운 일이다. 언젠가는 원주교구사업으로 전환되기를 희망한다.

무엇보다 주교님은 성직자 이전에 자연인으로서 성품이 불같고 동시에 약자에게 인자하셨다. 부정한 세력에 대한 질타와 경고는 단호하셨다. 바로 군부독재정권에 대해 그러셨던 것처럼. 권력의 하수인들에게는 결코 따뜻하지 않으셨지만 고통받는 이들과 약한 노동자에게는 큰 관심과 격려를 아끼지 않으셨다.

다음으로 주교님은 재물에 대해 욕심이 없으셨다. 성직자도 일정한 물적 기반이 있어야 노후가 편하다는 것이 일반적인 생각이었지만 그분은 그것을 뛰어넘는 삶을 사셨다. 불쌍하고 가난한 이들을 보면 어떠한 방법으로든 구해주셨다. 어느 여성 노동자가 자궁암으로 큰 고비를 맞았으나 돈이 없어서 입원 못 하는 것을 보시고는 성모병원에 연락하여 하루빨리 수술하도록 조치해주신 일이 특별히 기억난다.

또한 노동자와 노동 문제에 대해 관심이 많으셨다. 경제개발에 밀려 착취당하는 노동현장에 대해 늘 걱정하셨다. 많은 노동자들의 존경을 받았고 힘이 되어주셨다. 아울러 상황을 판단함에 있어 정확한 정보와 자료를 입수하려고 노력하였고, 신중히 대처하셨으며, 일단 결정하면 강하게 밀고 나가는 분이었다. 한마디로 정확하고 강한 추진력을 가진 능력자였다.

가톨릭 주교이자 민주화·평화·인권 운동가로 평생을 지역사회 문화활동과 노동자 교육과 반독재 부정부패 척결, 양심수 석방과 민주화운동, 인권보호운동 등에 힘쓴 지학순 주교. 원주가 민주화의 성지라는 평가를 받기까지 가장 중요한 자리에서 결정적인 역할을 한 분이다.

청계천의 노동자들

지학순 주교와 얽힌, 빼놓을 수 없는 일화 한 가지를 더 소개한다. 박정희가 총탄에 목숨을 잃으며 서울의 봄이 짧게 요동치던 때의 일이다. 12.12를 거치면서 신군부가 등장하여 정치권력을 장악하고, 광주에서 참극이 벌어지고, 이후 민정당이 만들어지고 제5공화국이 출범하던, 숨 가쁘도록 혼란스럽던 즈음이었다. 나 개인적으로는 사회선교협의회 일을 맡으면서 그 엄중한 시기에 지치지 않고 민주주의 쟁취를 위해 암중모색하던 중이었다.

청계천피복노조 사건이 발생했다. 잘 알려진 것처럼 청계천피복노조는 전태일의 분신 직후 그의 뜻을 이어받은 어머니 이소선과 청계천 평화시장 노동자들이 중심이 되어 조직한 노동조합이다. 1971년 11월 27일 평화시장 옥상에서 '전국연합노동조합 청계피복지부(청계피복노조)'로 결성된, 대한민국 현실에서는 제법 연륜이 있는 조합이라고 할 수 있다.

청계피복노조는 어렵게 결성된 이후로 사사건건 노동자들을 옥죄려는 사업가들, 노조 운영에 간섭하려는 한국노총 출신 간부들, 사업가들의 편을 드는 당국에 맞서야 했다. 먼저 1972년에는 노동자 교육기관인 '노동교실'을 만드는 과정에서 지원을 약속한 사업주가 노동교실의 주도권을 빼앗으려 했고, 여기에 맞서 일곱 시간 동안 농성을 벌인 끝에 노동교실을 지켜낸 바 있다. 1977년에는 이소선 여사가 구속되고 노동교실이 폐쇄되는 시련이 이어졌고, 이에 조합원들과 노동자들이 바로 그 노동교실에서 목숨을 건 농성을 벌이기도 했다. 바로 이 청계피복노조가 창립 이래 최대의 시련을 겪게 되니 1980년 전두환이 신군부를 움직여 내란을 일으킨 직후의 일이다. 새로 권력을 잡은 군사정권은 사회정화니 국민통합이니 하는 명목을 내세워 자신들에게 반대하는 세력들에게 온갖 핍박과 탄압을 가했다. 그중 한 곳이 눈엣가시 같던 청계피복노조였다. 군사정권의 폭거로 청계천의 노동교실은 폐쇄되었고, 이소선 여사를 비롯한 간부들은 포고령 위반 등으로 구속되었으며, 노조는 끝내 해산 통보를 받게 되었다. 바로 이 직후 노동조합 민종덕 지부장과 서울대학교 김세균 교수가 원주로 나를 찾아왔다.

"지학순 주교님을 만나게 해주십시오. 꼭 뵙고 드릴 말씀이 있습니다."

그런데 마침 주교님이 자리에 계시지 않았다.

"무슨 일이신지요. 용건을 말씀드리면 제가……."

"이 자료들을 전달해주세요. 중요한 내용입니다."

그들이 주고 간 자료를 살펴보았다. 노동교실이 강제로 문을 닫게 된 경위며 조합원들이 구속된 일 등등, 한마디로 청계천피복노조 탄압 일지였다. 더불어 노동자들의 절절한 결의문까지 포함되어 있었다. 주교님의 사무실 책상 위에 그것들을 올려두었다. 그러고서 잠깐 잊고 있던 나를 이틀 뒤엔가 주교님이 부르셨다. 가보니 붉으락푸르락 분노 가득한 얼굴이었다. 그들이 가져온 문건을 죄다 읽으셨다는 것이다.

"이놈의 새끼들. 무고한 노동자들을 이렇게까지 말려 죽일 속셈이야? 안 되겠군. 가만있으면 정말 안 되겠어."

마침 그날 저녁 성북구에 있는 상지회관(지금은 상지 피정의 집)에서 주교 모임이 있었다. 5시까지 성명서 문안을 작성해서 그쪽으로 오라고 하셨다. 시간 맞춰 말씀하신 곳을 찾아가보니 과연 이름난 주교님이 여럿이었다. 이 자리에서 청계천피복노조의 탄압 사실을 알리는 성명서 '국민에게 드리는 글'이 채택되었다. 지학순 주교의 주도로 김수환 추기경을 비롯해 모두 열한 명의 주교들이 이에 서명해주었다. 상황이 이쯤 되니 욕심이 생겼다. 여기에 개신교 지도자들의 서명까지 받으면 그 효과와 파급력이 몇 배로 커질 것 같았다. 사회선교협의회 총무로서, 당시 개신교의 박형규·김관석 목사, 안병무·서남동·이문영 교수 등의 서명을 받았다. 그렇게 모두 스물네 명에 달하는 종교인들의 서명을 받았다.

그들의 서명이 모두 들어간 성명서 '국민에게 드리는 글'을 무려 3만 부나 찍어서 전국에 돌렸다. 반응은 대단히 빨랐다. 뿌린 지 단 며칠 만에 서울 지오쎄 본부에 들이닥친 경찰들이 나를 잡아갔을 정도니 말이다. 강도 높은 조사를 받기는 했지만 경찰들로서도 더는 할 일이 없었다. 나를 집어넣어 처벌하려면 추기경을 비롯해 열 명이 넘는 주교를, 목사들을 다 끌고 와서 조사하고 그분들 역시 집어넣어야 했다. 가능한 일이 아니었다. 나를 잡아와서는 어떻게 하지는 못하고, 붙잡아놓기만 했다. 오며 가며 '말썽 많은 작자'라고 나를 타박하고 구박하면서, 정보과 사무실에 무려 20일 넘게 구금했던 것이다.

그게 1980년도였고, 이듬해인 1981년도에는 또 다른 일화가 있었다. 11월 13일, 나와 김동완 목사, 지오쎄의 후배 정아네스 등 세 명이 전태일 추모 모임에 참석했다. 지난해 청계천피복노조 간부들이 대부분 구속되는 등 탄압의 여파 때문인지 참석자들이 그다지 많지 않았다. 열사의 뜻을 기리는 추모제의 분위기도 영 살아나지 않았다. 참으로 안타까웠다.

"이래서는 안 되겠어요. 전태일기념관 같은 것이 근사하게 하나 만들어지면 어떨까요?"

내가 제안했고, 함께 있던 사람들이 좋은 생각이라며 고개를 끄덕였다. 기다릴 이유 없이 일은 일사천리로 진행되었다. 문제는 돈이었다. 기념관을 지으려면 후원회를 조직할 필요가 있었다. 그렇게 해서 발족한 것이 전태일기념관건립위원회다. 가장 중요한 것이 후원회장에 누구를 앉히느냐 하는 문제였다. 궁리 끝에 윤보선 전 대통령의 부인으로 한국교회여성연합회 대표 등을 지냈던 공덕귀 여사를 추대했다. 아무래도 이런 분야에서는 남성보다 여성이 더 활동을 잘할 것 같았기 때문이다. 그러고 나니 개신교 쪽에서, 특히 한국기독학생회총연맹(KSCF)에서 항의가 빗발쳤다. '전태일 열사의 뜻을 기리는 기념사업회의 후원회장 자리에, 하필 신군부의 손을 들어준 윤보선의 아내를 앉히다니 이게 무슨 경우냐'는 것이었다. 역시나 그런 문제 때문일까, 이후로 공덕귀 여사 또한 기대했던 것보다 모금 활동에 적극적으로 나서지 않는 모습이었다. 그래서 1년 정도 지나 후원회장을 문익환 목사로 바꾸었다.

전태일기념관건립위원회는 1984년에 전태일기념사업회로 명칭을 변경하고, 국내외 모금을 꾸준히 전개한 끝에 드디어 1985년에 전태일기념관을 개관하게 되었다. 전태일 열사 추모회의 쓸쓸한 분위기 속에서 문득 떠올렸던 내 사소한 아이디어가, 그로부터 사업을 시작해 5년 만에 그럴듯한 결실을 본 것이다. 이렇게 만들어진 전태일기념관은 엄혹했던 군사정권 시절, 노동자들의 소중한 모임 장소로 교육 장소로 활용되었다. 이즈음도 청계천변에 자리하고 있는 전태일기념관을 지나갈 때면 남다른 감회에 젖는 것을 어쩔 수 없다.

전태일기념사업회는 이즈음에도 노동자 교육사업과 노동현장 내 민주노조 건설 같은 사업들을 진행하고 지역별로 노동상담소를 개설하는 등 바람직한 노동문화 정착을 위한 활동을 펼치고 있다.

『전태일 평전』을 출간하는 과정에도 기구한 에피소드가 숨어 있다. 어느 날 조영래라는 변호사가 할 이야기가 있다고 해서 만난 것이 시작이었다. 그가 두툼한 대학노트 몇 권에 빼곡하게 적은 원고들을 불쑥 내밀었다.

"이걸 출판해주실 수 있을까요? 대한민국에 없어서는 안 될 책이 될 겁니다."

"무슨 내용인가요?"

"'전태일 평전'입니다. 수배 생활 하면서 쓴 글이지요."

조영래와 전태일은 실제로 만난 적이 없는 사이다. 두 사람의 인연은 1970년, 서울대학교 법학대학 주관으로 치러진 전태일의 장례식에 조영래가 참석하면서부터 시작되었다. 이후 조영래는 전국민주청년학생총연맹 사건 관련자로 수배되면서 1974년부터 1979년까지 6년간 도피 생활을 했다. 이때부터 그는 전태일 평전 집필 준비를 시작했다. 전태일의 어머니 이소선을 만나고, 생존 당시 전태일과 함께한 청계천 노동자들을 찾아 청계천 일대를 누비는 한편 이소선으로부터 전해 받은 전태일의 수기를 정리했다. 그렇게 피와 땀으로 쓴 원고였다.

원고를 받고 출간을 약속하기는 했지만 막막했다. 당시 노동운동 관련 서적 등 이른바 '불온서적'을 출간할 필요가 있을 때 종종 도움을 구했던 곳이 경북 왜관 분도수도원에 있는 분도출판사란 곳이었다. 그러나 전태일 평전이라니, 이건 문제가 간단치 않았다. 출판사로서도 부담이 컸고, 국내에서 출간했다가는 서점에 뿌리기도 전에 여러 사람 잡혀갈 것 같았다. 궁리 끝에 생각난 인물이 일본 지지통신時事通信의 한국 지사장으로 있던 어느 일본인 기자였다. 원고를 그 사람한테 건네며 먼저 일본에서 출판하게 해달라고 부탁했다. 일본으로 간 원고는 배동호를 통해 일본말로 번역되어 출간하기로 했다.

그렇게 원고가 넘겨졌는데, 시간이 꽤 지났는데도 아무 소식이 없었다. 어찌 된 일인가 알아봤더니 엉뚱한 사연이 진행 중이었다. 그 원고를 바탕으로 시나리오 작업이 진행되었고, 그로써 〈어머니〉라는 영화가 제작 중이라는 것이었다. 결국 이후 책이 나온 것은, 영화가 개봉되고 나서의 일이었다.

『전태일 평전』이 출간되기까지 그런 안타까운 곡절이 있었다. 우리글로 쓰인 원고가 바다를 건너 일본에서 일본어로 번역되어 영화로 만들어지고, 이어 책으로 출간되고, 그 책의 판권을 가져와서 번역서를 내었다. 부끄러운 역사라고도 할 수 있다. 그런 과정을 통해 1983년에 '어느 청년노동자의 삶과 죽음'이라는 제목으로 출간된 이 책은 사회적으로 어마어마한 반향을 불러일으켰다. 책을 읽은 수많은 이들의 마음에 불을 질렀고, 우리 시대에 영원히 남을 고전이 되었다.

종교계 인사 24명의 지지서명이 담긴 성명서 '국민에게 드리는 글'을 제작 배포한 일. 『전태일 평전』을 출간해 세상에 보급한 일. 기념사업회를 벌여 전태일기념관을 건립토록 한 일. 저 암울했던 1980년대 독재의 발길 아래 신음하던 노동자의 기본권 개선을 위해, 아울러 전태일 열사의 숭고한 정신을 기리기 위해, 우리가 관여했던 대표적인 사업들이다.

재야를 함께 산 사람들

민통련과 전민련, 그리고 전국연합. 1980년대와 1990년대를 통틀어 대한민국 재야운동의 한가운데 있었던 단체다. 그 속에 언제나 내가 있었다. 돌이켜보면 가톨릭노동청년회 당시부터 이후로 오랫동안, 개별적인 활동이 아니라 조직에 속해서 조직이 조직으로서 움직일 수 있도록 돕는 활동을 해왔다. 그 속에서 30대와 40대를 보내고 50대를 보냈으니 그 재야단체들의 역사가 바로 내 개인사라고 할 수 있을 터다.

민중민주운동협의회(민민협)가 만들어진 것은 1984년 6월 29일이다. 그런가 하면 민주통일국민회의(국민회의)가 그해 10월 16일 창립했다. 그 자리에 나도 있었다. 서울 아현동에서 문익환·윤반웅·계훈제·성내운·유인호·김병걸·백기완·유운필·이창복·김승균·임채정·장기표 등 1970년대 재야활동가들이 한데 모여 "민주주의 실현과 민족통일을 달성하기 위해 범국민적인 민주 통일 운동이 전개되어야 하며, 이를 위해 민주 민권 운동에 앞장서왔던 사람들로 구성된 재야 민주 통일 운동단체가 필요하다"는 것에 합의하며 총 96명의 발기인에 의해 창립되었다.

민민협과 국민회의라는 두 단체가 1985년 3월 29일 통합되니 바로 이것이 민주통일민중운동연합, 민통련이다. 이로써 대한민국의 재야 세력들이 규모 있는 저항조직으로 자리를 잡고 정치운동을 전면화해나가게 되었다. 전선조직으로 양 날개론을 펼쳐서 부문조직(농민조직, 노동운동조직, 성직자조직, 청년조직, 여성조직, 문인조직 등)과 지역조직(광역시도 단위의 열네 개 협의

민주통일국민회의 민중민주운동협의회 통합대회(왼쪽부터 정동익·진관·김승균·이창복·이부영·강희남·김병걸·이소선·유운필)

회)을 함께 아울러나가는 데 힘을 기울였다. 문익환 목사를 의장으로, 또 계훈제 선생을 부의장으로, 백기완 선생을 통일위원장으로 모셨다. 대변인은 김종철, 정책위원장은 장기표, 사무처장은 내가 맡았다.

문익환 목사나 계훈제 선생, 백기완 선생, 다들 성격이 분명하고 개성이 강한 분들이다. 모시기가 쉽지 않았다. 세 분 다 앞에 서는 것을, 이름 내는 것을 좋아하는 편이었다. 그래서 초기에는 의장 자리를 놓고 '누구만 의장으로 하지 말고 셋 다 공동의장으로 세워달라'고 요구하는 일도 있었다. 내 입장이 참 난처했다. 서로 간에 적당한 거리에서 신의를 지키며 시대적 사명을 함께했다고 할 수 있다.

문익환 목사가 가장 연장자였다. 참으로 목사라는 자리에 맞는 성품을 가진 분이었다. 조심스레 얌전하게, 그러나 하실 말씀은 다 하시는 성격이었다. 문익환 목사를 처음 알게 된 것은 1965년 명동성당에서 민주구국

선언이 있은 뒤였다. 이후 민통련 의장으로, 전민련과 전국연합 시절에는 고문으로 모시고 일했으니 나에게는 행운이었다. 한편으로는 끝까지 잘 보좌하지 못한 아쉬움이 지금도 남아 있다.

민통련 시절 목사님은 노동자들의 투쟁 현장에 찾아가고 시위 도중 부상으로 입원한 동지들을 위문 방문하는 등 언제나 바쁜 나날을 보내셨다. 민통련 이후에도 목사님은 민중이 있는 곳, 투쟁이 있는 곳, 억울함을 호소하는 이들이 있는 곳이라면 어디건 마다하지 않고 그 자리를 지키셨다.

목사님은 당당한 도전자였다. 큰 집회에서나 노동자 투쟁의 현장에서 경찰이 쏘는 최루탄이나 물대포에 단 한 번도 등을 보이지 않으셨다. 오히려 당당하게 우뚝 서서 주먹을 불끈 쥔 채로 '쏠 테면 쏴보아라!' 하면서 그 고통을 감내하는 모습은 참으로 감동적이었다. 고통스러운 최루탄과 물대포를 일단 피하고 보는 것이 자연스러운 일이건만 목사님은 그 폭력에 홀로가 될지라도 맞서곤 했다. 부당한 권력 행사에 굴하지 않고 정면으로 대항하는 바로 그 모습이었다.

목사님은 영원한 청년이셨다. 전국의 대학마다 총학생회마다 행사 때마다 가장 즐겨 초청하는 인사가 바로 목사님이었는데, 정말 불가피한 상황이 아니라면 어김없이 그 청년학생이 부르는 곳에 찾아가 열성적인 정치연설을 하시곤 했다. 피곤한 일정이 많으셨을 텐데도 '학생들이 말을 태워 운동장을 한 바퀴 돌았다'며 빙긋 웃으시던 모습이 지금도 눈에 선하다. 젊은이들과 학생들을 사랑하는 그 마음이 늘 목사님을 청년으로 살게 한 힘이었을 것이다.

목사님은 지칠 줄 모르는 투사였다. 10여 차례의 구속과 석방을 반복하면서 20여 년을 한결같이 반독재민주화 민족민중 운동을 이끌어오신 분이다. 신구교를 통틀어 목사님만큼 정의와 진리를 온몸으로 실천하신

분이 또 있을까 싶다. 종교계를 포함해 재야 전체를 보더라도 마찬가지다. 성직자이자 한 시대를 이끌어가는 민족의 지도자로서, 머리로만이 아니라 뜨거운 가슴으로 민족의 제단에 몸을 맡기신 분이다.

무엇보다 우리가 기억하는 목사님은 열렬한 통일운동가셨다. 1988년 3월 초 어느 날로 기억한다. 민통련 사무실로 오신 목사님께서 느닷없이 선언하셨다.

"나 김일성 주석 만나러 평양에 갈 거야!"

그 어려운 일을 너무 쉽게 말씀하신다는 생각으로, 감히 내가 대수롭지 않게 반응했다.

"아, 다녀오실 수 있으면 다녀오십시오. 그러나 양심선언문은 써놓고 가세요!"

그런데 그로부터 10여 일 후에, 다시 이렇게 말씀하시는 것이었다.

"내일 일본 도쿄를 거쳐서 평양으로 넘어갈 거야! 그렇게 알고 있으라고."

그때야 이거 사안이 심각하구나 싶었다. 그러나 당장 내일 일인지라 누구하고도 의논하기가 쉽지 않았다. 일단은 비밀 유지가 가장 중요했다. 그리고 다음 날, 문 목사님이 도쿄에서 기자회견을 하고 평양행 비행기에 오르셨다는 소식이 들려왔다.

이후 도쿄의 정경모 선생을 만나 문 목사님의 구체적인 평양행 경위를 엿들을 수 있었다. 몇 달 전, 정 선생의 노력으로 도쿄에서 여운형 선생 추모제가 열렸다. 이때 평양에서 여운형 선생의 딸인 여연구로부터 고맙다는 인사를 받게 되었는데, 그 인연으로 문익환 목사님의 김일성 주석 면담이 가능해졌으며 결국 방북으로까지 이어지게 되었다는 것이다.

방북하고 귀환하신 후의 목사님 첫마디는 이러했다.

"통일, 다 되었어!"

그로써 공안탄압이 가중된 것은 사실이지만 방북의 성과는 대단했다. 첫 번째가 통일 기운의 확산이었고 두 번째가 통일 방안의 접근성 확인이었다. 귀환과 동시에 구속된 목사님은 안양교도소에 수감되었다. 나 또한 범민련준비위 구성 건으로 안양교도소에 수감되며 거기서 목사님을 재회하게 되었다.

안양교도소 수감 시절, 어느 주말에 내가 면회하던 참에 옆방에서도 문 목사님과 전교조 선생님 몇 명이 접견하는 모양이었다. 갑자기 면회객들이 기타 반주에 노래를 부르기 시작했다. 옆방에서 들려오는 노랫소리가 퍽 감동적이었다.

백기완 선생은 참 당차고 훌륭한 분이었다. 추진력이 있고 성격이 불같은 분이었다. 수틀리는 일이 있으면 "이런 씨팔!" 하며 자리를 박차고 나설 기백이 있는 분이었다. 한편 두 번씩이나 대통령을 꿈꿀 만큼 속이 넓고 야망이 큰 분이었다.

1987년 13대 대선 때 백기완 선생이 무소속 후보로 나을 때, 정작 민통련은 당시 통일위원장인 그분을 지지하지 못하는 입장이었다. 민통련 중앙위원회의에서 '대선에서 어느 후보를 지지할 것인가' 등의 문제를 놓고 한참 회의가 자주 있던 즈음이었다. 하루는 백기완 선생이 은밀히 나를 불렀다.

"이 선생, 바쁘지? 나 잠깐 봅시다."

민통련 사무실 앞에 있는 어느 카페에서 그렇게 단둘이 만났다. 평생을 두고 그분한테 맥주를 얻어먹은 건 그날이 처음이었다. 그런데 갑자기 하시는 말인즉, 자신을 민통련의 대통령 후보로 추대해달라는 요청이었다.

난처했다. 맥주가 목구멍에 콱 걸리는 기분이었다. 전혀 준비가 안 된 상황이었다. 힘들 것 같다고, 차마 그 얼굴을 바라보지도 못하고 대답했던 기억이 난다. 내심 섭섭하셨을 것이다. 그러나 사정을 아시기에 이후로는 그에 대해 내색 한 번 하신 적이 없었다.

늘 청년 같던 백기완 통일문제연구소 소장은 지난 2021년 2월 15일, 향년 89세로 영면에 들었다. 대한민국의 시민사회운동가이자 통일운동가, 정치인이자 시인 겸 소설가로 누구보다 뜨거운 삶을 살다 가신 분이다. 1964년 한일회담 반대운동에 참여한 이래 선생은 평생을 반독재민주화운동과 통일운동, 노동운동 등에 전념하셨다. 1967년 백범사상연구소를 설립하여 백범사상 연구와 보급에 힘썼고, 1973년 유신헌법 개정 청원운동을 펼치다가 긴급조치위반으로 옥고를 치렀다. 1979년에 YWCA 위장 결혼식 사건으로 체포되어, 계엄법 위반 혐의로 구속되어 복역하던 중에 1981년에 3.1절 특사로 석방되었다. 1987년 대통령선거 당시 독자적인 민중후보로 출마하였다가 김영삼 김대중 양 김 씨의 후보 단일화를 호소하며 사퇴한 바 있다. 1992년 대선 때에도 독자 민중후보로 재야운동권의 추대를 받아 다시 출마했다. 이후 정치일선에서는 물러났지만 자신이 설립한 통일문제연구소를 이끌며 재야 통일운동과 진보적 노동운동에 쉼 없이 관여해온 분이다.

'사랑도 명예도 이름도 남김없이…….'

그가 없었다면 〈임을 위한 행진곡〉의 노랫말 또한 세상에 없었을 것이다. 백기완 선생이 새삼 그리워진다.

1987의 파도와 이후의 고독

민통련이 출범하여 활발히 활동하던 1984년 5월 18일, 구 야권의 재야정치인들이 제5공화국 정권에 대항하기 위해 정치단체를 조직했다. 민주화추진협의회, 이른바 민추협이다. 민추협은 우리 민통련과 상당히 가까운 협력 관계를 유지했다. 상도동계의 김덕룡 대표, 인천시장을 지낸 최기선, 부산시장을 지낸 문정수 등이 우리 민통련 사무실에 자주 드나들었다. 동교동 쪽으로는 민추협 대변인으로 있던 한광옥, 설훈 등과 가까운 관계가 유지되었다.

시대적 변화의 요청이 거세던 1985년. 운동이 진화하며 폭과 영역이 넓어지고 있었다. 노동조직, 청년조직, 농민조직 등 부문조직과 광역시도별 지역조직과 결합하는 전선조직이 가장 먼저 민통련에서 시작되었다. 단체 중심의 연합이므로 그 규모를 사람 수로 표현하기는 쉽지 않다. 조직관리는 하부조직에 맡겨졌다.

박정희 사망 뒤 신군부가 들어서지 않았다면, 1980년대에 민통련 같은 반독재민주화 조직이 생기지 않았을 것이다. 대신 다른 단체가 생겼을 것이다. 좀 더 발전적이고 다양하게 사회 문제를 연구하는 단체들이 만들어져 활동했을 것이다. 결국 나라 문화가 한층 발전되었을 것이다.

1986년 4월 30일, 청와대 영수회담석상에서 이민우 신민당 총재는 '좌익학생들을 단호히 다스려야 한다'는 요지의 발언을 했다. 제1야당 대표의 이해하기 힘든 이 언행은 보수 야당의 본색을 드러낸 것과 다름없었다. 이런 상황에서 다음 달 초인 5월 3일, 신민당에서 '직선제개헌 1천만 명 서명운동' 인천 및 경기도지부 결성대회가 열리기로 예정되었다. 재야 운동권으로서 가만히 있을 수 없는 상황이었다. '기회주의 집단 신민당이 개헌 싸움의 주체로 나서'도록 할 수는 없었다.

대회 당일이 되었다. 대회가 개최될 인천 시민회관에 서울과 인천의 재 야인사·학생·노동자들 4천여 명이 몰려들었다. 격렬한 시위와 경찰의 무 력진압이 낮 1시부터 6시까지 무려 다섯 시간 동안 지속되고, 결국 대회 는 무산되고 말았다. 시위대 일부는 바리케이드를 치고 투석전으로 저항 하여 경찰 측에 적지 않은 피해를 입혔다. 경찰은 강경 진압으로 당일에 만 총 319명을 연행해서 이 중 129명을 소요죄로 구속시켰다. 여기서 빠 져나간 서울·인천 지역 운동권 지도부 60여 명은 지명수배를 받고 잠적 했다. 6월 4일 부천경찰서 성고문 사건이 발생한 것이 바로 이즈음이다.

1986년 인천 5.3 민주항쟁의 여파로 민통련 지도부는 큰 타격을 받았 다. 지도부들이 대부분 구속되고 장충동 사무실에 못을 박아 폐쇄시킬 만큼 탄압이 심했다. 결과적으로 조직은 약해질 수밖에 없었다. 해가 바 뀌어 1987년 1월 14일, 서울대학교 박종철 학생 고문치사사건을 계기로 반독재 시위는 전국적으로 확산되었다. 대통령직선제 개헌요구도 국민적 인 열망으로서 점점 강해졌다. 이에 전두환은 모든 개헌논의를 중단하며 간접선거제를 규정한 기존 헌법을 고수하겠다는 4.13 호헌조치를 발표했 다. 투쟁의 열기는 전국적으로 더욱 고양되어갔다.

이런 상황에서 민주헌법쟁취국민운동본부가 결성되어 재야운동의 구 심점으로 우뚝 섰다. 1987년 5월 27일의 일이다. 민통련과 당시 야당인 통일민주당이 주축이 되어 각 사회운동 세력과 종교계, 학생운동 조직 등 이 광범위하게 연합한, 가히 건국 이후 최대 규모의 반독재 연합전선이라는 수식어가 부끄럽지 않은 조직이었다.

당시 나는 인천 5.3 민주항쟁의 여파로 구속되어 청주교도소에서 복역 중이었다. 자유를 빼앗긴 몸이지만 교도관들로부터 당시의 사회 분위기를 수시로 전해 들을 수 있었다. 듣기로는 그 조용하고 점잖은 도시 청주에서도 시위 중에 파출소가 불타는 일이 있었다고 했다. 상당히 심각한 상황이라는 것을 피부로 느낄 수 있었다.

국민운동본부가 주도적으로 6월 항쟁을 전개해간 끝에 결국 6.29 선언을 이루어냈다. 덕분에 13개월 만인 7월 10일에 특별사면을 받아 석방되었다. 우여곡절 끝에 쟁취해낸 직접선거였다. 1987년 13대 대통령선거가 가시화되었다.

민통련이 바빠졌다. 광역단위 지역조직과 분과별 부문조직 내부를 막론하고 선거 전략에 관한 토론이 활발하게 이루어지기 시작했다. 크게 '비판적 지지파'와 '후보 단일화파'로 나뉘어 맞서는 형국이었다. 대전에서 집행위원회 회의를 열며 '비판적 지지'에 무게가 실렸다. 그런데 이 결정이 중앙위원회에서 거부되었다. 참 미묘한 사안이었다. 양 입장이 첨예하게 맞섰다. 다시 한번 지역위원회에서 토론을 거쳐 협의를 이루었다. 이 내용이 재차 중앙위원회로 올라왔다. 시간이 많지 않았다. 어떻게든 결론을 내려야 했다.

중앙위원회에서 정책토론을 제안했다. 김대중 총재와 김영삼 총재 두 후보를 시간 차이를 두고 모시되 스물네 가지 항목의 질문을 만들어 두 분에게 똑같이 질문하고 답변을 듣기로 한 것이다. 당시 민통련 본부가 종로3가에 있을 때다. 민통련 회의실에서 정책토론을 하기로 했다.

오전에는 김대중 총재가 방문했다. 스물네 가지 항목에 대한 자신의 견해를 설명하는 데 두 시간이 더 걸렸다. 상당히 박식하고 정치관이 선명

대선 전 민주통일민중운동연합 김대중 초청 정책 세미나(왼쪽부터 이창복·김승훈·김병걸·계훈제·김대중·문
익환·임채정)

대선 전 민주통일민중운동연합 김영삼 초청 정책 세미나

하며, 여러모로 준비가 잘 되어 있다는 것이 느껴졌다. 오후에는 김영삼 총재가 찾아왔다. 모든 질문에 답변하는 데 40분도 걸리지 않았다. 성실하지 않은 단답식 답변인 데다 실질적인 내용도 없었다.

정책토론이 다 끝나고 중앙위원회를 소집했다. 결국은 김대중 총재에게 비판적 지지를 보내는 쪽으로 결정되었다. 당시 상황과 분위기로서는 합리적인 판단이었다. 공식적 언급은 없었어도 민통련 내에 내심 김영삼을 지지하는 사람들도 적지 않았을 것이다. 그런 이들이 끝까지 비판적 지지에 반대하고 후보 단일화를 요구했을 것이다. 가톨릭농민회도 반대 입장이었는데 사무처장 정성헌은 나를 향해 "민통련 부의장은 사퇴하라!"라고 삿대질을 하기도 했다. 또 다른 반대 입장으로 간주된 이재오는 회의 중에 계속 딴죽을 걸어, 사회를 보던 사무처장 임채정이 다혈질답게 화가 치밀었는지 탁자에 놓인 재떨이를 집어 던질 뻔하기도 했다. 상황이 이러하니 이후 조직력의 측면에서 후유증이 상당할 수밖에 없었다. 공식적인 결정이 난 이후에도 모임이 있을 때마다 후보 단일화파와 비판적 지지파들이 격돌해서 언쟁하는 양상이었다.

그즈음 김대중 대선캠프에서 나에게 뜻밖의 부탁을 해왔다. 전국의 신부님들로부터 조직적인 지지성명을 받아줄 수 있겠느냐는 것이었다. 참으로 곤란한 부탁이었다. 당시 민통련 안에서 정치에 뜻이 있는 70여 명이 김대중 후보를 지지하는 활동을 벌이고 있었지만 나는 자리를 지키는, 말하자면 끝까지 남아 사무실을 지켜야 하는 입장이었다. 재야운동을 표방하느 개인으로서 특정후보를 지지하며 돌아다니는 것은 적절하지 않았다. 더욱 난감했던 것은, 그것이 거절하기 힘든 부탁이라는 것이었다.

정의평화위원회 간사 문국주를 불러 광주 출신이니 호남 쪽을 돌게 했다. 나는 강원도와 경상남북도를 맡기로 했다. 이른바 험지였다. 제일 먼저 마산으로 갔다. 지오쎄 지도신부이기도 한 김영식 신부에게 사전에 간곡하게 부탁을 드렸더니 20여 명의 신부들을 모아놓고 있었다. 무조건 고개를 조아리고 설득했다.

"신부님, 김대중 후보를 지지해주십시오. 지금 두 후보가 팽팽하게 맞서는 것은 엇비슷하게 힘의 균형이 맞춰져 있기 때문입니다. 그러니 서로 양보할 생각을 못 하고 있는 것입니다. 이 같은 힘의 균형을 깨줘야 합니다. 그러하면 YS 쪽에서 양보할 가능성도 있습니다. 그런 의미에서 김대중 후보를 지지해주십시오. 만일 선거일 직전까지 김대중을 중심으로 단일화가 성사되지 않으면, 우리는 우리가 지지하는 김대중을 끌어내리더라도 단일화를 이뤄낼 것입니다. 그리하여 꿈에도 그리던 민주정권을 쟁취해야 합니다."

단일화에 끝내 실패하면 김대중 후보가 스스로 물러선다는 약속을 김대중 후보에게서 받은 것은 사실 아니었지만, 그 논리가 당시 신부들에게 먹혔다. 그리하여 마산의 신부들 30여 명으로부터 지지서명을 받아내었다. 부산에 가서는 또 그곳 신부들을 만나 지지서명을 받아냈다. 대구가 가장 힘들었다. 우스갯소리로 '유신교구'라 하는 곳이었다. 대구에서는 아는 신부님들을 개별적으로 찾아다니며 끈질기게 설득하고 지지를 호소했다. 내처 강원도를 훑고 서울을 돌았다. 그렇게 전국적으로 120여 명의 신부들에게 지지서명을 받는 데 성공했다.

운명의 대선이 열흘 앞으로 다가왔다. 신부들의 지지서명을 받았으니 기자회견을 열고 이 내용을 알릴 차례였다. 내가 나설 수는 없고, 홍제동의 김승훈 신부를 찾아가서 명단을 보여드리고 기자회견을 해주십사 부탁했다. 그러나 고개를 젓는 것이었다. 아무래도 못 할 것 같다고 거절하셨다.

"신부가 이렇게 정치적인 사안에 나서는 거, 난 좀 그래서요."

하는 수 없이 꼼수를 부렸다. 인천의 김병상 신부, 원주의 신현봉 신부, 전주의 문규현 신부 등에게 연락해서 '내일 오전 10시까지 명동성당으로 좀 나와주세요' 하고 부탁을 드렸다. 다음 날, 내 연락을 받은 신부들이 어김없이 명동성당에 모였다. 이러니 김승훈 신부가 오지 않을 수 없었다. 그렇게 여러 신부들과 함께 성명서를 발표했다. 《동아일보》에서 가장 먼저 그 명단을 발표해버렸다. 나중에 안 일이지만 제일 입장 곤란한 분들은 경상도 쪽 신부들이었다. 성당의 교우들이 전부 민정당 지지자였으니 말이다.

그러나 진짜 문제는 하루가 지나고 이틀이 지나고 일주일이 지나도 단일화의 움직임은 보이지가 않았다는 것이었다. 그렇다면 신부님들에게 호언장담한 대로, 우리가 지지하는 김대중 후보를 끌어내리고 김영삼 중심의 단일화를 이뤄내야 할 차례였다. 그러나 그 작업을 위해 감히 나서는 사람이 없었다. 걱정스러운 마음에 함세웅 신부를 찾아갔더니, 근심 걱정 가득한 나를 보고는 "얼마 전에 누군가 다녀갔는데 '사자필승'론에 대해서 이야기하더라"라고 얘기하셨다. 네 명이 다 출마하면, 다시 말해 노태우와 DJ, YS, JP까지 대선에 나와 완주하면 결국 김대중이 승리할 수밖에 없다는 것.

결국 단일화는 실패하였고, 내 부탁으로 김대중 후보에게 지지 선언을 한, 이후 그 명단이 일간지에 소개되기까지 한 신부님들이 '불안한' 마음에 계속 내게 연락을 해오셨다. 그럴 때마다 나는 안절부절못한 채 그들을 안심시키고 달랠 수밖에 없었다.

"염려 마세요. 사자필승론이라고 들어보셨나요. 결국은 김대중 후보가 당선될 것입니다."

대선이 끝났다. 결과는 모두가 원하지 않은 종류의 것이었다. 참담했다.

암담했다. 개표가 진행되는 시간에는 민통련 사무실이 사람들로 바글바글했는데, 노태우 당선이 확실시되자 모두 썰물 나가듯이 싹 빠져나가고 없었다. 그 넓은 사무실에 간사 몇 사람만 남아 있었다. 사람 마음이라는 게 그러했다. 텅 빈 사무실 지키는 것이 정말 참담했다. 그때의 고독감이라는 것은 실제로 당해보지 않은 사람은 모를 것이었다. 이후로 '이창복 죽일 놈'이라는 소리가 한 다리 건너 들려왔다. 고개도 못 들 노릇이었다. 그 여파가 가라앉는 데만 3년은 걸린 것 같다. 그나마 가라앉아서 다행이라 할 일이었다.

재야단체로서는 사상 최초로 특정 대선 후보를 지지했던 정치적 실험모델은 결국 실패로 돌아갔다. 민통련의 판단과 결정이 잘못되었다는 것에 대부분의 조직원들이 의견을 같이했다. 첫째로 '대선판에 직접 뛰어든 것 자체부터 옳지 않은 판단이었다'는 반성들이었다. 이후 서로 다른 의견을 가지고 있던 사람들 사이에 분열은 커져만 갔다. 실무적인 위치에 있는 내 입장에서 많은 현실적인 어려움으로 작용할 정도였다. 결국 민통련은 해체 수순을 밟을 수밖에 없는 지경이 되었다. 민통련의 시대가 가고 전민련의 시대가 도래했다. 물론 두 조직의 지향하는 바와 투쟁의 목적성에 큰 변화는 없었다.

대선 이후, 김대중 총재가 낙선의 변을 통해 '재야의 뛰어난 인물들을 수혈하여 더 새로운 평민당을 건설하겠다'고 선언했다. 민통련으로부터 수혈을 받겠다는 의미였다. 대선 당일, 민통련 사무실에 사람들이 구름처럼 몰려들었다가 빠져나갔던 상황처럼, 이번에도 사람 마음이 어떠한 것인지 알 수 있었다. 김대중이 예의 그 선언을 하던 날 오후부터, 사무실에 다시 사람들이 꾸역꾸역 모여들기 시작하는 것이었다.

이후 평민당은 YWCA 총무를 지낸 여성운동가 박영숙과 문동환 목사 등 재야인사 98명을 영입하였고, 이들과 함께 이듬해인 1988년 4월 26일 제13대 총선을 치렀다. 이 가운데 민통련에서 넘어간 이들이 이해찬·임채정·오대영·문동환·이길재·장영달 등 80명이었다. 이런 경우가 이후에도 있었으니 1989년도에 신민주연합이 생길 때 역시 우리 측의 신계륜·이우정·김말용 등 40명이 조직되어 갔다. 1992년에 김근태가 입당할 때에도 그렇게 또 몇 명이 합류했다. 이름하여 재야입당파들이 그렇게 탄생하고 활약하게 되었다.

때만 되면 내게도 어김없이 입당 제의가 들어왔다. 동교동계에서는 부총재 자리를 약속하기도 했다. 김대중 선생이 개인적으로도 여러 차례 부탁을 해왔다. 그럴 때마다 단 한 점의 갈등도 없이 사양하고 말았다. 현실정치를 혐오해서가 아니었다. 재야 쪽에 책임지고 사무실 지킬 사람이 없다는 생각에서였다. 과연 사실이 그러하였다.

평민당의 13대 총선 결과는 썩 괜찮았다. 호남지역 37개 선거구에서 승리하고 서울에서도 17석을 차지했다. 전국구 16석을 포함, 모두 70석 규모였다. 통일민주당을 제치고 원내 제2당, 제1야당이 된 것이다. 게다가 두 야당 의석수를 합치면 여소야대의 결과가 나오니, 이후 야당은 한층 강력한 대여투쟁을 전개하며 광주민주화운동 청문회와 5공비리 청문회 등에서 주도적인 역할을 해나갈 수 있게 되었다.

1980년대는 대한민국에서 민주화운동이 가장 가열하게 진행된 10년이었다. 직접선거를 이끌어내는 등 분명한 성과를 이뤄낸 10년이었다. 또한 노동자 대투쟁을 통해서 지금의 민주노총, 제2노총을 탄생시킨 시기였다. 이 성과를 통해 기층노동계층이 자아의식을 가지고 자신의 권리를 스스로 쟁취해낼 기반을 마련하게 되었다. 나에게도 하루하루 정신없이 바빴던, 보람이 큰 만큼 수난도 많았던 시대였다. 재야운동권 세력의 중진 인사로서 조직이 운신하는 데 가교역할을 한 10년이었다고 자평할 수 있다.

민통련, 전민련, 전국연합. 그 시기의 가장 큰 재야운동단체, 중심 전선 조직들이었다. 상임의장으로서 툭하면 사무실에서 먹고 자고 할 정도로 경황없이 일했다. 여느 시민운동단체와 마찬가지로 월급은 한 푼도 없었다. 상임의장이나 사무처장이나, 월급을 받기는커녕 조직을 위해 모금을 하는 자리였다. 사무실 월세에 직원 월급까지 한 달에 1백만 원은 들어갔다. 40대부터 재야단체의 지도부에서 일하며 그 돈을 만들어 대느라 바빴다. 주로 사제단 신부 열두 분에게 돌아가며 손을 벌렸다. 그것으로도 부족해서, 전민련 때는 김지하에게 난을 쳐달라고 해서 한 장에 50만 원씩 팔았다. 순수한 마음으로 기부하듯 사주는 사람도 있었고 희소가치가 있는 작품을 소장하고자 사주는 사람도 있었다. 그때는 김지하 시인의 명성이 대단했다.

지금도 6.15 공동선언실천 남측위원회에서는 정부의 지원금을 일체 받지 않는다. 지원금을 받으려면 얼마든지 가능하겠지만 받았다가는 나중에 '정부에 협조하지 않으면 안 되는 일'이 발생하기 쉽기 때문이다. 물론 큰 행사, 정부까지 포함되는 남북민족대회 같은 때는 정부가 돈을 대도록 유도하기도 하지만.

재야단체, 사회운동단체에 평생을 몸담고, 단체를 유지·관리하기 위해 매달 여기저기 돈을 만들어 대는 일을 해온 입장에서 느끼는 점이 적지 않다. 한창 힘 있게 왕성하게 활동할 수 있는 시기에 후원받기가 쉽더라는 것이다. 40대 때가 가장 수월했다. 50대까지도 그럭저럭 괜찮았다. 그러나 그 이후는 어려워진다. 나이가 들수록, 현직에서 멀어질수록, 어디가서 후원금 얻어내기가 쉽지 않더라는 것이다. 그것이 돈의 생리, 돈이 움직이는 원칙인 모양이다. 몇 달 전에도 6.15 공동선언실천 남측위원회 후원회 행사를 가졌는데, 명색이 상임대표의장이건만 내 역할을 별로 못 하였다. 완전히 '지는 해가 되고 말았다'는 사실을 뼈저리게 실감했다.

이런 형편이니, 집안 살림에 대해 말하자면 아내의 역할을 빼놓을 수가 없다. 병원에서 간호사로 일하는 집사람이 아니었더라면 정상적인 가정 살림을 해나갈 수 없었을 것이다. 말하자면 아내 덕분에 평생을 '마음 놓고' 재야인사로서 생활할 수 있었다. 아내에게 할 말이 없을 따름이다.

나는 나대로 바쁘고 아내는 병원 일로 바쁘니 아이들 돌보는 것은 15년 전에 세상을 떠나신 노모의 몫이었다. 그래도 못난 아들 하는 일을 이해 해주고자 노력하신 어머니였다. 며느리에게 늘 빚진 것만 같은 마음에 더 헌신하신 어머니였다. 어머니에게 가장 죄송스러운 일이, 수배를 받고 도 망 다닐 때면 보안과 형사들이 내 외갓집까지 쫓아가서 집 안에 죽치고 앉고는 했던 일이다. 압수수색 당할 때마다 집은 난장판이 되고 식구들 은 괴롭기 마련이었다. 면목 없는 일이었다. 그럼에도 적어도 직접 그분들 에게서 싫은 소리 한 번 들은 일이 없다.

네 차례의 옥중생활

1970년대에는 교회와 지학순 주교라는 우산 아래에서 안전을 보장받을 수 있었지만 1980년대부터는 사정이 완전히 달라졌다. 전민련 등 재야운동에 몸담으며 거의 2, 3년에 한 번씩 구속되는 팔자가 되었다. 쫓기고 피신하고 붙잡히고 고문당하고 투옥도 되고, 갈수록 고초가 심해졌다. 그간 구속되고 옥살이를 한 것이 모두 네 번이다. 우리끼리는 우스갯소리로 '4성 장군'이라 불리기도 한다. 옥살이 기간을 다 합쳐 햇수로 5년이다. 장기수들에는 비할 것도 못 된다.

첫 번째 구속이 1986년 인천 5.3 항쟁 때였다. 민통련 사무처장 부회장일 때 이른바 배후조종세력으로 규정되었다. 당시 민통련은 장충동 분도회관에서 셋방살이를 하던 시절이었다. 월세도 제때 못 내고. 교회에서 사정을 많이 봐줬다. 두 번째 투옥은 1989년 전민련 의장 시절이었다. 울산중공업의 노사분규가 한창일 때 지원 나갔다가 끌려 들어갔다. 삼자개입이라는 죄목이었다. 나중에 공소장을 보니 국가보안법 위반행위가 적용되어 있었다. 그야말로 자기들 마음대로, 귀에 걸면 귀걸이, 코에 걸면 코걸이 식이었다. 세 번째는 1991년 범민련 창립준비위원회 때였다. 남과 북, 해외 민간인들이 모여 통일 논의를 할 자리를 만들려는 의도였을 뿐이었건만 이때도 죄명은 어김없이 국가보안법 위반이었다.

사상범들에겐 독방을 준다. 양심수라고 대우해주는 게 아니다. 일반사범들과 같이 놓아두면 '빨갛게 물들인다'는 이유에서다. 혼자 생활하는 게 고역이었다. 일반사범들은 일과시간을 정해 노역도 시키지만 정치범들은 좁은 독방에 가만히 앉아 있게만 한다. 하루에 한 시간 운동 시간이 주어진다. 닭장같이 생긴 칸 안에서 뛰게 하는 것인데 혼자 움직이려니 영 기분이 나지 않아 가만히 앉아서 볕만 쬐다가 오곤 했다.

요즘 교도소와는 환경 자체가 달랐다. 여름이면 찜통더위에 고생이고 겨울이면 뼛속까지 에는 추위에 고생이었다. 한여름에 한창 더울 때면 러닝셔츠까지 벗고 팬티만 입고 지냈다. 더운데 방 안에서 움직이지도 못하고 가만 앉아 있어야 하니 지겹기가 이루 말할 수 없었다. 앉아만 있어도 땀이 줄줄 흘렀다. 창살 밖으로 해가 넘어가는 것을 지켜보는데, 그 시간이 참으로 더디게 흘렀다. 하루는 우리 교도소로 거물이 한 명 들어왔다는 소문이 들렸다. 머리를 깎이고 죄수복을 입혀서 독방에 집어넣으니 그 거물이 울음을 터뜨리더라고 했다. 육군 참모총장, 12.12 때 누명을 쓰고

수감 중에

옥살이를 했던 정승화 이야기다.

겨울이면 귀가 얼어 손바닥만 해졌다. 벽이 녹았다 얼었다 하며 물방울이 맺히고 줄줄 흘러내렸다. 그 환경에서 살아남기 위해 냉수마찰을 했다. 새벽 5시에 일어나서 냉수마찰을 하는데, '바께스'에 떠놓은 물이 살짝 얼기 마련이다. 그것을 수건에 적셔서 온몸에 문지르는 것이다. 얼음조각에 살갗이 긁히며 피가 나기도 했다. 그래도 고통스럽게 얼음찜질을 하고 나면 그 열기로 견딜 수가 있었다. 죄수들끼리 주고받으며 터득한 지혜다.

부실급식과 재소자 인권유린 등 교도소 내의 불법들에 대해 강력히 항의하는 시위를 벌이기도 했다. 재소자들을 위한 예산을 떼어먹는 경우가 없지 않았다. 이의 개선을 요구하며, 저녁이면 서로 통방해서 함께 구호를 외치는 것이었다.

출소 후
김근태와 함께

"정량 배식 보장하라!"

"급식 비리 처벌하라!"

잡혀온 대학생들도 거기 합세했다. 힘찬 외침에 일반 재소자들도 동조하고 나섰다. 교도소 안이 그렇게 시끄러워지고, 그게 소문이 돌아 결국 상부에서 찾아와 감사를 진행한 적도 있었다. 이후 급식이 자율배식으로 바뀌는 등 큰 변화가 있었다.

1986년에 처음 옥살이를 할 때의 일이다. 수인들에게 검은 고무신이 배급되었는데, 교도관들이 그것으로 재소자들을 구타하는 장면을 심심치 않게 볼 수 있었다. 고무신으로 사람 뺨을 후려치다니 나로선 참고 지나갈 수 없는 일이었다. 내가 거세게 따지며 호통쳤다.

"지금 뭐하는 짓입니까? 당신이 뭔데 사람을 때려요! 교도소 안에서는 인권유린이 당연한 일입니까?"

늘 바른 이야기, 옳은 소리만 하는 사상범들은 교도관들이 함부로 대하지 못하는 분위기였다. 교도소 내의 수감자 처우 문제 등 잘못된 부분이 있어 따지면, 일부 사안은 받아들이는 분위기였다. 소장이 순시할 때 먼저 면담을 청하기도 했다. 다행히 그 이후로 '검정 고무신 구타'는 사라졌다. 재소자로 있으면서 나름 인권운동을 한 것은 나뿐 아니라 많은 사상범들의 일상적인 일이었다.

교도소에 갇혀 있는 입장이 꼭 나쁜 것만은 아니었다. 긍정적으로 보면, 사회에서와는 달리 시간적인 여유가 생겼다. 나 자신을 되돌아보고, 그간의 사회 현상들을 다시 찬찬히 분석하고 정리하는 데 도움이 되었다. 청주교도소에 수감되었을 때는 교도소 측에 청해 서예를 연습하기도 했다. 붓과 먹, 종이를 제공받아 글씨를 쓰며 마음 수양의 기회를 가질 수 있었다. 연습용 종이를 구하기가 쉽지 않아 신문지 같은 것을 사용했지만 상관없었다.

네 번째 옥살이는 1994년 김일성 주석 사망 직후였다. 전국연합 시절이었다. 지하철을 타고 가는데 신문에 호외가 나왔다. 김일성 주석이 사망했다는 것이었다. 가다 말고 중간에 지하철에서 내려 공중전화를 찾았다. 사무실에 전화를 걸어 '어서 논평을 내라'고 지시했다. 아마 전국연합 대변인이 써서 올렸을 것이다. 며칠 뒤 전국연합 사무실에 경찰이 들이닥쳤다. '김일성 죽은 것에 대해 민간단체가 논평을 내는 것은 엄연한 이적행위'라며 긴급체포영장을 들이밀었다. 그런데 조사받다 보니 뭔가 이상했다. 논평에 대한 이야기는 쏙 빼고, 전국연합의 다른 활동들에 대해서 시비를 거는 것이었다. 결국은 다른 혐의로 수감되고 말았다.

1994년에 수감생활을 하게 되었을 때에는 특별히 안타까운 사건이 있었으니 큰딸의 결혼 날짜가 나의 이 네 번째 수감 기간에 잡혀 있던 것이었다. 내가 속상한 건 말할 것도 없고 아내도 딸도 속상했을 것이고 사돈댁도 적잖이 놀랐을 것이다. 다행히 주변에서 도와준 덕분에, 결혼식 당일에 귀휴를 받고 잠시 교도소 밖으로 나와 큰딸의 결혼식에 참석할 수 있었다. 이날의 각별한 소식이, 사연 많은 결혼식 가족사진과 함께 신문에 소개되었을 정도였다.

내 수감생활을 돌아보면 가장 가련한 사람은 바로 아내였다. 못해도 일주일에 한 번은 면회를 왔는데, 구치소가 원주에 있는 게 아니라 서울이나 안양이나 청주에 있었다. 면회를 가기 위해 주말 근무를 바꿔달라고 청하는 것이 가장 눈치 보이는 고역이었다고 훗날 아내는 말했다. 나는 이때 결심하여, 네 번째 수감생활을 마친 뒤로 매일 원주에서 서울까지, 서울에서 원주까지 버스나 기차를 타고 출퇴근하는 식으로 일상을 바꿨다.

원주를 일상의 중심지로 삼았다는 것이다. 원주에서 서울까지 매일 출퇴근을 하다 보면 길에 버리는 시간이 무척 많아, 물리적으로 쉬운 일은 아니었다. 그럼에도 그것이 고생 많았던 아내에게 작게나마 보상하는 일이라고 믿었다.

그전까지는 바빠서, 오가는 게 피곤해서, 월요일 아침에 원주를 떠나 금요일 저녁에야 원주로 돌아오기가 일쑤였다. 노동자들과 함께 성수동·화양동 등지에 숙소를 얻어 함께 썼다. 전국연합의 노동자단체에 소속된 이들이었다. 함께 지내며, 노동계의 흐름과 각종 동향을 실시간으로 접할 수 있어서 좋았다. 노동자들과 생활하면서, 쌍다리 아이들과 생활하던 시절이 떠올라 그때 가장 맛있게 먹은 음식인 국수를 잔뜩 끓여본 적이 있다. 그 시절만큼 맛있지 않았다. 더 고급진 입맛이 된 건지.

뿌리 깊은 나무로 세상에 우뚝 서다

철도청장을 만나러 가면서 차 안에서 여러 가지 궁리를 했다. 이 사람에게 사정하듯 이야기하는 것이 나을까 아니면 공격적으로 접근하는 것이 더 유용할까. […] 그가 지나가듯 내 이력 이야기를 꺼내자, 순간적으로 결론을 내렸다. 부드럽게 나가면 먹히지 않겠구나. 강하게 나가야겠구나.
"철도청이 이 사업에 적극적으로 나서지 않는 거, 내가 국회의원으로서 참 이해가 가지 않아요. 청장님 말이오, 국민의 정부에 철도청장으로서 있으면서 원주 시민이 20년을 바라온 숙원사업을 묵살할 생각이에요? 아니 무슨 권한으로?"

최악의 사법 범죄, 유서대필 조작 사건

1990년대는 시작부터 뜨거웠다. 명지대학교 1학년 강경대 학생이 시위 도중 경찰의 쇠파이프에 맞아 숨진 것이 1991년 4월이었다. 이를 계기로 4.27 범국민대책회의가 결성되었고, 대책회의가 명동성당에서 완전히 철수하는 6월 29일까지 약 60일간 전국이 집회와 시위의 열기로 끓어올랐다. 이 과정에서 많은 이들이 아까운 생명을 잃고 말았다. 4월 3일 경원대학교의 천세용, 4월 29일 전남대학교의 박승희, 5월 1일 안동대학교의 김영균, 5월 8일 김기설 등 모두 열세 명이 분신, 투신, 의문사로 사망한 것이다.

비극이 반복되자 일부 언론에서는 '이즈음 운동권 사이에 죽음을 찬미하는 소영웅주의, 허무주의가 집단 감염되고 있다'는 눈살 찌푸려지는 논설들을 쏟아냈다. 김지하는 「죽음의 굿판을 걷어치워라」라는 글을 발표하고, 서강대학교 박홍 총장은 '지금 우리 사회에 죽음을 선동하는 어둠의 세력이 있다'고 기자회견을 벌이기도 했다.

박홍 신부의 기자회견 이후 김기설 학생의 분신자살에 배후가 있다는 보도가 연일 이어지면서 그즈음 등장한 이름이 전민련 총무부장 강기훈이었다. 전민련 사회부장이던 김기설이 5월 8일 서강대 건물 옥상에서 노태우 정권 퇴진을 외치며 분신한 사건에 대해, 합동수사본부를 꾸린 검찰과 경찰은 고인의 유서와 가족이 제출한 필적이 다르다는 뜻밖의 수사결과를 발표했다. 이어 전민련 동료 강기훈이 김기설의 유서를 대신 써주고 자살을 방조했다며 구속·기소하니 이것이 문제의 강기훈 유서대필 사건이다.

사건은 초기부터 공안수사의 대대적인 조작이라는 의혹이 제기되었다. 그럼에도 1992년 7월, 법원은 강기훈에게 자살방조 및 국가보안법 위반으로 징역 3년에 자격정지 1년 6개월을 선고했다. 자살 관여죄에 대한 대한민국 대법원의 판결 가운데 실제로 죄가 인정된 유일한 판례였다. 게다가 목격자 등 직접적인 증거도 없이, 국립과학수사연구원의 필적 감정 결과와 정황에 따른 법의 판단이었다. 강기훈은 복역 후 1994년 8월 17일 만기 출소했다.

당시 나는 안양교도소에 수감되어 있었다. 드문드문 신문을 통해 이 사건을 접하며 엄청난 충격을 받았다. 강기훈은 아는 청년이었고 김기설은 처음 듣는 이름이었다. 단번에 '공작의 냄새'를 맡을 수 있었다. 이로 인해 죄 없는 청년 한 명이 장차 큰 고초를 겪게 되리라는 직감에 간담이 서늘했다. 그러나 구속된 몸이니 뭘 어찌 도울 방법도 없었다. 안타까웠다. 한편으로 '전민련의 씨를 말려버리려는 음모로구나' 하는 생각도 들었다. 그러잖아도 당시 전민련 지도부는 범민련 사건으로 거의 다 구속된 상태였다. 나부터가 그런 경우였다. 이해학 목사와 김희택 사무처장, 조성우 동지도 이때 구속되어 있었다. 이것으로도 모자라, 그나마 남은 상근자들마저 활동하지 못하도록 도덕적으로 치명적인 타격을 주려는 속셈으로 사건을 조작해낸 게 분명했다. 이즈음 한국기독교교회협의회 인권위원회(위원장 박광재 목사)가 1991년 8월 28일 강기훈의 1차 공판에 앞서 "검찰은 강기훈을 비롯한 재야단체의 도덕성을 실추시키고 자신들의 잘못을 은폐하기 위해 유죄판결을 끌어낼 수 있도록 자살방조죄 이외에 국가보안법 위반혐의를 추가 기소하는 또 한 번의 잘못을 저질렀다"라는 성명을 발표했다고 했다. 내 의견도 다르지 않았다.

그러나 진실은 언젠가 드러나기 마련이다. 2005년 12월 노무현 정권 당시 진실·화해를위한과거사정리위원회가 출범한 것이 첫걸음이었다. 2007년 이 사건을 재조사한 과거사정리위원회는 "김기설 씨의 필적이 담긴 '전대협 노트'와 '낙서장'을 새로 발견해 국과수 및 일곱 개 사설 감정기관에 필적 감정을 의뢰한 결과, 유서의 필적은 김기설 씨 본인의 것이라는 감정 결과를 통보받았다"라며 법원에 재심을 권고했다. 이에 강기훈은 이듬해인 2008년 1월 법원에 재심을 청구했다. 2009년 9월, 서울고법 형사10부는 "김기설 씨의 유서를 대필하였다는 수사와 재판 결과는 잘못되었다"라며 강기훈이 낸 재심 청구를 받아들여 사건을 다시 심리하기로 했다.

서울고검 공판부(검찰)는 즉시 항고했고, 18년 만에 재판을 다시 진행할지 여부는 대법원에서 최종 심리하게 되었다. 이후 상황은 지지부진하게 끌려갔다. 1년이 가고 2년이 지나도록 대법원은 특별한 이유를 밝히지 않은 채 결정을 미루었다. 다시 해가 바뀌어 2012년이 되었다. 그해 4월, 대법원의 최종심리가 하염없이 미뤄지는 가운데 좋지 않은 소식이 덜컥 들려왔다. 지난해 간경화 판정을 받은 강기훈이, 이후 병세가 더욱 악화되어 간암으로까지 발전했다는 것이었다. 따지고 보면 예견된 일이었다. 공안정부가 개인에게 저지른 악독한 만행, 그로 인한 고통과 억울함으로 한이 쌓이고 쌓여 결국 그런 몹쓸 병에 걸리고 말았을 터였다.

강기훈은 5월에 간암세포 제거수술을 받았다. 간 한쪽의 절반을 잘라내는 대수술이었는데 안타깝게도 결과는 좋지 못했다. 수술 부작용으로 폐수종이 발생, 본격적인 항암치료마저 받지 못하게 된 것이다.

"유서를 대신 쓰다니 말도 안 돼요. 동지가 자살하는 것을 방조했다니 그게 말이나 되는 이야기인가요? 가슴이 답답하고 아파요. 죽을 것 같아요. 이 누명을 벗지 못하면 죽어서도 천추의 한으로 남을 겁니다. 우리 애들이 걱정이에요. 내 인생이야 이렇게 망가졌다 쳐도, 걔들은 무슨 죄입니까. 나중에 커서, 제 아비가 유서대필로 감옥소에 갔던 죄인이라는 것을 알게 된다면……."

지인으로부터 전해 들은, 강기훈이 눈물을 흘리며 토해냈다는 이야기다. 참으로 안타까운 노릇이었다. 대중운동을 함께해온 동료 입장에서, 선배의 한 사람으로서, 곁에서 지켜보기에 마음이 무겁기 이를 데 없었다. 이 고통을 강기훈 혼자 감당하게 둘 수는 없었다. 이 어처구니없도록 억울한 상황을 강기훈 혼자 감당하도록 20년 넘게 방치했다니 우리 스스로에게 부끄럽기 짝이 없는 일이었다.

1991년 당시에는 내가 영어의 몸이라 할 수 있는 일이 없었다. 그러나 2012년에는 사정이 달랐다. 뭐든 할 수 있는 입장이었다. 당연히, 무슨 일이라도 벌여서 그를 도와야 했다. 1970, 80년대 민주화운동에 앞장섰던 왕년의 전우들이 다시 모였다. 2012년 8월 28일 명동 향린교회에서 '강기훈의 쾌유와 재심개시 촉구를 위한 모임'을 결성하고 발족식을 가졌다. 함세웅 신부, 김상근 목사, 정성헌 민주화운동기념사업회 이사장, 이부영 전 의원, 민주통합당 인재근·신계륜·민병두 의원, 통합진보당 심상정 의원 등 시민사회·정계 인사 200여 명이 함께 뜻을 모았다. 나 역시 상임대표로서 각계 인사들의 서명을 받아 정계와 법조계에 탄원서를 제출하고 조속한 재심개시를 촉구하는 데 힘을 보탰다. 한편 병마와 싸우는 강기훈을 위한 치료비 모금활동도 진행했다. 10월 9일 서울 시립대에서 열린 '강기훈을 위한 시와 노래의 밤' 행사가 그것이었다. 이날 공연 후, 출연했던 가수 이은미는 자신의 출연료 전액을 치료비로 내놓았다.

그런가 하면 나를 비롯한 전민련 출신 국회의원 열 명도 강기훈을 위해 뜻과 행동을 같이했다. 2012년 9월 27일, 전민련 출신 전·현직 국회의원 일동이 그날 오전 10시 30분 국회정론관에서 '강기훈 유서대필 사건에 대한 대법원의 재심개시 결정'을 촉구하는 기자회견을 갖고 성명서를 발표했다. 아래는 그날 성명서 전문이다.

「강기훈 유서대필 사건에 대한 대법원의 재심개시를 촉구한다」

군부 독재정권에 맞서 학생과 노동자, 민주시민이 온몸을 던져 싸웠던 1991년, 노태우 정권은 운동권이 후배의 죽음마저 사주했다는 희대의 조작극을 연출하며 민주화운동을 탄압하는 폭압성을 보였습니다.

이른바 강기훈의 김기설 씨 유서대필 사건입니다. 자기 후배에게 분신을 사주하고 유서까지 대신 써주었다는 치졸한 사기극을 만들어냈습니다.

그렇게 부당한 공권력을 동원한 국가권력의 만행은 전도유망한 건강한 한 젊은이를 올가미 씌워 시대의 무거운 짐을 짊어지게 했습니다.

우리가 지켜주지 못했던 강기훈은 20여 년이 흐른 지금까지도 그 짐을 혼자 떠안은 채 오욕의 삶을 살도록 강요받고 있습니다.

강기훈, 그와 함께 이 땅의 민주주의를 외쳤던 우리 모두는 참담한 마음과 함께 엄중한 죄책감을 갖지 않을 수 없습니다.

우리는 대법원에 촉구합니다.

강기훈 유서대필 사건에 대한 재심을 즉시 개시할 것을 강력히 요구합니다.

2007년 '진실과 화해위원회'는 이 사건에 대해 재심권고를 했고, 2008년 고등법원은 무죄취지의 재심개시 결정을 내려 이 사건의 수사와 재판이 모두 억지였음을 자인했습니다.

그런데 검찰은 '진실과 화해위원회'의 유사한 경우 결정과는 이례적으로 이 사건에 대해 즉시 항고를 하였고, 대법원은 3년이 지난 지금까지 아무런 이유 없이 재심개시 결정을 하지 않고 있습니다.

대법원의 이러한 무책임은 한 인간의 삶을 송두리째 파괴한 국가권력의 죄악에 대한 정부의 사죄는 물론 동시대를 살고 있는 우리 모두의 죄책감을 더욱 무겁게 하는 것입니다.

국민 여러분께 호소드립니다.

우리의 친구 강기훈이 병마를 털고 일어설 수 있도록 힘을 주십시오.

부당한 국가권력의 폭압으로 시대의 크나큰 고통을 외롭게 짊어졌던 우리의 강기훈이 지금 너무도 많이 아픕니다.

지난해 간경화 판정을 받은 이후 치료에도 불구하고 호전되기는커녕 병세가 더욱 악화되어 간암으로까지 진행된 상태입니다.

올해 5월 간암세포 제거수술을 받기는 했지만 수술 부작용으로 폐수종이 발생하여 현재는 본격적인 항암치료마저 받지 못하고 있습니다.

국민 여러분, 우리 대한민국의 민주주의를 위해 헌신했던 강기훈에게 씌워진 누명이 백일하에 씻길 수 있도록 대법원의 재심개시에 대한 국민 여러분의 관심을 호소 드립니다.

20여 년 전, 강기훈 혼자 짊어져야 했던 그 무거운 고통의 사슬에서 벗어나 병마를 훌훌 털고 일어설 수 있도록 함께해주십시오.

뿌리 깊은 나무로 세상에 우뚝 서다

잔혹한 역사의 희생자가 된 강기훈,

이제 우리 모두가 그에게 진 역사의 빚을 갚아야 할 때입니다.

다시 한번 강기훈 유서대필 사건에 대한 대법원의 재심개시를 촉구하며 국민 여러분의 관심과 참여를 호소드립니다.

2012년 9월 27일

전민련 출신 전·현직 국회의원 일동

이창복 이부영 이재우 이호웅 최규성 인재근 심상정 이인영

정봉주 민병두 (무순)

마침내 2012년 10월 19일, 법원은 강기훈 유서대필 사건에 대해 검찰의 재항고를 기각하고 재심개시를 결정했다. 2012년 12월 20일 재심이 이뤄지고, 그 과정이던 2013년 10월 10일 전대협 노트와 김기설의 평소 글씨에 대한 감정이 국과수에 의뢰되었으며, 두 달 뒤인 12월 11일 국과수는 "김기설 씨의 필적이 맞다"라는 결과를 내놓았다. 이에 2014년 2월 13일 서울고법은 1991년 제시된 국과수의 감정 결과는 신빙성이 없다는 판단하에 강기훈에게 무죄를 선고했다. 하지만 2월 19일 검찰이 서울고법에 상고장을 제출함에 따라 이 사건에 대한 판단은 대법원으로 넘어가게 되었다. 그리고 다시 마침내 2015년 5월 14일, 대법원은 김기설 유서대필 사건으로 구속 기소돼 징역 3년을 선고받고 만기 복역한 강기훈에 대한 재심에서 자살방조 혐의에 대해 무죄를 선고한 원심을 확정했다.

1992년 당시 대법원이 유죄 확정 판결을 내린 지 23년 만이었다. 강기훈이 51세에 이르렀을 때야 어둠을 뚫고 나온 진실이었다. 그 홀로 뒤집어쓴 고통의 짐을 그렇게 조금이나마 덜어주고자 노력했지만 이 잔인한

한국식 드레퓌스 사건을 향한 그간의 부채감이 줄어든 것 같다는 생각은 사실 조금도 들지 않았다. 오히려 그 반대였다. 더 일찍 진실을 밝히고 그의 고통을 덜어주지 못했다는 것에 여전히 가슴이 무겁고 또 무거웠다.

1970년대와 80년대, 그리고 90년대까지의 '검찰 공무원'들을 생각해본다. 당시의 검사들은 한마디로 기고만장했다. 하늘 아래 무서울 것이 없는 사람들이었다. 특히 공안검사들은 '이 나라 대통령을 보위하고 그 권력을 유지하는 것이 우리들의 존재 이유'라는 어긋난 믿음과 자부심을 단단히 지닌 이들이었다. 자신들에 의해 정권이 유지된다는 독선적인 사고에 갇힌 자들이었다. 그 시절 검사들이, 과연 당대가 독재정권 독재국가임을 모르고 있었을까? 그렇지 않을 것이다. 그들은 바보가 아니다. 그럼에도 그와 같은 정권을 유지하는 일이 자신들의 의무였기에, 그를 위해 국민의 기본권 정도는 얼마든지 제한해도 된다는 사고를 가졌던 것이다.

오늘날의 검사들은 과연 어떠한가? 1970년대, 80년대, 90년대 검찰과 얼마나 다른 가치관을 가지고 있는가? 검찰개혁이 시대적 화두다. 피해갈 수 없는, 어려운 국가적 과제이기도 하다. 권력을 가진 자가 스스로 권력을 내려놓는 일이란 참으로 힘든 일, 거의 불가능에 가까운 일이다. 우리 국회에도 공안검사 출신 정치인들이 참 많다. 다른 나라 같으면 상상도 할 수 없는 일이다. 정치권의 이 같은 비정상적인 구성이 언제 변화할 것인지 모르겠다.

남·북·해외의 민간을 한자리에 모으자

1988년 서울대학교 학생들이 남북대축전을 제안하고 나섰다. 이때부터 본격적인 민간 통일운동의 장이 열리기 시작했다. 그 이면에는 같은 해 7월 7일 노태우 대통령의 '민족자존과 통일번영을 위한 특별선언', 남북한 동포의 상호교류 및 해외동포의 자유로운 남북왕래 등을 천명한 일명 7.7 선언이 자리하고 있었다.

이때 민통련은 한반도 평화와 통일을 위한 범민족대회를 북쪽에 제안했다. 1988년 8월 1일, 남측의 각계 인사 1,014명이 발기인으로 모여 '한반도 평화와 통일을 위한 세계대회 및 범민족대회 추진본부 발기취지문'을 발표하는 한편, 범민족대회를 통해 남과 북 그리고 해외동포들이 모여 조국통일방안을 검토하고 실천과제를 논의하자고 손을 내민 것이다. 당시 시점으로 7년 뒤인 1995년이 분단 50년이 될 시점이었다. 그 이전에 민간의 힘으로라도 통일을 이뤄내야겠다는 의지였다.

재야단체의 통일운동은 이전부터 그 뿌리가 깊었다. 민통련의 조국통일위원장 백기완 선생이, 이어 이재오가 상당한 관심 속에 통일운동을 모색해왔다. 문익환 목사 역시 평소부터 통일 문제를 상당히 강조해왔다.

우리의 제안에 몇 달 동안 감감무소식 답변이 없던 북한이 마침내 움직였다. 1988년 12월 9일 북한 조국평화통일위원회 위원장 윤기복의 이름으로 범민족대회 추진본부에 공개서한을 보내 '대회 지지를 표명'한 것이다.

민통련 간부
수유리 모임
(왼쪽부터
조춘구·임채정·백기완·
곽태영·정동연·방용석·
문익환·이창복·이부영)

민통련 중앙위원회
(왼쪽부터
이해찬·이창복·
계훈제·문익환·김승훈)

1989년 1월 전국민족민주운동연합(전민련)이 출범했다. 민통련을 발전적으로 해체하고 새로운 운동체를 건설하기 위함이었다. 정체성의 큰 변화는 있지 않았다. 민통련에서 전민련으로 이어지면서 외세가 더욱 확대된 건 분명한 사실이다. 이를테면 1980년대 후반을 겪으며 노동자대투쟁을 통해 부상한 노동운동 단체들이 많이 들어오는 한편, 가톨릭농민회나 기독교농민회가 조금씩 힘을 잃으며 생겨난, 더욱 거대해진 농민조직인 한국농민총연합이 들어왔다. 이후 전대협도 학생운동으로서 전선운동에 참여하게 되었다.

기독교회관 건너편 건물 2층에 큰 사무실을 하나 빌려서 활동을 시작했다. 나를 비롯해 이부영, 오충일 목사까지 세 사람이 공동의장이었다. 사무처장 김희택을 비롯한 상근직원들 숫자가 꽤 되었다. 전민련에서 처음 구상한 통일맞이 사업이 있으니 민통련의 정신과 방식을 이어받은 3자회담이었다. 남북통일을 위해 남과 북과 해외가 한데 만나 대화를 나누자는 것이었다. 이를 정부가 아닌 민간들이 주도적으로 해나가겠다는 것이었다.

1989년 1월 20일 연세대학교에서 열린 창립대회에서, 전민련은 그와 같은 범민족대회를 주요 사업계획으로 채택 발표했다. 본격적인 통일운동으로 3자회담 추진 의사를 밝히고 대북제의를 공식화한 것이다. 동시에 전민련은 북측에 '3월 1일 판문점에서 실무회담을 하자'는 두 번째 제안을 보냈다. 북이 이 제안을 받아들이며 '그러겠다'는 연락을 해왔다. 전민련의 행보는 거침없었다. 약속한 3월 1일 아침, 대표단 일행을 버스에 싣고 판문점으로 달려갔다. 그러나 버스는 도중에 저지당하고, 그 안에 타고 있던 인사들은 통째로 파주경찰서에 끌려가고 말았다.

1989년 3월에는 유럽 지역, 북미 지역, 일본 지역에서 연이어 범민족대회 추진본부가 결성되었다. 그러나 정작 범민족대회를 위한 3자 예비실무회담은 남한 정부의 거부로 끝내 성사되지 못한 채 각각 남과 해외, 북과 해외로 구성된 두 개의 2자회담으로 진행되었다. 그 결과 범민족대회는 1989년 8월 15일 서울과 판문점으로 나뉘어 분산 개최되었다. 반쪽짜리 행사이지만 반과 반이 모이면 하나가 되니 어쩌면 그것이 통일 정신이었다. 아쉬운 대로 행사는 동포들의 높은 관심 속에 광범위한 사회단체들이 적극 참여했고, 민간주도 통일운동의 기틀을 다지는 전기를 마련했다.

해가 바뀌어 1990년. 전민련은 역시 범민족대회를 중차대한 사업계획으로 재차 천명했다. 그러나 당시만 해도 사업의 주체라 할 수 있는 우리 역시, 범민족대회 사업 채택이 투쟁의 한 과정일 뿐 실제로 성사되리라 믿고 기대하는 분위기들은 아니었다. 그런데 정부로부터 뜻밖의 소식이 전해졌다. 7월 20일 노태우 대통령이 밝힌 '민족대교류'가 그것이었다. 8.15를 전후로 5일간, 남북한 모두 원하는 이들을 제한 없이 받아들이고 상대 지역을 자유로이 방문할 수 있도록 전면 개방하자고 제안한 것이다. 다시 말해 누구든 북에 가고 싶다면 얼마든지 자유롭게 갈 수 있도록 허용하겠다는 것이었다. 당국의 저의가 의심스러울 만큼 파격적인 내용이었다. 나아가 7월 23일에는 3부장관 기자회견을 통해 그에 관한 구체적인 입장을 밝히기까지 했다. 그 자리에서 당시 홍성철 통일원 장관은 "전민련이 추진하는 범민족대회를 허가하겠다"라고 했다. 다음 날, 전민련 측 사람들이 통일원에 들어갔다. 정부의 속내가 무엇인지 확인할 필요가 있었다.

"기자회견에 발표한 그대로입니다. 다른 건 없어요. 전민련은 계획했던 대로 범민족대회를 진행하면 되겠습니다. 필요하면 정부에서 재정 지원을 할 용의도 있고요."

그렇게까지 나오니 더는 할 말이 없었다. 재정 지원은 바라지도 않으니 간섭만 하지 않았으면 바랄 뿐이었다. 그런데 통일원이 단 하루 만에 자세를 바꿨다. 통일원 측의 말만 믿고 범민족대회 남북 실무회담 장소를 강북구 수유동에 소재한 크리스천아카데미하우스로 잡자 그곳은 안 된다며 제동을 걸고 나온 것이다. 통일원이 권유한 장소는 강남의 인터컨티넨탈 호텔이었다.

"크리스천아카데미하우스는 경호 문제가 여의치 않아요. 통신시설도 부족하고요. 아, 그리고 인터콘티넨탈 호텔까지 이동할 때는 정부가 제공하는 차량을 이용해야 합니다. 통일원 직원 한 명이 동승할 겁니다."

전민련 내부에서 밤늦게까지 격론이 벌어졌다. 정부의 요구안을 수용할 것인가 말 것인가. 그러나 결론은 이미 내려진 것이나 다름없었다. 어렵게 찾아온 남북한 만남의 기회를, 정부의 태도가 아무리 마음에 안 든다 해도, 우리 스스로 던져버릴 수는 없는 일이었다.

7월 25일. 북한이 범민족대회에 대한 자신들의 입장을 전달해왔다. 다음 날인 26일 오전 9시, 전금철 8.15 북측준비위원장 등 다섯 명의 대표단과 기자 열 명이 판문점을 거쳐 서울로 내려가겠다는 것이었다.

1990년 7월 26일 목요일 새벽 6시 30분. 나를 비롯한 열아홉 명의 남측 추진본부 관계자들이 임진각을 향해 출발했다. 관계자와 환영대표단을 태운 관광버스는 아침 7시 40분쯤 임진각에 도착하여, 망배단 앞 계단에 환영대회장을 차리고 북측 대표단 환영을 위한 준비에 들어갔다. 함께 간 전대협 소속 대학생 50여 명이 '조국의 평화와 통일을 위한 범민족대회 실무회담 북측 대표단 환영'이라고 적힌 현수막을 들고 노래를 부르며 열기를 고조시키기도 했다.

그러나 다시 문제가 빚어졌다. '판문점에 들어가려면 그에 앞서 북측 대표단에 대한 차량, 숙식, 회담장소 등에 관해 정부의 요구를 수용해야 한다'며 제지를 당한 것이다. 이미 조성우, 김희선, 강희남 목사를 영접위원으로서 판문점에 들여보내기로 한 상황이었다. 그러나 정부의 이 같은 간섭 탓에 제대로 일을 진행하기가 힘들었다.

사태가 급박했다. 7시 55분께 임진각 3층 특실에서 구본태 국토통일원 남북대화 사무국 대화 조정관과 이해학 위원장, 조성우 추진대표, 백기완 전민련 고문 등이 10여 분에 걸쳐 토론을 벌였으나 양측의 입장 차이만을 확인한 채 헤어졌다. 판문점에 적어도 아침 7시 50분에는 입장해야 했다. 그런데 8시 30분이 넘어서까지 정부안을 받아들일 것인지 여부가 결정 나지 않은 상황이었다. 자칫 실무회담 자체가 성사 안 될지 모른다는 위기감이 감돌기 시작했다.

즉석에서 긴급 간부회의가 개최되었다. 이 과정에서 몇 가지 사항이 결정되었고, 이를 앞세워 다시 정부 측과 만났다. 그러나 여전히 불가하다는 답변이었다. 일을 성사시킬 의지가 있는 사람들인지 의문이 들었다. 마음 급한 우리는 2차로 회의를 시작했다. 그때가 오전 11시였다. 판문점의 모든 기능은 매일 오후 4시를 기점으로 끝나니 그 시간이 되기 전에 뭔가 결정되어야 했다.

오후 1시 30분에 다시 3차 회의가 열리고 대책을 논의했다. 이 자리에서 내가 주장했다.

"정부의 입장을 받아들입시다. 일단 그렇게 합시다."

수군수군 눈치만 살피는 분위기였다. 그야말로 그 순간, 모든 것을 뒤집어써도 좋다는 심정이었다.

"언론에서 난리예요. 범민족대회가 과연 성사될 것인지, 신문에서 매일같이 머리기사로 다뤄지고 있어요. 외신 기자들도 우리의 움직임을 매일같이 자국으로 송고하는 중이지요. 사람들의 관심이 이렇게 큰데, 자칫

회담 성사에 실패하면 비난의 화살이 모조리 우리 전민련에게 쏟아질 겁니다. 내가 모든 책임을 질게요. 정부의 요구를 수용합시다."

결국 전민련 대변인 김희택이 이 같은 내용의 기자회견문을 발표하고 이를 통일원에 통보했다. 그게 오후 2시였다. 그러나 통일원에서는 한 시간이 지나도록 아무런 답변도 돌아오지 않았다. 속이 타는 노릇이었다. 오후 3시 30분 넘어 북한 측이 회담 불참을 통고해왔다. 일찌감치 판문점에 와서 기다리던 전금철 일행이, 우리 측에서 아무런 조치가 없자 결국 되돌아간 것이다. 전후의 진행상황으로 볼 때, 통일원이 전민련의 '정부 요구안 전격 수용' 의사를 제대로 전달하지 않았음이 분명했다. 평양으로 돌아간 북측 대표단은 뒤늦게나마 '전민련이 정부의 요구를 수락하고 북측 대표단을 맞기로 했다'는 소식을 접하자 '다음 날 27일에 범민족대회 제2차 예비회담을 위한 실무대표단을 다시 판문점으로 내려보낼 것'임을 발표했다. 이 소식을 당시 동행한 기자를 통해 알았다.

27일 아침 일찍 다시 판문점으로 나가 북측 대표단을 기다렸다. 이번에는 만남이 성사될 것만 같았다. 사상 최초로 판문점에서 남북 민간이 만나 통일을 논의하는 장면을 상상하니 가슴이 설레었다. 그러나 결론부터 말하면, 이날도 상상했던 장면은 현실로 찾아오지 않았다. 회담 불발. 북한 대표단이 끝내 판문점까지 내려오지 않았던 것이다.

나중에 들은 이야기지만, 다시 한번 의전이 문제였다. 북측 사람들을 만난 정부 인사가 정부에서 제공한 벤츠에 남측 요원을 동승시키려 했고, 이에 그들이 반발한 것이었다.

"우리를 초청한 주체는 전민련 대표들인데, 어째서 전민련 쪽 사람이 아니라 남한 정부 쪽 사람이 이 차에 타려는 겁니까? 용납할 수 없습니다."

행사 자체가 처음부터 탐탁지 않았던 우리 정부 측에는 오히려 반가운

범민련 회담이 무산되고서

일이었다. 하여 기다렸다는 듯이 일을 틀어버리고 만 것이다. 전후 사정을 이야기 듣고는 북측에 조금 섭섭한 마음이 들기도 했다. '중간에 우리 정부가 개입하며 일이 틀어진 것은 분명한 사실이지만, 그렇더라도 넘어왔어야 할 것 아닌가. 남한 관리는 보기 싫더라도 일단 우리는 만나고 봤어야 할 것 아닌가. 올 마음만 있다면 무리를 해서라도 충분히 올 수 있었던 상황 아닌가.'

　북한 측이 서울회담 참석을 끝내 거부했다는 사실을 통일원의 고경빈 서기관으로부터 통보받은 것은 이날 오후 3시 15분경이었다. 참고 참았건만 이런 낭패가 없었다. 전민련은 강하게 반발했다. 하여 이날 오후 3시 20분경 관계자 10여 명이 임진각에서 긴급대책회의를 갖고 김희택 대변인을 통해 다음과 같은 논평을 발표했다.

"우리 정부 측이 까다로운 조건들을 내세워 북측으로 하여금 결국 회담에 불참토록 유도했다. 정부의 앞과 뒤가 다른 행동들은 조국통일을 염원하는 남북한 및 세계 동포들에게 비난을 받아 마땅하다. 전민련은 조속한 시일 내에 북한의 서울회담 불참 및 정부 측의 책임추궁문제를 비롯한 전민련의 입장과 향후 대처방안 등을 종합 발표할 것이다. 또한 전민련은 8.15 범민족대회를 기필코 성사시켜 민족통일의 발판을 마련토록 할 것이다."

그날 오후, 왔던 버스를 타고 서울로 돌아왔다. 간절히 바랐던 소득은 전혀 없이, 기대감이 산산이 부서진 상황이지만 실망할 겨를이 없었다. 해외동포단체 대표단이 서울에 도착해 있었다. 남측 대표와 해외동포단체 간의 제2차 범민족대회 2자 실무회담이 행선지인 아카데미하우스에서 예정되어 있었던 것이다.

남측과 해외단체 간의 2자 실무회담이 끝나고, 해외 대표들은 "이렇게 된 김에 북쪽에도 들어가보겠다"는 의견을 밝혀왔다. 반가운 소식이었다. 또한 좋은 기회였다. 그들 편에 전민련 측 입장 몇 가지를 정리해서 전달해줄 것을 부탁했다. "범민족대회가 일회성 행사로 끝나서는 안 되며, 그를 위한 상설 조직이 만들어졌으면 좋겠다"라는 내용이었다. 나중에 북한은 이를 받아들였다. 범민족연합이 그렇게 출범 채비를 해나가게 되었다.

연세대학교에서 열린 범민족대회가 폐막할 즈음, 북측의 팩스가 일본을 통해 전달되었다. 그 내용은 이러했다.

"북한은 ○월 ○일 판문점에서 범민족대회를 성대히 개최하였다. 이 자리에서 '조국통일범민족연합'을 결성하기로 결정했다. 이를 위한 조직의 대표로 ○○○ 등을 선임했다. 남측에서도 이 사업을 받아주었으면 좋겠다."

이를 두고 토론이 진행되었다. 당연히도 여러 의견들이 격돌했다. 무조건 받아야 한다는 주장도 있었고 조건부로 수용해야 한다는 주장도 있었다. 신중해야 한다는 주장도 있었다. 바로 조성우와 내가 그런 입장이었다.

"북측의 입장을 우리가 즉각적으로 받아들이는 것은 대단히 위험한 일입니다. 그렇지 않아도 민간의 통일운동에 대해 사사건건 약점을 잡으려는 정부의 태도 아닙니까. 잘못하면 크게 말려들 수 있어요."

판문점에서의 첫 만남이 무산되고, 남측은 "당분간 판문점에서는 힘들 것 같으니 해외에서 만나자"라는 수정 제의를 북측에 보냈다. 그리하여 베를린 시청 회의실이 만남의 장소로 정해졌다. 남측 대표로 조용술 목사와 이해학 목사, 조성우 동지가 '은밀히' 그곳으로 보내졌다. 이미 베를린 장벽이 무너진 이후였다. 그러나 북한과 통일 독일의 국교 관계가 형성되지 않았기에 북한에서는 전금철 위원장만 겨우 참석했다.

그렇게 역사적인 3자회의가 열렸다. 일단은 만나는 것 자체에 의미가 있는 자리였다. 그날 그 자리에서 범민족연합을 조직하기로 정식으로 합의했다. 국가보안법상 저촉되는 만남이었다. 다행히 그때는 사회적 분위기가 그다지 엄격하지 않았고, 참석했던 사람이 구속되는 일은 없었다. (그러나 이후에 다시 만났을 때는 분위기가 전혀 달라졌으며, 참석자들은 국보법으로 단번에 구속되고 말았다.)

2차 회담은 1990년 11월, 역시 베를린에서 성사되었다. 그때 조성우 동지는 수배를 피해 해외에 나가 있는 상태였다. 남측 대표로 이해학, 조용술 두 목사님을 보내었다. 머리를 써서, 각각 다른 날짜를 잡아 출국시키고는 그 이후 내가 기자회견을 자청했다. 그리고 자신 있게 밝혔다.

"오는 11월, 베를린에서 제2차 3자회담을 할 예정입니다."

그러자 기자들이 앞다투어 물었다.

"하지만 출국이 가능할까요?"

"아마도 출국허가가 나지 않을 텐데, 특별한 대책이라도 있습니까?"

내가 더욱 자신 있게 대답했다.

"대책은 필요 없습니다. 우리 측 대표들이 이미 다 해외에 나가 계시거든요."

그때 그 기자회견장에서 범민족연합 출범을 선언했다. 이미 1989년 1월, 남측과 북측과 해외 측은 범민련추진위원회를 만들기로 합의해놓은 상황이었다. 1991년 1월 말까지 3자 구성을 각자 조직하기로 시한을 정했던 것이다.

며칠 뒤 제2차 회담을 마친 우리 측 대표들이 귀국하였다. 귀국하자마자 공항에서 바로 연행되고 말았다. 참으로 안타까웠다. 조성우 동지나 이해학 목사는 그래도 젊은 나이니 그렇다 쳐도, 연로하신 조용술 목사가 차디찬 감옥에 수감된다고 생각하자 정말이지 마음이 아팠다.

마침내 1991년 1월 23일, 향린교회에서 범민련 남측본부 결성준비위원회를 발족했다. 내가 남측 집행위원장을 맡고 추진위원장에 문익환 목사를 모셨다. 바로 다음 날, 원주 집에서 곤히 잠들어 있던 나를, 공안경찰들이 들이닥쳐서 안기부로 끌고 갔다. 새벽 2시의 일이었다. 일사천리로 구속되니 그게 세 번째였다. 반국가단체 조직과 관련한 국가보안법 위반이라는 혐의였다. 김희택 사무처장을 비롯해 베를린에 다녀온 조용술·이해학 목사, 조성우까지 모조리 구속되었다. 나는 만 2년간 옥살이를 하고 1993년 1월에 출감했다.

재야단체와 통일운동의 역사

1985년에 탄생한 민통련은 4년 가까이 대한민국의 재야운동권을 이끌다가 1989년 1월 20일 전민련이 창립되며 그 자리를 내어주었다. 그리고 2년 뒤, 옥중에 있던 나는 신문을 읽다가 전민련의 시대가 가고 전국연합이 탄생했다는 소식을 접했다. 제14대 대통령선거가 치러지고, 3위 통일국민당의 정주영 후보와 2위 민주당의 김대중 후보를 누른 민자당의 김영삼 후보가 대통령에 선출되었다는 소식도 접했다. 모두 1992년의 일이었다.

1960년대부터 80년대, 90년대를 넘어 2000년대까지, 그 거센 격동기에 하나의 사회시민단체가 몇 년씩 같은 조직체로서 유지되는 것은 쉽지 않은 일이었다. 처음에 조직을 이끌어가던 동력원은 시간이 지나면서 노쇠하기 마련이었고, 사회 여기저기에서 새롭게 생겨나는 세력들을 포용할 수 없게 된다. 하여 더욱 포괄적인 전선운동체가 등장하여 발전적으로 확대되기 마련이었다. 민통련도 그렇고 전민련도 그런 식으로 역사의 한 시절을 장식했던 것이다.

조직의 간판만 바뀔 뿐 그 안에서 일하는 조직원들은 다 '그 사람이 그 사람 아니냐' 하는 부정적인 평가가 있을 수 있겠다. 반면에, 기존에 조직이 활동하며 쌓아왔던 기반과 기득권을 다 버리고 다시 새로 시작한다는 그 자체로 '역동적인 변화의 의지를 보여주는 것 아니냐' 하는 긍정적인 평가가 있을 수도 있겠다. 사회가 혼란스러울수록 하루가 다르게 새로운 조직들이 등장하고, 그런가 하면 탄탄하던 조직이 단번에 힘을 잃고, 힘이 없던 조직이 세력을 모으며 전면으로 부상하기도 한다. 정치적 판도가 달라짐에 따라, 상황에 맞는 구심점을 형성하기 위해 조직은 진화해나가기 마련이다.

1993년 1월에 석방되어 세상에 나왔지만 바로 전국연합 일을 맡은 것은 아니었다. 당시에 권종대 전국농민회 회장이 전련 상임의장을 맡고 있었다. 나로서는 1월에 출소한 뒤 2월부터 원주에서 서울로 왔다 갔다 하며 사회 활동을 시작했다. 그러던 중 권 의장이 '전국연합 상임의장직을 맡아달라'고 부탁해 그해 5월에 본격적으로 전국연합에 들어가게 되었다.

그야말로 전국적인 연합조직이었다. 상근자도 많았고, 어떤 사회적인 변혁을 이끌고 갈 만큼 규모와 결속력 면에서 힘이 넘치는 조직이었다. 당시 전국연합이 지향했던 구체적인 활동 방향은 세 가지로 꼽을 수 있다. 하나는 민주화운동. 또 하나는 통일운동. 나머지 하나는 노동자농민운동.

일단 민주화운동에 있어서, 전국연합은 당시 김영삼 대통령을 민주적 절차에 의해 탄생한 민주정부의 대통령이라고 인정하지 않았다. 그것이 분명한 입장이었다. 민자당으로 삼당야합을 하며 대통령으로 당선된 과정이 엄연하기에, 역시 군부독재의 잔재를 등에 업은 지도자로 치부한 것이다. 이후 김대중 대통령이 1997년 당선될 때까지, 민주화운동이 전국연합이 지향하는 활동목표의 커다란 한 축이었다.

통일운동에 대해서는 민통련 때부터 시작되고 전민련으로 이어졌던 3자회의 모델을 기본적으로 이어받았다. 남북통일을 위해 남과 북과 해외가 한데 만나 대화를 나누자는 것. 그리하여 잠시 맥이 끊긴 제3차 3자회의를 추진하고 나서니 이게 1993년도의 일이다. 남측 대표로 누구를 내세울까 고민이 많았다. 궁리 끝에 함세웅 신부님을 보내기로 했다. 누구건 남측 대표로 다녀오면 공항에서 바로 구속되는 판이지만 성직자를 내세우면 조금 낫지 않을까 하는 계산이었다.

함세웅 신부와 이승환 씨, 수행원으로 전국연합 간사 윤 모 씨를 보냈다. 약속장소는 북경이었다. 해외 대표도 참석했고 북측의 조평통 사무국장 백 모 씨까지 3자가 다 모였다. 그런데 북측 대표가 뜻밖에 도도한 입장을 취했다. 함세웅 신부가 성직자답게 감정을 드러내지 않고 합리적으로 대화를 이끌어가려 하는데 백 국장이 "신부라는 분이 무슨 자격으로 여기 왔습니까?" 운운하는 언사를 보였다는 것이다. 결과적으로 주요한 합의는 이루지 못한 채 빈손으로 돌아와야 했다.

1993년경부터 국내의 통일운동조직에 대한 다양한 의견들이 나타나기 시작했다. 이른바 새로운 통일운동체 논의가 등장한 것도 이때다. 그 이면에 우리의 고충과 고민이 있었다. 요컨대 1991년 1월 24일 범민련추진위원회가 일단 만들어지긴 했는데, 그게 우리로서는 늘 반쪽짜리였다. 범민련의 최고결정기관은 어디까지나 3자회의다. 남·북·해외 대표가 한데 모이는 3자회의에서 모든 정책을 결정하게 되어 있다. 그런데 3자회의가 열릴 때면, 남측은 정부로부터 허가가 나지 않아 불참을 밥 먹듯 했다. 결국 북측과 해외만 만나서 협의하고는 '이번 범민련 회의에서 이런 내용이 결정됐다'고 알려줬다. 팩스로 통보해줬다. 그런 상황이 한두 번을 지나 계속 이어지니 별 이상한 오해가 생겼다.

"범민련이라는 단체, 북의 조종에 의해서 움직이는 거 아냐?"

그러잖아도 남북한 만남을 삐딱하게 보는 시각이 적지 않은 판에 그런 말까지 나올 만한 상황이 되어 탄압이 더욱 심해졌다. 처음 범민련추진위원회를 만들 때만 해도 남측에만 45개 조직이 참여했었는데, 형기를 마치고 돌아와 보니 남은 조직이 대여섯 개 남짓이었다. 한총련, 전국농민회

등 개중에 강성조직들만 남겨진 셈이었다.

이 위기 상황에 대해, 문익환 목사를 중심으로 내부 협의를 계속해 도달한 결론은, 좀 더 폭넓은 통일운동을 개척하지 않으면 더 이상 힘을 얻을 수 없다는 것이었다. 그리하여 새로운 통일운동체 건설을 모색하면서 만들어진 것이 자주평화통일민족회의다. 그러나 결과적으로 민족회의 역시도 제힘을 발휘하는 데 실패하고 말았다.

1998년 김대중 대통령이 당선되며 통일운동은 고무적인 전환점을 맞이했다. 그 시작은 다소 엉뚱하게도, 새로 취임한 대통령이 지극히 보수적인 인물인 강인덕 씨를 부총리 겸 통일부 장관에 임명하는 것이었다. 이는 대통령이 장차 통일정책을 펴나가는 데 보수층의 지지를 모으기 위해 선택한 의외의 인사였다.

얼마 뒤, 강인덕 부총리가 전국연합 간부들을 초청했다. 의미심장한 오찬 자리였다. 그곳에서 우리가 제안했다.

"정부와 여당은 물론 야당과 숱한 보수단체들까지 포괄하는 전 국민적인 통일운동체를 건설해야 합니다."

'쳐부수자 빨갱이 집단' 운운하는 보수단체까지 포함한다는 것에 대해 우리도 고민과 갈등이 많았다. 어쨌거나 남·북·해외의 3자회담을 버릴 수는 없었고, 남쪽 내부에서 절대적 지지를 받지 못하는 남측 대표를 계속 내세워봐야 전국적인 통일운동에 진전이 있을 수 없음을 잘 알고 있었다.

가히 국가적인 초대형 운동체, 민화협이 김대중 정부 첫해인 10월에 그렇게 결성되었다. 민족화해협력범국민협의회라는 이름은 김대중 대통령이 직접 지은 것이다. 한광옥 씨가 여당 대표로 참여했다. 야당에서도 누군가 이름은 올렸지만 참여는 거의 안 하는 편이었다.

민화협 탄생의 독특한 의미라면 단연, 통일에 소극적이거나 반대하는 입장, 즉 정치적으로 대단히 보수적인 인사와 조직들까지도 함께 참여했다는 점을 들 수 있겠다. 보수의 끝에서 진보의 끝까지 아우르는 조직을 표방했기에 기본적으로 그 폭이 대단히 넓었다. 많게는 2백여 개 단체가 참여할 정도였다. 물론 민족 문제에 대해 예전부터 깊이 연구하고 활동해 온 단체도 있었지만, 시대적인 흐름을 보아 여기서 빠지면 안 되겠다는 생각으로 참여하는 단체들이 꽤 많았다. 따라서 정치적인 참여율은 그다지 높지 않았다.

참으로 고무적인 것이, 민화협 결성 초기만 하더라도 김대중 정부의 대북정책이 더 앞장서 갔다. 그래서 민화협으로서는 뭔가를 애써 모색할 필요가 별로 없었다. 정부 정책을 받아서 충실하게 이행하는 것만으로도 따라가기 힘들 지경이었다. 그만큼 북한 문제, 통일 문제에 앞서나간 정부였다.

남북관계가 개선되고 교류 협력이 증진하는 데 민화협이 상당히 기여했다는 평가를 하고 싶다. 일단 대북한 문제로 정부를 상대할 때는 '민화협을 통해야만 일이 된다'는 게 단체들 사이에 내부적으로 합의되었다. 북에서도 남측의 민간단체 통일운동체로서 민화협을 가장 대표적인 단체로 인정하게 되었다. 정부의 적극적인 대북정책과 민화협의 존재로 인해 싹을 틔우고 결실을 맺었으니 이것이 역사적인 6.15 정상회담이었다. 또한 6.15 정상회담이 낳은 씨앗이 바로 6.15 공동선언을 실천하기 위한 남·북·해외위원회이다. 이는 성과인 동시에 앞으로 갈 길이 먼 과제라고도 할 수 있겠다.

국민승리21의 실패와 교훈

아주 이름난 대학 나와
이름난 직위로 살 수도 있으련만
치악산 쳐다보지 않고
치악산 기슭 개울이 흐르는 데
그 개울을 잇는 다리 밑을 내려다보았다

어느 날 집을 뛰쳐나가
그 다리 밑 거지로 들어가
거적 덮고 자고
누더기 입고 구걸에 나섰다

그러다가 한 천주교 주교를 섬겨
그 뒤에서 보이지 않았다
그가 하는 일은
항상 사람들이 모르는 일이었다

스타 아니다
스타 아니다

그러다가 원주에서 서울
서울에서 원주
주는 직책이면 다 받들어

60년 통혁당사건 이래
온갖 수고 다 받들어
감옥만이
거울 없는 감옥에서만
그가 그 자신의 얼굴을
볼 수 있었다

앞장서지 않았으나
다 떠나면
할 수 없이 앞장섰다
몸에 살 붙지 않은 채
소리도 크지 않은 채
단정한 어깨 텅 비어 마른 몸이었다

시인 고은이 『만인보 11』에서 나에 대해 이야기한 시 전문이다. 1960년대의 내 모습을 잘 표현해주었다고 생각한다. "그가 하는 일은 항상 사람들이 모르는 일이었다"라는 대목에서는 나 스스로를 돌아보게 된다. 재야에서 묵묵히 일하는 운동가의 삶을 살아오는 이들이라면 누구나 공감할 수 있는 부분일 것이다.

그런데 평생 뒤에서 '항상 사람들이 모르게' 조직을 관리하고 조력하던 입장에서 벗어나, 타인에게 주목받는 자리에 나서고자 애썼던 적이 한 차례 있었다. 제도권 정치의 가장 깊숙한 곳으로 들어가, 여당 국회의원 후보가 되어 선거운동에 나섰던 일이었다.

운동권 인사들이 본격적으로 정치권에 진입한 것은 앞서 언급했듯 대체로 1987년부터였다. 1987년 대선을 앞두고 평민당이 창당할 때, 1992년 통합민주당이 창당될 때, 1996년 14대 총선을 앞두고 새정치국민회의가 창당할 때 재야운동권 인사들이 대거 참여했다. 한나라당의 경우에도 1996년 이우재·이재오·김문수 등 민주화운동권 인사들이 대거 합류했다. 이부영·김부겸·서상섭·안영근 등은 1997년 대선 직전 한나라당의 전신인 신한국당에 동참했다.

DJP 연합이 나왔던 1997년 대선을 앞두고 재야의 전국연합은 전노협과 합쳐 선거 준비에 들어갔다. 1996년 노동법 날치기 사건에 자극받은 노동운동계와 힘을 합쳐 국민승리21을 창당한 것이다. 국민승리21는 9월 7일 당시 민주노총 위원장이던 권영길을 대통령 후보로 추대했다. '일어나라 코리아'라는 구호 아래 "기성 정치세력을 물리치고 참된 개혁과 진보의 정치를 펴자"며 대선에 뛰어든 권영길 후보의 등장은 한마디로 한국 정치계의 신선한 사건이었다. 진정한 의미에서 운동권 인사들이 본격적으로 기성 정치권의 문턱을 넘어서고자 도전했던 것이다.

사실 민주화운동진영에서의 진보정당에 대한 논의는 이전부터 꾸준히 있어왔다. 1987년 6월 항쟁 이후에 민중의 당, 한겨레민주당 등이 결성된 이후 1990년의 민중당, 1992년의 한국노동당 등이 진보정당을 표방하면서 끊임없이 등장했었다. 1997년의 국민승리21은 무엇보다 그 결성 과정에서부터 나와 깊은 인연을 가지고 있었다.

그해 초여름, 당시 총재였던 김대중 선생이 느닷없이 연락을 해왔다. 목동의 어느 아파트로 와달라는 것이었다. 일요일이었다. 궁금한 마음에 선뜻 찾아갔더니 뜻밖의 부탁을 해왔다.

"정치인으로서 마지막으로 도움을 청하려 합니다. 우리 당에 입당해주세요. 이 형제가 도와주면 이번 대선 때 반드시 승리할 수 있을 겁니다."

'이 형제'는 김대중 선생이 평소에 나를 부르는 '특별한' 호칭이었다. 난처한 노릇이었다. 나는 이미 당시 국민승리21을 조직하며 '사상 최초로 진보정당의 대통령을 탄생'시키려는 '엄청난' 사업에 깊이 관여하고 있던 것이다.

"죄송합니다. 이번에 저희도 나름대로 진보정당을 만들어 대선에 참여할 계획을 가지고 있습니다. 이미 전국연합, 민주노총과도 합의된 사항이라서요."

김대중 총재의 반응은 진지했다.

"시기상조예요. 죄송한 말씀이지만 요즘 같은 상황에 진보정당은 무리입니다. 만약에 제가 운 좋게 대통령이 된다면, 그때에는 우리나라에 제대로 된 진보정당이 만들어질 수 있도록 도와주겠습니다. 그러니 저를 따라와주세요."

그러면서 영국의 노동당을 예로 드는 것이었다.

"영국 노동당이 어떻게 만들어졌습니까. 영국의 노동조합 간부들과 진보 지식인들이 전부 자유당에 입당해서 자유당이 집권하도록 하고, 이후에 그 사람들이 탈당해서 그간의 집권경험을 바탕으로 해서 노동당을 만들었습니다. 그렇게 우회적인 방법으로 진보정당을 만들 때만이 성공할 수 있을 것입니다."

동의할 수 있는 내용이었다. 그러나 내 입장은 여전히 난처했다. 선뜻 알았노라 그러겠노라 화답할 수 있는 입장이 아니었다. '하지만 조직이 결정한 내용이라서'라며 우물쭈물 그 자리를 벗어나고 말았다.

한편 국민승리21의 분위기는 복잡하고 묘하게 돌아가고 있었다. 주도세력이라고 할 수 있는 민주노총과 전국연합이 수시로 정책협의를 하는 가운데 대통령 선거방침을 결정하였으니 그 결과물이 국민승리21이었다. 말하자면 실제로는 존재하지 않는 페이퍼 정당이었다. 문서상 조직을 결성한 뒤 전국연합은 전국연합 하부조직을 움직이고, 민주노총은 민주노총 하부조직을 움직여서 선거를 치르기로 한 것이다. 그런데 개별적으로 사람들을 만나 이야기를 나눠보면 뭔가 미묘한 차이가 느껴졌다. 요컨대 전국연합 분위기를 보면 '김대중 총재를 밀어야 한다'는 분위기가 있었다. 그럼에도 조직이 결정해서 페이퍼 정당을 만들었으니 할 수 없이 조직력

선거 이전의 국민승리21

을 그쪽으로 집중해서 대선을 치러야 한다는 느낌이었다. 결국 민주노총 위원장인 권영길이 국민승리21의 대선후보로 등장하고, 전국연합 의장인 나로서는 선거대책위원장을 맡지 않을 수가 없었다. 그러다 보니 당시 나를 수행해 선거운동을 했던 친구들 사이에서 불평이 적지 않았다. 그것이 1997년 대선 때의 상황이었다.

선거 전략을 짜면서, 배석범 부위원장은 '이번에 국민승리21이 2백만 표는 얻을 수 있을 것'이라고 자신했다. 민주노총 조합원이 53만이요 그 가족까지 더하면 1백만 명은 넘는 데다, 그 밖에 재야인사들과 가족을 더하면 1백만 명은 될 테니 모두 합쳐 2백만 명 정도의 유권자가 국민승리21에게 표를 주지 않겠느냐는 것이었다.

"2백만 표를 얻는다면, 모르긴 몰라도 진보정당으로 행세할 틀은 갖춰질 겁니다."

"자신 있어요?"

내가 묻자 그가 고개를 끄덕였다.

"물론이죠. 믿어보세요, 위원장님."

그러나 대선을 치르고 결과를 확인하니 참담할 따름이었다. 306,026표. 득표율 고작 1.2퍼센트. 전국연합이나 민주노총 조합원들 중에서 표를 준 사람이 전체의 절반도 되지 않는다는 의미였다. '노동자들이라고 해서 노동자정당의 노동자 후보에게 무조건 표를 던지는 것은 아니구나' 하는 것을 깨달았다. '선거에서 대중성을 확보한다는 게 이렇게 중요한 문제구나' 하는 것을 또한 실감했다. 쓰라린 패배를 맛본 만큼 배운 점도 많은 선거였다.

어찌 보면 당연한 결과였다. 재야운동권은 지극히 경직된 대선 전략을 고집했다. 융통성이 없었다. 핍박받는 노동자들을 위하고 권익을 신장하는 데에만 중점을 두었다. 두고두고 곱씹어볼 패인이었다. 물론 '정권교체를 열망하는 노동자들의 본격적인 대선 참여'라는 역사적인 의미는 무시할 수 없는 것이겠다.

현실정치판에 뛰어들다

2000년 15대 총선을 앞두고, 정치권 양대 진영에 다시 운동권 출신들이 모여들었다. 한나라당에는 1985년 서울 미문화원 점거농성 사건의 주동 인물이었던 고진화, 정태근이 합류했다. 새천년민주당에는 전대협 3기 의장 임종석, 연세대 총학생회장 출신 송영길, DJ 내란음모·보도지침 사건으로 구속됐던 김태홍이 들어갔다.

바로 이 해에, 15대 총선을 앞두고 나 역시 새천년민주당에 입당하며 난생처음 제도권 정치에 발을 들여놓게 되었다. 이 과정에서 다시 한번 김대중 총재가, 아니 김대중 대통령이 등장했다. 현직 대통령이 되고 나서 김대중 대통령은 많은 진보인사들에게 지원을 요청했다. 그 같은 포용의 모습은 사람의 마음을 움직이는 것이었다. 입당 권유를 여러 차례 받았음에도 그때마다 갖가지 이유를 들어 고사하고 말았던 나를 1999년 9월 어느 날, 김대중 대통령이 다시 찾았다.

"새정치국민회의를 해체하고 개혁적인 전국정당을 만들려고 해요. 호남당이라는 인식을 지우고 전국당으로 나가려면 재야인사들의 도움이 꼭 필요합니다. 무엇보다 이 형제의 도움이 절실해요. 제발 참여해주세요."

대선 직전에도 도와달라는 간곡한 제안을 받았으면서도 국민승리21의 선거대책위원장을 맡아, 어찌 보면 그의 반대편에 섰던 입장이었다. 그것이 2년여 전이었다. 피차 서먹해져 서로 만난 일이 없었는데 오랜만에 다시 연락해 그런 부탁을 해오는 것이었다.

현실정치에 여전히 뜻이 없는 나였다. 그러나 이번에는 차마 거절할 수 없었다. 김대중 선생과는 저 1970년대와 1980년대를 거치며 재야운동을 벌일 때마다 직간접으로 연대해온 사이다. 그 와중에 정치적인 도움을 요청받은 것이 1987년, 1989년, 1992년, 그리고 지난번 1997년까지 네 번이었다. 그때마다 송구스럽게도 거절 의사를 밝히곤 했다. 이번이 다섯 번째 부탁이었다. 게다가 대한민국 대통령으로서의 간곡한 부탁이었다. 고민 끝에 결국 수락했다. 개혁적인 전국정당을 만드는 데 있어 내 존재로 개혁의 이미지를 부각시킬 수 있다면, 한 번쯤 이용당해줘도 괜찮겠지 하는 심정이었다.

그렇게 생겨난 새천년민주당에는 나 말고도 이재정, 심재권, 신계륜 등 많은 재야인사들이 같이 참여했다. 그런데 얼마 후, 당시 특보단장이던 정균환이 나한테 전화를 걸어왔다.

"이창복 위원장님, 축하합니다. 이제부터는 더 바쁘게 뛰어다니셔야겠어요."

갑자기 위원장이라니, 축하라니, 뛰어다니다니? 그저 의아한 노릇이었다.

"도대체 무슨 말씀이신지……."

"실은 내일 대대적으로 발표할 내용입니다. 미리 살짝 말씀드리는 건데, 원주지구당 위원장에 낙점되셨습니다."

엄밀히 말하면 위원장이 아니라 조직책이었다. 이를테면 새천년민주당 원주지구당을 만들 권한을 주겠다는 것이었다. 낭패였다. 창당할 때 이름만 올려주면 그것으로 끝인 줄 알았다. 지역구를 맡으리라고는 꿈에도 생각 못 했던 일이다. 당장 당사로 쫓아가서 따졌다.

"내가 원주 사람이긴 하지만 원주에서 나는 아무것도 아닌 사람이에요. 심지어 아는 사람들까지도 나더러 빨갱이니 뭐니 손가락질을 한다고

새천년민주당 원주시지구당 개편대회

김대중 대통령과 함께

요. 그런 판에 나에게 공천을 준다고요? 어디 가능성이 요만큼이나 있겠소? 비례대표나 준다면 모를까 세상에 원주지구당 위원장이라니. 떨어질 게 분명해요. 괜히 망신만 당할 일이라고요."

그랬더니 담당자가 사색이 되어 저간의 사정을 이야기했다. 실은 그들이 처음에 작성한 명단에는 이창복이라는 이름이 없었다. 그런데 명단을 가지고 청와대에 들어가서 대통령과 의논하는 중에 내 이름이 나왔다. '이창복 씨는 요즘 어떻게 지내느냐'고 대통령이 물으셨고, 그가 '당 활동을 열심히 하고 있다'고 둘러댔다. 여론조사 이야기도 나왔다. 원주 지역의 상대 국회의원 후보인 한나라당 함종한 현 의원과 새천년민주당의 이창복 후보를 놓고 인지도를 물으니 이창복은 2퍼센트가 나오고 4선의 함종한 의원은 40퍼센트가 나왔더라고. 그러나 이에 대한 대통령의 말은 뜻밖이었단다.

"여론조사는 아직 이렇지만 이창복 씨가 재야인사로서 그간 쌓아온 경력은 무시 못 할 겁니다. 우리가 조직적으로 도와주면 경쟁력은 충분할 거예요."

그러면서 명단에 추가로 넣어줄 것을 지시했다는 것이다. 사정 이야기를 듣고 나니 마음이 스르르 풀리고 말았다. 그쯤 되었으니 고사할 수도 없었다. 결국 마음을 다잡고 지구당도 만들고 정식으로 국회의원 선거운동에 나서게 되었다. 16대 총선에 출마한 것이다.

선거는 돈이다. 또한 전쟁이다. 길지 않은 선거기간에 나를 알리려면 시간과 싸워야 하고 상대 후보의 집요한 흑색선전과도 싸워야 하지만 녹록지 않은 선거비용과도 싸워야 한다.

공천자에게 필요한 등록비 5천만 원은 당에서 지원해주었다. 중앙선거

위원회에서 자금을 받기도 했고, 그래도 모자라는 것은 여기저기 모금해서 충당했다. 여기 재미난 이야기가 있다. 국회의원 후보가 최대로 쓸 수 있는 돈이 1억 2천만 원인가 그랬다. 그런데 선거운동을 하는 내내 홍보활동비용(내역)을 보도자료를 통해 지역 신문에 매일같이 공표했다. 공개되는 액수고 거짓말을 할 수 없는 숫자다. 나중에 취합해보니 1억 1천5백만 원 조금 넘게 나왔다. 그것을 그대로 선관위에 보고했다. 그 결과 1억 2천만 원 한도 내에서 선거비용을 가장 많이 쓴 후보라는 기록을 남기고 말았다. 법정선거비용을 최대한도로 썼다는 것이다. 그 내용이 중앙일간지에 기사로까지 나왔다. '이번 총선 때 가장 많은 선거비용을 쓴 후보자'로 내가 선정되었다는 것이었다.

선거운동을 할 때 중요한 키워드는 두 가지, '학연'과 '혈연'이다. 후보 등록하면서부터 다짐한 게 있었으니 그 두 가지를 활용한 선거운동은 절대 하지 않겠다는 것이었다. 선거운동도 중요하지만 그런 식으로 현실정치에 물든 내 모습을 보여주기는 싫었다. 천년만년 정치할 것도 아니고, 쌍다리 밑에서 걸밥을 먹으며 자활하던 때부터 수십 년 동안 견지해온 대중운동가로서의 자존심을 지키고 싶었다. 학연, 지연으로 얽힌 원주 사람들 가운데 나를 찍을 마음이 있는 사람은 대놓고 그런 것 들이대지 않아도 알아서 찍어주리라 생각했다.

좁은 원주 바닥에서 '원주고 출신'이라는 것은 선거 활동에 충분히 활용할 만한 간판이었다. 그럼에도 선거 기간에 단 한 번도 원주고 동문회에 찾아간 적이 없다. 그렇게 스스로와의 약속을 지켰다. 상대 후보 역시 같은 원주고 출신이기에, 그 같은 내 처신을 옆에서 지켜보는 운동원들은 내심 속깨나 탔을 것이다.

학연은 그렇다 치고 지연은 문제가 쉽지 않았다. 이 지역에서 14대째 살아온 몸이다. 촌수로 얽힌 집안사람들이 꽤 많을 수밖에 없다. 그러나 단 한 번도 선거 활동이라는 목적을 가지고 그들을 찾아가지 않았다. 고집스레 내 원칙을 지켜갔다. 선거운동 막판에 종친회 회장이 나를 찾아왔다. 그러더니 대뜸 야단을 치시는 것이다.

"아니 이 사람아. 사람이 어쩌면 그렇게 생각이 없어. 국회의원 나간다고 일을 벌여놓았으면 어떻게라도 찾아와서 의논도 나누고 해야 할 것 아닌가. 이치가 그렇지 않아?"

꾸중을 듣기는 했지만 그래도 기분은 나쁘지 않았다. 애정이 있고 관심이 있으니 직접 찾아와서 꾸중도 하시는 것 아니겠는가 싶었다. 내 신념에 대해 말씀드리고 거듭 사죄해서 마음을 풀어드렸다. 내심 뿌듯했다. 피는 물보다 진하다고, 선거운동한다고 일일이 찾아뵙지 않아도 문중의 어르신들 가운데 이창복 후보를 주목하는 분들이 적지 않은 모양이라는 생각이 들었다.

선거운동으로 한창 손발이 바쁠 때 안성기, 명계남, 문성근, 최종원 등 유명한 배우들이 원주 중앙시장 등 유세현장에 나타나 나를 도와주었다. 1998년 겨울 미국의 스크린쿼터 축소 및 폐지 압박이 거세질 때, 영화인들의 요청에 따라 '우리영화지키기 시민사회단체 공동대책위원회'를 만들고 공동투쟁을 해나가면서 친해진 이들이었다. 그런데 우습게도, 사람들이 이창복 후보에게는 관심도 없으면서 배우들이 좋아서 몰려드는 분위기였다. 후보 이창복 대신 원주에 나타난 배우들만 뜨는 분위기였다. 그래도 그 유명한 사람들을 부르려면 돈이 몇천만 원씩 들어갈 일인데, 오히려 사비를 털어 나를 돕겠다고 찾아와주는 게 참 고마웠다. 이 모습을 본 한나라당의 상대 후보가 나를 비난하고 나섰다. 이창복이 마구 돈을 써가며 연예인들을 데려와서 선거판을 흐트러뜨리고 있다는 것이었다. 속

사정을 모르고 그러는 것인지, 알면서도 흑색선전을 하는 것인지 알 수 없는 일이었다.

원주교구의 천주교 신자들이 또 알음알음으로 소매를 걷어붙이고 찾아와서 자원봉사를 해주었다. 참 고맙고도 면목이 없어서 어찌할 바를 몰랐다. 과거 자활대 때 함께 생활했던 친구들이 중장년층으로 성장해서, 그들끼리 전화를 돌리며 지지 의사를 확인했다는 소리도 들었다. 역시 고마운 일이었다. 시민사회·민족회의 활동으로 인연을 맺었던 동지들의 헌신적인 도움도 빼놓을 수 없을 것이다.

드디어 2000년 4월 13일, 제16대 총선일이 밝았다. 20세기에 마지막으로 치러지는 대한민국 국회의원 선거였다. 총 투표율은 57.2퍼센트였다. TV 출구조사가 실제 결과와 크게 어긋났던 것으로 기억난다. 한나라당이 133(비례 21)석을, 새천년민주당이 96(비례 19)석을, 자유민주연합이 12(비례 5)석을 차지했다.

강원도 원주는 1970~80년대 민주화 성지로 불릴 만큼 반독재투쟁이 활발했던 곳이다. 따라서 강원도내 아홉 개 선거구 가운데 진보성향이 가장 강한 지역으로 평가받아왔다. 그럼에도 예의 그 성향은 표심과 늘 일치하지 않았다. 1988년 원주가 독립선거구로 분리된 이후 실시된 그간의 총선마다 늘 보수정당 후보가 승리를 차지해왔다. 그러나 2000년 16대 총선은 달랐다. 새천년민주당 후보 이창복이 37,267표(35.09퍼센트)를 얻으며 당선된 것이다.

당선이 확정되는 순간의 기억은 많지 않다. 당사에 모인 지지자와 운동원들이 TV 앞에 모여 박수를 치고 환호하는 속에서, 그저 얼떨떨한 심정이었다. 기쁘다는 느낌도 뭔가 해냈다는 성취감도 없었다. 아무것도 생각나지 않았다.

다만 하나, 느닷없이 떠오르는 것이 있었다. 아내의 얼굴이었다. 평생 나 때문에 고생만 죽도록 한 사람이다. 원주 기독병원에서 37년을 간호사로 일하며 나 대신 집안 살림을 이끌고 세 아이를 키워온 사람이다. 그 바쁜 병원 생활 와중에도 주말이면 차를 몰고 교도소로 달려 수감된 나를 면회하러 오는 게 일이었던 사람이다. 보름간 휴가를 내고 선거캠프에 합류해 정신없이 끌려다니며 그간 마음고생이 이만저만 아니었을 사람이다. 집에서 개표 방송을 지켜보고 있을 아내는 '당선 확정' 자막을 보고는 그만 주저앉고 말았다고 한다. 선거운동 시작 전부터 마음을 졸이느라 몸이 많이 축났을 터였다.

나의 아내 배윤경

내 아내 배윤경은 충청도 대전이 고향이다. 그녀는 1941년 4월 5일 철도공무원 아버지와 가정주부 어머니 사이에서 태어났다. 위에 오빠가 한 명 있다. 6.25 전쟁으로 반 폐허가 된 초등학교와 대전여중을 졸업하고 장인어른의 권유에 따라 대전간호고등기술학교에서 공부했다. 졸업하던 즈음 대한민국 간호사들의 서독파견이 한창이던 때였다. 아내는 용기가 없어서 파독할 생각을 접었다고 한다. 그로써 여러 사람의 운명이 지금처럼 결정되었을 것이다. 충남 해미초등학교에서 양호교사로 1년 근무하고 연기군 보건소에서도 일했다. 그러다 친구 소개로 원주기독병원에 오게 되었다. 아내와 원주와의 인연이, 아내와 나와의 인연이 그렇게 시작되었다. 1963년 11월부터 2001년 8월까지 아내는 원주기독병원에서 37년을 근무하고 정년퇴직했다. 없는 살림에 보탬이 되고자 늘 힘든 야근을 도맡아 했다.

1960년대에 기독병원 흉부내과에서 결핵환자 담당으로 일하던 아내는 같은 병원의 닥터 최를 통해 나라는 존재를 알게 되었다. 당시 나는 일본에서 농촌교육 분야를 배우다가 잠시 귀국했다가, 결핵에 걸려서 돌아가지 못하는 상황이었다. 닥터 최가 나를 위해 결핵약 3개월 치를 받아다 주면서 지나가듯 내 이야기를 했던 모양이다. 그러고서 3개월이 지났는데 다시 약을 받아가지 않자 궁금해진 아내가 내 근황을 물었고 이런 소리를 들었다고 한다.

"그 친구 약을 제때 챙겨 먹기나 했는지 모르겠네. 크게 될 사람인데 자기 몸을 통 돌보지를 않아요. 걱정이야."

당시 아내는 원주대학 사회사업과 야간 강의를 들었고, 나는 강사로서 몇 과목의 강좌를 맡고 있었다. 그렇게 강의실에서 서로 만나 얼굴을 익혔다.

원주에 의지가지없던 아내는 병원 기숙사에서 살았다. 종종 기숙사로 전화를 걸어서 그녀를 불러냈다. 만나서 함께 영화도 보고 식사도 하고 천변 둑방길을 거닐기도 했다. 농촌 문제와 청소년 교육 문제, 도시 빈민들에 대해 내가 열심히 설명하고 포부를 밝히면 아내는 말없이 고개를 끄덕이기만 했다. 왠지 마음이 가는 사람이었다.

1968년 11월에 식을 올렸다. 조촐하기 그지없는 결혼식이었다. 그나마 청소년 자활대 때문에 바빠서 한 번을 미룬 결혼이었다. 원주 가톨릭센터의 작은 강당 하나를 빌렸다. 주례로 장일순 선생을 모시고, 하객들을 위해 30인분의 식사를 준비한 게 다였다. 나는 양복을 입고 아내는 한복을 입었다. 외국인 신부 한 분이 그날의 모습들을 카메라에 담았는데 현상에 문제가 생겨 남은 사진이 한 장도 없다. 신혼여행으로 서울에 올라가 하룻밤을 자고 원주로 돌아왔다.

원주 시내에 조그맣게 전셋집을 얻었다. 면목 없게도 전세자금은 아내가 그간 저축한 월급으로 100퍼센트 충당했다. 이때부터 아내의 '경제적 가장'으로서의 고생길이 시작된 셈이다. 심지어 내 막내동생이 원주고등학교에 들어갈 입학금이 없었을 땐 그 전세금을 빼서 입학금 내라며 선뜻 건네기도 한 아내였다.

신혼생활을 아내와 함께한 것이 아니라 쌍다리 자활대 아이들과 함께 하다시피 했다. 걸밥 먹는 아이들을 자활시키는 일에 매달리느라, 집에 들어오는 날보다 안 들어오는 날이 더 많았다. 심지어 다리 밑에 집을 짓고 그네들과 함께 먹고 자기도 했다. 사상 최악의 신혼생활에 아내가 많이 속상했을 터였다. 미안하다는 소리 한 번 제대로 못 한 것 같다.

1970년 4월에 아버지가 돌아가시고 그해 7월에 첫 딸이 태어났다. 고혈압으로 몸져누우신 아버지를 제대로 돌보지도 못했고, 만삭이 된 아내 또한 제대로 돌봐주지 못했다. 출산 당시에는 그 곁을 지키지도 못했다. 그때를 돌이켜보며 아내는 농담처럼 "병원 일 한 것이 천만다행이었다"라고 말한다. 첫애부터 제왕절개로 출산하게 되었는데 수술동의서를 써줘야 할 남편이 곁에 없었던 것이다. 딱한 사정을 잘 아는 동료 의사가 구두로 동의서를 대신하고 수술을 해주었다. 둘째 딸 태어날 때도 곁을 지키지 못했다. 출산휴가가 한 달이었다. 산후조리도 제대로 못 한 아내는 다시 몸을 추스르고 험난한 병원 근무를 이어가야 했다. 주로 어머니가, 이따금 원주 사는 여동생들이 돌아가며 아기들을 봐주었다.

아내에게 평생 미안할 일만 했고 고마워 마땅할 삶을 살았다. 너무나 무심한 남편이고 아버지였으며 아들이었다. 내 몸 한 번 제대로 돌본 적이 없지만 가족들 역시 단 한 번도 제대로 돌본 적이 없었다. 아이들 생일이니 입학식, 졸업식, 소풍, 운동회를 단 한 번도 챙기지 못했다. 결혼기념일 한 번 제대로 기억한 적이 없었다. 평생 집에 생활비 가져다준 적이 없었다. 생활비는커녕 아이들 학비까지 포함해 모든 것이 아내가 감당할 몫이었다. 통틀어 네 차례 옥살이마다 매주 교도소에 찾아와 아이들 잘 크고 있다는 소식을 전해준 아내다.

그렇게 평생 고생만 시켰는데, 60살 넘어 덜커덕 선거판에 뛰어들었고 덜커덕 국회의원 당선이 된 것이다. 선거 기간 내내 캠프 사람들을 챙겨주고 도와주며, 뭘 어떻게 해야 할지 모르겠다고 울상이던 아내였다. TV 속

내 사진 아래 '당선 확정'이라는 글자가 뜬 순간 느닷없이 아내의 얼굴이 떠오른 것은 당연했다. 나를 이만큼 만들어준 사람이 바로 아내였다.

이제 국회의원 신분이 되었으니 아내의 고생을 좀 덜어줄 수 있지 않을까. 그러나 국회의원 임기 4년 내내, 역시나 생활비를 단 한 푼도 집에 갖다 주지 못하였다. 나오는 세비가 적지 않았지만 지역구 관리하고 운영하는 것만으로도 모자랐다. 내심 기대했을 아내가 많이 섭섭했을 터였다. 그래도 아내는 이렇게 말해주었다.

"하느님이 국회의원 권력을 주셨는데 생활비까지 바라겠어요? 욕먹지 않게 의원 일이나 잘하세요."

국회의원의 지역사업이라는 것

62세에 초선 의원이 되었다. 통일외교통상위원회 상임위를 배정받았다. 물론 내가 지망하긴 했지만 사실 그 상임위는 경쟁률이 높아 누구나 배정받을 수 있는 분야가 아니었다. 아무래도 재야에서 오랫동안 통일운동을 한 이력으로 나를 배려해준 것 같았다. 한때 재야운동권에 몸담고 있다가 일찌감치 정계로 뛰어든 김근태, 임채정, 장영달, 임종석 같은 이들을 국회에서 다시 만났다. 국회 경험은 나보다 많지만 선배로 대접받게 되었다.

처음 국회에 입성해서 이른바 의정활동을 펼치며 느낀 점이 있다. 밖에서 볼 때는 국회의원들이 순 놀고먹는 줄로만 알았는데 그게 아니더라는 것이었다. 매일의 일정을 소화하는 게 이만저만 바쁘지 않았다. 나 같은 경우는 원주에서 매일 여의도로 출근하려니 그것만 해도 보통 일이 아니었다. 게다가 초선의원으로서 배우고 따라갈 것들이 한둘이 아니었다.

다른 의원들은 당선되자마자 거주지를 서울로 옮기는 경우가 많았지만 나는 원주를 떠날 생각이 없었다. 원주에 적을 두고 있어야 더 많은 원주 시민들과 더 자주 만나 소통할 수 있을 것 같았다. 실제로 그렇게 했다. 여의도에서 매일 오후 대여섯 시쯤 퇴근하면 원주에 도착하는 시간이 저녁 일고여덟 시였다. 그 시간에도 지구당 사무실에는 나를 만나려고 기다리는 사람들이 많았다. 그들의 고충을 들어주고 상담을 나누면서 국회의원으로서의 하루 두 번째 근무가 시작되는 것이었다.

원주 국회의원이 되고 보니 원주에는 두 가지 숙원사업이 있었다. 하나는 중앙선 전철을 복선화하는 작업으로, 원주 중심부에 있는 구 역사를 외곽으로 옮기는, 지난 20년간 정치인들의 공약사업이었다. 또 하나는 구 역사 옆에 붙어 있는 군수지원사령부를 외곽으로 옮기는 작업이었다. 이 오래된 사업을, 내가 김대중 대통령과 독대한 끝에 담판을 지었다. 당시에 한광옥 비서실장이 배석했다. 대통령의 첫 말씀은 이러했다.

"예산이 어느 정도 들 것 같은가요?"

그래서 준비한 대로 1조 5백억 원 정도 들 것이라고 대답했다. 대통령이 고개를 끄덕이는데 확신에 찬 얼굴은 아니었다. 액수가 너무 커 아무래도 조심스러워하는 것 같았다. 때를 놓치지 않고 내가 나섰다.

"여기 한 실장과 제가 의논해서 추진하겠습니다."

그러자 다시 한번 고개를 끄덕이신다. 암묵적으로 동의하신 셈이다. 일사천리로 밀고 나갔다. 이후에는 각 부처 장관들과 협의해서 정책을 결정해나가면 될 터였다. 철도청장도 만나고 국방부 장관도 만나고 예산기획처장도 만나야 했다. 한두 번이 아니라 여러 번 자주 만나야 했다. 만나기가 쉽지 않았다. 명색이 국회의원이라지만 국방부 장관 등은 도도하기 이를 데 없는 사람들이었다. 그래서 한 실장을 통해서 이야기를 전달하기도 하고 만남을 부탁하기도 했다. 불가능하진 않지만 수월하지도 않은 과정의 연속이었다. 발품을 팔아가며 일을 추진하면서 느낀 점이 한 가지 있다. 이른바 숙원사업이라는 것이, 알고 보니 숙원사업이 아니었다는 것이다. 역사 이전 문제라든지 군수지원사령부 이전 문제라든지, 그간 실무선에서 논의되었던 기록이 전혀 없었다. 정치인들이 20년이 넘도록 아무 일도 하지 않은 채 정치 구호만 외쳐댔을 뿐이었다.

당시 국방부 장관이 새누리당 국회의원을 지낸 김장수 씨였다. 만나기로 약속하고 찾아갔더니 대뜸 묻는다.

"실례지만 한광옥 비서실장님과는 어떤 관계이신지요?"

내가 답했다.

"교도소 동창생이죠."

실제로 서대문교도소에서 복역할 때 같은 수인으로 생활한 적이 있었다. 장관이 웃고 나도 따라 웃었다.

"장관님도 아시겠지만 군수지원사령부는 원주 중심부에 있어요. 중심도 너무 중심이에요. 그것을 좀 옮겼으면 합니다."

그러자 장관이 옆에 배석하고 있던 군수국장한테 물었다.

"국장님, 군 시설이 도시발전에 저해될 경우 대부분 이전계획을 세우지 않나요? 원주는 왜 빠져 있어요?"

군수국장이 애매하게 고개를 갸웃거렸다.

"그게…… 원주 같은 경우는 군수지원사령부를 옮기지 않아도 도시발전에 지장이 없는 것으로 알고 있습니다. 민원 같은 것도 별로 없고요."

속으로 헛웃음이 나왔다. 여태 원주 사람들은 시내 한복판에 자리 잡은 군수지원사령부를 옮겨야 한다는 생각도 하지 않았다는 것인가? 국방부에서 나와 곧장 원주 시청으로 찾아갔다. 시장을 붙들고 닦달하기 시작했다.

"보세요 시장님. 지금 국방부 장관을 만나고 오는 길이에요. 지금 군수지원사령부 있는 근처에 정지뜰이라고 논이 있지 않습니까. 그곳과 신역부지를 합하면 무려 60만 평입니다. 60만 평에 대한 개발계획을 세워서 건설교통부에 내주세요. 사안이 급해요. 서둘러주세요."

한편 당시 철도청장은 국토부 장관을 지낸 정종환 씨였다. 사전에 예약하고 철도청장을 만나는데 분위기가 좀 이상했다. 철도청장 비서실에서 내 이력과 성향 등을, 요컨대 사상범으로 네 차례나 투옥되었다는 내용들을 파악하고 있었던 것이다. 유쾌한 일은 아니었다. 사실 철도청장을 만나러 가면서 차 안에서 여러 가지 궁리를 했다. 이 사람에게 사정하듯 이야기하는 것이 나을까 아니면 공격적으로 접근하는 것이 더 유용할까. 결론은 나지 않았다. 그런데 막상 청장을 만나 그가 지나가듯 내 이력 이야기를 꺼내자, 순간적으로 결론을 내렸다. 부드럽게 나가면 먹히지 않겠구나. 강하게 나가야겠구나.

"철도청이 이 사업에 적극적으로 나서지 않는 거, 내가 국회의원으로서 참 이해가 가지 않아요. 청장님 말이오, 국민의 정부에 철도청장으로서 있으면서 원주 시민이 20년을 바라온 숙원사업을 묵살할 생각이에요? 아니 무슨 권한으로?"

그랬더니 그 덩치 큰 사람이 당황해서 안절부절못하는 것이었다.

"저기 의원님, 죄송하지만 뭔가 오해가 있으신 거 같은데요."

"오해? 무슨 오해요?"

"뭐냐 하면, 에에, 역사 이전 같은 경우 그간 종종 문제 제기가 된 바는 있지만 본격적으로 지속적으로 추진된 바가 아직 한 번도 없습니다."

그러더니 할 말을 시작하는 것이었다.

"그리고 솔직히 말씀드릴게요. 저는 철도경영의 최고책임자입니다. 새로운 역으로 가면 철도 소비가 감소되고 수입이 줄어들 것이 분명하지 않겠습니까. 세상에 어떤 경영자가 소비 감소 정책을 반기겠습니까. 그런 측면에서 제가 반대하는 것입니다."

틀린 소리는 아니었다.

"그래도 원주 시민들이 정히 원해서 신역을 만들려 한다면, 요컨대 시에서 신역 역세권 개발계획이라도 내줘서 철도 수입 감소를 최소화해주는 노력이라도 보여줘야 한다고 생각합니다. 하지만 여태까지는 그런 모습이 전혀 없었어요."

꽉 막혀 있던 것이 일보전진은 했다는 생각이 들었다. 철도청장을 만나고 나오자마자, 이번에도 원주 시청 시장실을 찾아갔다. 원주시장을 닦달해서는 '역세권 개발계획을 만들어서 내라'고 재촉했다. 그렇게 하나둘 일을 추진해나갔다.

그렇게 원주시의 개발계획서가 건교부에 전달되었는데 두 달 넘게 감감 무소식이었다. 아무런 소식이 없으니 진전 또한 없었다. 기다리다 못해 국장한테 연락해서 물어보니 아무것도 모르는 눈치였다. 다시 실무담당인 과장에게 전화를 걸었더니 과장이라는 사람은 '잠깐 기다리세요' 하더니 주무관한테 전화를 바꿔주었다. 이래서는 안 되겠다 싶어 주무관에게 냅다 호통을 쳤다.

"당신들 도대체 뭐하는 사람들이야? 원주 시민 모두의 뜻이 담긴 그 중요한 서류를 무슨 권한으로 두 달씩이나 책상 밑에 처박고 있어, 엉?"

"아이고 의원님, 그렇게 화내지 마세요."

전화 속에서 쩔쩔매는 주무관의 모습이 눈에 선했다.

"제 말 좀 들어보세요. 원주는 택지개발계획이 이미 포화상태입니다. 더 이상 안 됩니다. 절대 안 돼요."

그렇게 잡아떼는 것이었다. 하는 말을 들어보니 쉽지 않을 것 같았다. 이미 포화상태인데 더 추가해달라는 것이 무리라는 생각도 들었다. 그렇다면 어쩔 도리가 없는 것인가. 답답한 마음이었다. 하지만 포기할 수는 없었다. 건설교통부 장관에게 연락해서 국회로 좀 들어와주십사 청했다. 여의도에서 그를 만나 전후 사정을 소상히 이야기했다.

"장관님 생각은 어떠세요. 달리 방법이 없겠습니까?"

그러자 장관이 싱긋 웃는 것이었다.

"에이, 걱정 마세요, 의원님. 저한테 맡겨주십시오. 믿으셔도 됩니다."

장관의 묘수는 간단했다. 원주 지역 내에 접수된 택지개발계획 가운데 40만 평을 줄이고 예의 그 60만 평을 신규로 허가해준 것이다. 결국에는 우리 개발계획서가 건교부 승인을 마쳤고 국방부는 이를 근거로 '작전명령'을 내렸다. 군수지원사령부를 이전하기로 결정한 것이다.

여러 해가 지난 2019년 1월 초, 원주시는 1군(군수지원사령부) 이전사업을 3월에 착공하기로 최종 결정하기에 이르렀다. 이후 원주 역사는 이전이 완료되고 중앙선 복선화 사업계획도 승인되었다. 지역사업이라는 것이 이처럼 오랜 노력과 시간이 걸리는 험난한 일이다. 몸으로 뛰며 절실히 깨달은 사실이었다.

중앙선 복선화 및 원주역 이전 기공식

우리 정치에 희망은 있는가

　4년간 국회의원 신분으로 활동하며, 오래된 숙원사업들 말고도 크고 작은, 국회의원 자격으로 할 수 있는 일들을 부지런히 해나갔다. 어떤 일들은 새롭게 경험하는 분야의 것들이었고, 어떤 일들은 그간 몸담아온 재야운동권 시절의 그것과 궤를 같이하는 종류의 사업들이었다.

　요컨대 2000년 6월 30일에는 휴전선 일대 비무장지대(DMZ) 생태보존 및 활용방안을 모색하기 위해 동료 민주당 의원 일곱 명과 함께 강원도 철원 비무장지대를 방문했다. 6.15 정상회담의 성공 이후, 중요한 과제로 대두된 사안 중 하나가 'DMZ를 어떻게 활용하고 발전시킬 것인가' 하는 것이었다. 과거의 역사 속에 죽어 있는 땅을 미래의 살아 있는 땅으로 가꾸고 보존해야 할 숙제가 우리 모두에게 주어져 있었다. 버스를 타고 강원도 철원 비무장지대에 가서 철의 삼각 전망대와 월정역터, 궁예성터, 철원 노동당사, 지뢰지대 등을 둘러보고 철원군 양지리 민통선 주민들과 간담회를 가졌다.

　2000년 7월 14일에는 '나라와 문화를 생각하는 모임'을 비롯한 국회여섯 개 연구단체 소속 의원 40명과 국회 귀빈식당에 모여 다음 달 초 개최되는 '주한 미군 주둔군지위협정(SOFA) 협상에서 불평등 조항을 전면 개정하고 신속하고 적극적인 협상을 촉구하는 국회 차원의 결의문'을 임시국회 회기 내에 채택하기로 결정했다. "미국 정부는 불평등한 SOFA로 인한 한국 국민들의 우려할 만한 저항을 심각히 인식, 상호호혜적인 한미

관계에 걸맞은 내용과 자세로 협상에 임해야 하며, 한국 정부는 SOFA 개정 협상에서 독일 및 일본 등과 비교해 불리하지 않은 평등한 협정을 이루도록 최선을 다하기를 촉구한다"라는 등 4개항으로 구성된 결의문이었다. 국회 연구단체 중 하나인 평화통일포럼 대표 자격으로 이날의 자리에 참석했다.

2000년 9월 2일부터 6일까지는 강원도 원주에서 '원주한지문화제 2000(World Traditional Hand Made Paper 2000)'이 개최되었다. 행사 기간에 작은 행사로, 전통종이를 생산하는 세계 12개국의 희귀 종이를 선보이는 '세계전통종이전'이 열리기도 했다. 한국을 비롯해 중국과 일본·인도·프랑스·이집트·네팔·태국 등 12개국에서 직접 수집한 종이들이 한자리에 전시되었다. 원주한지문화제가 의욕적으로 기획한 이 세계적인 행사에 그간 인연을 이어온 원주한지문화제 위원장 자격으로, 또한 새롭게 이 지역 국회의원 자격으로 처음부터 끝나는 날까지 내내 함께했다.

2000년 9월 25일에는 국회의원 연구단체인 '평화통일포럼'의 공동대표 자격으로, '나라와 문화를 생각하는 모임'의 김원웅 의원, '21세기 동북아평화포럼'의 장영달 의원, '국회환경경제 연구회' 이부영 의원 등과 함께 기자회견을 가지고 일본의 역사교과서 왜곡을 규탄하고 신속한 시정을 요구했다.

"2002년부터 사용할 일본 중학교 역사교과서 왜곡이 정부의 주도하에 조직적으로 이뤄지고 있다는 일본 시민단체들의 폭로에 놀라움을 금할 수 없다. 일본 문부성이 새로 검정을 신청한 역사교과서에는 조선 '침략'을 '진출'로, 한일합방을 합법적 체결이라고 주장하고 군대위안부와 신사참배 강요 등의 내용은 완전히 삭제했다. 이렇게 왜곡된 역사교육을 받은 일본의 젊은 세대들이 어떻게 세계평화에 기여할 수 있겠는가. 정부는 일본 정부에 진상규명과 사과를 요구하고 교과서에 침략 및 식민지배에 대한 정직한 기술을 요구해야 한다."

나를 비롯한 참석 위원들은 이날 '일본 역사교과서 왜곡의 시정을 요구하는 국회결의안'을 채택하기로 하고 서명운동에 들어갔다.

통일외교통상위원회 상임위 소속 국회의원으로서, 2000년 9월에는 남북한 거래를 민족 내부 거래로 규정하는 '남북교류협력법개정안'의 국회 제출을 추진했다. 북한 주민 접촉 승인제를 신고제로 전환해 사실상 자율화하고, 접촉방법에 인터넷 등 정보통신 이용을 포함시키고, 교역 당사자 지정제를 폐지하고, 남북한 거래를 민족 내부 거래로 규정하는 근거 마련 등이 골자였다. 이 법안은 20여 명의 의원들이 찬성 서명했다.

2001년 2월 12일, 제218회 국회(임시회)가 열렸다. 이날의 통일외교안보 분야 대정부질문을 통해 여야 의원들은 예민하고 첨예한 남북한 사안에 대한 공방을 이어갔다. 한나라당의 당시 박근혜 의원은 "현 정부는 임기 안에 모든 성과를 내기 위해 대북정책을 무리하게 추진하지 말라"라고 강조했고, 자민련의 정진석 의원은 "군수용으로 전환될 가능성이 얼마든지 있는 대북 전력지원 문제에 신중하게 접근하라"라고 주문했다. 나는 새천년민주당 통일외교안보분과 의원으로서 평소 견지해온 남북 문제, 통일 문제에 대한 내 소신을 밝히고 관련 부처장들을 불러 매서운 질의를 던졌다. 다소 길더라도 아래에 전문을 인용하는 것은, 지금으로부터 20년도 더 지난 질문에서 과연 격세지감이 느껴지는지 제대로 판단할 필요가 있다고 보기 때문이다.

존경하는 국회의장, 선배·동료 의원 여러분!
국무총리를 비롯한 국무위원 여러분!

강원도 원주시 출신 새천년민주당 이창복 의원입니다.

저는 의정단상에 서기까지 민족의 평화통일과 우리 사회의 민주개혁을 위해서 제도권 밖에서 활동해왔습니다.

50년간 이 땅에 굳건하게 뿌리내린 분단과 권위주의 정치가 더이상 민족과 겨레에게 희망을 주지 못하고 대다수 국민들이 정치를 혐오하는 불신의 시대를 청산하기 위해서 미력하지만 제도정치권 안에서 힘을 보태고자 했습니다.

20세기 우리 정치사에 남겨진 뼈아픈 역사적 교훈을 바탕으로 국민에게 박수받고, 국민의 창조적이고 민주적인 힘에 의해 국가가 운영되는 참다운 정치를 만들어가야 한다는 생각에는 변함이 없습니다.

그러나 제가 현실정치에 몸담으면서 우리 정치에 과연 희망은 있는 것인가? 자문하고 반성하고 있다는 것을 솔직히 말씀드리고자 합니다.

국민의 정부가 표방한 개혁정책에 대다수 국민들은 기대와 격려를 보내왔습니다. 그러나 지금 많은 국민들은 개혁의 정체성에 대해 불신하고 불안해하고 있습니다.

정부의 거듭되는 개혁의지 천명에도 불구하고 개혁의 최대 걸림돌이 정치요, 정치인이라고 생각하기 때문입니다.

통일 분야에 대한 질문을 하기에 앞서 총리께 묻겠습니다.

국민의 정부가 국민에게 약속했던 개혁입법의 현실에 대해 답변해주셔야겠습니다.

정치개혁의 근본적인 과제는 개혁입법의 추진에 있습니다. 국가보안법 개정, 부패방지법 제정, 인권위원회법 제정 등의 개혁입법이 말만 무성하고 국회에 상정조차 되지 못한 채 표류하고 있습니다.

총리께서는 우리 사회가 요구하고 있는 개혁입법 추진에 대한 정확한 소신을 밝혀주시고, 이의 조속한 추진을 위한 방안을 갖고 계시다면 밝혀주시기 바랍니다.

다음은 국가기강에 관한 문제입니다.

최근 많은 지식인과 국민들 사이에서는 정부기강에 문제가 있다고 지적하고 있습니다.

국세청을 동원하여 선거자금을 모금한 사건의 중심인물조차 수사하지 못하고 있습니다. 최근 안기부 예산 유용사건도 제대로 수사조차 하지 못하고 있습니다. 법이 강자에겐 약하고 약자에겐 강하다는 비극이 현실화되어가고 있는 게 아닌가? 우려하고 있습니다.

정부 모습에 기강이 없다고 국민들은 지적하고 있습니다. 국민을 경제위기에 내몰게 한 재벌그룹의 총수는 급기야 민간인이 사비를 들여 체포조를 결성하는 지경에까지 이르렀습니다. 정부를 믿을 수 없기 때문입니다.

일련의 국기문란 사건에 대해 주범들을 처벌조차 못 하고 있는 것은 이 정부가 관대하기 때문입니까? 아니면 무능력하기 때문입니까? 총리께서는 분명하게 답변해주시기 바랍니다. 국가기강을 바로잡기 위한 대책이 있다면 밝혀주십시오.

아울러 요즘 전개되는 언론사 세무조사는 용두사미가 되지 않도록 해야 할 것입니다. 우리나라의 수많은 시민사회단체는 지난 10여 년간 언론개혁을 주창해왔습니다.

그런데 이제야 언론개혁이 공론화된 것입니다. 일부 언론사의 부채가 900퍼센트를 넘어섰다는데 정부는 그동안 무엇을 한 것입니까? 87퍼센트의 국민들은 언론사 세무조사에 대해 필요하다고 밝히고 있습니다. 언론사 세무조사는 성역 없이, 투명하게 총리께서 책임지고 완수해주셔야 합니다.

아울러 대통령께서 신년사를 통해 밝힌 개혁완수 5대 국정지표를 구현하기 위해 총리께서는 어떤 실행계획을 갖고 있는지 분명한 답변을 바랍니다.

존경하는 국회의장님!

그리고 선배·동료의원 여러분!

지난해 6월 15일 남북의 정상은 남북관계 및 민족의 장래 문제에 대해서 역사적인 합의를 이끌어낸 바 있습니다.

남북관계에 있어서 대전환의 계기를 만든 것입니다.

6.15 선언은 정부의 일관된 대북정책과 탈냉전의 국제질서, 북한의 개방정책 의지 그리고 민족구성원의 통일에 대한 열망이 어우러져 만들어낸 성과물입니다.

남북정상회담을 계기로 55년간의 반목과 질시로 점철되어온 남북은 대결 관계에서 화해협력 관계로 전환, 통일을 향한 대장정을 시작하였습니다.

지금은 이러한 역사적인 전환의 시기에 필요한 제반 법률적인 여건을 적극 검토할 때입니다.

통일의 물꼬는 터졌는데 이를 뒷받침할 법률은 여전히 제자리이고 미처 따라가지 못하고 있습니다. 개정이 필요하다는 것입니다.

남북의 정상이 만나고, 공동선언을 이행하기 위해서 남북의 장관급 회담이 열리고 있습니다. 북한을 반국가단체로 규정하고 있는 국가보안법의 개정 없이 초법적인 만남이 계속 이어지고 있습니다. 냉전과 분단의 산물인 낡은 법률로 통일의 시대를 준비할 수는 없습니다.

남북관계의 변화에도 맞지 않고 인권침해의 요소가 있는 국가보안법은 개정되어야 합니다. 문제는 시기입니다.

국가보안법을 개정하는 것이 시대적인 추세라면, 김정일 국방위원장의 서울 방문에 앞서 개정해야 합니다.

김정일 위원장의 서울 방문 전에 방문자의 위상을 현실적으로 인정하고 올바르게 세워주는 것이 곧 우리 정부의 위상을 세우는 것과 같다고 생각합니다. 총리께서는 국가보안법 개정 시기에 대한 정확한 답변 바랍니다.

다음은 통일부 장관에게 묻겠습니다.

남북 문제를 해결하는 데 있어서 정부의 주무부서는 통일부입니다. 그러나 대북 관련 정책과 사업의 주도권에 대한 논쟁이 끊이지 않고 있습니다.

남북관계의 진전을 위해서 정비해야 할 많은 법안들이 국회에 상정될 수 있도록 주무장관으로서 적극적인 노력을 보이지 않는 것은 심각한 문제입니다. 이는 통일부의 주도적인 역할 수행에 대한 의지가 없기 때문이라고 생각하는데 장관은 어떻게 생각하십니까?

남북의 화해와 협력을 꾸준히 진행하기 위해서는 정상회담의 정례화가 이루어져야 합니다. 이번 김정일 위원장의 서울 방문은 남북정상회담의 정례화에 초석이 될 것입니다.

따라서 2차 정상회담의 의제는 매우 중요하다고 하겠습니다. 무엇을 관철하고 그에 대한 후속조치는 어떻게 할 것인지에 대한 철저한 준비를 해야 합니다. 2차 정상회담의 의제는 어떻게 준비되고 있는지 밝혀주십시오.

남북정상회담 이후에 정부 차원의 교류와 함께 민간교류도 대폭 확대되었습니다. 앞으로는 지방자치단체 간 남북교류도 확대될 것으로 전망됩니다. 그러나 지금의 남북교류협력법은 많은 문제점을 드러내고 있습니다.

남북교류협력법은 1990년에 제정된 이후 몇 차례 개정되었으나, 이 법률은 여전히 북한인사의 접촉이나 경제교류 등에 있어서 '일반적 금지, 예외적 허용'의 원칙을 고수하고 있습니다.

이제 남북교류협력사업은 신고제로 바꿔야 합니다.

현재의 남북교류협력법은 남한 주민이 북한 주민 등과 회합·통신·기타의 방법으로 접촉하고자 할 때 통일부 장관의 승인을 받도록 규정하고 있습니다. 남북한 교류협력 환경이 빠르게 변화하고 있는 시점에서는 이를 신고제로 전환해서 남북교류협력사업을 활성화해야 한다고 본 의원은 생각합니다.

또한 민간 차원의 남북교류협력을 강화하기 위해서는 '남북 시민사회단체 간의 교류협력 및 지원에 관한 특별법'이 제정되어야 합니다.

아울러 남북교류협력을 촉진하기 위해 현재의 남북교류추진협의회에 민간단체를 포함해야 된다고 생각하는데 이에 대한 장관의 견해도 밝혀주시기 바랍니다.

개혁정책을 비롯한 남북 문제는 특히 초당적으로 협력체계가 중요합니다.

통일 문제는 우리 민족 구성원 모두의 문제입니다. 정부는 통일정책과 그 성과를 독식해서는 안 됩니다. 그러나 지금까지 남북 문제는 정부주도로 일관해오고 있습니다. 정책을 입안하고 협의하는 과정에서 야당뿐만이 아니라 여당조차 참여가 보장되지 않고 소외되어온 것이 사실입니다.

6.15 공동선언이 차질 없이 이행되기 위해서 무엇보다 중요한 것은 국민적 합의와 협력입니다.

역사적인 6.15 선언 등 남북관계의 커다란 진전과 성과가 있었음에도 불구하고 크게 빛을 발하지 못하고 있습니다. 본 의원은 그 이유가 초당적인 협력을 이끌어내지 못한 통일부에 있다고 생각하는데 장관은 어떻게 생각하십니까?

통일 문제는 정부가 독점해오면서 여야뿐만 아니라 민간단체도 배제시켜왔는데 개선이 필요합니다.

또한 남북관계의 진전은 정부의 주도적인 역할도 있었지만 그동안 민간통일운동단체의 다각적인 노력과 그에 따른 역할도 인정해야 합니다.

남북 문제를 규정하고 있는 중요한 요인 중의 하나가 국민적 합의라고 한다면, 초당적인 협력에 근거해서 남남대화의 필요성과 민간단체의 역할과 참여에 대한 검토도 이루어져야 한다고 생각합니다.

이를 추진하기 위한 통일부의 적극적인 노력이 필요합니다. 이에 대한 장관의 견해와 방안에 대해서 답변해주십시오.

정상회담 이후 남북 간의 교류와 협력이 급속히 증대되는 상황 하에서 남북교류협력사업 재원 마련을 위한 남북협력기금조성은 불가피하다고 생각합니다. 현재 적립·조성되고 있는 남북협력기금을 밝혀주시고 이를 통일기금으로 전환하여 사용할 수 있도록 남북협력기금법을 개정하고, 동 기금을 확충하는 방안도 강구해야 합니다. 장관은 이에 대한 구체적인 방안을 수립하고 있는지 밝혀 주시기 바랍니다.

다음은 국방부 장관에 묻겠습니다.

현재 우리 사회에서는 남북정상회담 이후 북한의 존재를 어떻게 규정할 것인가 하는 점을 둘러싸고 많은 논란이 일고 있습니다.

국방부는 6.15 남북정상회담 이후 남북 간에 화해 분위기가 조성됨에 따라 '북한괴뢰집단'이라는 용어 대신 '북한'이란 용어를 사용하기로 방침을 결정하였습니다. 법무부 등 관계부처들도 '북괴', '미 수복지역' 등 적대적 표현을 사용하고 있는 각종 법률용어를 이미 정비했거나 정비 중에 있습니다.

그러나 지난해 국방부가 발간한 『국방백서』에는 '외부의 군사적 위협'을 '주적인 북한의 현실적 군사위협'으로 설명함으로써 북한을 여전히 '주적'으로 명시하고 있습니다.

이미 1988년 노태우 전 대통령의 7.7 선언을 시작으로 북한을 통일의 동반자로 인정, '주적' 개념의 변화는 정부 차원에서도 꾸준하게 확인된 바 있습니다.

또한 남과 북은 이미 1991년 UN 동시가입을 이루어냈고, 북한과 미국은 지난해 10월 "적대적인 관계를 종식한다"는 내용의 '북·미 공동선언'을 발표한 바 있습니다.

따라서 북한에 대한 '주적' 개념 명시는 '6.15 공동선언' 정신에도 위배될 뿐만 아니라 향후의 남북관계 발전에도 바람직스럽지 못하다고 생각합니다. 왜냐하면 우리가 화해와 교류·협력의 대상으로 인정한 북한을 '주적'으로 계속 인식하고 있는 상태에서는 진정한 남북 간의 화해와 신뢰 구축은 어려울 것이기 때문입니다.

남북관계 진전과 한반도 평화정착과정에 맞춰 국방부는 기존의 '주적' 개념을 변경할 필요성이 있을 것으로 보는데, 이에 대한 국방부 장관의 입장을 밝혀주시기 바랍니다.

아울러 남북 간의 군사적 긴장 완화와 평화정착을 위해 국방부는 구체적으로 어떤 방안을 강구하고 있는지 밝혀주시기 바랍니다.

외교통상부 장관에게 한미행정협정에 대해 묻고자 합니다.

지난해 12월 28일 한미정부 간에는 소파 개정협상이 발표되었고 그동안 제기되어온 환경권 등이 부분적으로 개선되고 진일보한 측면이 있었던 것이 사실입니다.

또한 이번 협상에서 모든 공여지를 합동 실사한다고 합의한 바 있습니다. 현재 공여지 실사 상황은 어떠한지, 그리고 현재 미군이 사용하지 않은 공여지는 얼마나 되는지 밝혀주십시오.

특히 미군 당국이 사용하지 않는 공여지는 장기적으로 볼 때 반환해야 하며 정부 당국이 공여지의 지주와 임대기한과 임대료에 대한 계약을 설정하고 그 후 미 당국과 합의해야 한다고 봅니다.

그리고 이번에 합의된 바에 따라 한·미 당국이 합동으로 실사하게 되는 공여지를 향후 어떻게 처리하려고 하는지도 장관께서 밝혀주시기 바랍니다.

다음은 미군기지에 대한 임대기간 설정과 임대료 납부에 대해 제기하고자 합니다. 현재 일본, 필리핀 등의 국가에서는 미군기지 사용 시 임대기한을 설정하고 기간 만료 시에는 재계약을 하며, 임대료도 징수하고 있습니다.

우리도 이제는 미군기지에 대해 임대기한 설정과 임대료 징수에

대한 문제를 본격적으로 논의할 때가 되었다고 봅니다.

한미행정협정의 모범으로 1953년에 체결된 한미상호방위조약도 시대의 추세에 맞게 개정되어야 한다고 보는데 이에 대한 장관의 견해도 말씀해주십시오.

또한 장관께서는 미군기지가 주둔하고 있는 지방자치단체의 균형적인 발전을 위해 미군기지 관련 특별교부세를 신설할 의지가 있는지에 관련 부처와 논의 후 답변해주시기 바랍니다.

존경하는 의원 여러분!

남북정상회담과 정부의 일관된 통일정책에 힘입어 남북관계는 급속도로 진전되어왔습니다.

미국 정부 역시 우리 정부의 통일정책에 기반한 포용정책을 수용함으로써 북미 관계도 계속적으로 호전되어왔습니다. 하지만 미 행정부가 새로이 출범하면서 신임 행정관료들의 입을 통해 보수적이며 강경한 색채의 대북 발언이 계속 나오고 있습니다.

이는 미 행정부의 대북정책 기조가 바뀔 수가 있으며 곧 북미관계뿐만이 아니라 한반도 주변정세 전체가 변화할 수도 있다는 것입니다.

미국이 대북 강경정책으로 선회하였을 경우 지금까지 쌓아온 대북관계의 발전적 측면이 후퇴할 수도 있다는 가능성을 시사하고 있는 것입니다.

외교통상부 장관에게 묻겠습니다.

새로이 출범한 부시 행정부의 대북정책 기조가 어떻게 변화할 것이며, 그 변화에 따른 우리 정부의 대응책은 마련되어 있는지 밝혀주십시오.

지난달 김정일 위원장의 상하이 방문과 벨기에 등 서방 국가들과의 연이은 외교수립에서도 나타났듯이 북한은 현재 대내외적으로 개혁과 개방을 서두르고 있습니다.

새해 들어 북한 당국의 발빠른 외교적 행보는 그들의 개혁개방에 대한 강력한 의지를 표명한 것이며 이를 통해 경제난 타결의 돌파구를 마련하자는 의지입니다. 이러한 북한의 개혁개방정책은 현재 크게 두 가지 측면으로 나타나고 있습니다.

우선 경제개방을 통한 경제난의 타결입니다.

김정일 위원장은 상하이 방문 시 '천지개벽'이라는 용어까지 써가며 중국의 개방정책에 대해 찬탄을 금치 못하고 이후 북한 내에서도 현지지도사업을 통해 신사고와 신기술의 개발을 적극적으로 제기하고 있습니다.

이는 중국식의 개혁개방정책이 아니라 할지라도 개혁개방정책을 통해 자신들의 경제난을 타결해가려는 북한 당국의 의지가 구체적으로 표면화되고 있다는 증거입니다. 즉 새로운 경제특구의 조성과 이를 통한 자본과 신기술의 유입으로 경제개방과 경제난 타결의 돌파구를 마련하고자 함입니다.

이러한 북한의 경제 개방정책이 현실화되어가고 있는 지금 우리 기업들과 외국 자본들의 북한에 대한 투자가 급속히 늘어가고 있는 현실입니다. 북한 투자 기업에 대한 우리 정부의 지원대책 및 북한 당국의 경제개방에 대한 대응정책은 무엇입니까?

북한은 개혁개방정책에 의거해 한반도 주변국뿐만이 아니라 EU 등 서방국가들과의 외교수립도 급속히 진행하고 있습니다.

이러한 북한의 대서방 외교수립정책은 한반도 평화 무드 조성에 상당한 기여를 할 것으로 예상되어집니다. 북한 정부의 외교적 노력에 대한 우리 정부의 지원정책 및 대응방안은 무엇입니까?

마지막으로 통상업무의 효율적인 운영과 인력의 효율적 활용을 위해 재외공관의 주요업무를 통상업무 중심으로 변화시키고, 시스템을 개편할 의지는 없는지도 밝혀주시기 바랍니다.

존경하는 의원 여러분!

민족의 화해와 교류협력의 과정에서 또한 중요하게 나서는 것은 통일교육 문제입니다.

그동안 우리 국민의 삶에 결정적인 영향을 미쳐온 분단의식, 냉전의식은 이미 화해의식, 평화의식, 교류협력의식으로 점진적으로 변화되어야 한다고 생각합니다.

6.15 선언 이후 우리 눈앞에 전개되고 있는 한반도 정세의 구체적 변화는 이를 실증하고 있습니다. 오랫동안 묶였던 말이 풀리고 금기였던 장면들이 생생한 TV 영상으로 다가와 사람들을 혼란스럽게 하고 있습니다. 이제 민족의 화해와 협력, 평화와 통일의 길이 서서히 열릴 것이며 이는 곧 역사의 대세라고 생각합니다.

통일부 장관에게 묻겠습니다.

현재 우리 사회의 통일교육에 대한 관점은 다양하게 존재하는데 정부 당국의 '통일교육지원법'이나 '학교통일교육지침'이 6.15 정신을 담아내려고 하고 있는지 묻지 않을 수 없습니다.

무력통일이나 흡수통일이 모두 부정되고 있는 실정을 감안한다면 점진적으로 **남북이 대등한 관계 속에서 평화적으로 통일을 이루기 위한 교육이 되어야 하고,** 민족의 동질성을 회복하며 민족의 화해와 평화, 교류와 협력을 촉진시키는 교육이 되어야 한다고 본

의원은 판단하는데 이에 대한 통일부 장관의 견해를 밝혀주시기 바랍니다.

특히 청소년들이 통일 문제에 대한 정보를 학교교육에서보다 언론매체를 통해 얻고 있는 현실을 고려하면 텔레비전을 통한 통일교육도 효과적인 방법일 수도 있다고 판단하는데 이에 대한 답변도 밝혀주시기 바랍니다.

존경하는 의원 여러분!

우리 민족은 지난 시기 외세의 침략과 간섭으로 식민지를 경험했고 6.25 전쟁을 치렀으며 그리고 민족분단이라는 참혹한 경험을 했습니다.

6.15 선언은 한반도에도 해빙의 바람이 불고 화해와 평화, 통일의 기운이 솟아나고 있음을 확인해주었습니다.

6.15 공동선언의 이행을 위해서 남북 당국의 노력으로 장관급 회담이 벌써 네 차례나 진행되었고, 이산가족 상봉도 일회성 이벤트로 끝나지 않고 지속되고 있습니다.

각계각층의 교류와 경제 협력은 더욱 확대되고 있고 경협에 필요한 제도적 장치도 마련되어가고 있습니다. 약속대로 김정일 국방위원장의 답방이 실현되면 정상회담은 하나의 제도적 장치로 자리를 잡게 될 것입니다.

우리는 긴 세월 동안 역사의 고비에서 약소국이라는 사실로 인해 강대국의 침략과 이권개입 등 불이익을 받아왔지만, 그동안 3.1운동, 4.19, 5.18광주항쟁, 6월항쟁 이후 지금까지 자유와 정의를 위한 투쟁의 도도한 흐름을 이뤄내어 6.15 선언까지 일궈냈습니다. 우리는 무엇보다 먼저 6.15 정상회담 이후 조성된 남북 화해와 협력의 기류를 확대하고 정착시키는 데 매진해야 될 것입니다.

비록 통일 문제나 대북 문제를 바라보는 시각이나 접근방식에 있어서 여야가 다른 견해와 입장을 가질 수는 있지만 평화통일을 이루고자 하는 목표와 노력에 있어서는 결코 차이가 있어서는 안 된다고 생각합니다.

세계적인 탈냉전의 거대한 흐름이 우리 한반도에 새로운 평화통일의 기운을 가져오고 있으며, 남북정상회담으로 비롯된 화해, 교류, 협력의 흐름은 이제 더 이상 거스를 수 없는 대세가 되고 있습니다.

오늘의 국정논의가 평화통일의 확고한 바탕을 마련하여 후손에게 영광된 통일조국을 물려줄 수 있도록 소중한 자리가 되길 기원하면서 본 의원의 질문을 마치고자 합니다.

끝까지 경청해주셔서 감사합니다.

새로운 밀레니엄을 맞으며

2001년 5월 18일에는 95명의 발기인으로 구성된 '화해전진포럼'이 출범했다. 현재의 당리당략을 앞세운 파행적 정치행태를 비판하며 민족화해의 진전, 경제 위기의 극복, 지역주의의 해소, 정당의 민주화 등을 당면 과제로 내세운 모임이다. 발기인 37명 가운데, 민주당에서는 김근태·김원기·정대철·강성구·김덕규·김민석·김태홍·김택기·김희선·박인상·배기운·심재권·이강래·이미경·이종걸·이호웅·정장선·조성준·최용규 의원과 나까지 20명이 참여했다. 한나라당에서는 이부영·김덕룡·김부겸·김영춘·김용학·김원웅·김홍신·민봉기·박원홍·서상섭·손태인·안경률·안상수·안영근·이성헌·정의화·조정무 의원 등 17명이 참여했다. 여기에 과거 민청학련 등에서 활동하며 민주화에 헌신했던 김상현·김종배·박계동·박석무·박정훈·유인태·이철 전 의원도 가세했다. 비정치권에서는 함세웅 신부와 법륜 스님·김진홍 목사 등 종교계 16명과 유홍준·문정인·양건·임현진 교수 등 학계 18명, 신경림 시인과 영화배우 안성기·문성근, 만화가 이현세 등 문화예술계 7명이 명단에 이름을 올렸다.

2001년 6월 5일에는 국회 의원회관에서 '민족정기를 세우는 의원 모임'이 창립식을 갖고 본격적인 활동에 들어갔다. 일제 잔재 청산과 민족정기 회복을 목표로 하는 모임 창립을 기념하는 축사에서 이만섭 국회의장은 "일본 역사교과서 왜곡으로 민족의 자존심과 정기가 훼손된 상황에서 국회의원들이 민족정기 회복에 나선 일은 시의적절하다"라고 격려했다.

여기 참여한 사람은 나를 포함한 민주당과 한나라당 의원 21명으로, 장차 일제청산 문제 전문가 및 독립운동 관련 단체들과의 간담회 개최 등 사업을 벌여나가기로 했다.

2002년 2월 열린 임시국회를 앞두고, 나를 비롯한 민주당 의원 67명은 의원입법으로 의문사특별법 개정안을 발의했다. '조사기한 연장과 조사권한 강화'를 골자로 한 특별법 개정안이었다. 그러나 간사단 회의를 연 국회 법사위는 '의문사특별법 개정안 중 조사권한 부분에 대해 논란이 있는 만큼 보다 신중한 검토를 위해 이번 회기에는 안건을 상정하지 않기로 결정했다'며 개정안의 2월 임시국회 통과를 사실상 무산시켰다. 개정안 통과를 바라온 유가족들은 이에 크게 반발하였고, 대표로 특별법 발의안을 내놓았던 나 역시 기자들 앞에서 국회 법사위의 비협조적인 태도에 유감을 표했다.

"조사권한 강화가 이뤄지지 않은 의문사법 개정은 알맹이 없는 껍데기에 불과합니다. 기간연장만을 담은 개정안을 제출하라니, 이는 실질적인 의문사 조사 활동을 포기하라는 의미 아닙니까? 간사단의 악의적인 방해로 대한민국 민주화의 시곗바늘이 뒷걸음질하고 말았습니다. 안타까운 일입니다."

2002년 3.1절을 하루 앞둔 2월 28일, '민족정기를 세우는 국회의원 모임'은 국회 의원회관에서 '일제하 친일 반민족행위자 1차 명단'을 발표했다. 현역의원들의 친일파 명단 발표는 헌정사상 처음 있는 일이었다. 자체 조사를 통해 이날 호명된 친일파들은 언론, 사회, 종교, 문화계를 망라한 총 708명이었다.

명단 선정에 심의위원장을 맡았던 한나라당 서상섭 의원은 언론인터뷰를 통해 '대한민국에 친일파가 심어놓은 세력의 힘이 아직 막강함을 느꼈다'고 표현했다.

"명단이 정리되기까지 광복회의 헌신적인 노력이 큰 도움이 됐다. 명단 공개과정에서 끝까지 문제가 된 두 가지 소수의견은 '친일을 하며 독립운동에도 일정 부분 기여한 경우'와 '친일은 했으나 광복 후 국가발전에 나름대로 공헌한 경우'였다. 그들을 단죄하지는 못하더라도 민족반역행위만큼은 역사의 팩트로 후손에게 낱낱이 밝혀야 한다는 결론에 도달했다. 이번 발표에서 끝까지 논란이 된 인물 중에는 현재도 막강한 영향력을 지닌 조선일보의 방응모나 동아일보의 김성수 같은 이들이 있었다."

한일월드컵의 열기가 광화문광장을 비롯한 온 나라 안팎을 떠들썩하게 하던 2002년 6월 13일, 경기도 양주에서 끔찍하고도 슬픈 사건이 발생했다. 조양중학교 2학년이던 신효순, 심미선 두 학생이 경기도 양주군 광적면 효촌리 갓길을 걷다가 교통사고를 당해 즉사한 것이다. 피해 학생들을 덮친 것은 훈련을 위해 이동 중이던 미 보병 2사단 대대의 부교 운반용 장갑차였다. 사고가 난 도로는 인도도 따로 없는 편도 1차선의 좁은 도로로, 주민들은 평소 이곳 갓길을 인도 삼아 통행해왔다. 사고 차량은 그 너비가 도로 폭보다 넓었고, 당시 마주 오던 차량과 무리하게 교행을 시도하다 사고를 일으킨 것으로 밝혀졌다.

미군 당국은 7월 3일 운전병과 관제병을 과실치사죄로 미 군사법원에 기소하는 한편, 라포트 주한 미군 사령관의 사과를 전했다. 대한민국 검찰도 관련 미군에 대해 자체 조사를 벌이기로 했다. 유족들이 차량 운전병과 관제병, 미2사단장 등 미군 책임자 6명을 업무상 과실치사 혐의로 의정부지청에 고소하고 미국의 재판권 포기를 요청했던 것이다. 그러나 미군 측은 신변 위협을 이유로 검찰의 소환조사에 응하지 않았다. 법무부는 7월 10일, 사상 처음으로 미군 측에 재판권 포기 요청서를 보냈다.

그러나 8월 7일 미군 당국은 "공무 중에 일어난 사고이기에 재판권은 미국에 있으며, 이제껏 미국이 1차적 재판권을 포기한 전례가 없다"라는 이유를 들어 재판권 포기를 거부했다.

국회가 가만히 있을 수 없었다. 나를 포함한 민주당과 한나라당 국회의원 15명은 미군 장갑차에 의한 여중생사망사건과 관련, 주한미대사관을 통해 조지 부시 미국 대통령에게 서한을 보내 부시 대통령의 사과와 미군에 대한 형사재판권 이양 등을 촉구했다.

"이번 사건에서 미군 측이 보여준 태도에 대해 많은 대한민국 국민이 실망하고 있다. 우리 정부가 요구한 형사재판권 이양 문제를 미군 측은 진지하게 고려해야 한다. 그리고 부시 대통령이 이번 사고에 대해 미국 정부를 대신해 피해자 유족과 대한민국 국민에게 사과하기를 바란다."

2002년 11월 28일은 국회가 대한민국 민주화운동 관련자들의 명예를 회복해주고 실질적으로 보상하는, 그런 의미가 처음 실현된 뜻깊은 날이었다. 민주화운동 관련자들에 대한 보상금 지급액이 사상 처음으로 결정된 것이다. 민주화운동관련자명예회복 및 보상심의위원회(위원장 김상근)는 이날 제54차 회의를 열어 지금까지 보상대상자로 확정된 사망자 46명, 상이자 28명 등 총 74명에 대해 930만~2억 3천만 원씩 총 60억 5천만 원의 보상금을 지급하기로 결정했다. 사망자 중 2억 원 이상 지급 대상자는 윤용하, 김기설 씨 등 3명, 1억 5천만~2억 원은 11명, 1억~1억 5천만 원은 9명, 5천만~1억 원은 17명, 5천만 원 이하는 6명 등이며, 상이자 중 1억 원 이상 수령자는 3명이었다.

2000년 8월 출범한 '민주화운동 관련자 명예회복 및 보상심의위원회(민주화보상심의위원회)'는 이후 2년여 동안 모두 5,693건을 심의해 이중

4,565건을 민주화운동으로 인정했다. 이 과정에서 나는 민주당 국회의원 자격으로서 보상심의위원회와 함께 '사망자에게 최고 1억 원과 1억5천만 원을 보상'해주도록 하는 법률안을 2001년 7월과 11월에 각각 제출한 바 있다.

2003년 1월 29일, 부시 미 대통령은 새해 국정연설을 통해 "사담 후세인이 우리 국민의 안전과 세계평화를 위해 전면적으로 무장해제하지 않으면 우리는 동맹군을 이끌고 그를 무장해제 시키겠다"라는 강력한 메시지를 내놓았다. 세계평화를 위한다지만 오히려 평화를 위협하는, 사실상 전쟁 선포와도 같은 발언이었다. 이에 다음 날인 1월 30일, 나를 포함한 여야 국회의원 17명이 '부시 행정부의 대이라크 전쟁 반대 성명'을 발표했다.

"최근 미국의 대이라크 전쟁 가능성은 세계 경제 성장의 가장 큰 걸림돌로 작용하고 있으며 세계 경제 위기의 원인이 되고 있다. 유가와 금값은 이라크 위기설 이후 지속적으로 상승하고 있으며 이 여파로 전 세계 많은 국민들의 실질소득과 실질 부를 감소시키고 기업의 이익을 침식하며 세계의 경기를 질곡의 늪으로 빠지게 했다. 과거 석유회사를 소유하였던 부시 대통령을 비롯하여 석유회사 출신이거나 대주주인 딕 체니 부통령, 콘돌리자 라이스 백악관 안보보좌관 등 부시 행정부의 고위관리들의 이해관계가 대이라크 전쟁과 관련 있다는 의혹이 있다. WHO와 WFP가 작성한 보고서는 '이라크 전쟁 발발 시 50만 명의 인명피해가 발생하고 국제난민 140만 명, 국내난민 200만 명이 발생할 것'이라고 예측하였다. 미국은 전쟁 아닌 평화적 해결 수단을 반드시 마련해야 할 것이다."

각별한 의미가 있는 장면이었다. 국내 정치권이 여야 한목소리로 미국 정부를 향해 반대 성명을 내는 것은 그 유례를 찾기 힘든 일이었다. 게다가 그 목적이 국내의 이익 등이 아니라 세계평화를 위해서라는 점에서도 가치를 더할 수 있을 터였다.

2003년 3월 28일 열린 국회 본회의장에서는 이라크전 파병안에 찬성하고 반대하는 의원들이 뜨겁게 격돌했다. 전반적으로는 이라크전 파병동의안의 처리가 강행될 분위기 속에서, 파병반대 의원은 53명, '공병을 제외하고 의무병만 파병하자'는 것을 주요 골자로 한 김경재 민주당 의원 수정안에 서명한 의원도 29명이었다. 정부가 제출한 파병동의안에 반대하는 국회의원이 82명에 달했는데 나 역시 파병반대에 서명한 민주당 의원 가운데 한 명이었다.

> 이라크 파병 요청은 미국이 보낸 '고약하지만 수령을 거절하기 어려운 취임 축하 선물'이었다. 옳지 않은 선택으로 역사에 기록될 것이다. 당시에도 그렇게 생각했고 지금도 그렇게 생각한다. 옳다고 믿어서가 아니라 대통령을 맡은 사람으로서는 회피할 수 없는 선택이라 파병한 것이다.

노무현 전 대통령의 자서전 『운명이다』에 나온 구절을 봐도 알 수 있듯, 참여정부 첫해에 노무현 대통령을 가장 고통스럽게 했던 것이 바로 이라크 파병 문제였다. 명목 없는 전쟁 참여에 반대하는 국내의 여론이 거센 한편으로, 정부로서는 북핵 해결을 둘러싼 한미 간 의견조율에서 목소리를 높일 명분이 필요한 상황이었다. 결국 이라크전 파병안은 우여곡절 끝에 4월 2일 국회 본회의를 통과하는 것으로 결정되었다.

2003년 4월 17부터 20일까지, 나를 포함한 여야 국회의원 6명은 동티모르로 찾아가 그곳에서 평화유지활동(PKO)을 하고 있는 국군 상록수부

대를 방문했다. 장영달 국방위원장과 국방위 소속 한나라당 이상득·박세환·이경재 의원 등과 함께 나는 민주당 통일외교통상위원 자격으로 이 여정에 합류했다. 국회 차원의 상록수부대 위문은 1999년에 이어 두 번째였다.

고민 끝의 불출마선언과 다음 과제

　임기 내내 지역구 살림을 알뜰히 챙기는 한편 상임분과에서 맡은 바 할 일을 놓치지 않고, 일 잘하는 국회의원이라는 평을 들었다. 무엇보다 원주 시민들로부터 '이창복은 힘 있는 국회의원'이라고 인정받을 때가 가장 뿌듯하고 보람 있었다. '도덕적으로 흠잡을 데가 없는, 요즘 보기 드문 정치인'이라는, 칭찬 아닌 칭찬도 들었다. 그런 측면에서 나름대로 보람 있는 4년이었다.

　그럼에도 '국회의원 활동은 한 번이면 족하다'는 결정을 내렸다. 하여 일찌감치 17대 총선 불출마선언을 하였다. 2004년 1월의 일이었다. 이날 여의도 당사에서 기자회견을 갖고, 당의 윤리위원장으로서 따끔하게 한마디 했다.

　"연일 TV를 통해서 비리에 연루된 정치인들의 소환사태를 보면서 적지 않은 회의감을 느꼈습니다. 이런 판에 정치인의 한 사람으로 남아 정치개혁에 일조하겠다는 것은 더 이상 의미가 없다는 것을 깨닫게 됐습니다. 그러나 열린우리당은 민주적인 절차를 통해 새롭고 젊은 리더십을 확보해나가고 있습니다. 새 지도부의 강력한 개혁의지를 성공시키기 위해서는 인적 쇄신이 불가피할 것입니다. 정치개혁 추진에 대한 강력한 의지는 제가 어느 위치에 서 있는지와 관계없는 소신입니다. 이제 남은 생을 조국을 위해 헌신하고 기여할 생각입니다."

　빠른 정계 은퇴를 결정하는 데 있어 이러한 당 차원의 문제와는 별개로, 개인적으로 두 가지를 깊이 고민하였던 것이 사실이다. 첫째, 재정적인 측면의 문제였다. 재야운동이나 야당 생활을 오래 했던 사람이 국회의원이 되었을 때 가장 문제되는 것이 '돈에 대한 유혹'을 뿌리치기가 쉽지 않다는 것이었다. 재임 기간 내내 돈에 대한 정도를 지키기 위해 무척 노력했다. 건강하지 못한 돈은 받지도 주지도 생각하지도 않고자 일관되게 생활해왔다. 쉬운 일이 아니었다.

의원 생활을 1, 2년 하다 보니 돈의 흐름이, 정치권 속 돈의 흐름이 눈에 빤히 보였다. 내 처신에 따라 큰돈이 흘러올 수도 있고 적은 돈이 흘러올 수도 있었다. 자칫 판단력이 흐려져서 거기에 한 번이라도 손을 댔다가는 그동안 내가 고집스레 지켜온 가치들이 순식간에 망가질 것 같았다. 그래서 늘 돈에 관해 신경을 곤두세웠다.

그러다 보니 빚을 많이 지게 되었다. 당선되고 적지 않은 세비를 매달 꼬박꼬박 받긴 하였지만, '대다수 국회의원들은 별 고민 없이 챙겨서 쓰는 돈'을 한사코 피하다 보니, 지역구 운영하고 지역구 의원으로 처신하는 데 사비가 더 많이 들어갔다.

국회의원 4년 동안, 동료 의원들에게 저녁 대접하는 자리 한번 만들지 못했다. 초대를 받고 가서 얻어먹은 적은 많았다. 나도 그런 자리 한번 만들고 싶은 마음이 없지는 않았다. 그러나 돈이 없었다. 정말로 그럴 만한 경제적 여유가 없었다. 다행히도 동료 의원들이 '내 사정'을 다 아는지라 '짠돌이'라고 손가락질 받는 일은 없었다. 국회의원 임기 중에 집사람이 돈 이야기를 딱 한 번 했다. 지난번에 국회의원 부인들 모임이 있기에 나갔는데, 다른 국회의원들은 세비 정도는 집에 가져온다더라, 하는 이야기였다. 면목이 없었다. 마땅한 변명거리도 없었다.

국회의원 세비가 적지는 않았다. 한 달에 9백만 원 정도 받은 것 같다.

그런데 그것 가지고도 살림이 빠듯했다. 매달 빚이 늘어갈 정도였다. 일단 원주지구당 운영하는 데 월세 등이 기본적으로 400만 원 이상 빠져나갔다. 승용차를 타고 매일 원주에서 여의도로 여의도에서 원주로 출퇴근했는데, 기름값이 엄청나게 들었다. 국회에서 유류비 보조를 해주기는 했는데 그보다 사비로 들어가는 액수가 훨씬 더 컸다. 게다가 의원들이 다달이 납부해야 하는 분담금도 적지 않았다. 이것저것 제하고 나면 쓸 돈이 없었다.

농담이 아니라, 국회의원 한 번 더 해먹었다간 집안이 망해나갈 판이었다. 어느 언론사가 용케 그런 보도를 했지만 임기 중에 1억 원 가까운 빚을 졌다. 그것 다 갚는데 참 힘들었다. 그런 판이니 재차 선거판에 뛰어드는 일에 회의적일 수밖에 없었다.

두 번째, 권력의 문제였다. 재야운동권이 모이는 데 가면 그곳이 어디건 늘 상석을 차지하는 나였다. 그런데 국회의원이 되어 의원 총회에 가보면 내가 앉을 자리가 흔치 않았다. 피치 못해 뒤에 서 있는 경우도 있었다. 그것을 참기가 힘들었다. 알게 모르게 권력에 길들여지고 권력의 노예가 되어가는 것 같았다. 권력도 돈과 마찬가지의 속성이 있다. 한번 그 맛을 알면 놓치지 않으려는 아집이 생기기 마련이다. 이 역시 그동안 내가 지켜온 가치들을 순식간에 망칠 수도 있는 일이었다.

3일 밤낮을 고민했다. 밤잠을 설쳐가면서 고민했다. 그러고는 불출마로 가닥을 잡았다. 다른 누구와 한 차례 상의도 없이 홀로 결론을 내리고는 이를 발표했다. 그러자 사람들의 반응이, 아니, 반발이 엄청났다. 지구당에서는 '일방적으로 이러는 경우가 어디 있느냐'며 화를 내는 사람도 있었다. 그러나 이미 불출마선언을 한 마당에 그것을 손바닥 뒤집듯 할 수는 없는 일이었다. 아쉬움이 없는 것은 아니었다. 국회의원을 한 차례 더 했더라면 업무의 연속성이 보장되며 지역과 나라를 위해 더 많은 일을 해내었을 것이다. 그래도 돌이켜보면 잘한 결정이었다.

팔자에 없는 여의도 생활을 뒤로하고 다시 내 자리로, 내 평생을 몸담아온 고향으로 돌아왔다. 그곳은 민화협이었고 새로 만들어진 6.15 남측위원회였다. 주중이면 매일 서울을 오가며 한반도가 하나 되는 통일운동을 전개해나갔다. 그 와중에, 뜻하지 않은 인연이 닿아, 재차 팔자에 없는 대학 일을 잠깐 보기도 했다.

2004년 연초에 삼척 동해대학교의 모 총장이 300억여 원의 공금을 횡령하다 구속되는 일이 있었다. 이후 신입생 등록률이 30퍼센트로 떨어지고 교수 여덟 명이 재임용에서 탈락되는 등 파행 운영이 이어졌다. 그럼에도 "총장의 추종세력들이 남아 대학 정상화의 걸림돌이 되고 있다"라며 교수협의회와 비상대책위원회 등이 대학 본관 앞에서 철야농성을 벌이는 상황이었다. 이에 교육인적자원부의 부탁을 받고는 열린우리당 윤리위원회 위원장 자격으로 동해대학교에 파견되었다. 거기서 대학 정상화를 위해 1년가량 일했다.

그 이후 경기대학교 임시이사장으로 가게 되었다. 당시 경기대학교도 학내비리 문제가 있었다. 2003년 신임교수 채용과정에서 당시 총장이 1억 원의 뇌물을 수수한 혐의로 구속된 것이다. 이어 교육부가 벌인 종합감사에서 50억 원 규모의 교비 유용 혐의가 밝혀지고 재단 임원 취임 승인을 취소하기도 했다. 학생들의 대학 정상화 시위가 이어졌다. 교육부가 나를 포함한 6명의 새 임시이사 명단을 경기대에 통보했는데, 새 임시이사들이 첫 회의를 열어 나를 새 이사장으로 선출했다. 이에 따라 손 전 총장의 장인인 추 모 전 이사장이 물러나게 됐다.

속사정을 들여다보니, 당시 교육부로서는 임시이사들 가운데 나를 포함시킬 마음이 전혀 없었다. 그럴 생각도 그럴 계획도 없었다. 그런데 경기대학교 안의 학내 정상화를 바라는 세력들, 민교협 소속 교수들과 총학생회와 교직원노동조합 등이 나서서 "개혁적인 인사를 모셔 와야 한다"라고 목소리를 높인 모양이다. 학교의 보수층들은 나를 거론하지 않았다. 오히려 다른 보수 성향 인사를 지목하고 그를 추천하는 분위기였다. 그러자 학생들이며 교직원노조며 교수들이 '결사반대' 피케팅도 하고, 더 나아가 적극적으로 나를 추천하고 나섰던 것이다.

경기대학교에 이사장으로 가보니, 나에 대한 소문이 상당히 좋지 않았다. '학교에 계엄사령관이 왔다'는 웃지 못할 소문이 돌 정도였다. 경기대학교의 A교수와 B대학의 C교수가 가까운 사이인데, A교수가 C교수에게 그 소문을 전했던 모양이다. 나와도 친했던 C교수가 전화를 걸어 이런 농담을 했다.

"경기대학교에 군단장으로 가셨다면서? 살살 좀 하쇼. 유화정책도 써가면서."

경기대학교에 가서 제일 먼저 한 일이 '대학 스스로 총장을 선출'하도록 하는 일이었다.

이사들 가운데 대표로 3명, 교직원 가운데 대표로 2명, 교수들 가운데 대표로 2명, 학생들 가운데 대표로 2명까지 9명을 총장 추천위원으로 구성했다. 그들을 한데 불러놓고 내가 말했다.

"외풍은 내가 막아줄게요. 외부의 압력 같은 건 걱정 말고 충분히 의논하세요. 충분히 의논해서 좋은 총장을 뽑아주세요."

그러고 있는 참인데 교육부 차관이 나한테 전화를 걸어왔다. 높은 분의 뜻이라면서, '허 아무개라고 장관 하셨던 분이 있는데 이분을 총장으로 임명하게 해달라'는 것이었다. 말문이 막혔다. 길게 통화하고 싶지 않았다. 그래서 적당히 알았다고 둘러대고 전화를 끊었다. 물론 그들의 뜻에 따라 총장을 심어둘 생각은 조금도 없었다. 그런데 며칠 뒤에 다시 전화를 걸어왔다. 확인을 해두려는 것이다. 외풍을 막아준다고 총장 추천위원들에게 단단히 약속해놓은 터였다. 뭔가 분명히 해둘 필요가 있었다.

"내가 저번에는 적당히 넘어가려고 했는데, 한마디 하지 않을 수가 없군요. 아니, 경기대학교에 문제가 있어서 나를 보낸 거 아닙니까. 다시는 이런 전화 걸지 마세요."

그러고는 전화를 끊었다. 결국은 학내의 총장 추천위원이 결정한 총장이 그 자리에 앉게 되었다. 당연히 할 일을 했을 뿐이었다. 당연히 하지 않아야 할 일을 하지 않았을 뿐이었다.

해마다 인상되는 대학 등록금 때문에 학생들도 힘들고 학부모들도 힘이 드는 노릇이었다. 그래서 내가 있던 그해에는 경기대학교 등록금을 한 학기 동결하도록 만들었다. 그렇게 하지 않았다면 3~5퍼센트가 어김없이 오를 판이었다. 인상액이 80억 원 정도 되었다. 그런데 내가 계산해보니, 그 정도 액수는 '재단에서 교비를 함부로 갖다 쓰지만 않는다면' 충분히 감당할 수 있을 것 같다는 판단이 섰다.

등록금 동결 방침이 전해지자 학생들은 당연히 환영하는 입장이었다. 교수들 역시 마찬가지였다. 그런데 교직원들이 좀 불만스러운 모습이었다. 어째서 그런 것인가 봤더니, 교직원들 평균 월급이 교수들 평균 월급보다 많았다. 결국 등록금 인상이 동결되면 그들 자신에게도 피해가 올 수 있는 상황이었다.

교수 월급과 교직원 월급의 기형적인 차이가 어떻게 가능한 것인가를 알아봤다. 지난번에 구속된 총장이 문제의 시작이었다. 교비를 몰래 빼서 쓸 때 아무래도 교직원을 통하기 마련인데, 그렇게 약점이 잡힌 것이다. 비위 사실을 알고 있는 교직원이 후에 월급 인상을 요구하면 거부할 수 없게 된다. 그렇게 10년 이상을 '총장은 교비 빼먹고 교직원들은 봉급 올려먹고'의 악순환이 이어졌다. 그 탓에 교수의 평균 월급보다 교직원의 평균 월급이 더 많아지는 결과가 나온 것이다. 내가 이것도 손을 보았다. 교직원 월급은 동결하고 교수들 월급은 조금 올려주어 균형을 잡도록 시도한 것이다.

교수 임명할 시기가 되었는데, 32명의 결원이 생겼다. 그에 대한 모집공고를 내야겠다고 교무처장이 말하기에 내가 특별히 당부했다.

"로비나 청탁에 의한 충원은 제발 피했으면 합니다. 그래서…… 일단 모집인원을 선발한 다음, 2차로 심사위원회를 거쳐서 검증을 해보면 어떨까요? 그런 과정을 거치면 능력 있고 좋은 선생님을 모실 수 있을 것 같습니다."

결국 내 말대로 모집하고 검증 심사를 했다. 그런데 결과는 의외였다. 엄정한 심사를 거친 결과, 필요한 32명에 못 미치는 25명만이 심사위원회의 검증을 통과했다. 나머지 7명은 안타깝게도 기본적인 자격조차 되지 않았다. 다시 말해, 교원 모집공고를 보고 찾아온 구직자들의 평균적인 실력 수준이 그 정도로 떨어져 있었던 것이다.

"이게 도대체 어떻게 된 일이지요? 대학 강단에 서려고 대기 중인 인재들이 수없이 많을 텐데."

납득이 가지 않아 내가 묻자 교무처장이 쓴웃음을 지었다.

"이게 어…… 좀 그런 경향이 있습니다. 우리 경기대학교에서 공고를 내면, 그래 봐야 윗선을 통해서 이미 후보를 다 낙점해놓고 형식적으로 모집 절차를 내는 것으로 입소문이 난 모양이에요. 예전부터 그게 사실이기도 했고요. 그래서 똑똑한 선생들, 자존심 있는 선생들, 뭘 좀 알고 눈치 있는 선생들은 아예 우리 학교에 응모를 해오지 않는 것 같더라고요."

"참 안타깝네요. 하지만 어쩌겠습니까. 이번처럼 공명정대한 대학의 모습을 계속 보여줘야 합니다. 그렇게 해서 밖에서 보는 인식을 바꿔줘야 합니다. 그렇게 하면 아마 내년에는, 그리고 내후년에는 그 좋은 선생들이 더 많이 모여들지 않겠습니까."

그러자 교무처장이 고개를 끄덕였다. 반신반의하는 얼굴이었다.

"반평생 재야에만 계시다가 국회의원 배지를 달고 나니 좋아진 게 무엇이던가요?"

많은 사람들에게 그런 질문을 들었다. 그때마다 내 대답은 한결같았다.

"빨갱이 소리를 아무래도 조금 덜 듣게 되더군요."

반 농담 반 진담이었다. 모르는 사람들뿐만 아니라 심지어 나와 학창시절을 같이 보낸 동창들 중에서도 '너 빨갱이 아니냐' 하는 이들이 있었다. 만날 지역 경찰이 쫓아다니거나 구속되는 모습들만 보여줬기 때문일 것이다. 그러던 것이, 현직 국회의원이 되니 그런 소리가 한결 잦아드는 것을 피부로 느낄 정도였다. 명예를 되찾은 기분이랄까. 그쯤 되면 이골이 날 만하건만 빨갱이라는 말은 영 적응되지 않는 표현이었다. 듣기에 무척 불편한 말이었다. 그것이 사상적인 측면을 이르는 게 아니라 무조건 적대시하는, 사회로부터 격리시켜야 하는 대상이라는 의미임을 잘 알기 때문이었다.

나는 대중사회운동에 일평생을 종사한 사람이다. 한때는 현실정치에 뛰어들어 선거 끝에 국민들의 선택을 받은, 4년의 국회의원 임기를 성실히 수행했던 정치인이기도 하다. 이런 내게 때로 사람들은 묻는다.

"사회운동과 현실정치가 같은 방향을 바라보고 함께 갈 수는 없는 것인가요?"

의미 있는 질문이다. 재야단체와 정당 모두, 사회운동가와 정치인 모두 국가와 사회와 국민을 위해 활동하되 서로 맞서는 방향이 되어서는 안 된다. 힘을 합쳐야 한다. 하지만 그것은 대단히 어려운 일이다. 그를 위해 모든 것을 바꾸고 버려도 모자랄 정도로 힘겨운 일이다.

어째서 그러한가. 사회운동가들에게는 이상이 있다. 현실과 타협하지 않는, 넓은 의미에서 세상과 인간을 향한 이상이 있다. 반면에 현실정치인 들의 가장 큰 이상은 권력 쟁취다. 그것은 그것대로 중요하다. 권력을 잡 아야 정치를 하고 정치를 해야 변화를 이끌어낼 수 있으니 말이다. 하지 만 이상 실현과 권력 쟁취 사이에는 크나큰 거리가 존재한다. 그 둘은 결 이 달라도 너무 다르다. 결코 만날 수 없는 평행선이라고 할 수 있다. 나라 를 위하고 국민을 위한다는 뜻은 같을지 몰라도 당장 눈앞에서 추구하려 는 목표가 다를 수밖에 없는 것이다.

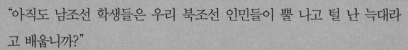

준비하는 자에게만
찾아오는 것

"아직도 남조선 학생들은 우리 북조선 인민들이 뿔 나고 털 난 늑대라고 배웁니까?"

웃고 말았지만 가슴이 아팠다. 남과 북은 같이 살아가야 할 민족이고 동족이라는 가르침을, 자라나는 학생들에게 전해주어야 한다. […] 우리의 통일을 놓고 제각기 계산기를 두드리는 주변 국가를 강력히 설득해야 한다. 같은 자세로 변함없이 꾸준히 주장하고 설득하면 언젠가 받아들여지지 않을 수 없다.

대북정책의 우여곡절

2007년 12월 19일, 한나라당 이명박 후보가 대한민국의 17대 대통령에 당선됐다. 이날은 마침 이 후보의 예순여섯 번째 생일이었다. 당사자로서는 인생 최고의 생일 선물을 받은 셈이겠으나 대한민국 역사를 돌이켜볼 때 가장 안타까운 하루로 기록될 날이었다.

대선 기간, 대북정책에 관한 이명박의 선거 공약은 소위 '비핵·개방·3000' 구상이 전부였다. 말처럼 북한이 핵을 폐기하면 대대적인 대북투자를 통해 현재 500~1000달러 수준인 북한의 1인당 국민소득을 10년 후 3천 달러로 끌어올리겠다는 계획이었다. 소극적이고 모호하며 현실성이 떨어지는 구상이 아닐 수 없다. 그리고 당선 이후 임기 내내, 이 구상은 실질적인 대북정책으로 고려되고 추진된 적이 단 한 번도 없었다. 마침내 임기가 시작된 이명박 정부의 대북관은 참으로 간단하고 명확했다.

"북한은 향후 5년 안에 붕괴될 체제다."

당시에는 공론화되지 않았던, 훗날 미국 정부에 의해 관련 문서로서 공개된 사실이다. 잘못된 정보에 의한 잘못된 판단이었다. 의도가 있건 없건 큰 실수였다.

취임 후 이명박은 신임 통일부 장관으로 보수강경파 남주홍 경기대학교 교수를 내정했다. 그가 부동산투기 문제로 낙마하자, 포기하지 않고 그를 국정원 1차장-대북담당 총책임자로 임명하기도 했다. 여기까지만 보아도 이후 펼쳐질 이명박 정권의 대북정책(과연 그것을 대북정책이라고 부를 수 있다면)을 어렵지 않게 짐작할 수 있다. 5년 안에 붕괴될, 그러리라고 감히 단정한 체제와 접촉해봐야 얼마나 긴밀히 접촉하고 대화해봐야 얼마나 진지한 대화를 나누겠는가. 그 같은 접촉과 대화가 과연 얼마나 진실하고 성실한 것이겠는가.

정권 초기부터 남북관계는 차갑게 경색되어갔다. 그즈음 평양을 방문하고 돌아온 민간단체 인사들이 입을 모아 하는 이야기가 "북한 정부 관계자들이 이명박 대통령에 대해서는 한 마디도 꺼내려 들지 않았다"라는 것이었다. 가장 좋지 않은 현상이었다.

이명박이 집권한 5년은 남북 교류가 실종된 세월이었다. 대통령 자신부터 통일에 대한 신념, 의지, 이해, 철학, 애정, 관심이 부족했다. 그 결과는 지난 10년 동안의 김대중, 노무현 정권이 노력해온 성과를 송두리째 부인하고 뒤엎는 것이었다. 그간의 노력 끝에 어느 정도 가까워졌던 남북한의 거리를 원점으로 되돌리는 것이었다.

천안함 사건이, 연평도 함포사격이 발생하지 않았다면 과연 어떠했을까. 서해가 우리 모두를 위한 평화의 바다가 되었다면 과연 어떠했을까. 우리 국민이 안타깝게 숨진 것은 가슴 아픈 일이지만 박왕자 사건 이후로도 금강산관광사업을 계속 이어갔더라면 과연 어떠했을까. 잘못된 대북관, 수준 미달의 통일관을 가진 대통령이 임기 중에 가장 안 좋은 결과를 만들었다.

박근혜 정부가 들어선 이후에도 사정은 마찬가지였다. 분단국가의 지도자로서 박근혜의 대북관은 턱없이 얄팍하고 경직된 구시대의 것이었다. "통일은 대박"을 외치던 박근혜의 통일관 역시 이명박의 것과 마찬가지로 대단히 실망스러운 것이었다. 하여 정권 4년 차, 남북관계에 있어 결코 돌이킬 수 없을 최악의 사건 하나가 발생하고 말았다. 민족화해와 협력의 상

개성공업지구 건설 착공식(2003. 6. 30.)

징인 개성공단이 멈춰 서고 만 것이다.

2016년 2월 10일 오후 5시, 정부는 개성공단 가동 전면 중단을 돌연 발표했다. '핵무기와 미사일을 동원한 무력도발을 더 이상 좌시하지 않겠다'는 구실이었다. 북한에 핵개발 자금을 차단한다는 주장이었다. 그러나 대륙간 탄도탄이 개성공단에서 생기는 돈으로 개발할 수 있는 정도의 물건이 아님을 모르는 사람은 없었다.

개성공단을 폐쇄하기로 한 결정도 문제였지만 이후의 방법 또한 문제였다. 꼭 폐쇄해야 했다면 제대로 된 절차를 밟아야 했다. '언제까지 철수하라'고 우리 측 사업자들에게 귀띔이라도 해야 했다. 그래서 정리할 시간을 줘야 했다. 그런데 어느 날 갑자기 문을 걸어 잠그고는 들어가지도 못하게 했다. 자국 국민을 위한 조치가 아니었다. 그 과정이 너무나도 졸속이고 엉성했다. 요컨대 폐쇄과정에서 전기만 끊어놓고 그 안의 장비, 원료, 제품은 전혀 챙기지 않은 채 사람들을 철수시킨 사례가 그러하다. 기업들에게 통보하고 어떻게든 시간을 벌면서 개성공단 내의 설비들과 장비들을 조금씩이라도 철수시켰어야 했다. 그러나 갑작스럽고도 성급한 폐쇄조치에, 개성공단에 입주했던 업자들 대다수가 물자를 개성공단에 그대로 두어야 했다. 북한에 사실상 공단 하나를 온전히 넘겨준 것이 아니냐는 비판이 나왔다. 나중에 북한이 이 공단을 도용하리라는 우려도 나왔다.

난데없는 조치에 남과 북 모두가 피해를 입었다. 남측 입주업체의 경제적 피해 역시 엄청났다. "작은 가게 하나를 한두 달 영업정지 먹일 때도 예고기간 등 절차가 필요한 법인데, 수십만의 생계가 걸린 결정을 하면서 기업에는 사전 협의도, 예고도, 작은 암시도 없었다"라는 불만이 쏟아졌다. "북측의 솜씨 있는 노동자들을 좋은 조건으로 고용할 수 있었던, 보이지 않는 메리트마저도 송두리째 사라지고 말았다"라는 목소리들도 나왔다. 남측 기업들의 피해액이 1조 원 이상이라는 예상까지 나왔다. 뒤늦게 합동대책반을 구성한 박근혜 정부는 대책 마련은커녕 "북한의 위협으로부터 안전 보장을 위한 국가의 어쩔 수 없는 통치 행위"였다고 선을 그었다. 그 속내는 분명했다. 이번 조치로 손해를 입은 기업들에게 국가배상을 하지 않을 것이며 소송도 원천 차단하겠다는 것이다.

박근혜 정부가 졸속에 가까운 방식으로 부랴부랴 무리하게 개성공단을 폐쇄한 직접적인 이유는 무엇일까. 이런 일화가 전해진다. 북이 6차 핵실험을 감행한 직후의 일이다. 이 문제를 해결하고자 청와대에서 시진핑과의 정상 간 통화를 시도한다. 그러나 좀처럼 연결이 되지 않는다. 시진핑 측에서 자꾸 한국 측과의 대화를 피하는 것이다. 한 달여 만에 겨우 통화가 성사되고, 박근혜가 준비했던 말을 늘어놓는다.

"북한의 핵실험이 동북아 평화 유지에 큰 위협요소로 작용하고 있습니다. 북한을 저지시킬 공동 대책을 세워야 하지 않을까요?"

그러자 시진핑이 기다렸다는 듯 볼멘소리를 쏟아낸다.

"남한의 태도가 참 의아하군요. 이해할 수가 없어요. 지금 남한은 개성공단을 통해서 북한과 경제협력을 하고 있지 않습니까. 그러면서 중국에게는 대북제재를 부탁하다니."

박근혜가 할 말이 없어진다. 그래서 당장 미국 대통령에게 통화를 시도해 일련의 상황에 대해 '보고'한 다음 곧바로 공단 폐쇄조치를 단행했다는 것이다. 얼마나 사실에 가까운 이야기인지는 알 수 없으나 상당히 서투른 외교다. 아마추어에 가까운 행정이다. 국민을 대하는 통치자의 마음을, 통일을 향한 통치자의 의지를 파악할 수 있는 대목이다. 하긴 모르는 일이다, 개성공단 폐쇄 결정이 있기까지 최순실의 입김이 강하게 작용했을지도.

6.15 공동위원회 남측 상임의장으로서 감히 말하지만 이명박, 박근혜 정권은 6.15와 10.4라는 양대 남북정상회담의 성과를, 그 합의사항과 선언의 중요성을 인정하지 않았다. 전임 정권의 성과에 흠집을 내고 그 실체적 사업 진행 과정을 훼방 놓기에 바빴다. 당연하게도 이 시기 통일운동가와 조직들을 향한 보이지 않는 압박이 최악으로 치달았었다.

노태우 대통령도 저 7.7 선언을 통해서 "북은 우리의 동반자"라는 표현을 쓴 적이 있다. 이명박, 박근혜 정권 때에는 북한 정부를 향한 개념 자체가 잘못 정립되어 있었다. 어설프게 대북제재에 나섰지만 원했던 대로 북한을 굴복시키는 데에는 실패했다. 오히려 그 기간 동안 북한은 미사일을 개발하고 핵무기 보유국 지위를 확보한다는 그들의 계획을 흔들림 없이 진행해갔다.

북한은 우리의 적이 아니다. 경쟁자가 아니다. 함께 통일을 해나갈 대상이다. 동반자다. 그들을 사경에 몰아넣고 우리만 힘을 내어 통일을 이룰수는 없는 일이다. 너무도 간단한 진리가 이명박, 박근혜 정권 당시에는 통하지 않았다. 가슴이 아프고 답답한 시절이었다.

2016년 겨울은 뜨거웠다. 촛불혁명 시민들이 광화문 일대를 비롯한 전국 곳곳에 모여들었다. 깨어 있는 시민들이 부모님을 모시고 아이들의 손을 잡고 거리로 나왔다. 이해 12월 3일에 열린 '박근혜 즉각 퇴진 6차 범국민행동' 당시에는 주최 측 추산 232만 명(경찰 추산 42만 명)이 참가하여 대한민국 헌정사 최대 시위 기록을 세우기도 했다. 이 여파로 12월 9일 국회에서는 불참 1표, 찬성 234표, 반대 56표, 무효 7표로 탄핵안이 가결되었다. 한국 민주주의의 저력을 보여준 일대 사건이었다.

대통령이 탄핵되고, 예정보다 빠르게 대통령선거가 치러지고, 2017년 5월 9일 문재인 후보가 대한민국 19대 대통령으로 취임했다. 새롭게 출범한 문재인 정부는 초기부터 대다수 국민들의 큰 지지와 기대를 받았다. 통일운동가의 입장에 선 나 역시 새로 출범하는 정부에 대한 기대가 각별했다. 김대중 대통령과 노무현 대통령을 이어받은 정부이니만큼, 적어도 대북관계와 통일 전략만큼은 이전 9년과 전혀 다른 모습이지 않을까 싶었고 그 기대는 틀리지 않았다. 한때는 그렇게 생각되었다.

장면 1, 한 화면 안에 담긴 남북 정상

2018년 4월 27일이다. 오전 9시 29분, 판문점 군사정전위원회 본회의실과 소회의실 사이의 좁은 길목에서 두 사람이 만났다. 한 사람은 문재인 대통령, 한 사람은 김정은 국무위원장. 남과 북의 대표가 역사상 세 번째로 만나는 장면이었다.

"반갑습니다!"

수행원들과 함께 북측 판문각에서 계단을 내려오던 김정은 국무위원장이 문재인 대통령에게 다가가 웃음을 지으며 인사를 건네고, 문재인 대통령이 악수로 화답했다.

"오는 데 힘들지 않았습니까?"

그날 첫 만남의 장면들을, 다른 많은 이들이 그렇듯 나도 생생히 기억할 수 있다. 남측 구역으로 넘어온 김 위원장과 기념촬영을 진행한 문 대통령이 대화를 나누었다.

"남측으로 오셨는데, 나는 언제쯤 넘어갈 수 있겠습니까?"

"그럼 지금 넘어가보실까요?"

"그럽시다."

그렇게 북에서 온 사람과 남에 있는 사람이 서로 손을 잡고 군사분계선 너머 북측 구역으로 넘어갔다. '깜짝 월북'이었다. 두 사람이 약 10초간 북측 구역에 머물러 기념촬영을 진행하였다. 놀라운 장면이었다. 감격스럽고 훈훈한 장면이었다.

이후 남쪽으로 건너온 두 정상이 공식 환영장이 있는 자유의 집 앞마당으로 향했다. 이 과정에서 두 정상은 남측에서 마련한 전통 의장대의 호위를 받았다. 양 정상의 선두에는 전통 악대, 양측에는 호위 무사, 뒤쪽에는 호위 기수가 장방형의 모양을 이뤘다. 그곳에서 김정은 위원장은 대한민국 국군 의장대를 사열했는데, 이는 분단 이후 북측 지도자로서는 처음이었다.

예정된 시각보다 15분이 앞당겨진 오전 10시 15분, 남북 정상은 평화의 집 2층 회담장에 함께 입장했다. 오전 정상회담은 남측의 서훈 국정원장과 임종석 대통령 비서실장이, 북측의 김여정 제1부부장과 김영철 부위원장이 배석한 확대정상회담으로 100여 분간 진행됐다. 오전 11시 55분경, 두 정상은 오전 회담을 마치고 개별 오찬에 들어갔다.

오후 일정은 군사정전위원회 뒤쪽 공터에서 공동 기념식수를 하며 시작되었다. 오후 4시 25분 문재인 대통령이 먼저 도착하였고, 2분 뒤인 4시 27분에는 김정은 위원장이 검은색 벤츠를 타고 도착했다. 식수에 사용된 소나무는 정전 협정이 체결된 1953년생이었다. 식수 때 문재인 대통령이 뿌린 흙과 물은 각각 백두산과 대동강에서 온 것이었고, 김정은 위원장이 뿌린 것은 한라산 흙과 한강 물이었다. 식수 직후 두 정상은 '평화와 번영을 심다'라는 글씨가 새겨진 표지석 가림막을 함께 펼치고 기념촬영을 했다.

방송국들은 이 역사적인 장면을 앞다투어 생중계했다. 그리고 이날, 나는 TV 앞을 떠나지 않고 이 감격적인 장면들을 숨죽여 지켜보았다. 그날 종로구 안국동의 6.15 공동선언실천 남측위원회 사무실에는 간만에 많은 사람들로 붐볐다. 전국 각지에서 모여든 동료들, 통일을 바라고 기다리는 사람들이 한데 모여 이 역사적인 생중계 화면을 지켜보았다.

오후 4시 36분, 두 정상은 군사분계선 표식물이 있는 도보다리까지 약 3분간 수행원 없이 산책하였다. 두 사람이 도보다리를 걷는 장면은 그야말로 후세에 기억될 역사의 한 페이지였다. 문재인 대통령과 김정은 국방위원장은 바로 근처에 마련된 벤치에 단둘이 앉아 대화를 이어갔다. 이 과정에서 남북 모든 언론의 기자들을 물러나도록 하고 사실상 두 사람만의 단독회담을 시작하였다. 두 사람이 마주 앉아 화기애애하게 대담을 나누는 모습은 30분 뒤인 오후 5시 12분쯤까지 계속됐다.

예상보다 길게 진행된 단독회담이 끝나고, 예정 시간보다 20분 늦은 오후 6시 2분쯤에 남북공동선언인 '판문점 선언'의 서명식과 공동발표가 진행되었다. 두 정상은 평화의 집 1층 로비에서 선언문에 각각 서명한 뒤 연단에 서서 차례로 모두발언을 발표하였다.

"북측이 먼저 취한 핵 동결 조치는 대단히 중대한 의미를 가지고 있습니다. 이는 한반도의 완전한 비핵화를 위한 소중한 출발이 될 것입니다. 이처럼 통 큰 합의에 동의한 김 위원장의 용기와 결단에 경의를 표합니다. '핵 없는 한반도'의 실현이 양 정상의 공동 목표임을 우리는 다시 한번 확인하였습니다. 앞으로도 남과 북은 핵 없는 한반도를 위해 더욱 긴밀히 협력해나갈 것입니다. 오늘 이후로도 더욱 활발히 회담과 전화를 통한 소통을 이어나가기로 우리는 약속하였습니다."

문재인 대통령에 이어 김정은 위원장의 발언이 이어졌다.

"하나의 핏줄과 역사, 문화와 언어를 가진 북남은 본래처럼 조만간 하나가 되어 끝없는 번영을 누릴 것입니다. 역대 합의처럼, 시작만 뗀 불미스러운 역사를 되풀이하지 않도록, 반드시 좋은 결실이 맺어지도록 노력을 아끼지 않을 것입니다. 통일을 향하는 길에는 외풍과 역풍, 좌절과 시련도 있을 수 있을 겁니다. 언젠가는 힘들게 마련된 오늘의 만남과 온갖 도전을 이기고 민족의 진로를 손잡고 함께 헤친 날들을 즐겁게 추억할 때가 있으리라 믿습니다. 정상회담을 준비하기 위해 노력한 문재인 대통령님과 관계자분들에게 감사드립니다."

그날 6.15 남측위원회 사무실에 함께 모여 생중계를 지켜보던 사람들의 환한 얼굴들과 밝은 목소리들이 아직도 기억에 남는다. 흥분과 기대감에 들떠 모처럼 화기애애하던 분위기가 생생히 기억에 남는다. 함께 있던 사람들 모두 정상회담 분위기에 대해 대단히 긍정적으로 평가했다. '이대로라면 조만간 통일을 향한 구체적인 사전 작업들이 진행될 것 같다'고 낙관하는 목소리들도 있었다. 나 역시 마찬가지 생각이었다. 섣불리 낙관할 수는 없지만, 오늘의 사건이 장차 통일을 이루는 데 분명한 시금석 역할을 할 것만 같았다.

4.27 정상회담 이후, 각계의 반응들이 뜨겁게 쏟아졌다. 남다른 관심을 가지고 그 내용들을 유심히 살펴보았는데 대체로 호의적인 평가 일색이었다.

문재인 대통령과 김정은 위원장이 합의한 판문점 선언은 남북관계만이 아닌 한반도 정세의 대전환점을 만든 역사적 쾌거로 기록될 것이다. (김현 더불어민주당 대변인)

오늘 판문점 선언은 과거 6·15 남북공동선언, 10·4 선언을 이은 한반도의 운명을 새로 개척한 선언이다. (최경환 민주평화당 대변인)

판문점 선언은 평화와 번영이라는 새 역사의 이정표다. 오늘의 선언으로 8천만 겨레와 전 세계는 전쟁 종식과 평화체제의 희망을 얻게 됐고, 한반도에는 평화, 공동번영, 민족 대단결이 자리 잡을 것이다. (이정미 정의당 대표)

그동안 중단됐던 다양한 교류 활성화와 상호 불가침 확인, 이산가족 상봉 등을 통해 한반도 평화체제를 구축하겠다는 남북정상회담 결과를 환영한다. 한반도 평화를 위해 가장 중요한 부분인 비핵화와 관련해 '완전한 비핵화'가 명문화된 것은 의미 있지만, 이제부터 완전한 비핵화를 진전시키는 구체적 실행방안 합의가 뒤따라야 할 것이다. (김철근 바른미래당 대변인)

정치권에서는 거의 유일하게, 현재 제1야당인 국민의힘(당시 자유한국당)만이 야박한 논평을 내놓았다.

이번 남북정상회담은 김정은과 문재인 정권이 합작한 남북 위장 평화쇼다. (홍준표 자유한국당 대표)

이번 남북정상회담은 남북관계의 새로운 변곡점으로서 대단히 중요하지만, 보여주기 식 감성 팔이는 안 된다. (김성태 자유한국당 원내대표)

북한의 완전하고 검증 가능하며 불가역적인 비핵화에 대해서는 한마디 언급도 없이 막연히 한반도의 비핵화만을 이야기했다. (나경원 자유한국당 의원)

그런가 하면 국가비상대책국민위원회를 비롯한 대한민국의 여러 보수 단체 회원 300명은 4월 27일 낮 12시경 "남북정상회담은 평화를 가장한 사기극"이라 주장하면서 임진각에서 반대 집회를 열었다. 이어서 서울특별시 중구 대한문 앞에서 정상회담을 '규탄'하는 집회를 갖기도 했다.

그 모습을 접하며 괜스레 저 1980년대의 어느 장면이 떠올랐다. 민주주의를 외치며 거리를 누비고 그러다가 구속당하고 감옥살이를 하던 때가 절로 떠올랐다. 세상이 바뀌었다는 실감이 절로 찾아들었다. 시민 누구건 나서서 어떤 주장이건 자유롭게 할 수 있는 사회 분위기. 그게 아무렇지도 않게 받아들여지는 사회 분위기. 현직 대통령이 민족의 숙원 통일을 이루고자 남북정상회담에 나선 것을 두고 불만을 표출하며 단체 시위를 해도 무방한 사회 분위기. 한때의 우리가 그토록 이루어내고자 온몸으로 외치고 투쟁했던 민주주의가, 민주주의 정신이 온 국가에 뿌리내렸다는 사실을 바로 그 보수 단체 사람들의 행동으로부터 실감할 수 있었다.

조선민주주의인민공화국의 국영 통신사인 조선중앙통신사는 "2018년 4월 27일 오전 6시 31분 김정은 위원장이 오늘 새벽 평양을 출발하였다"라고 타전했고, 이 내용은 같은 날 《노동신문》의 1면 헤드라인에 실렸다. 조선중앙방송은 남북정상회담을 오후 3시에 녹화 방송으로 내보냈는데, 지난 2000년과 2007년에 열렸던 정상회담 당시와 달리 신속하고 자세한 보도가 꽤 이례적이라는 평가였다.

문재인 대통령과 김정은 위원장의 판문점 만남은 미국과 중국 등 다른 나라들에도 저마다의 입장과 이유로 주목할 만한 소식이었다.

미사일 발사와 핵실험의 격렬한 한 해가 지나고 남북 간 역사적인 만남이 일어나고 있다. 그러나 (중요한 결과는) 오직 시간이 말해 줄 것이다. (도널드 트럼프 미국 대통령)

역사적인 판문점 회담을 계기로 장기적인 한반도 안정을 위한 새로운 여정이 시작되기를 기대한다. 이번 회담의 성과는 남북 간 화해와 한반도 평화에 큰 도움이 될 것으로 평가한다. 중국은 남북이 대화와 협상을 통해 문제를 해결하는 것을 일관되게 지지하고 있다. (중국 외교부 대변인)

남북 간의 세 번째 정상회담은 그동안 군사적 긴장을 풀 수 있는 좋은 계기가 될 것으로 보인다. 특히 북한이 그동안 이슈가 된 북핵을 동결 또는 해제할 용의가 있다는 것은 긍정적인 시그널이다. (영국 BBC)

남북정상회담에 대해 북한에 대해 당면한 현안의 포괄적인 해결을 위한 긍정적인 움직임을 환영한다. 북한이 구체적인 행동을 취하기를 기대한다. 판문점 선언을 과거의 선언들과 비교, 향후 북한 문제에 대한 대응을 생각해보겠다. 무엇보다 북한 문제에 대한 포괄적인 해결, 그리고 북미정상회담을 위해서는 한·미·일이 긴밀히 협력해야 한다. 중국, 러시아, 그리고 국제 사회와도 확실히 연대해야 한다. (아베 신조 일본 내각총리대신)

한편 일본의 가나스키 겐지 일본 외무성 아시아대양주국 국장은 "4월 27일 남북정상회담 이후의 만찬 메뉴에 독도가 표시된 디저트가 있었다"

라며 주일본 대한민국 대사관 차석공사 이희섭을 초치하여 항의하였다. 만찬에 한반도 모양의 장식이 올라간 망고 디저트가 제공되었는데 그 장식에 독도가 포함되어 있었던 것이다.

고노 다로 일본 외무대신 또한 독도 디저트와 관련하여 "매우 불필요한 것이라 생각하고 있다"라고 언급하였고, 후쿠이 데루 영토문제담당상은 "다케시마(독도의 일본 명칭)는 역사적으로도 국제법상으로도 일본의 고유한 영토이므로 이 입장에 대한 이해가 이루어지도록 전달할 것"이라는 막말을 서슴지 않았다.

장면 2, 평양에서 만난 민간 대표들

　남북 정상의 역사적인 세 번째 만남, 4.27 회담 이후 통일의 분위기는 제대로 무르익고 있었다. 남북 민간교류가 활발해졌다는 것이 그 증거였다. 다시 말해 그간 남북 민간교류를 가로막았던 걸림돌들이 제거되며 만남의 물결에 간만에 물꼬가 트인 것이다.

　판문점 회담 두 달 뒤인 6월 20일 오전, 6.15 공동선언실천 남측위원회 대표단 열다섯 명이 인천공항을 출발해 중국 선양瀋陽을 거쳐 평양에 들어갔다. 평양에서 열리는 6.15 민족공동위원회 남·북·해외 회의에 참석하기 위해서였다. 문재인 정부 들어 민간단체가 북한을 방문하는 건 그때가 처음이었다. 2016년 2월 개성공단 가동 중단 이후 덩달아 멈춰 섰던 남북 민간교류가 재개된 것도 이날이 처음이었다. 정확히는 2015년 12월 남북 여성공동문화행사 참석차 남측 여성단체 대표단 60여 명이 개성을 방문하고 2년 6개월 만에 처음이었다. 그런가 하면 만 9년 만에 제대로 열리는 6.15 공동선언실천 위원장단 회의였다. 이 같은 기록들이 모두, 남북정상회담 이후 형성된 평화의 기류 덕임을 누구도 부인 못 할 터였다.

　남측위원회, 북측위원회, 해외측위원회 대표단이 모두 참석한 가운데 평양에서 6월 20일부터 23일까지 열린 회의에 참석하고 돌아온 날, 6·15 남측위 사무소에서 상임대표의장 자격으로 기자회견을 가졌다. 6.15 민족공동위원회 남·북·해외위원장 회의 결과를 국민들에게 소개하는 자리였다.

남·북·해외위원장 회의(2017, 왼쪽부터 북측 박명철·남측 이창복·해외 측 손형근)

"남과 북, 해외 대표단들은 온 겨레와 함께 거족적인 판문점 선언 지지 이행 운동을 전개해나가기로 합의하였습니다. 이를 위해 남북 노동자 통일축구대회를 비롯하여 남과 북, 해외의 계층별, 부문별, 지역별 단체들 사이의 왕래와 접촉, 연대 활동을 적극 추진해나갈 예정입니다. 아울러 중요한 사업 일정을 소개합니다. 남·북·해외위원회는 7·4 공동성명 발표 기념일부터 10·4 선언 발표 기념일까지를 '4·27 판문점 선언 이행 운동 기간'으로 정하고 기념배지, 통일기(한반도기) 달기 운동 등 다양한 활동을 전개하기로 했습니다. 또한 10·4 선언일에 민족공동행사를, 내년 3·1절 100주년에는 민족공동행사를 성대히 개최하기로 약속했습니다. 앞으로 6·15 민족공동위원회는 한반도에서 군사적 긴장을 완화하고 전쟁 위험을 해소하기 위한 활동을 적극적으로 펴나가겠습니다. 또한 판문점 선언

이행에 장애를 조성하는 온갖 행위를 단호히 배격해나갈 것입니다."

가슴이 벅찼다. 4월 정상회담의 영향이겠지만 평소보다 몇 배 많이 모여든 기자들의 열띤 취재 모습을 대하니 더욱 그러했다. 민족 통일의 거대한 역사가 강물처럼 힘차게 흐르고 그 어디쯤에 내가 발목을 담그고 차가운 물결을 느끼는 기분이었다. 통일운동가로서 살아온 40년의 회한과 가슴 답답함이 그로써 어느 정도 보상받는 기분이었다.

그리고 어김없이 10월 4일, 10.4 선언 11주년을 기념하는 민족통일대회에 참가하기 위한 방북단이 평양으로 출발했다. 방북단이 나눠 탄 공군 수송기 세 대는 오전 8시 20분에 성남 서울공항을 출발, 서해 직항로를 통해 약 한 시간 뒤 평양국제비행장에 도착했다.

조명균 통일부 장관 등을 대표단으로 한 방북단은 평양 고려호텔에 여장을 푼 뒤 오후 1시 고려호텔에서 점심식사를 했다. 이어 오후 3시부터 평양 과학기술전당을 참관하였고, 오후 5시부터 평양대극장에서 시작한 환영 공연을 관람한 뒤 인민문화궁전에서 열리는 환영 만찬에 참석하였다. 이날의 방북이 대단한 것은 무려 150명에 달하는 방북단의 규모 때문이었다. 되도록 자주 만날수록 좋은 일이며 되도록 많이 만날수록 좋은 일 아니겠는가.

10.4 선언 민족통일대회에 참석한 남측 사람들의 면면을 보면 단장인 조명균 통일부 장관·권덕철 보건복지부 차관·정재숙 문화재청장·안문현 국무총리실 심의관·황인성 민주평화통일자문회의 사무처장 등 정부 대표단 30명, 원혜영·전해철·김정호·이석현·송영길·안민석·우원식·윤호중·김태년·서영교·황희·박정·김성환(이상 더불어민주당)·황주홍·유성협·이용주(이상 민주평화당)·신장식·한창민·추혜선(이상 정의당)·손금주(무소속) 등 국회의원 20명과 지방자치단체 대표들이 포함되었다. 6.15 남측

위에서도 나를 비롯해 한충목 상임대표, 최진미 6.15 여성본부 상임대표, 6.15 농민본부 상임대표, 조창익 6.15 교육본부 상임대표 등 9명이 동행했다. 또 10.4 정상회담의 한쪽 얼굴이던 노무현 전 대통령을 기리는 의미에 맞게 이해찬 이사장과 노건호·이재정·유시춘·정영애·차성수 등 노무현재단 측의 21명, 문용욱·이정호·설동일 등 봉하재단의 3명도 함께해주었다.

10.4 선언 11주년 민족통일대회는 방북 다음 날인 10월 5일 10시, 평양 인민문화궁전에서 열렸다. 역사적인 민족통일대회를 마친 대표들은 옥류관에 찾아가 점심을 들었다. 말로만 듣던 옥류관 평양냉면을 그날 드디어 맛보게 되었다. 그 첫맛을 지금도 잊을 수가 없다. 남쪽의 평양냉면과 조금 달랐지만 전혀 문제되지 않았다. 입과 혀로 느끼는 벅찬 느낌을 어떻게 표현할 수 있을지 잘 모르겠다. 점심식사 뒤에는 만수대창작사, 만경대학생소년궁전 등을 둘러보았다. 이어 5.1경기장에서 대집단체조 및 예술공연 〈빛나는 조국〉을 관람한 뒤 합동 만찬에 참석하였다. 남측이나 북측이나 전날보다 경계심이 한결 풀어진, 친밀도가 한결 높아진 얼굴들이었다.

마지막 날인 6일, 방북단은 중앙식물원을 잠깐 둘러본 뒤 평양국제비행장에 가서 우리 수송선에 나눠 탔다. 이어 저녁 8시 30분경 성남 서울공항으로 귀환하며 2박 3일의 방북일정을 무사히 끝마쳤다.

사상 최초로 남·북·해외가 공동으로 참석한 10.4 선언 11주년 민족통일대회를 통해 남과 북, 해외 인사들은 "역사적인 판문점 선언과 9월 평양공동선언을 철저히 이행하여 남북관계의 획기적인 발전과 평화번영을 향한 겨레의 전진을 더욱 가속화해나가려는 확고한 실천의지를 담아 온 겨레에게 다음과 같이 호소한다"라면서 4개항으로 구성된 호소문을 채택했다.

「10·4 선언 11주년 기념 민족통일대회 공동호소문」

남북 정상이 역사적인 6.15 공동선언의 실천방안인 남북관계발전과 평화번영을 위한 10.4 선언을 채택하고, 온 겨레가 통일조국의 밝은 미래를 그려보던 그날로부터 어느덧 11년의 세월이 흘렀습니다.

시련과 난관이 있었지만 10.4 선언 이행을 위한 겨레의 힘찬 발걸음은 한순간도 멈춤이 없었습니다.

마침내 도래한 따스한 올해 4월의 봄기운에 평화의 새싹은 기운차게 움트고 통일의 길에서 남과 북, 해외의 온 겨레는 민족번영의 새로운 역사를 맞이하였습니다.

역사적인 판문점 선언과 9월 평양공동선언은 6.15 공동선언과 10.4 선언의 빛나는 계승이며 온 겨레의 통일지향과 새로운 시대의 요구에 맞게 획기적인 남북관계 발전과 평화통일의 미래를 앞당겨나가기 위한 민족공동의 새로운 통일 이정표입니다.

이로부터 우리는 온 겨레의 일치된 염원을 반영하여 역사적인 남북공동선언들이 채택·발표된 여기 평양에서 판문점 선언과 9월 평양공동선언을 철저히 지키고 과감히 실천하기 위하여 10.4 선언 발표 11주년 기념 민족통일대회를 개최하였습니다.

한반도의 평화와 번영, 통일을 성취하려는 온 겨레의 지향과 의지가 일관되고 확고하다는 것이 오늘의 민족통일대회장에서 다시 한번 확인되었습니다.

우리는 역사적인 판문점 선언과 9월 평양공동선언을 철저히 이행하여 남북관계의 획기적인 발전과 평화번영을 향한 겨레의 전진을 더욱 가속화해나가려는 확고한 실천의지를 담아 온 겨레에게 다음과 같이 호소합니다.

1. 우리 민족의 운명은 우리 스스로 결정하는 새로운 평화와 번영의 시대를 계속 전진시키고 새로운 역사를 펼쳐나가야 합니다.

9월 평양정상회담에서 우리 민족의 운명은 우리 스스로 결정한다는 민족자주와 민족자결의 원칙을 재확인하였습니다. 남북관계에서 일어나고 있는 오늘의 경이로운 성과들은 우리 민족 스스로 주인이 되어 이루어낸 귀중한 결실이고 소중한 자산입니다. 한반도의 평화와 번영, 통일을 실현해나가는 데서 제기되는 모든 문제들은 민족우선, 민족중시, 민족존중의 관점과 입장에서, 주인인 우리 민족의 힘으로 해결하겠다는 자신감을 가지고 풀어나가야 합니다. 우리가 나아가는 길에 어떠한 난관과 어려움이 있더라도 흔들리지 말고 우리가 주인이 되어 새로운 역사를 힘차게 열어나가야 합니다.

2. 이 땅에서 전쟁 위험을 완전히 종식시키고 우리의 강토를 핵무기와 핵 위협이 없는 평화의 터전으로 만들어나가야 합니다.

전 세계에 우리 겨레보다 평화를 소중히 여기고 갈망하는 민족은 없습니다. 역사적인 판문점 선언은 이 땅에서 더 이상 전쟁은 없을 것이라는 것을 엄숙히 천명하였으며 9월 평양공동선언은 그 실천방안을 명백히 밝혀주었습니다. 판문점 선언과 9월 평양공동선언 이행을 위한 군사 분야 합의서를 철저히 준수하고 이행하여 삼천리강토를 항구적인 평화지대로 만들어가야 합니다. 70여 년 동안 이어져온 불신과 적대에 마침표를 찍고, 남북관계를 화해와 협력의 관계로 확고히 전환하여 대결과 전쟁의 근원을 완전히 제

준비하는 자에게만 찾아오는 것

거해나가야 합니다.

　3. 남과 북 사이에 다방면적인 협력과 교류, 접촉과 왕래를 활성
화하여 민족의 공동번영을 이룩해나가야 합니다!

　남북 사이의 협력과 교류, 접촉과 왕래는 끊어진 민족의 혈맥을
하나로 이어주는 실천적 방안입니다. 각계각층의 왕래와 접촉, 다
방면적인 대화와 협력, 다양한 교류를 활성화하여 민족적 화해와
통일의 큰 강물이 더는 거스를 수 없이 남북 삼천리에 굽이치도
록 해야 합니다. 민족분단으로 발생된 인도적 문제들을 시급히 해
결하여 흩어진 가족, 친척들의 한을 풀어주어야 합니다. 남과 북에
다 같이 의의 있는 날들에 남북 당국과 대내외의 각 정당, 단체들,
각계각층 인사들이 참가하는 민족공동행사를 개최하여 겨레의 확
고한 통일의지를 전 세계에 과시해야 합니다. 우리 겨레의 항일역
사에서 빛나는 자리를 차지하는 전 민족적 거사인 3.1운동 100주
년을 남과 북이 공동으로 기념하여 우리 민족의 불굴의 기개를 다
시 한번 떨쳐야 합니다. 국제적인 체육경기들과 문화예술축제들에
남과 북이 함께 진출하여 민족의 슬기와 재능, 단합된 모습을 전
세계에 보여주어야 합니다.

　4. 온 겨레가 뜻과 힘을 합쳐 판문점 선언과 9월 평양공동선언
을 철저히 지키고 이행해나가야 합니다.

　남북 정상이 두 손을 굳게 잡고 확약한 판문점 선언과 9월 평양
공동선언은 분열과 대결의 역사에 마침표를 찍고 한반도의 평화와
번영, 통일의 시대를 열어나가기 위한 진로를 밝혀주는 민족공동의

이정표입니다. 선언은 길지 않아도 여기엔 새로운 희망으로 벅차오르는 민족의 숨결이 있고 통일의지로 뜨거워진 겨레의 넋이 있으며 머지않아 현실로 펼쳐질 우리 모두의 꿈이 담겨져 있습니다. 역사적 교훈은 남과 북이 아무리 훌륭한 선언들을 채택하고 좋은 합의들을 내놓아도 그것을 지키고 이행해나가지 못한다면 빈 종이에 불과하다는 것을 보여주고 있습니다. 지난날 6.15 공동선언과 10.4 선언이 제대로 이행되지 못했던 역사가 되풀이되어서는 안 될 것입니다. 우리 민족의 미래는 판문점 선언과 9월 평양공동선언의 철저한 이행에 있다는 것을 명심하고, 남에 살든, 북에 살든, 해외에 살든, 누구나 뜻과 마음을 합쳐 남북공동선언들의 이행에 저마다의 형편에 맞게 기여해야 합니다. 남과 북, 해외의 온 겨레는 어떤 환경 속에서도 남북공동선언들을 확고히 지지하고 일관되게 실천하기 위한 전 민족적인 노력을 힘차게 기울여나가야 합니다.

남과 북, 해외의 온 겨레여!
지금이야말로 우리 민족이 비상한 각오와 결단력을 가지고 평화와 번영, 통일의 큰길로 힘차게 나아가야 할 때입니다.
시대가 우리를 주시하고 역사가 우리를 평가할 것입니다.
모두가 역사적인 판문점 선언과 9월 평양공동선언을 철저히 이행하여 세계가 보란 듯이 평화와 번영, 통일의 새 역사를 써나가야 합니다.

2018년 10월 5일
10.4 선언 발표 11주년 기념 민족통일대회

준비하는 자에게만 찾아오는 것

대회가 두 시간쯤 진행된 후, 남·북·해외 측 대표단은 인민문화궁전 1층 회의실에서 다시 만났다. 이 자리에서 김영남 최고인민회의 상임위원장과 면담을 가졌다. 김영남 최고인민회의 상임위원장을 비롯해 조명균 통일부 장관, 이해찬 노무현재단 이사장, 리선권 조평통 위원장이 함께한 그 자리에 나 역시 남측위 상임대표의장의 자격으로 참여하게 되었다. 긴장감 흐르는 고위급회담과는 다르게 분위기가 참으로 화기애애했다.

"10.4 선언은 조국통일이 성사되는 그날까지 자기 생명력을 가지고 있을 겁니다. 우리 민족이 살길은 판문점 선언과 평양 선언을 고수하는 데 있고, 공동선언을 결사관철 이행하는 데 있습니다."

김영남 상임위원장의 덕담에 조명균 장관이 화답했다.

"4월 평양 선언과 9월 판문점 선언을 철저하게, 더욱 속도감 있게 이행해나가는 것은 북과 남 모두의 염원입니다. 그 점을 다시 확인할 수 있게 되어 기쁘게 생각합니다."

그러던 와중에 이해찬 노무현재단 이사장이 느닷없이 김영남 상임위원장에게 나를 소개하는 것이었다.

"여기 이창복 의장님은 남한의 2세대 통일운동가이자 이제 몇 안 되는 원로 좌장이십니다. 청년 시절에는 농업운동을 시작으로 지역운동도 하셨고, 교회를 통해 노동운동에 몸을 담는 등 잔뼈가 굵은 분이시죠. 저 1980년부터 민통련을 이끌며 문익환 목사님을 모시고 같이 통일운동을 하셨답니다."

그러자 김 상임위원장이 반갑게 인사를 건넸다.

"아, 그러십니까. 반갑습니다, 이창복 의장님. 잘 오셨습니다."

"감사합니다."

"그리고 문익환 목사님…… 참 훌륭한 어른이셨지요. 배울 점이 많은 분이었는데. 참, 그…… 박용길 선생님은 안녕하신가요?"

박용길 장로는 문익환 목사의 부인으로 누구 못지않게 조국통일을 위한 열정의 삶을 사셨던 분이다. 1995년 김일성 주석 1주기, 2000년 노동당 창건 55돌 초청 인사로 북한을 방문하는 등 남북 화해·협력에 기여한 공로로 2005년 국민훈장 모란장을 받기도 했다.

"아, 박 장로님은 돌아가셨어요. 2011년도였지요."

"저런. 그것도 모르고 있었네요."

김 위원장이 재차 고개를 끄덕였다. 그리고 더욱 조심스럽게 물었다.

"그리고 그분, 문동환 목사님은 요즘 건강이 어떠신지요. 연세가 꽤 많으실 텐데."

문동환 6.15 남북공동선언실현 재미동포협의회 공동의장은 문익환 목사의 친동생이다.

"예, 생존해 계십니다. 거동이 편치 않으세요."

"그러시군요. 조만간 뵙고 인사드릴 날이 있으려나."

"그래야겠지요."

"모쪼록 김대중 선생의 숭고한 뜻을 받들어서, 민족 통일위업 성취에 남녘 동포도 힘을 합쳐주셨으면 좋겠습니다."

"예, 북녘 동포들과 더 자주 더 스스럼없이 왕래할 수 있는 날이 하루 빨리 오기를 바랍니다."

그런 이야기가 오간 뒤 불과 몇 달 뒤, 문동환 목사님이 소천하셨다. 2019년 3월의 일이었다.

장면 3, 우리의 운명에 영향을 미치는 힘들

　판문점 선언 이후 한반도에 무르익은 통일 분위기는 남북철도·도로 사업으로까지 이어졌다. '서울역에서 신의주까지 직접 열차를 타고 남북철도구간을 점검하겠다'는 통일부의 계획이 그것이었다. 이를 위해 통일부는 2018년 8월 22일 6량의 열차를 서울역에서 출발시켜 8월 27일까지 북측 신의주로 운행하기로 했다. 이름하여 '경의선 북측 구간 현대화사업을 위한 공동조사'였다. 서울역에서 출발할 때는 6량의 객화차를 남측 기관차에 연결해 군사분계선을 넘고, 북측 지역에서는 북측 기관차를 연결

남북철도
연결구간
시범운행 중
금강산역에서
명계남과 함께

해 6량의 객화차를 신의주까지 운행하는데, 이는 남북의 철도 운영 체계의 차이에 따른 것이다.

남북철도 연결. 듣는 것만으로도 가슴이 뛰는 단어였다. 통일의 상징성을 넘어 실질적인 첫걸음이 되기에 충분한 사업이었다. 그런데 우리 정부의 이러한 계획에 차질이 생기고 말았다. 유엔군 사령부가 통행을 허락하지 않았던 것이다. 정전협정상 군사분계선을 통과하는 인원과 물자에 대한 승인권을 가진 유엔사는 '사전 통보 시한 위반'을 이유로 군사분계선 통과를 불허했다. 통행 허가 거부는 대단히 이례적인 일이었다. "한국 정부와의 협조하에 8월 23일 개성 문산 간 철로를 통한 정부 관계자의 북한 방문 요청을 승인 못 한다고 정중히 양해를 구했다"는 것이 유엔사 관계자의 설명이었다. 석연치 않은 해명이었다. 통일부가 엄연히 22일로 밝힌 날짜를 23일로 공지한 것은 유엔사의 실수, 고의성이 의심되는 실수였

남북철도
연결구간
시범운행 중
북측 승무원과
함께

다. 또한 출입 계획을 48시간 전에 통보하는 문제 역시 유엔사 불허 방침의 주요 논점은 아니라는 것이 통일부 관계자들의 공통된 의견이었다. 개성 남북 공동연락사무소 개소 당시 미국이 대북제재 위반과 관련해 불편한 반응을 보인 것과 마찬가지 맥락에서 철도 시범운행 사업 불허 결정이 난 것이 아니냐는 평이었다.

정부가 의욕적으로 추진하고 나선 통일 사업이, 이런 식으로 일시에 제동이 걸리고 말았다. 맥이 빠지는 노릇이었다. 분단조국의 한계에 서글퍼지는 노릇이었다. 더불어 분노하지 않을 수 없는 노릇이었다. 참고 좌시할 수 없는 노릇이었다. 이에 8월 31일, 6.15 공동선언실천 남측위원회는 서울 중구 정동 프란치스코 교육회관에서 대대적인 기자회견을 갖고 '유엔사의 남북철도점검 통행불허는 명백한 주권침해'임을 분명히 지적했다.

"우리 땅에서 우리가 서로 오가는 철길을 연결하겠다는 계획은 그 어

남북관계를 위한
일인시위

느 나라가 개입할 문제가 아니다. 남북이 합의하고 결정할 문제다. 남북철도 연결은 4.27 판문점 선언은 물론 2000년 6.15 공동선언 당시부터 남북이 수차례 합의하고 시행해온 일이다. 끊어진 철도를 다시 잇는 것은 민족의 분단문제를 해결하겠다는 남북의 의지를 보여주는 가장 상징적인 조치다. 유엔사와 주한 미군 사령관은 남북철도 연결에 관한 불허조치를 철회하고 남북 간 문제에 개입하고 훼방하는 일을 중단해야 한다. 지금 당장 열차운행을 시작해도 부족하건만, 군사분계선(MDL) 통행을 관할하는 유엔사가 남북열차 시범운행과 철도점검을 위한 정부 관계자의 북한 방문 요청을 불승인하다니 이해할 수 없는 일이다. 유엔군 사령관을 주한 미군 사령관이 겸임하고 있다는 점에서 시범운행과 철도점검 계획 불허는 사실상 남북철도 연결에 대한 미국의 반대의사로 해석할 수밖에 없다. 미국은 앞으로 철도연결 사업은 물론 금강산관광과 개성공단 재개 등 모든 남북 교류협력사업에 개입해 영향을 미치려는 것인가?"

단상에 선 내 목소리가 조금씩 떨리고 있었다. 자꾸 격앙되는 감정 때문이었다.

"민족경제의 균형적 발전과 공동번영을 이룩하기 위하여 '동해선 및 경의선 철도와 도로 연결 사업을 우선 착수'하는 것은 4.27 판문점 선언의 주요 합의사항을 이행하는 일이다. 이를 유엔군 사령부가 불허한 것은 참으로 이해할 수 없고 유감스러운 일이다. 한반도는 더 이상 미국의 이익에 따라 움직이는 곳이 아니다. 스스로 깨우친 민족의 의식은 미국의 각성을 촉구하고 있다. 미국이 진정한 우방으로 돌아오길 바란다."

내 모두 발언에 이어 마이크를 잡은 6.15 남측위 공동대표(노동본부) 김명환 민주노총 위원장은 개성공단이 한창 움직이던 시절을 이야기했다.

"지난 2007년 가을부터 2008년 초까지 매일 오전 9시면 남측 도라산

역에서 원료를 실은 열차가 북으로 들어갔다. 그리고 매일 오후 4시면 개성공단에서 만든 제품을 실은 기차가 북측 봉동역을 출발해 남으로 들어오곤 했다. 이미 10년 전에 수개월간 남북철도 연결사업이 있었던 것이다. 그러던 것이 2008년 이명박 정권이 가장 먼저 철도연결을 끊었으며 이후 박근혜 정권이 마지막으로 개성공단을 폐쇄했다. 남과 북이 우리 민족의 힘으로 경제협력을 통해서 평화를 구축하고 먹고사는 문제를 해결하려는 것, 그 첫 시작이 바로 남북철도의 연결과 개성공단의 운영이었다. 미국은 이제 다시 민족의 혈맥을 잇기 위한 첫 조치인 철도연결 점검을 막으려는 시도를 즉각 중단해야 한다."

6.15 남측위 상임대표인 김삼열 독립유공자유족회 회장의 일성 또한 인상적이었다.

"미국이 점령군이 아니라 평화를 사랑하는 우방이라면 우리 민족끼리 만나겠다는 일에 불필요하게 개입하지 말아야 한다. 속히 군사분계선 통행 불승인 조치를 풀어주도록 하라."

채희준 민주사회를위한변호사모임 통일위원회 위원장은 유엔군 사령부를 향해 비판의 수위를 높였다.

"유엔사 지휘부는 '정전협정을 준수하고 현재의 외교적 노력을 지원하기 위해 한국 정부 관계자와 지속적으로 협력해나갈 것'이라고 언급했지만, 사실상 정전협정을 위반한 것은 한국 정부가 아니라 이번에 불승인 조치를 한 유엔사다. 정전협정의 목적은 어디까지나 평화다. 그러나 이번 불승인 조치로 방북이 좌절된 것은 평화가 아닌 분쟁 갈등이라는 결과를 가져올 수 있다. 또 정전협정의 조건과 의도는 '순전히 군사적 성질에 속하는 것'이라고 규정하고 있는데, 철도연결을 위한 철로 점검 목적의 방북은 군사적인 것과 아무 상관이 없다. 유엔사가 이에 대해 불승인한 것은 월권행위에 다름 아니다. 더불어 '평화적 수단에 의한 분쟁해결'과 '자결의 원칙 존중'을 규정한 유엔헌장을 무시한 것이다. 지난 1994년 유엔 사무총장이 '유엔사는 유엔안전보장이사회 산하기구가 아니며, 주한 미군이 유엔사를 참칭하고 있다'고 했던 말을 떠올릴 필요가 있다. 유엔군 사령관의 모자를 쓰고 이번 월권행위를 저지른 주한 미군 사령관은 오늘의 일에 대해 사과해야 한다. 또한 남북의 화해와 평화에 대한 노력에 적극 협력해야 한다."

한창 무르익던 통일 분위기에 찬물을 끼얹는 장면이, 안타깝게도 한 번더 연출되었다. 2019년 2월 28일. 대한민국과 주변 국가들을 비롯한 전세계의 이목을 한데 모았던 이른바 제2차 북미 정상회담이 거의 막판에 느닷없이 결렬되고 만 것이다.

김정은 북한 국무위원장과 도널드 트럼프 대통령 북미 두 정상은 전날인 27일 오전 9시 베트남 하노이 메트로폴 호텔에서 만나 일대일 회담을, 이어 확대 회담을 가졌다. 네 시간 30분에 걸친 오랜 만남이었다. 그러고는 이날 오전 11시 55분(하노이 현지시각)부터 실무오찬을 함께할 예정이었다. 약속 시간이 가까워오고 2차 북미 정상회담 취재에 나선 기자들이 하노이 소피텔 레전드 메트로폴 호텔 안에 빼곡하게 몰려들었다. 그런데 오후 12시 25분경 "오찬이 30분 지연되고 있다"라는 소식이 어디선가 들려왔다. 얼마 후에는 "두 정상의 애초 계획이 바뀌었다"라는 이야기도 들려왔다. 분위기가 좋지 않았다. 뭔가 급박한 상황 변화가 이어지는 중이었다. 마침내 오후 1시경, 새라 샌더스 백악관 대변인이 "오늘 오후 2시로 예정됐던 김정은 북한 국무위원장과 도널드 트럼프 대통령의 하노이 합의 서명식이 취소되었다"라는 사실을 알렸다.

잠시 후인 오후 1시 24분쯤, 트럼프 대통령은 전용 차량을 이용해 숙소

호텔로 돌아갔다. 거의 같은 시각 김정은 위원장도 숙소인 멜리아 호텔로 돌아갔다. 두 정상은 이날 오전 9시부터 30여 분 동안 일대일 회담을 한 뒤 배석자들과 함께 확대 회담을 했다. 두 정상이 함께 점심식사를 하고 공동성명서에 서명할 계획이었는데, 어떤 이유에서인지 두 일정 모두 갑자기 취소되고 만 것이다. 허탈한 노릇이었다. 막연하나마 그간 기대가 컸기에 실망도 클 수밖에 없었다. 이만큼 다가왔던 통일의 전조가 또 저만큼 물러간 기분이었다. 모든 것이 처음으로 돌아가고 만 기분이었다. 원통한 마음이었다.

베트남 하노이에서의 2차 북미정상회담이 어째서 갑자기 그러한 '용두사미'식 결과를 맞이하고 말았을까. 모를 일이다. 그에 대한 추측들은 무성하게 접했다. 개중에는 내가 판단하기에 설득력이 있는 주장들도 있었다. 《이데일리》기사 한 토막으로 대신한다.

[…] 도널드 트럼프 미국 대통령이 김정은 북한 국무위원장과의 오찬 및 서명식을 취소한 이유에 대해 다양한 추측이 나오고 있다. 오랜 기간 그의 개인 변호사로 일했던 마이클 코언의 의회 폭로 때문에 트럼프 대통령의 심기가 불편해진 것이 독毒으로 작용했다는 관측이 제기된다.

트럼프 대통령은 이날 예정된 시간보다 앞당겨 기자회견을 실시했다. 코언 폭로와 관련된 질문을 받은 그는 코언의 의회 청문회를 처음부터 끝까지 모두 지켜본 듯 대답했다. 트럼프 대통령은 "러시아와 유착이 없었다는 증언만 진실이다. 나머지는 모두 거짓말"이라고 말했다. 그는 또 "왜 그러한 청문회를 이러한 중요한 정상회담 기간 도중 진행했는지 모르겠다"라고 덧붙였다.

이에 대해 코언의 폭로가 북미 핵 담판 결렬에 영향을 줬다는 분석이 나온다. 이번 정상회담 개최에는 내년 재선을 앞두고 정치적 입지를 더욱 공고히 하겠다는 트럼프 대통령의 의도가 담겼다. 정치적 입지를 강화하려고 자리를 비웠는데, 오히려 미국 내 관심은 코언 의회 청문회에 더 많이 쏠리면서 더 큰 정치적 타격을 입게 된 것이다.

코언은 미국 하원 감독개혁위원회 청문회에 증인으로 출석해 트럼프 대통령을 '인종차별주의자', '사기꾼', '협잡꾼'이라며 "국민들에게 거짓말을 했다"라고 폭로했다. 트럼프 대통령 개인 변호사로 10여 년 동안 부동산 거래부터 언론 홍보까지 온갖 궂은일을 도맡아온 최측근의 폭로여서 미국 정가는 물론 시민들에게도 큰 충격을 줬다.

트럼프 대통령이 북한 비핵화와 관련해 "서두르지 않겠다"라고 누차 밝혀온 만큼 전세를 역전시킬 만한 '한 방'을 내놓기도 쉽지 않은 상황이다. 이에 스포트라이트를 받을 수 없다면 오찬도 서명식도 실익이 크지 않아 굳이 할 필요가 없다고 판단했을 가능성이 있다. 정상회담이 한창인 도중 코언의 폭로에 대한 비난 트윗을 올렸다는 점도 그의 마음이 다른 곳에 가 있음을 시사한다.

동선부터 메뉴까지 촘촘하게 짜여 있었던 북미 정상의 오찬과 서명식이 취소된 것은 매우 이례적인 일로 외교가에선 받아들이고 있다. 그러나 트럼프 대통령의 과거 행보와 견줘보면 새삼스러운 것은 아니라는 반응도 나온다.

이미 비슷한 전례도 있다. 지난해 11월 제1차 세계대전 종전 100주년 기념행사 참석차 프랑스를 방문했던 트럼프 대통령은 당

초 예정됐던 미군 묘지 방문을 갑자기 취소했다. 단순히 날씨가 좋지 않다는 이유였다. 그가 방문하려고 했던 엔-마른 묘지는 1차 세계대전 당시 '해병대의 전설'로 불린 벨로 숲 전투가 벌어진 곳이다. 이곳에서 1,800명 이상의 미군이 전사한 것으로 알려졌다.

트럼프 대통령 측은 악천후 때문이라고 해명했다. 그러나 중간 선거에서 만족할 만한 성적을 거두지 못한 채, 각국 정상들이 모인 자리에 모습을 보이기 싫었던 것이 아니냐는 추측이 미국 정치 평론가들 사이에서 나왔다. 한 마디로 '내키지 않아서'라는 것이다. 《워싱턴포스트》는 당시 "3800마일을 날아 프랑스까지 와서 트럼프 대통령이 왜 불참했는지는 이유를 알 수 없다"라며 강도 높게 비판했다. 이번 정상회담에서도 비슷한 상황이 연출됐다는 시각이 나오는 이유다. (방성훈 기자)

역사에 남을 2018년 4월 27일 판문점 선언문 1조와 1항은 다음과 같다.

1. 남과 북은 남북관계의 전면적이며 획기적인 개선과 발전을 이룩함으로써 끊어진 민족의 혈맥을 잇고 공동번영과 자주통일의 미래를 앞당겨나갈 것이다. 남북관계를 개선하고 발전시키는 것은 온 겨레의 한결같은 소망이며 더 이상 미룰 수 없는 시대의 절박한 요구이다.

① 남과 북은 우리 민족의 운명은 우리 스스로 결정한다는 민족 자주의 원칙을 확인하였으며 이미 채택된 남북 선언들과 모든

합의들을 철저히 이행함으로써 관계 개선과 발전의 전환적 국면을 열어나가기로 하였다.

　우리 민족의 운명은 우리 스스로 결정한다는 선언. 어떤 외세의 도움도 간섭도 방해도 없이 우리가 우리의 필요에 의해 우리의 사정에 따라 우리의 통일을 이루어낸다는 선언. 얼마나 멋있는 말인가. 얼마나 힘 있는 말인가. 얼마나 감동적이며 아름다운 말인가. 얼마나 듣고 싶었던 말인가.

　당장이라도 통일이 될 분위기였다. 당장 얼마 뒤부터 통일을 위한 구체적인 실무 작업이 시작될 분위기였다. 40년 넘게 통일운동가의 삶을 살아온 나름 '반전문가'의 입장에서도, 참으로 기대감에 매일매일 벅차오르는 나날이었다. 급기야 2018년 9월 19일 능라도 5.1경기장에서 있었던 일대 사건을 떠올릴 때면, 아직도 가슴이 벅차오른다.

　"평양 시민 여러분, 북녘의 동포 형제 여러분, 우리는 이렇게 함께 새로운 시대를 만들고 있습니다. 동포 여러분, 김정은 위원장과 나는 지난 4월 27일 판문점에서 만나 뜨겁게 포옹했습니다. 우리 두 정상은 한반도에서 더 이상 전쟁은 없을 것이며 새로운 평화의 시대가 열렸음을 8천만 우리 겨레와 전 세계에 엄숙히 천명했습니다. 또한 우리 민족의 운명은 우리 스스로 결정한다는 민족자주의 원칙을 확인했습니다. 남북관계를 전면적이고 획기적으로 발전시켜 끊어진 민족의 혈맥을 잇고 공동번영과 자주통일의 미래를 앞당기자고 굳게 약속했습니다. 여러분, 우리는 이렇게 함께 새로운 시대를 만들고 있습니다. 저는 오늘 이 자리에서 지난 70년 적대를 완전히 청산하고 다시 하나가 되기 위한 평화의 큰 걸음을 내딛자고 제안합니다!"

　무려 15만 명의 평양 시민들 앞에서 문 대통령이 이토록 절절하게 연설했다. 무려 15만 명의 평양 시민들이 문재인 대통령의 연설 사이사이에 불같이 뜨거운 환호를 보내주었다.

"우리 민족은 함께 살아야 합니다. 우리는 5천 년을 함께 살고 70년을 헤어져 살았습니다. 나는 오늘 이 자리에서 지난 70년 적대를 완전히 청산하고 다시 하나가 되기 위한 평화의 큰 걸음을 내딛자고 제안합니다. 김정은 위원장과 나는 북과 남 8천만 겨레의 손을 굳게 잡고 새로운 조국을 만들어갈 것입니다. 우리 함께 새로운 길로 나아갑시다!"

대단한 장면이었다. 그 많은 평양 시민 앞에서 명연설을 선보인 문재인 대통령도 대단했다. 선뜻 마이크를 내준 김정은 위원장도 대단했다. 남한의 대통령에게 아낌없는 환호를 보내준 평양 시민들도 대단했다. 앞서 말했듯, 40년을 통일운동가로 살아온 나로서는 문재인 정부에 대한 기대가 각별할 수밖에 없었다. 능라도 연설을 멋지게 선보이던 그때만 해도 말이다.

그러나 2022년에 막 들어선 이즈음, 현실은 어떠한가. 남과 북의 심리적, 물리적 거리는 그간 얼마나 더 좁혀졌는가. 통일은 우리에게 얼마나 더 가까이 다가왔는가. 가슴 아픈 일이지만, 우리가 원하고 바라는 변화는 아직 찾아오지 않았으며, 그럴 조짐도 아직은 보이지 않는다고밖에는 말할 수 없을 것 같다. 2020년 벽두부터 온 지구촌을 집어삼킨 코로나 사태가 남북한 교류를 멈춰 서게 만든 하나의 원인일 수 있을 것이다. 그러나 그런 가운데서도 우리가 할 수 있는 것, 우리가 지킬 수 있는 약속을 여태 실천하지 못하고 있다는 것은 안타깝고 실망스러운 일이다.

많은 사람들이 말한다. 박근혜가 미국의 지시로 개성공단을 폐쇄한 건 아니라고. 이명박이 주한 미군의 지시로 금강산관광을 중단한 것은 아니라고. 결국 대한민국 대통령 스스로 자의적 판단에 의해 결정한 일이라고. 그러니 어서 결자해지의 의미를 되새겨야 한다고. 과거 우리 정부가 벌인 일들을 지금 우리 정부가 해결해야 한다고. 백 번 공감한다. 개성공단이나 금강산관광은 미국의 조언이나 협력을 받아서 추진한 사업이 아니다. 미국의 눈치를 볼 일 또한 아니다. 우리 민족 일은 우리가 풀어야 한다. 미국을 위시한 국제 사회가 이에 찬성하지 않는다 해도 우직하게 추진해야 한다.

정부에 부디 당부드린다. 개성공단이 하루속히 재가동되어야 한다. 금강산관광이 어서 빨리 재개되어야 한다. 현 상황에서, 남북관계 개선을 위해 이보다 중하고 급한 일은 없다. 이 모두 남과 북의 굳은 약속임을 잊지 말아야 한다.

평창올림픽에 대한 기억

6.15 공동선언실천 남측위원회 상임대표로서 그간 북측위원회 대표와 해외위원회 대표를 몇 차례 만났다. 주로 북경이나 심양에서 만남이 이루어졌다. 북측위로 김완수 위원장, 해외위로 손형근 위원장이 기억에 남는 얼굴들이다. 일본에 계시는 손형근 위원장은 민간통일운동에 잔뼈가 굵은, 아직까지 대한민국 여권을 포기하지 않고 있는 분이다. 김완수 위원장은 조국전선 서기국장도 지내고 최고인민회의 대의원도 지냈을 만큼 경력이 화려하다. 물론 북한에도 정당 대표, 종단 대표, 노동자 대표 등이 있고, 남측의 통일운동가들은 가급적 그들을 상대하려 노력해왔다.

보통 2박 3일 일정이었다. 3자가 돌아가며 회의를 이끌었다. 요컨대 첫날 저녁은 북측이 호스트 자격이 되어 공식적인 환영 행사를 준비하고, 둘째 날은 남측이 송별연을 준비하고, 세 번째 날은 해외대표가 점심 자리를 만드는 식이다. 제3국에서의 호젓한 만남이긴 하지만 서로 오래도록 마주 앉아서 깊은 이야기를 나누는 분위기는 아니었다. 회의를 앞두고 가볍게 환담을 나누고, 본격적으로 회의에 들어가고, 끝나고는 또 간단히 몇 마디 주고받는 정도였다. 북쪽 대표와 따로 단둘이 만나는 경우는 아쉽게도 거의 없었다. 수행원이 꼭 대동하기에 아무래도 눈치가 보이기 마련이었다.

남·북·해외 대표가 한데 만나는 자리에서는 남북화합을 도모하는 중요한 사항이 여러 차례 결정되었다. 평창올림픽 공동응원단 결성이 처음

논의된 것도 바로 이 자리에서였다. 공동응원단이라는 용어가 이때 처음 생겼다. 애초에 북측은 평창 동계올림픽 참가가 결정되지 않은 상황이었다. 그런데 '동계올림픽을 평화올림픽으로 만들자'는 아이디어가 널리 퍼지며 참석을 결정하게 되었다고 들었다.

평창올림픽을 평화올림픽으로! 이 제안을 접한 정부 측은 크게 반색했다. 나아가 이 아이디어를 평창올림픽조직위원회의 기본 사업계획에 반영하기까지 했다. 평창올림픽 기간 내내 그곳에서 시간을 보내었다. 공동응원단장이라는 직함도 하나 얻었다. 아이스하키 경기장 VIP룸에서 현송월을 처음 만났다. 좌중 앞에서 현송월이 했던 말이 참으로 인상적이었다.

"조선반도의 통일은 강원도가 통일되었을 때 가능할 것입니다."

한반도 땅에는 강원도가 두 개 있다. 남쪽에도 강원도가 있고 북쪽에도 강원도가 있다. 면적도 비슷하고 당연히 기후 풍토도 비슷하다. 그런 의미로 한 말일 터였다. 응원단과 함께 현송월이 이끌고 온 북한의 음악인들이 강릉에서, 그들의 숙소가 있는 인제에서, 서울과 원주에서 친선공연을 벌여 시민들의 큰 호응을 얻었다. 원주 공연 때는 시민들이 원주체육관에 가득 모여서 북녘의 음악인들을 크게 환영해주었다. 참 흐뭇하고 감사한 일이었다.

한반도기라는 것이 참 묘했다. 경기장 입구에 부스를 만들고 입장하는 관객들에게 한반도기를 나눠주었는데, 처음에는 대체로 받지 않으려는 분위기들이었다. 꺼리는 분위기들이었다. 한반도기에 대해서 좋지 않은 인식을 가지고 있는 것인가, 태극기를 나눠주었다면 그때는 이렇게 피하는 분위기가 아니었을 텐데 싶어서 안타깝고 속상했다.

한반도기가 처음 등장한 것은 평창올림픽 때가 아니었다. 한반도기는 그 역사가 나름 깊어 1960년대까지 거슬러 올라간다. 1963년, 1964 도쿄올림픽에 남북단일팀을 보내기 위해 접촉한 남북이 단기와 단가 제정에서 의견 일치를 보는 데 실패하여 결국 협상이 결렬된 것이 시작이었다. 단일팀과 한반도기를 위한 남북한 협상은 1989년 10월 판문점 체육회담 당시에도 이어졌다. 1990년 베이징 아시안게임 단일팀 참가 문제를 협의하기 위해 남북이 체육 회담을 열었는데, 흰색 바탕에 하늘색 한반도지도를 그려 넣자는 북측의 제안을 우리가 수용하여 처음으로 단일기 모양이 결정되었다. 더불어, 만약 우승할 경우 국가 대신 사용할 남북단일팀의 단가는 나운규의 영화 〈아리랑〉에 나오는 '아리랑 노래'로 합의되었다. 단일팀의 국호도 '코리아'로 합의되었다. 하지만 이 멋진 구상은 좌절되고 말았다. 단일팀 참가가 무산되면서 '한반도기'의 등장이 이후로 미뤄진 것이다.

협상을 계속한 남북이 마침내 합의를 이루어내었다. 그리하여 1991년 일본 지바 세계탁구선수권대회와 같은 해에 포르투갈에서 열린 FIFA 세계청소년축구선수권대회에 단일팀으로 참가하게 되었다. 이때 '한반도기'와 '아리랑'이 처음으로 사용되었다. 전 세계인의 축제인 올림픽에도 한반도기가 처음으로 등장하였으니 2000년 시드니 하계올림픽 때였다. 개회식 당일, 남북의 통일의지를 전 세계에 알리며 공동기수 정은순(남측 농구선수)과 박정철(북측 유도 감독)이 한반도기를 맞들고 공동 입장하던 모습이 아직도 눈에 선하다.

다시 평창동계올림픽으로 돌아와서, 대회 일정이 하루 이틀 진행되고 주변에 단일기가 조금씩 알려지면서 분위기가 바뀌었다. 단일기를 받아가는 사람들이 눈에 띄게 늘어났다. 대회 폐막을 며칠 앞두고부터는 너도나도 다가와서 단일기를 가져가는 경쟁이 시작되었다. 역사적인 올림픽의 기념품으로 간직해야겠다는 분위기들이었다.

평창올림픽 남북공동응원단 출범

한반도기와 함께(왼쪽부터 서재일·자원봉사단원·이창복·김정희·박정원·구자열)

여러 가지를 생각하게 만드는 일화였다. 북측에 대한 인식이, 통일에 대한 인식이, 하루아침에 변하는 것은 아니라는 것이다. 통일을 향해 가려면 먼저 통일에 대한 국민들의 생각이 자연스럽게 바뀌어야 한다. 인식이라는 것이 하루아침에 갑자기 변하는 것이 아니다. 차근차근 준비하고 다져가는 게 필요하다.

스포츠가 남과 북의 민족 동질감을 회복하는 데, 서로의 어색한 감정을 해소하는 데 중요한 역할을 할 수 있음을 새삼 깨달았다. 나아가 스포츠와 문화 교류가 정치적인 화합을 위한 밑바탕이 될 수 있다는 사실 또한 깨달았다.

진정한 동맹은 누구인가

이른바 보수정권들은 대북 문제에 늘 소극적이었다. 통일정책에 늘 무관심한 모습들이었다. 마주 붙어사는 북측과 늘 대립각을 세웠고, 그리하여 크고 작은 도발을 겪기도 했다.

보수정권을 지지하는 보수층 시민들 또한 마찬가지다. 북측에 대해, 대북 문제에 대한 보수주의자들의 인식은 당연히도 보수정권의 그것을 많이 닮아 있다. 북측 정권을 억지로라도 무너뜨려야 할 무엇으로 생각한다. 북한을 도와서 함께 성장하며 잘 살아간다는 필연의 가치에 대해서 대단히 회의적이다.

그러나 통일은 민족의 숙명이다. 통일은 우리 민족이 평화와 번영으로 가는 열쇠다. 통일 외에는 방법이 없다. 통일 앞에 보수와 진보를 따지는 것은 서글픈 일이다. 의미가 없는 일이다.

한반도 평화통일을 위해, 자신을 보수라고 생각하는 사람들에게 제발 부탁하고 싶다. '북측을 제대로 이해하고자 노력해달라'고 말이다. 북측을 지지하라는 것이 아니다. 좋게 생각해달라는 게 아니다. 남과 북이 처한 상황을 있는 그대로의 진실에 입각해 이해하고 판단해달라는 것이다. 북한 내부 사정은 물론 대한민국을 포함해 주변의 중국, 일본, 러시아와 멀리 미국까지, 서로 얽히고설킨 이해관계를 있는 그대로 이해하고 판단해달라는 것이다.

한반도 문제는 한반도만의 문제가 아니다. 분단된 한반도 문제에 있어,

미국의 입장이 다르고 중국의 입장이 다르며 일본의 입장이 다르다. 이해 관계가 참으로 민감하다. 당사자인 우리는 그 구도에 대해 정확한 이해를 가지고 있어야 한다. 경직된 사고와 판단만으로는 무섭게 요동치는 동북 아 구도 속에서 우리 스스로를 지켜내기가 힘들다.

2000년 4월 제16대 국회의원 선거를 앞두고 있던 때다. 열린우리당의 원주시 후보 공천을 받고 선거운동에 열심이던 즈음, 어느 날 시내에 제 법 큰 모임이 있다고 해서 찾아갔다. 원주 지역 퇴직교사들 모임이었다. 인사를 하고 명함을 돌리고 분위기를 살피다가, 슬그머니 김대중 대통령 의 방북 이야기를 꺼냈다. 2000년이면 역사적인 6.15 선언이 성사된 해 다. 대통령이 6월 중순 평양으로 가서 김정일 위원장을 만날 예정이라는 게 이미 뉴스를 통해 널리 알려져 있었다. 대화의 소재로 그만큼 좋은 게 없을 것 같았다.

"얼마 뒤에 우리 김대중 대통령이 평양에 가신다는 뉴스들 보셨지요? 김정일 위원장을 만나서 회담을 할 예정이라던데, 다들 어떻게들 생각하 시는지요?"

그러자 첫 번째로 입을 연, 몇 해 전 한 고등학교에서 정년퇴임하셨다 는 전 교장선생님의 말이 나를 놀라게 했다.

"김대중이란 사람이 그간 살아온 행적을 봤을 때 당연한 일 아닌가요. 아니 북한에 가서 뭘 하겠다고."

두 번째 사람도 거의 똑같은 반응이었다.

"그 빨갱이들을 만나 무슨 일을 벌이고 돌아올지 걱정이 태산입니다. 바라건대 그저 얌전히 있다가 돌아왔으면 좋겠어요. 정말 나라가 걱정입 니다."

세 번째 사람도, 네 번째 사람도 똑같은 어조의 반응이었다. 놀라웠다.

기가 찼다. 서글프기까지 했다. 슬그머니 입을 닫고 돌아서고 말았다. 총선 때 그 퇴직교사들로부터 표를 받을 일은 없겠구나 싶었다. 교육계가 참 보수적이라는 것을 새삼 실감했다. 그런 사고방식과 철학을 가진 분들이 교단에 섰으니 배우는 학생들이 북한에 대해 통일에 대해 어떤 인식을 가지게 되었을까.

우여곡절 끝에 국회의원 선거에 승리하며 여의도에 입성했다. 국회의원 신분으로 6.15를 맞았다. 참으로 각별한 경험이었다. 아침 일찍 공항으로 갔다. 그곳에서 평양으로 떠나는 김대중 대통령을 배웅했다. 영광된 일이었다. 감격적인 순간이었다. 밝게 웃는 얼굴로 손을 흔들며 비행기에 오르는 대통령의 모습이 아직도 눈에 선하다. 마음 같아서는 동행해서 함께 평양으로 가고 싶었다.

김대중 대통령 방북 직후의 비화다. 대통령이 평양을 출발해서 서울에 도착하던 즈음, 미국 올브라이트 당시 국무장관이 부랴부랴 전세기를 타고 서울로 날아왔다. 대통령을 만나겠다고 요청해서 급히 자리가 만들어졌다. 그런데 김대중 대통령을 만난 올브라이트가 다짜고짜 이렇게 묻더라는 것이다.

"차 안에서 무슨 말씀을 나누셨습니까?"

이야기인즉 이렇다. 평양 순안국제공항에서 우리 측 비행기가 착륙하고, 분단의 아픔을 어루만지는 역사적인 만남이 성사되고, 두 정상이 같은 차에 동승해서 평양까지 갔다. 평양을 떠나오던 날에도 두 정상이 한 대의 차량에 동승해서 순안공항으로 갔다. 공항에서 평양으로 함께 가는 한 시간, 며칠 뒤 평양에서 공항까지 함께 가는 한 시간, 그 두 시간 동안 무슨 무슨 대화가 오갔는지 캐묻는 것이었다. 엄청난 정보력을 가동해서 대통령의 평양 방문 기간 내내 조목조목 세세한 것까지 다 실시간으로 파악했던 미국이지만, 그 두 시간만은 깜깜하게 파악되지 않았던 것이다. 그 틈새가 궁금하고 걱정스러워 부리나케 서울로 쫓아온 것이었다. 그런 일화를 소개하던 대통령이 '참 웃기는 사람'이라며 웃으시던 모습이 기억난다.

미국은 기본적으로 6.15 정상회담 개최에 반대하는, 적어도 환영하지는 않는 입장이었다. 그러나 김대중 대통령이 끈질기게 설득한 나머지 결국 미국도 용인하지 않을 수 없었던 것이다.

"우리 민족 내부의 일입니다. 우리에게 믿고 맡겨주세요. 우려하는 상황은 일어나지 않을 것입니다."

미국이 한발 물러선 이유가 무엇이었을까. 한번 세운 원칙은 철저히 고수하는 미국이 끝내 양보한 이유가 무엇이었을까. 김대중 대통령을, 그간 무수하게 고생하며 옥고를 치르며 그럼에도 통일운동을 끊임없이 전개해왔던 김대중 대통령의 이력을, 미국도 차마 무시할 수는 없었던 것이다. 그 부분을 존중해주었던 것이다. 물론 그런 일은 없었지만, 만일 이명박이나 박근혜가 북한과 정상회담을 하겠다고 미국에 요청했다면 그때는 사정이 달랐을 것이다. 통일운동이란 것이 그렇게나 어려운 분야이다. 아무나 의욕만 가지고 덤빈다고 해서 술술 풀리는 일이 아니다. 누군가 얼마나 노력해왔는지, 얼마나 연구하고 헌신하고 활동해왔는지, 그런 부분을 비로소 인정받으며 조금씩 문호가 개척되기 마련이다.

통일을 위해 헌신해온 1세대 통일운동가들이 백기완, 문익환, 김대중 전 대통령 등이었다면 나는 아마도 2세대 정도가 되지 않나 싶다. 앞으로도 3, 4세대 통일운동가들이 더 많이 나와주기를 바란다. 어디선가 암중모색하듯 통일운동을 꿈꾸고 준비하는 인재들이 많으리라 생각한다. 통일운동은 혼자 할 수 없다. 뜻을 가진 세력들이 많아야 하고 그들이 서로 힘을 합쳐야 한다.

제도권 정치가 통일의 마중물이 되어줘야 한다. 아울러 제도권 교육이 통일을 위한 근간을 튼튼하게 만들어줘야 한다. 그간 우리 제도권 교육 과정에서 통일교육이란 거의 전무하다시피 했다. 오히려 걸림돌이었다. 수업시간에 북한을 '못 사는 나라 사악한 나라'로 취급했던 게 불과 얼마 전의 일이다. 망국적인 주적 개념이 아직도 남아 있는 실정이다. 바뀌어야 한다. '남과 북 모두 함께 협력하며 살아가야 할 민족'이라는 교육이 필요하다.

언젠가 북한 사람을 만났는데 이런 농담을 했다.

"아직도 남조선 학생들은 우리 북한 인민들이 뿔 나고 털 난 늑대라고 배웁니까?"

웃고 말았지만 가슴이 아팠다. 남과 북은 같이 살아가야 할 민족이고 동족이라는 가르침을, 자라나는 학생들에게 전해주어야 한다. 통일하면 나라도 더 잘살고 개인도 더 잘살 수 있다는 것을 널리 교육해야 한다.

미국, 중국, 일본, 러시아 중에 우리나라의 통일을 반기는 나라가 어디일까. 잘 알려진 것처럼 일본은 적극적으로 반대하는 입장이다. 한반도가 통일되면 그 힘을, 통합된 국력을 일본이 감당하기 힘들 거라는 생각이다. 더불어 동북아에서 자신의 입지가 줄어들 수밖에 없다는 생각이다. 미국은 무엇보다 중국을 고려한, 대포위망을 구축하는 기지로서의 한반도 구조가 유지되기를 바라는 입장이다. 반면에 중국은 고민이 많다. 북한에 자본주의가 들어오면 자국 또한 영향을 받지 않을까 하는 우려가 있지만 사실상 자본주의적인 분위기가 이미 중국 내에 충분히 퍼져 있는 상황이다. 적극적인 환영은 아니더라도 중국이 그나마 한반도의 통일을 반대하지는 않는 듯하다. 러시아의 경우 통일을 하건 말건 한반도에 이용할 수 있는 항구나 한 곳 있었으면 하고 관심을 가지고 있다.

대한민국의 진정한 동맹은 한반도 통일을 지지하는 국가다. 나는 그렇게 주장한다. 남북한은 자주적인 통일의지를 가지고 주체적으로 나아가야 한다. 그리고 우리의 통일을 놓고 제각기 계산기를 두드리는 주변 국가를 강력히 설득해야 한다. 같은 자세로 변함없이 꾸준히 주장하고 설득하면 언젠가 받아들여지지 않을 수 없다.

통일운동의 어제, 오늘, 내일

범민련 당시, 사회적인 열망들이 뜨겁고 조직이 활발하게 움직일 때는 재야단체 35개가 모여 있을 만큼 세력이 컸다. 그런 만큼 탄압도 심했다. 그렇게 부침을 겪다가 나중에는 한총련, 민노총 등 진보 진영만 남게 되었다. 2000년도 초반에 형기를 마치고 '자유의 몸'이 되어 범민련에 복귀해보니, 어떤 한계가 느껴졌다. 시대가 바뀌어 있었다. 변화가 필요했다. 하여 남측과 북측과 해외 측 민간이 교류하는 단체를 만들었고 당시 재임 중이던 김대중 대통령이 손수 나서서 민족화해협력범국민협의회라는 이름을 지어주었다는 것을 앞서 서술한 바 있다. 민화협은 김대중 대통령이 취임한 그해에 대통령의 통일의지를 이어받아 민간교류를 도모하는 단체로 자리매김했다. 그때 정작 통일운동을 펼쳐나가는 민화협이 대통령과 정부의 대북정책을 따라가지 못했던 이유는 대통령의 통일 행정과 철학이 그만큼 앞서 있었기 때문이었다. 그런 시절도 다 있었다.

2000년대 중반, 민화협 상임대표일 때 처음 북한에 갔다. 노무현 대통령 시절이었다. 비행기에서 막 내려선 순안국제공항이 상당히 초라해 보였던 기억이 있다. 북한 사람이 참 순수하다는 것을 느꼈다. 어렵게 남에서 건너온 사람을 접해서 그랬을까. 만나는 사람마다 통일에 대한 관심과 열망이 대단히 강하다는 것을 또한 느꼈다. 이후 서너 차례 더 평양을 방문했다. 그때마다 유소년축구 교류 등 민간이 아니었으면 진행이 더디거나 불가능했을 사업을 실천해내곤 했다. 의미는 깊었지만 사회적으로는 그다지 크게 주목받지 못하는 사업들이었다. 통일운동은 그토록 어렵고 험한 길이다.

2018년, 10여 년 만에 다시 북한에 찾아갔다. 감회가 새로웠다. 10년이면 강산도 변한다고 했다. 평양에서 다행히 북한 사정이 많이 좋아졌다는 것을 느꼈다. 10년 전만 해도 호텔에 있으면 전기가 들락날락했는데, 그런 것이 전혀 없었다. 호텔 주변으로 가로등을 환하게 켠 모습까지, 전력수급 상태가 많이 좋아진 것 같았다. 택시로 꾸며져 운행하는 평화자동차들을 심심치 않게 발견할 수 있었다. 10년 전에는 버스정류장마다 줄을 길게 선 사람들이 있었는데 그런 모습은 이제 찾아볼 수 없었다. 버스 운행 대수가 늘었다는 증거일 것이다. 거리를 오가는 여성들의 치마가 짧아졌고 하이힐이 높아졌다는 것도 인상적인 변화였다. 2017년 준공한 여명거리라는 신도시를 보러 갔는데, 아파트들이 잘 지어져 있었다. 북의 기술자와 과학자들이 거주하는 고급주택가였다. '핵개발에 모든 것을 쏟아붓고 민생은 외면한다'는 소문은 사실이 아닌 듯했다. 핵을 개발하면서도 일반 투자도 꾸준히 이어가고 있기에 이런 변화가 가능하지 않았을까.

암시장이 많이 생겼다고 했다. 원칙적으로 불법이지만 아무리 막아도 암암리에 시장이 열리고 있다는 것이었다. 전국에 수백 개의 비공식적인 암시장이 생겨나 여기서 주민들에게 부족한 물건들을 사고파는 분위기였다. '잘은 못 먹지만 굶지는 않습니다.' 2007년 북한을 방문했을 때 한 관리에게서 들은 말이다. 2018년에는 그보다 사정이 나아진 것 같았다.

6·15 선언실천 남측위원회 상임의장을 2013년부터 맡아 이제 10년이 되어간다. 6·15 남북해외위는 2005년 금강산에서 발족식을 하며 탄생했

다. 조직 이름처럼 2000년 6월 남북 정상 김대중 대통령과 김정일 위원장이 만나 합의하고 약속한 선언 내용을 실천해나가고 그 정신을 계승하여 통일을 이루자는 의지로 탄생한 민간단체다. 초대 의장으로 백낙청 교수가 4년을 활동하고 김상근 목사가 2대 의장을 맡아 역시 4년 임기 동안 활동했다. 지금 나는 한 차례 연임을 하고도 1년 더 이 자리에서 못 내려오고 있다. 상임의장으로 '장기집권'하며 수회에 걸쳐 무려 1천만 원 가량의 과태료를 납부한 것도 개인적인 기록이 될 것 같다.

남북교류협력법이 웃긴다. 남북 민간교류 활성화를 위한다는 취지에서 남북 간 교류와 접촉을 신고제로 해놓았는데, 이게 허가제 못지않게 문턱이 높다. 각종 행사를 위해 중국 등에서 북한 사람들을 만나기로 했다는 신고서를 내면, 이걸 받아주지 않는 경우가 허다하다. 요컨대 팩스로 신고서를 보내면 받기야 분명히 받겠지만 승인거부 등의 조치를 취하고 만다. 우리로서는 신고를 했으니 일을 추진하는데, 뒤에 가서는 '신고서를 못 받았다'는 이유로 과태료가 붙는다. 처음에는 건당 1백만 원 정도였는데 어느새 2백만 원으로 올랐다. 물가인상률을 훌쩍 뛰어넘는 수준이다. 게다가 위원회의 경제 사정이 넉넉지 않아 연체를 하게 되면 또 연체료가 꼬박꼬박 불어난다. 남측위 사람들이 받은 과태료들을 다 합치면 1억 원 정도 될 것이다. 과태료 처분을 받은 사람들 가운데 개인적으로 몇백만 원씩 되는 돈을 물어낼 형편이 되는 이가 별로 없다. 위원회 차원에서 드문드문 납부하고 남은 액수가 5천만 원 정도 되는 것 같다.

나 같은 경우는 과태료가 나올 때마다 꼬박꼬박 납부했다. 원칙적으로는 위원회에서 대납해줘야 하지만 사정상 이를 바랄 수도 없다. 그래서 대여섯 번에 걸쳐 돈 천만 원 정도를 납부한 것 같다. '나중에 어떻게 될지도 모르는데 어째서 그렇게 열심히 내느냐'고 사람들이 묻는다. 자존심

문제다. 대한민국을 대표하는 통일단체의 대표로서 정정당당하고 떳떳한 모습을 보이고 싶었다.

6.15 남측위원회는 민주노총, 한국노총, YMCA, YWCA 등 대한민국의 시민단체들이 거의 다 들어와 있는 거대 조직이다. 현재까지는 단군 이래 최대이자 유일무이한 통일운동 단체라고 불린다. 회원단체가 납부하는 회비로 운영되며 정부로부터는 지원금을 전혀 받지 않고 있다. 정부 지원을 받으면 정부의 말을 듣지 않을 수 없는 구조가 되기 쉬우므로, 어려운 대로 그렇게 운영해나가고 있다.

상근 비상근 직원이 예닐곱 명이니 해야 하는 업무에 비해 턱없이 적은 숫자다. 적은 숫자의 직원들이 오늘도 최저임금 수준의 월급만을 받으며 통일을 위해 일하고 있다. 그리고 상임이사인 나는, 예전에 재야운동단체 시절부터 그랬듯, 보수 없이 '돈을 만들어 오는 자리'에 만족하고 있다.

코로나가 우리의 일상을 바꿔놓았다. 2020년 초부터 시작된 코로나 사태가 지구촌 시민들의 사는 모습을 바꿔놓았다. 코로나는 통일운동에도 안 좋은 영향을 미치고 있다. 잘 알려진 것처럼 북한은 철저한 봉쇄조치를 취하고 있다. 장기적인 봉쇄조치로 여러 가지 어려움이 많다고 한다. 남북한 만남의 길 또한 그렇게 막혔다. 뭐든 만나야 교류가 시작될 터인데 그 길이 꽉 막혔다. 답답한 일이다. 작년에는 십수 년간 매해 이어지던 6.15 공동위원회 남·북·해외위원회들의 만남이 취소되기도 했다. 피차 안전상의 이유이지만 심히 안타까운 일이다. 아쉬운 대로 2021년 올해에는 도쿄에 있는 해외위원회와 남측위원회가 화상으로 만나 원격회의를 진행하였다. 그리고 그 내용을 담은 데이터를 북측위원회에 전달하였다. 화상회의를 해보니, 참 어색하다는 생각이 들었다. 서로 악수도 나누고,

어울려 얼굴을 바라보며 농담도 하며 분위기를 이끌어야 하는데, 그게 불가능했다. 역시 '만남'은 '실제 만남'이 최고라는 당연한 생각이 들었다. 어서 이 코로나 시국이 종결되기를, 이어 남북 교류가 활발하게 이어지기를 기대한다.

통일을 향한 구체적인 방안에 대해서 잠깐 언급하자면, 북측은 1민족 1국가 방식의 통일을 원하는 것 같지 않다. 1민족 2체제로 상부상조 평화롭게 지내기를 원한다. 남쪽의 통일론자들은 대체로 1민족 1국가의 통일을 원한다. 그런 차이가 있다. 어쨌거나 흡수통일은 바람직하지 않다. 일방이 타방을 먹어 삼키는 방식은 안 된다.

궁극적으로는 1민족 1국가로 가야 하지 않을까 하는 게 내 개인적인 의견이다. 그런데 하나의 국가가 되려면 정부도 하나, 국가지도자도 한 명이 되어야 한다. 쉽지는 않겠지만 협의가 필요하다. 참으로 지난한 일이다. 성공한 사례는 아니지만 예멘의 통일 방식을 참고할 만하다. 이쪽에서 대통령이 나오면 저쪽에서는 부통령이 나오고, 저쪽에서 장관이 나오면 이쪽에서는 차관이 나오고, 한쪽에서 참모총장이 나오면 한쪽에서는 참모차장이 나오는 방식.

2000년 6월 15일 김대중 대통령과 김정일 총비서가 만나 통일 협의를 한 바 있다. 결론에 도달한 방식은 낮은 단계의 연방제였다. 현재로서는 그 방식이 제일 무난하다. 생전의 문익환 목사가 김일성 주석을 만났을 때, 대화를 시작하며 처음 나온 단어가 바로 낮은 단계의 연방제였다.

어서 통일이 되었으면 하는 마음은 나 혼자만의 바람이 아닐 것이다. 그러나 서둘러서 될 일이 아니다. 기왕 늦은 거, 더 철저한 준비와 대비 속에 통일을 맞이해야 한다. 통일은 준비 없이는 절대 찾아오지 않는다. 제도적인 준비 없이 통일만을 이야기하는 것은 무책임한 일이다. 통일은

준비하는 자에게만 찾아오는 것

단계적으로 이루어져야 한다. 경제협력, 자유왕래 교류, 궁극적으로는 통합정부 또는 1국가 2체제를 향해 나아가는 청사진을 그려야 한다. 이런 프로세스를 구상하고 준비할 정부 주체가 바로 통일부다. 현재 통일부는 너무 피동적으로만 움직이고 있다. 다양한 루트의 정보를 가지고 움직이는 국정원만 못한 현실이다. 통일부가 앞으로 더 큰 활약을 하기 위해, 부처에 더 많은 권한이 주어져야 한다. 더 많은 고급 정보들을 청와대 안보실이나 국정원으로부터 공유받을 수 있도록 제도적 장치가 마련되어야 한다.

민족의 장래를 위해, 한반도의 평화를 위해 통일은 완수되어야 한다. 나 역시 내 몸을 움직일 수 있는 날까지 내가 할 수 있는 모든 것을 다 할 것이다. 진전은 느리지만 성과는 원대할 것이다. 멀리 있는 것 같지만 노력하면 언제든 현실이 될 수 있는 것이 통일이다. 시간이 허락해주는 그날까지 더 힘을 내고 정신을 차려 통일을 노래할 생각이다.

원주 한지와 인연을 맺다

"현대를 살아가면서 소중한 문화유산이 잊히거나 유실되는 것을 이제는 막아야 합니다. 우리 주위에서 쉽게 접하고 얻을 수 있는 것을 아끼고 존중해야 합니다. 21세기를 이끌어갈 문화 역량을 키우고 육성해야 우리 지방이 발전할 수 있습니다. 고려시대 불교 문화가 번성하고 조선시대 500년 동안 강원감영이 자리 잡았던 원주의 역사는 곧 한지 문화의 현장이기도 합니다. 우수한 한지 문화를 영위했던 조상들의 얼을 되살려야 합니다. 그 정신과 지혜를 교훈으로 원주 한지 개발을 산업화해야 합니다."

1999년 개최된 제1회 원주한지문화제의 개회사의 일부다. 돌이켜보면 어언 20여 년 전의 일이다. 원주에서의 한지문화운동은 '원주참여자치시민센터'의 활동으로 처음 시작되었다. 당시 원주 사회와 문화를 조사 연구한 김진희 대표, 이선경 정책실장, 김수정 사무국장, 오미선 총무국장 등은 '원주 한지의 쇠락'이라는 문제를 들여다보게 되었고, 이를 시정하고자 기획한 것이 바로 한지문화제였다.

나의 경우 1999년 4월 어느 날 원주참여자치시민센터 이선경 실장으로부터 한 통의 전화를 받은 것이 시작이었다. 서울 사무실에서 일하고 있을 때였다.

"원주에서 한지문화제를 준비 중입니다."

"한지문화제요?"

"예, 위원장을 맡아주셨으면 해서요."

"하지만 제가, 한지에 대해 아는 바가 별로 없어서."

"그건 문제 될 것 없습니다. 우리 원주 지역에서 그래도 좋은 이미지를 가진 선생님이라 연락드린 거니까요."

내 삶의 터전 원주를 위한 일이라는 데 거절할 수가 없었다.

"하여튼 알았습니다. 원주 가면 한번 뵙지요."

대답은 해놨지만 부담이 아닐 수 없었다. 사무실 직원을 통해 이웃 일본에도 한지 축제 같은 것이 있는지, 있다면 어떤 식으로 행사를 진행하고 있는지 알아보라고 부탁했다. 그 결과 마침 도쿄 히가시치치부라는 마을에서 5월에 '화지和紙 축제'를 연다는 정보를 입수하였다. 히가시치치부에 견학을 가보고는 느낀 점이 많았다. 조그마한 면 단위 마을에서 전국적 규모의 화지 축제를 개최한 지 십여 년째인데 행사 기간마다 십만 명 넘는 관광객이 모여든다고 했다. 종이 제작에서부터 공예품 전시, 체험과 판매, 공연이 함께 어우러지는 행사였다. 이 정도라면 우리도 못 할 일이 없다는 판단이 섰다.

그리하여 1999년 9월 8일, '원주 한지가 전하는 천년 문화의 숨결'이라는 주제로 제1회 원주한지문화제가 개최되었다. 학술행사로서 한·중·일 국제 심포지엄, 원주 한지 개발을 위한 세미나를 비롯해 조선시대 한지공예 유물전, 한지공예전, 한지작가 초대전을 비롯한 한지 그림전, 한지 인형전이 열렸다. 한편 관람객들과 함께하는 원주 한지 제작 체험, 꽃등 달기, 한지상품 판매, 문화공연 등이 다채롭게 기획되었다.

행사를 앞두고 가장 큰 문제는 역시나 예산 확보였다. 당시 원주지역구의 김영진 국회의원을 후원회장으로 영입하며 회원을 확보하기로 하였다. 더불어 원주시의 협조를 구했으나 할당받을 수 있는 예산은 많지 않았다. 문화관광부 장관의 협력을 받으려고 면담을 여러 차례 신청했고, 얼마 후 어렵사리 면담이 이루어졌다. 당시 박지원 장관 앞에서 사업계획서를 펴놓고 소상히 설명했다.

"2천만 원 정도만 후원해주셨으면 하는데요."

그랬더니 박 장관이 무릎을 친다.

"2천만 원이 뭡니까? 5천만 원 도와드리지요."

그때 내게 문득 떠오른 것이 '장관 선에서 처리하는 예산 규모가 최하 5천만 원인가?' 하는 엉뚱한 생각이었다. 사업계획서를 재차 찬찬히 살펴보던 박지원 장관이 내게 물었다.

"그런데 전야제는 없습니까?"

"그건 예산 때문에 생각 못 하고 있습니다."

"아이고, 그런 행사에서는 전야제가 꽃인데."

그러더니 비서를 시켜 그 자리에서 MBC 제작본부장과 통화했다.

"원주에서 한지문화제를 할 예정이랍니다. 전야제 좀 신경 써서 준비해주세요. ……예, 예산이 얼마? 1억이 들어간다고? 염려 말고 진행해주세요."

생각도 못 했던 5천만 원 후원과 전야제까지, 그 소식을 김진희 대표에게 먼저 전화로 알렸다. 그렇게도 기뻐하던 그 음성이 지금까지도 생생하다. 원지 한지문화제 역사의 시작을 알리는 전야제는 치악체육관에서 성대하게 열리며 온 시민의 관심을 모았다. 이날 박지원 장관은 개막식에 직접 참여하여 격려사를 해주었다. 제1회 한지문화제는 그야말로 첫 시작임에도 비교적 성공적이었다는 칭찬을 많이 받았다. 행사를 주관했던 원주 참여자치시민센터 운영진과 회원들의 헌신적인 노력이 있었기에 가능한 일이었다. 내 일처럼 즐겁게 참여해준 자원봉사자, 비상한 관심을 갖고 행사에 참석한 시민들의 역할 또한 빼놓을 수 없을 것이다.

한 해가 지나고, '천년의 숨결, 우리의 얼굴'이란 주제로 제2회 원주한지문화제를 준비하게 되었다. 두 번째 행사를 보다 완벽하게 치르고자, 2000년 5월에 한지문화제 위원들과 함께 다시 히가시치치부를 찾았다. 그곳에서 촌장을 비롯한 공무원들의 따뜻한 환대를 받으며 여러 가지 정보를 교환할 수 있었다.

2000년 하반기에 접어들면서 본격적으로 행사 준비에 돌입하였다. 내가 할 일은 역시나 예산 확보였다. 전년도에 크게 도움받은 것을 생각하면서 문화관광부 박지원 장관을 면담했다.

"작년 수준으로 지원해주실 수만 있으면 큰 도움이 될 것 같습니다."

"아이고, 죄송하지만 두 번은 돕지 않습니다."

단호한 거절의 답을 받고는 하는 수 없이 물러섰는데, 서운한 생각보다는 어서 예산을 확보해야 한다는 마음뿐이었다. 고민 끝에 생각한 인물이 청와대의 이희호 여사였다. 면담을 요청했고, 허락을 받아 청와대로 들어가서 뵈었다.

"원주에서 한지문화제를 준비하고 있습니다. 이번이 2회째이지요. 바쁘시겠지만 격려사를 부탁드릴 수 있을까요?"

행사 취지를 소개하고 정중하게 요청했더니 흔쾌히 승낙해주셨다. 그 후에 박지원 장관을 다시 만났다.

"영부인께서 격려사를 해주시기로 약속하셨습니다. 그런데 1차 때와 달리 문화제가 초라한 규모라서 걱정이네요."

그러면서 재차 '작년과 같은 5천만 원 지원'을 요청했더니 이번에는 별다른 이야기 없이 그러겠노라고 허락하는 것이었다.

문화제 첫날, 영부인은 헬기 편으로 횡성공군비행장을 경유해 행사장에 찾아오셨다. 격려사를 마치고는 한지 뜨기 체험에도 참여하는 등 의미

이희호 여사의
한지문화제 방문

있는 시간을 보내셨다. 주최 측으로서는 더없는 영광이었으나, 최고위층 인사를 모신다는 것이 보안상 매우 까다로운 일이라 불편한 점도 있었다. 경호원들이 사전 개막장소인 치악예술관을 점검하고 입장 시간까지 폐쇄한 데다 비표가 있는 사람만 입장시키다 보니 미처 수속을 밟지 못한 시민들의 입장이 제한되며 불만을 사기도 하였다. 또한 영부인이 비행장을 왕복하는 시간에 맞춰 시내 교통이 통제되면서 발생한 불만도 많았다.

제2회 한지문화제의 전야제는 KBS 원주방송국과 상지대학교의 후원으로 상지대학교 운동장에서 개최되었다.

"한지 관련 산업화와 관광자원을 꾸준히 연구하여 한지 문화의 적극적인 재발견을 추진하도록 노력할 것입니다. 한지 사업 중심에는 원주 시민이 있습니다. 원주 한지는 훌륭한 시민문화의 하나로 거듭날 것입니다."

'건강한 시민정신이 일구어가는 민족의 문화 원주 한지'를 주제로 열린

제3회 원주한지문화제는 1, 2회에 비해 한층 안정적이고 체계적으로 진행되었다. 예전에는 행사 기간 내내 김진희 집행위원장의 목이 쉬어 있을 정도로 모든 일이 집행위원장에게만 집중되어 있었다. 어느 부분이건 집행위원장을 통하지 않고서는 진행이 어려울 정도였다. 그러던 것이 3회부터는 집행체계가 다양하게 조직화 분화되어 잘 돌아가는 모습이었다. 지방의원, 사업인, 예술인, 교수, 성직자, 언론인, 단체 대표 등이 위원으로 다수 참여하였으며 역시나 많은 시민들이 적극적으로 참여해주었다.

제3회 한지문화제 당시의 특기할 만한 행사는 문화제 기간 내내 치악예술관 제1전시장에서 펼쳐진 제1회 대한민국한지대전이었다. 한지대전은 한지 문화를 계승·발전시키고 국내외 경쟁력 있는 한지 문화산업 육성과 신진작가 발굴을 위해 한지문화제가 마련한 공모전시회다. 2021년 들어 원주한지문화제는 어느덧 제23회를 맞이하였는데, 대한민국 한지대전도 21회째 공모전을 열고 천년의 숨결을 간직한 한지 속 민족문화를 재발견하는 시간을 가졌다.

제5회 원주한지문화제는, 어둠을 밝히며 살아왔던 조상의 삶을 한지로 빚어낸 동방의 불빛전, 세계의 다양한 종이전, 대한민국 한지대전 등 다양한 행사가 이어져 참여한 모든 이들에게 우리의 한지 문화에 대한 자부심을 새로이 느끼게 해주었다. 해마다 문화제가 계속되며 지역사회의 축제로 자리매김하게 되었다.

북부지방산림청은 한지의 원재료인 닥나무를 식재하기 시작하였고, 원주시도 전반적인 식재 계획을 발표하였다. 또 한지개발원이 문광부에 건립 계획안을 낸 한지테마파크가 신규 개발 사업으로 채택, 180억 원의 예산을 확보해냈다. 이에 대학 및 전문가들이 신소재를 개발할 한지연구소, 한지디자인연구소 개설 계획을 세워갔다. 전국 초중등 교육과정에 한지 과목이 특별활동으로 권장되었으며 상지대학교에는 문화공예품개발학과가 신설되었다. 무엇보다 대한민국한지대전의 경우 회가 거듭되면서 우수한 작가들이 더 많이 참여하게 되었다. 이처럼 원주는 명실상부 대한민국 한지 문화의 산실로 자리 잡아갔다.

준비하는 자에게만 찾아오는 것

유럽으로 진출한 한지문화제

이러던 차에, 우리의 빛나는 한지 문화를 해외에 소개할 계기가 마련되었다. 당시 국회 통일외교통상위원회 여당 간사로서 2003년도 해외공관 국정감사를 실시하던 즈음, 주프랑스 대한민국 대사관을 감사하게 되었다. 그때 주철기 대사는 부임한 지 한 달 정도밖에 되지 않았음에도 감사 준비를 철저히 하여 좋은 인상을 주었다. 국정감사가 끝난 다음 주철기 대사를 만나 대화를 나누었다.

"파리에서 한지문화제를 개최하고 싶은데, 어떻게 생각하시나요?"

그러자 손바닥을 마주치며 반색한다.

"좋습니다! 실은 대사로 오기 전에 원주한지문화제를 둘러본 적이 있답니다. 긍정적으로 검토하겠습니다."

귀국해서 한지문화제 관계자들에게 이 사실을 이야기하자 크게 반기는 분위기였다. 문광부에 예산을 요청해 소요예산의 50퍼센트를 확보했다. 나머지 50퍼센트는 당시 행자부 장관에게 부탁하여 지방특별교부금으로 확보할 수 있었다. 그리하여 2005년 3월 파리 한지문화제를 개최하게 되었다. 결과는 대성공이었다. 가장 동양적이고 한국적인 한지 문화를 선보이며 파리 현지 교민들에게 큰 자긍심을 선사하는 한편 파리 시민들에게도 각별한 감명을 주었다. 파리 2TV뉴스는 파리 한지문화제 소식을 1분 30초가량 보도했는데 대단한 성과였다.

"프랑스 시민으로 귀화하지 않기를 참 잘했습니다!"

파리의 한지문화제

파리 교민으로 거주하는 어떤 작가는 그런 표현으로 한지패션쇼를 극찬했다. 당시 한국문화원장인 모철민 원장도 "대한민국이 주최한 가장 성공적인 문화제"라고 극찬을 아끼지 않았다.

이듬해인 2006년에는 한불수교 120년을 기념하여 한 번 더 파리에서 한지작품 전시회를 열었다. 그다음 해인 2007년에는 독일의 본에서 한지전시회를 갖고 한지의 우수성과 가치를 널리 알렸다.

"세계 문명의 젖줄인 한지, 대한민국 원주는 한지가 있어서 아름다운 도시로 발전할 것입니다"라는 선언과 함께 제6회 원주한지문화제가 개최되었다. 이 해에는 한·일 한지 작가 초대전이 특별한 행사로 꼽힌다. 국제교류는 늘 쉽지 않은 행사였다. 소통을 위한 통역과 초빙교수에 대한 항공비, 숙박 등 재정문제는 늘 부담스러웠다. 그러나 언제나 그러하듯 위기를 잘 넘기며 성공적인 행사를 이끌어낼 수 있었다.

돌이켜보면 1회에서 6회까지는 원주에서 한지문화제를 정착시키는 시기였다. 이때까지만 해도 지역 시민의 이해와 지지가 약한 데다 원주시로부터 재정 지원조차 받지 못하는 어려운 조건이었다. 악조건 속에서도 끝내 한지문화제를 성공의 궤도에 올릴 수 있었던 것은 김진희 대표와 이선경 정책실장을 비롯한 시민운동단체 회원들의 헌신과 노력의 힘이었다. 사양화되어가는 원주 한지의 가치를 정확하게 부각시키고 한지 문화를 재창달하는 사업의 첫 시작점에 그들의 빛나는 의지가 있었다.

2005년 9월 29일부터 10월 3일까지 개최된 제7회 한지문화제는 민간 주도 행사에서 한 걸음 나아가, 마침내 정부 차원의 '한지의 국가 브랜드화' 사업으로 추진되었다는 평가가 가능할 것이다. 더불어 문화제 자체가 한지의 예술성과 교육적 가치, 디자인과 산업적 가치를 극대화하여 관람객들에게 감동을 주는 축제로 성장하였다. 관람객들의 이목을 한데 모았던 것은 색과 선의 아름다움을 뽐내는 한복 패션쇼와 한지 리빙 디자인 상품기획전이었다. 신소재 한지직물원단을 이용하여 동양의 전통미와 현대미를 동시에 느낄 수 있는 리빙 디자인 상품개발기획전은 시민들의 큰 관심을 받으며 한지 산업화의 미래가 무엇이 될지를 보여주었다.

'천육백 년의 숨결, 한지의 세상으로'를 주제로 펼쳐진 제8회 한지문화제는 사라져가는 한지 문화를 시민의 힘으로 복원하고 발전시켜온 그간의 역사를 조명하며 2006년 9월 20일부터 24일간 역시 치악예술관 일원에서 펼쳐졌다. 이해에는 특별히 한국 한지 대표작가 초대전과 한지자료특별전이 전시되었다. 한지자료특별전은 종이의 전래과정, 한지의 역사, 한지제작과정을 한눈에 볼 수 있는 전시였다.

제8회 한지문화제가 성공적으로 끝나자마자 김진희 집행위원장을 비롯한 실무진들은 프랑스 파리의 바가텔공원 갤러리에서 개최되는 한지 전시 준비에 바빴다. 2005년에 이어 두 번째로 열리는 파리 현지 한지문화제였다. 갤러리 자체가 지극히 고풍스러운 장소인지라 품목 하나하나에 극도로 신경을 쓰지 않을 수 없었다. 바가텔공원 갤러리에서 그해 11월 24일부터 12월 30일까지 진행된 한지문화제는 파리 시민들의 관심과 감탄 속에서 큰 성공을 거두며 문화관광부 관계자들을 흐뭇하게 만들어주었다.

바로 그해, 2006년 제4회 전국동시지방선거가 있었다. 열린우리당 후보로 강원도지사 선거에 출마한 나는 현직 도지사인 한나라당 김진선 후보에 밀려 낙선하였다. 간만에 맛보는 패배의 쓴잔이었다. 선거가 끝나고 며칠 뒤 노무현 대통령이 식사 자리를 마련했다. 지방선거에서 고배를 마

노무현
대통령과
함께

신 열린우리당 후보들과 함께하는 자리였다. 마침 노무현 대통령 옆자리에 앉게 되었다.

"요즘 어떻게 지내십니까?"

특유의 다정한 목소리로 그렇게 묻기에 그즈음 한창 열심이던 한지 이야기를 꺼냈다.

"원주 한지 문화사업 때문에 많이 바쁩니다."

"아, 한지요?"

그에 대해서 자세하게 설명을 드렸다. 그러자 고개를 끄덕이시더니 그 자리에 함께 있던 총무비서관에게 당장 지시를 내리는 것이었다.

"앞으로는 대통령 이름으로 발행되는 표창장과 임명장, 감사장 같은 것을 전부 원주 한지로 사용해주세요."

참으로 감사한 일이었다. 이후, 본격적인 업무 협약을 위해 관련 부서 사람들이 원주로 찾아왔다. 한지는 일반 백상지 등에 비해 표면이 미끄럽지 않고 꺼끌꺼끌 굴곡이 있는 것이 특징이다. 그래서 한지에 인쇄를 하려면 특별한 인쇄기기가 필요하다. 이 때문에 인쇄 전문기사들을 대동하고 한지공장으로 시찰을 온 것이었다.

제9회 한지문화제는 '천육백 년을 이어온 지혜의 빛 원주 한지'라는 주제로 2007년 9월 5일부터 9일까지 개최되었다. 우리 문화를 계승하여 예술적 가치를 높이는 한지문화제, 한지를 세계적인 브랜드로 키워 시민들의 자긍심을 높이는 한지문화제, 민족의 문화적 역량을 드높이는 한지문화제로서 자리매김하고자 다양한 행사와 함께 진행된 문화제에 많은 관람객들이 호응해주었다.

특히 제9회 행사는 평소부터 원주한지문화제와 긴밀한 유대를 가져온 강원민방GTB와 공동 주최로 진행하였다. GTB는 한지문화제 전야제로 규모 있는 음악회를 마련하여 이 행사를 원주 시민들에게 알리는 데 큰 몫을 해주었다. 이해의 가장 중요하고 독특한 프로그램 가운데 하나는 한지조명특별전이었다. 한국의 전통과 자연이 담긴 한지와 현대문명을 대표하는 조명의 조화 속에 우리 민족의 섬세한 아름다움과 은은함을 담아내도록 많은 이들이 애썼다. 첨단과 전통이 만난 한지조명의 불빛이야말로 동양의 빛깔이었고 한지의 빛깔이었다.

일반적으로 문화제의 성공 여부는 자원봉사단의 역할에 달려 있다 해도 과언이 아니다. 2007년 역시 한라대학교 학생자원봉사단, 강원도청소년활동진흥센터 청소년봉사단, 원주한지공예인연합회, 명륜동청장년회, 원주문화원 자원봉사단, 원주사랑교사모임, 원주한지사랑두루마리봉사단 등에서 참여해주었다. 순수자원봉사로 행사 전반에 걸쳐 각종 진행을 맡아 수고한 봉사자들의 노고 없이는 그처럼 훌륭한 행사를 성공적으로 치를 수 없었을 것이다.

제10회 한지문화제는 2008년 9월 24일부터 5일간 '하늘이 내린 오색빛깔 원주 한지—빛'이라는 주제로 진행되었다. 이해의 한지문화제는 한마디로 '한지와 빛의 향연'이었다. 무엇보다 연못 위에 띄운 한지연꽃등의 자태는 한지의 고고한 매력을 아름답게 빛내는 행사의 백미였다. 원주 시내 초등·중등·유치원 학생들과 시민들이 직접 제작한 국화꽃등, 장미등, 무지개등, 민화등을 비롯한 형형색색의 등이 행사 기간 내내 불을 밝혀주었다. 제작에 참여한 학생과 구경 나온 시민들 모두 앞다투어 핸드폰 촬영을 하면서 감탄을 아끼지 않았다. 더불어 일본(미노)의 수상작품 17점, IAPMA(세계종이조형작가협회) 회원 작품, 한국의 박경주, 이종한, 한기주 작가의 초대작 전시 또한 볼거리였다. 2010년 원주에서 열릴 세계종이작가협의회의 성공적인 개최 준비를 위해, 헬렌 차서 회장이 원주 행사장에 찾아오기도 했다. 덕분에 2년 후에 열릴 국제회의에 만전을 기할 수 있었다. 또 하나의 특별행사인 한지패션쇼에서는 우아한 아름다움의 한지 웨딩드레스가 집중 조명되었다. 이 행사는 멀버리 한지웨딩사의 기획초대전으로, 7월에 서울 인사동에서 전시회를 가진 뒤 원주에 찾아온 것이었다.

한지문화제를 10회째 이어가며 위원회 구성도 폭넓게 조직할 수 있었다. 대학교수, 변호사, 기업 대표, 시민단체 대표, 공무원, 시민 등 각계각층에서 골고루 참여하였으니, 시민연대 중심으로 시작했던 문화제에서 시민이 주인 되는 문화제로 승화 발전되고 있다는 증거였다.

한지의 생명력과 향기

제11회 원주한지문화제 때는 한지직물상품특별기획전이 열렸다. 한지 직물을 활용한 패브릭 소품과 생활복 등 한지직물 의상 전시였는데, 이 야말로 한지 산업화의 밝은 미래를 점쳐볼 수 있는 기획이었다. 한지문화 제가 시작된 이래로 꾸준히 언급되어온 것이 '한지 산업화'였다. 문화제가 10년 이상 진행되면서도 산업화에 관해서는 이렇다 할 진전이 없던 터에, 의미 있는 한지 활용 사례로 평가받을 만한 기획전이었다.

11회 때의 또 다른 특별 행사는 일본 미노시장의 초청 강연이었다. 강 연을 통해 '화지를 자원으로 한 일본 기후현 미노시의 마케팅 성공사례' 를 전해 들을 수 있었다. 미노시는 인구 23만의 작은 도시다. 그러나 여러 해 동안 주변 도시에 편입되지 않고 있는데, 이는 전통산업인 화지 생산 지역으로 그 독특성을 인정받으며 미노시만의 정체성을 확보해냈기 때문 이었다. 미노시에서 열리는 아카리아트행사에는 매년 수백만 명의 관광객 이 몰리며 화지의 전통과 미래를 보고 느끼고 즐긴다고 한다.

제12회 원주한지문화제는 2010년 9월부터 12일까지, 그간의 치악예술 관이 아니라 한지테마파크에서 개최되었다. 드디어 원주 무실동 한지테마 파크 시대가 시작된 것이다. 장소가 좁아지고 주차시설이 넉넉지 않아서 불편하기는 했으나 '내 집 앞마당'에서 행사를 치르니 당연히 편리한 점 도 많았다.

한지 한 장에는 생명력이 있고 향기가 있습니다.

한지 한 장에는 광택과 부드러움이 있고,

한지 한 장에는 질기면서 강인함이 있습니다.

한지 한 장에는 민족의 슬기가 있고 역사의 희로애락이 있습니다.

한지에는 또한 문화와 전통이 있습니다.

한지는 꿈과 희망을 이어주는 보물과도 같은 존재입니다.

당시 초대장 내용의 일부다. 우리 민족의 역사·문화와 떼어놓을 수 없는 한지를 쏙 닮은, 아름답고 고고한 문장이라 생각된다.

제12회 한지문화제 때는 학술행사 '원주 한지 산업화를 위한 세미나'가 연세대학교 대학본부 2층 회의실에서 열렸다. 이 자리에서 원주 한지의 현대화와 산업화를 위한 과제, 대학과 기업과 문화인들이 이를 어떻게 분담하여 활동하고 협력할 것인지에 대한 연구발표와 토론이 진행되었다. 또한 '2010 세계종이조형작가협회' 원주 총회의 특별기획으로 미국·캐나다·브라질·오스트리아·영국·불가리아·아르헨티나·호주·오스트리아·불가리아·사이프러스·덴마크·프랑스·독일·이스라엘·한국·네덜란드·노르웨이·스코틀랜드·스페인·스웨덴·스위스·터키 등 26개국에서 100여 명의 작가가 참여하여 성공적인 기획전을 벌였다.

2010년 9월 8일부터 13일까지는 원주에서 제22차 IAPMA 총회가 개최되었다. 한지개발원이 1년 전부터 준비해온 터라 큰 무리 없이 국제행사를 치를 수 있었다. 100여 명의 외국인이 모이는 행사이다 보니 여러 가지 어려움이 있었으나 자원봉사자들의 헌신적인 노력으로 원만하게 진행할 수 있었다. 동서의 만남을 주제로 한 총회에서는 회원들의 새로운 아이디어와 기법이 돋보이는 수제종이와 종이예술작품에 대한 전시와 판매가 함께 진행되었다.

제13회 원주한지문화제는 '감동과 추억의 한지여행'이라는 테마로 2011년 9월 28일부터 10월 2일까지 진행되었다. 전해에 이어 한지테마 파크에서 개최되어 더욱 구체적인 한지 전문공간 테마파크 시대를 과시했다.

학술행사로 원주 한지 활성화를 위한 '닥나무 식재사업 활성화에 대한 세미나'가 개최되었다. 닥나무 수요의 80퍼센트를 외국에서 수입해오는 현실, 국산 닥나무는 드물고 값도 비싼 현실에서 그간 국산 닥나무만을 사용하여 한지를 만드는 장인들은 많은 희생을 감내해야 했다. 이런 측면에서 닥나무 식재사업 세미나는 시의적절하고도 실용적인 학술세미나였다. 이 행사는 원주 RIS 사업단이 주최하고 연세대 산학협력단과 한지개발원이 공동주관했다.

이해 6월에는 이탈리아 로마에 있는 국립민속박물관에서 한지문화제를 개최하였다. 주이탈리아 한국 대사와 바티칸 신학원장 김종수 신부 등이 참여한 속에 성황리에 개막식을 마치고, 동서양 종이 작가들의 워크숍도 높은 관심 속에 진행되었다. 이 기회에 파브리아노 종이박물관과 한지문화교류협정을 맺게 되었으니 커다란 소득이었다.

2012년 6월 28일부터 7월 5일까지는 미국 뉴욕에서 한지문화제를 개최하였다. 루벤미술관, 유엔한국대표부, 첼시지역 전시장 등에서 성황리에 진행된 뉴욕 한지문화제를 통해 우리 한지의 고고한 아름다움을 마음껏 과시할 수 있었다. 당시 적극적으로 지원해준 주뉴욕 총영사와 문화원장, 특히 뉴욕강원도민회의 우호적 도움에 감사드리고 싶다.

유엔한국대표부 건물에서 진행된 한지패션쇼는 장소에 애로사항이 없지 않았음에도 특히 많은 뉴요커들의 환영을 받았다. 패션쇼의 모델을 찾기 어려워서 대부분 현지인을 인터뷰하여 선정했는데, 다행스럽게도 기대 이상이었다는 평가였다. 아쉬운 점이라면 한지현대미술전, 한지종이조형전, 한지전통공예전 등을 사정상 따로따로 전시하여 집중성이 떨어진 부분이었다.

2012년 제14회 원주한지문화제는 '시민 속으로 들어가 함께'하겠다는 의지 속에 치러졌다. 이해에도 한지등 퍼포먼스가 특별히 관객들의 이목을 사로잡았는데, 특유의 아름다운 빛을 발하는 수천 개의 한지등들은 행사장을 카메라 촬영 명소로 만들기에 충분했다. 유치원과 초등학교 중학교에 이르기까지 학생들 저마다의 이름으로 등을 만들어 단 등걸이 행사도 의미 깊은 체험의 현장이었다. 또 한지문화제의 백미로 자리매김한 패션쇼는 더욱 발전한 생활 속 한지패션을 선보이며 이목을 끌었다.

자신만의 깊이 있는 문화를 계승 발전시키고 창의적으로 개발해나가는 민족이야말로 문화를 아는 민족이요 수준 높은 문화를 가질 자격이 있는 민족이다. 또한 정신적으로 부강한 민족이다. 어느덧 20년 역사를 이뤄낸 원주한지개발원은 우리네 독특한 한지 문화를 계승 발전시키며 문화 민족으로서의 자긍심을 높일 수 있도록 노력해왔다.

지난날들을 돌이켜볼 때, 20여 년에 걸친 한지문화개발원의 문화운동은 다음과 같은 세 단계로 나누어볼 수 있을 것이다. 제1단계는 1회부터 6회까지(1999~2004)의 정착기다. 자치단체의 별다른 지원이 없는 악조건 속에서 시민과 함께 시민의 힘으로 어렵사리 뿌리 내리던 시기였다. 원주시민연대가 책임감을 가지고 힘든 역할을 해주었다. 일반 시민의 참여를 유도하기 위하여 2회 때부터는 한지문화제 위원회를 조직하여 활동하였다. 결과적으로 이것이 큰 힘이 되었다. 지역사회의 관심 있는 인사들 1백여 명이 자발적으로 참여해주었고, 특히 자원봉사단의 헌신적인 노력은 적은 예산으로 크고 훌륭한 행사를 가능하게 해주었다. 한라대와 상지대 학생들, 강원도청소년센터의 자원봉사단, 문화원봉사단, 지역 청장년회 등의 젊은이들이 각종 진행요원은 물론 야간경비처럼 힘든 일까지 담당해주었다.

제2단계는 7회부터 13회(2005~2011)까지의 중흥기다. 한지문화제의 규모와 내용을 심화시키는 시기라고 할 수 있다. 우선 행사 장소로서 한지 테마파크 일원을 안정적으로 활용할 수 있게 되었다. 그러나 주차장 확보는 지난한 문제였다. 인근 학교 운동장을 빌리기도 하였지만 관람객들이 여전히 테마파크 주변에 주차하기를 선호하여 혼잡이 불가피했다.

한지 문화 발전에서 한 걸음 나아가 한지 산업 육성이라는 측면의 도전이 처음 시작된 시기였다. 동시에 우리의 우수한 한지 문화를 해외에 전파하는 일에도 적극적으로 나섰다. 2006년 3월 파리 한지문화제, 2009년 한불수교 120년 기념 파리 한지문화제, 2008년에 독일 본 한지문화제, 2010년 로마민속박물관 한지문화제, 2012년 뉴욕 한지문화제 등 해외 활동을 활발히 전개하였다. 일본 미노시와의 교류도 더욱 활발히 이어갔다. 프랑스의 앙베르, 이탈리아의 파브리아노 종이박물관과의 협약을 체결하는 한편 세계종이작가협회에 가입하고 총회를 한국에 유치하는 등 작은 조직으로서는 역량 이상으로 활동하였다.

제3단계는 14회부터 20회(2012~2018)까지의 안정기다. 이제 원주시 예산을 큰 어려움 없이 확보할 수준의 지역축제로 자리매김하게 되었다. 문화제 프로그램들도 다양한 변화 속에서 성장을 도모하였다. 행사 때마다 음식 판매 문제가 대두되었다. 특히 '주류를 팔 수 있게 하느냐'를 두고 여러 목소리가 나왔다. 그러나 어린이들의 교육적 효과를 배려하여 주류를 끝까지 취급하지 않았다. 다른 문화행사를 보면 주류를 포함한 음식 판매를 통해 관람객을 많이 유치하기도 하는데, 주최 측이 고집스레 정도를 지키려 노력하며 적잖은 손해를 보았을 것이다.

행사조직 편제를 보면, 주최는 사단법인 한지개발원이고 주관은 한지문화제 위원회를 세우는 것으로 굳어졌다. 초기에 중심이 되어준 시민연대의 이름이 빠진 것은 원주 시민을 중심으로 한지문화제를 발전시켜나가자는 대의에 의한 진화의 결과였다. 이 과정에서 시민연대가 책임감을 가지고 깊이 이해하고 협력해주었다. 2016년에는 오사카 한지문화제를, 2017년에는 상하이 한지문화제를 개최하였으니 그러기까지 실무진들의 노고가 대단히 컸다.

2018년 11월, 20년간 관여했던 한지개발원 이사장직을 내려놓았다. 신임 이사장에는 원주 한지 발전과 한지개발원에 청춘을 다 바친 김진희 상임이사가 취임하였다. 이제는 20년에 걸친 한지문화제의 정착기와 중흥기, 안정기를 넘어서 미래를 준비해야 할 시기다. 문화제 내용과 규모 면에서 일대 혁신이 필요하다. 변화 없이 미래를 내다볼 수 없다.

'아직은 한지가 돈이 안 된다'는 말이 있다. 이런 말이 나오지 않도록 해야 한다. 한지로 돈도 벌고 문화도 창출해내야 한다. 한지 산업화에 더욱 박차를 가해야 한다. 시민 참여의 길을 더욱 활짝 열어야 한다. 소요 예산을 확보하는 데 있어 관의 도움은 그야말로 보조예산에만 머물 수 있도록 자생 구조를 만들어야 한다. 그리고 경쟁이 심한 국제 사회에서 살아남을 수 있어야 한다.

최근에 코로나로 잠시 길이 막혀 있었지만, 2021년 12월에는 로마에서 개최하는 G20 정상회담 기념행사, 2022년 워싱턴 행사가 잡혔다. 원주 한지를 들고 세계로 용감하게 나섰던 그간의 노력이 어느 정도 결실을 보

사단법인 한지개발원(이사장 김진희)이 2021년 대한민국문화예술상 시상식에서 대통령 표창을 수상하는 영예를 차지했다. 20여 년간 한지 문화를 발전시키고 한지의 세계화에 앞장선 공로를 인정받은 것이다. (왼쪽부터 이선경·이창복·김진희)

는 것 같다. 다시 한번 처음 시작할 때의 정신으로 돌아가야 한다. 긴 호흡으로 미래에 대한 설계를 해나가야 한다. 한지 문화가 더 아름답게 꽃피우길 기도한다.

대결의 시대의 막을 내리자

2021년 8월 15일 오후 2시, 광복 76주년을 기념하는 '한반도 자주평화통일을 위한 8.15 대회'가 열렸다. 코로나 시국에 따라, 작년에 이어 행사 일체가 온라인으로 진행되었다. 이날 6.15 남측위원회와 7대 종단이 포함된 한국종교인평화회의, 민족화해협력범국민협의회, 시민사회단체연대회의, 한국진보연대 등 88개 단체로 구성된 '광복 76주년 한반도 자주평화통일을 위한 8.15 대회 추진위원회'의 상임대표 자격으로 대회사를 하였다.

"구시대적 전쟁연습과 반인권적 제재를 당장 멈춰야 합니다. 전쟁과 식민 지배를 미화하는 한미일 동맹, 주변국을 적대시하는 한미동맹이 아니라 평화체제와 통일을 향해 협력하는 한미, 한미일 관계가 되어야 합니다. 변화를 선도할 유일한 열쇠는 남북협력뿐입니다. 위기와 대결이 아닌 평화와 협력의 힘으로 새로운 동북아 평화시대를 선도합시다."

단 하루를 위한 목소리가 아니었다. 앞선 두 달간, 대한민국 곳곳과 전 세계에서 '한반도의 평화와 자주'를 염원하는 6.15 남측위원회 소속 2,222개 단체의 단체선언이 있었다. 개인적으로 인증샷에 참여한 인원도 10,011명에 달했다.

6.15 해외측위원회의 활동도 눈부셨다. 백악관과 유엔본부 앞에서 '한미 연합 군사훈련 중단'을 요구하는 피켓 시위를 벌인 것을 비롯해 일본·캐나다·독일·프랑스·중국 등 6개국의 67개 지역, 323개 단체, 4,963명

의 동포들이 한반도의 평화와 자주를 염원하는 선언 영상과 인증샷 등에 참여한 것이다.

한반도의 자주와 평화는 우리에게 그 이상이 있을 수 없는 최고의 가치다. 통일은 우리 모두의 엄중한 의무이자 권리이며 희망이다. 광복 76주년 한반도 자주평화통일을 위한 8.15 대회 공동호소문을, 뜨거운 마음으로 다시 읊어보겠다.

오늘 광복 76주년 8.15를 맞습니다.

일제 강점으로부터 해방된 8월 15일, 기쁘게 기념해야 할 날이지만 아직 미완인 우리의 해방이 아프게 각인되는 날이기도 합니다.

광복 76년 8.15 대회를 함께 준비해온 종교, 시민사회는 그 어느 때보다 절박했습니다.

2018년, 역사적인 세 번의 남북정상회담과 남북의 합의들, 세기의 만남, 세기의 약속이라 해도 손색이 없을 북미정상회담과 싱가포르 공동성명을 발표하던 날들을 우리는 또렷이 기억합니다. 무엇보다 남북의 약속이 담대하고 거창했던 만큼 군사·경제·사회·문화 모든 면에서 남북관계가 빠르게 발전하리라 믿었으며, 남북관계의 발전이 종전선언과 한반도 평화체제를 위한 남·북·미·중의 협상을 이끌어 새로운 시대가 열릴 것을 기대했습니다.

그러나 대화는 중단되었고 남북관계는 공동선언 이전으로 회귀할 위기에 놓였습니다.

지난 7월 27일, 중단 13개월 만에 다시 연결된 남북 통신연락선은 남북관계 재개의 희망과도 같았습니다. 그러나 한미연합군사훈련의 사전 훈련 격인 위기관리참모훈련이 시작되면서 남북 통신연락선은 다시 연락두절 상태입니다.

대화의 전제는 언제나 신뢰입니다. 북한의 핵·미사일 실험 중단과 적대정책 철회 요구에도 한미는 그동안 이에 상응하는 적절한 조치를 내놓지 않았습니다. 대북제재와 한미연합군사훈련, 한국의 군비 증강 등도 계속되어왔습니다. 당국은 이번 한미연합군사훈련이 '적대적 의도가 없다'고 하지만, 공격적인 작전계획이 변경되었는지 확인된 바 없습니다. 하반기 한미연합군사훈련의 강행과 함께 신뢰는 또다시 무너지고 있습니다.

번번이 문제가 된 것은 미국입니다. '우리의 승인 없이 아무것도 할 수 없다'던 트럼프 대통령과 한미워킹그룹은 금강산관광과 개성 공단 재개도, 남북 간 철도, 도로의 연결도, 방역, 보건의료 협력도 '안 된다'며 남북관계를 가로막았습니다. 미국의 반대와 대북제재를 뛰어넘을 결단은 어디에도 없었습니다. 한미관계는 불평등하고 심지어 종속적이기까지 합니다.

우리 정부가 바이든 정부의 대북정책을 견인하는 데 많은 노력을 기울였다고는 하지만 바이든 정부 한반도 정책의 1차 목표가 한미일 군사협력 강화를 통해 한국이 대중국 견제에 동참하도록 하는 데 있다는 것은 공공연한 사실입니다. 바이든 정부가 대북정책으로 표방한 '대화와 외교'가 대중국 견제를 위한 '지연과 회피'에 그칠 가능성도 충분합니다.

지난 5월 한미정상회담 이후 한국이 미국 주도의 군사동맹 질서에 더욱 깊숙이 편입되는 것 아니냐는 우려가 커지고 있습니다. 군사동맹의 관성에서 벗어나지 못한다면 심화되는 미중 경쟁의 한복판에서 한반도와 동북아시아 평화는 더욱 멀어질 것입니다.

남북관계가 악화될수록 한반도 평화 문제는 미국을 비롯한 주변국에 휘둘릴 수밖에 없습니다. 한반도 문제의 당사자인 남과 북이 협력할 때 한반도 평화를 주도적으로 만들어나갈 수 있습니다. 정부가 주창해온 남북, 북미 관계의 선순환도 남북관계가 공고할 때 가능한 일입니다.

오늘 우리는 절박한 마음으로 호소합니다.

다시 대결의 시대로 돌아가서는 안 됩니다.

정부는 이제 임기 반년을 채 남기지 않았습니다. 판문점 선언과 군사 분야 합의, 평양공동선언이 휴짓조각이 될 위기에 놓였습니다. 신뢰가 무너진 자리에 더 큰 불신이 자라나듯 단지 남북관계의 중단이 아니라 대결 관계로 회귀하고 있습니다.

주권과 평화를 지키는 길, 정부는 이제라도 결단해야 합니다.

한미연합군사훈련을 중단하고 남북 공동선언 이행에 나서야 합니다.

76년 전 해방과 함께 찾아온 분단, 전쟁과 대결은 아직 진행형입니다.

적대 이념이 만들어온 특권과 부패, 반인권은 여전히 서슬 퍼렇게 우리의 민주주의를 위협하고 있습니다.

한반도 자주와 평화, 민족의 번영과 통일을 위한 여정을 이대로 멈출 수 없습니다.

종교, 시민사회는 남북의 화해와 한반도 평화를 위해 중단 없이 싸워나가겠습니다.

종교, 시민사회의 결의를 담아 다음과 같이 요구합니다.

1. 한반도에서 70여 년 이어진 전쟁과 대결을 끝내자!
2. 남북공동선언, 북미공동성명 이행하라!
3. 한미연합군사훈련 중단으로 대화의 문을 열자!
4. 일본 헌법 9조 개정과 한미일 군사동맹에 반대한다!!
5. 군비경쟁, 무기증강을 멈추고 코로나 민생예산 확충하라!

2021년 8월 15일

지금 이 시대에 국가보안법이 아직도 필요한가에 대해서도 얘기해볼 필요가 있다. 국가보안법 폐지에 대해 나만큼 여러 차례 주장한 사람도 많지 않을 것이다. 국가보안법은 용도 폐기할 때가 한참 지난 구시대의 산물이다. 국가보안법은 통일이 아닌 분단을 전제로 탄생하고 존재해온 법이다. 다시 말해 분단체제하에서 정권 강화를 위해서 잉태된 반인권적 악법이다. 대표적인 독소조항인 제8, 9, 10조를 보자.

제8조(회합·통신 등) 1항
반국가단체의 구성원 또는 그 지령을 받은 자와 회합·통신 기타의 방법으로 연락을 한 자는 10년 이하의 징역에 처한다.

남북 간 교류·협력을 정면으로 부정하는 반시대적 내용이다. 현재 4만명 가까이 되는 탈북민이 북한에 있는 가족들과 연락할 경우, 이 법에 따르면, 단박에 범법자가 되고 만다. 대다수를 범법자로 만드는 비현실적인 조항인 것이다.

제9조(편의제공) 2항

금품 기타 재산상의 이익을 제공하거나 기타의 방법으로 편의를
제공한 자는 10년 이하의 징역에 처한다.

이 역시 대한민국에서 힘들게 번 돈을 북한의 가족들에게 송금하고 있
는 다수 탈북민들을 범법자로 내모는 비현실적 조항이다. 국가보안법 중
에서 가장 악용되기 쉬운, 가장 문제가 되고 있는 것이 10조, 불고지 조항
일 것이다.

제10조(불고지)

반국가단체 구성 등을 알면서 수사기관 또는 정보기관에 고지하
지 않으면 5년 이상의 징역 또는 200만 원 이하의 벌금에 처한다.

국회의원 재직 당시를 돌아볼 때 가장 후회되고 안타까웠던 게, 국가보
안법 개정을 위해서 이렇다 할 활동을 못 한 점이다. 바빠서 잊었던 것은
아니다. 시도는 했지만 여건이 너무도 좋지 않았다. 당내에서 몇 차례 개
정 운동을 벌였지만 호응이 별로 없었다. 같은 여당 내에도 반대하는 의
원들이 적지 않았다. 정치적인 부담 때문에 반대하는 사람도 있었지만 진
심으로 반대하는 사람도 있었다. 답답한 일이었다. 한계가 느껴지는 상황
이었다.

2022년인 지금도 마찬가지다. 국가보안법 폐지하자고 하면 바로 '빨갱
이' 소리를 듣게 되는 사회 분위기다. 사실 국가보안법 개정 및 폐지는 문
재인 대통령의 후보 시절 공약이었다. 그러나 결국 국회 상정도 못 하고
말았다. 안타까운 일이다.

양심수 없는 나라가 되어야 한다. 우리는 양심수가 없는 세상을 살아갈 권리가 있다. 양심수가 많다는 것은 그만큼 그 나라의 정치가 불안하다는 의미다. 한때 나도 양심수의 삶을 살았다. 지금보다 더 민주주의가 억압되었던 시기였다. 암울한 시기였다. 당시에 투옥된 나를 석방시키기 위해 앰네스티 등에서 석방 운동을 벌이기도 했다.

나라가 거꾸로 흘러가서는 안 된다. 양심수를 특별 사면하는 것도 중요한 일이지만, 더 중요한 것은 양심수를 잡아들이지 않는 일이다. 이것이 제도화되어야 한다. 종교적인 이유로 군 입대를 거부하는 이들에게 대체복무를 추진하는 경우가 이에 해당할 것이다.

이 시대의 마지막 재야

　'이 시대의 마지막 재야'라는 소리를 듣게 된 것도 벌써 여러 해 전부터
이다. 어느덧 그런 나이가 되었고 그렇게 시절들이 흘러갔다. '원로'란 어
느 분야에서건 참으로 두렵고 부담스러운 호칭이다. 그러니 피할 수 없는
것이 세월이요 나를 바라보는 사람들의 평가다.

　불우한 소년들과 함께 얻어온 걸밥을 나눠 먹는 다리 밑 생활도 해보
았다. 공장근로자들의 거친 손을 잡고 함께 노동법을 공부하던 시절도
있었다. 공안경찰의 추적을 피해 숱하게 도망 다니던 기억이 아직 선하
다. 민통련, 전민련, 전국연합 등 당대를 대표하는 시민단체의 가장 중요
한 자리에서 전체적인 살림을 도맡으며 수없는 대정부 활동을 주도해왔
다. 그 와중에 모두 네 차례 투옥되어, 주말이면 푸른 죄수복을 입은 채
로 아주 잠시 아내를 만나곤 했다. 그런가 하면 국회의원에 당선되어 감
당하기 힘든 빚을 져가며 바쁘게 임기 4년을 보내었다. 남측의 민간 대
표로 평양에 건너가서 우리 동포를 얼싸안기도 했다. 역사는 여전히 진
행 중이니 2021년 7월 30일, 등기우편으로 뜻밖의 기소장을 받으며 이
분야의 경력을 하나 더 늘렸다. 민주노총 집회 때, 부탁을 받고 찾아가서
격려사를 읽었던 게 화근이었다. 감염법 예방 관리법 위반은 처음인데,
평생을 통틀어 몇 번째 기소인지 기억도 나지 않는다.

　글로써 늘어놓으니 제법 그럴듯하지만, 이즈음에 자꾸만 드는 생각은
그와 반대되는 것들뿐이다. 그간 도대체 무엇을 해왔나 싶은 아쉬움이다.

바삐 살아왔지만 제대로 이룬 것이 없는 것만 같은 안타까움이다. 이 나이 먹은 사람이라면 누구나 갖게 되는 회한일까. 어쩔 것인가. 아직은 할 수 있는 일, 해야 하는 일, 나만이 할 수 있는 일이 너무 많다. 아쉬움과 안타까움을 불쏘시개 삼아 더욱 힘을 낼밖에.

이 글을 마무리하는 동안, 나라 안은 코앞으로 닥쳐온 20대 대통령선거의 뜨거운 분위기로 정신이 없다. 책이 인쇄되어 나오고 사람들 손에 쥐어질 때쯤이면 대한민국의 20대 대통령이 이미 새롭게 정해졌을지도 모르겠다. 어느 당 출신 후보건, 어떠한 경력과 성향을 가진 인물이건, 내걸었던 공약이 어떤 종류였건, 대한민국의 새로운 대통령이 되는 이에게 충심으로 드리고 싶은 말씀이 있다. 이 시대 마지막 재야의 한 사람으로서 간절히 바라 마지않는 소원이 몇 가지 있다.

첫 번째, 대통령이란 무엇보다 민족의 지도자 역할을 해줘야 하는 자리다. 대한민국의 20대 대통령은 첫 번째로 민족의 절실한 현안, 바로 평화통일에 대해 누구보다 큰 철학과 비전을 가지고 이를 힘 있게 펼쳐나가야한다. 그간 6.15 선언, 10.4 선언, 판문점 선언 등 많은 남북한 정상들이만나 소중한 합의안들을 만들어내었다. 그러나 안타깝게도 이런 여러 합의안의 내용들 가운데 실천된 것은 거의 없었다. 다시 말해 약속이 지켜지지 않았다. 그래서 신뢰가 깨졌다. 약속을 지키는 일이 중요하다. 깨진신뢰를 회복하는 일이 무엇보다 중요하다. 합의안이 실현되지 못한 책임은 남측에만 있지 않다. 북측에만 있지 않다. 남북에만 있지 않다. 어쨌거나 그러한 걸림돌을 격파하고 가장 중요한 남북 간의 합의를 이루어낼 수있는 지도력을 새로운 대통령은 발휘해야 한다. 다양한 외교적 전략을 동원해서 개성공단과 금강산관광 재개, DMZ 개발 등을 과감히 실천해나가야 한다.

두 번째, 대통령이란 모든 국민을 제대로 먹여 살려야 하는 자리다. 대한민국의 20대 대통령은 경제 문제에 해박한 지식과 명확한 관점, 흔들리지 않는 정책을 이끌고 갈 사람이 되어야 한다. 대통령선거가 치러질 때마다, 모든 후보가 스스로 '경제 대통령'임을 자신한다. 그러나 경제는 현실이다. 대단히 까다롭고 복잡한 무엇이다. 대통령은 양적 성장과 질적 성장의 어느 한쪽도 게을리하지 않는, 경제적 불균형과 빈부 격차를 최소한으로 줄일 수 있는 능력을 가지고 있어야 한다.

세 번째, 대통령이란 언제나 현실에 안주하지 않고 국가를 보다 개혁적으로 이끌어나가야 하는 자리다. 대한민국의 20대 대통령이 될 사람은 전임 문재인 대통령이 제시하고 시도했던 개혁안들을 지속적인 정책 비전으로 이어받아 더욱 가열하게 실천해나가야 한다. 모든 정책이 모든 사람을 위하는 것이 되기는 힘들다. 어떠한 개혁이건 국민 100퍼센트를 만족시킬 수는 없다. 국정운용의 묘가 중요하다. 개혁의 필요성을 알리는 적극적인 대국민 홍보도 필요하다. 소신과 용기를 가지고 강력하게 개혁을 진행해나가야 한다. 검찰개혁도 중요하다. 언론개혁도 중요하다. 무엇보다 중요한 것은 정치개혁이다. 현재 우리나라 정치판은 타협과 상생의 가치가 실종되어 있다. 여전히 구시대적인 대립의 정치요 분열의 정치가 주를 이루고 있다. 대한민국이 더 멀리 나아가기 위해서, 대통령은 타협의 정치가 정착되도록 여와 야를 중재하고 이끌어가야 한다.

마지막 네 번째로, 20대 대통령은 현재의 낡은 헌법을 반드시 개정할 수 있도록 해야 한다. 헌법 개정의 당위성을 충분히 이해하고, 그를 위한 의지와 지혜와 능력과 추진력을 선보여야 한다. 대한민국 법제의 기본인 헌법은 그간 이승만과 박정희, 전두환 등을 거치며 '독재를 방지하고 권력을 분산해가는 방향'으로 개헌이 이루어져왔다. 지금의 헌법은 군부독재 정치 이후 6.29 선언에 의해 만들어진 헌법이다. 대통령의 직선제를 내용으로 한 1988년 9차 헌법 개정 이후로 현재까지 단 한 차례의 개헌도 이루어지지 않았다. 세상이 달라졌다. 환경이 달라졌다. 4년 중임제에 대해 적극적인 검토와 토론이 이어져야 한다. 단임제로서는 정책 단위의 실천을 소신 있게 펼쳐나갈 물리적인 시간이 부족하다는 것이 그간 여러 전문가들에 의해 주장된 내용이다. 그 밖의 어떤 방향과 내용이건 21세기에 맞는 헌법 개정은 국가발전을 위해서 꼭 필요한 과제다.

그간 살아온 길을 돌아보자면, 나는 일반대중-민중 편에 서서 살아온 사람이었다. 쌍다리 자활대를 이끌고 가던 때부터 없는 사람, 약한 사람, 핍박받는 사람들의 편에 기꺼이 서서 살아온 사람이었다. 힘없고 약한 사람들이 그들의 권리를 스스로 지켜낼 수 있도록 돕는 일에 평생 매진한 사람이었다. 그런 와중에 '이창복은 빨갱이다' 소리를 지겹도록 들어온 사람이었다. 당선되고 국회의원으로 활동하며, 예의 빨갱이 소리를 덜 듣게 되어 다행스러운 한편 뭔가 '허전함'을 느끼기도 했던 사람이었다.

주변 사람들은 나를 일컬어 '자기 자신을 돌볼 줄 모르는 사람'이라고 평한다. 자신은 물론 가족도 돌볼 줄 모르는 사람이라고도 한다. 그런가 하면, 어려운 길, 힘든 길을 일부러 찾아서 다니는 사람이라고도 이야기한다.

그럴듯한 평가들이다. 그에 대해 반박할 필요를 느끼지는 않는다. 다만 힘든 길, 어려운 길이 좋아서 평생 그 길만을 좇은 것은 아님을 밝히고 싶다. 가치 있는 일을 찾아가다 보니 어느새 그 힘들고 어려운 길을 걷고 있었을 따름이다.

대한민국은 계속 전진해야 한다. 내가 사랑하는 이 나라는 쉬지 않고 발전해나아가야 한다. 그러려면 국민들이 깨어 있어야 한다. 정치가 바뀌어야 한다. 정치가 바뀌어야 사회가 바뀐다. 정치가 바뀌어야 경제도 바뀌고 문화도 바뀐다. 정치가 바뀌어야 나라가 바뀐다. 정치가 바뀌어야 통일이 올 수 있다. 정치가 바뀌려면 어떻게 해야 하나. 정치인이 바뀌기를 기다릴 수는 없다. 국민이 움직여야 한다. 국민 스스로 정치가 바뀌도록 영향력을 행사해야 한다. 국민에게는 그럴 능력이 있다. 바로 투표의 힘이다.

우리가 가진 가장 강력한 권리, 선거권을 충분히 행사해야 한다. 가슴은 뜨겁게 머리는 차갑게 투표소로 향해야 한다. 국민의 선거권으로부터 정권 창출이 시작된다. 국민의 선거권으로부터 정치개혁이 시작된다. 국민의 선거권으로부터 국가발전과 통일이 시작된다. 참여의 기본은 투표다. 국민들의 올바른 판단과 결정이 무엇보다 중요하다.

물론 정치인도 의당 해야 할 몫이 있다. 무엇보다 국민을 위한 정치를 해야 한다. 진심으로 나라를 위한 정치를 해야 한다. 판에 박힌 구호 같지만 이만큼 엄중한 진리가 없다. 정쟁이란, 어찌 보면 정당 정치의 기본적인 속성일지도 모르겠다. 그러나 정직한 정쟁이어야 한다. 발전을 위한 정쟁이어야 한다. 국민과 나라를 위한 정쟁이어야 한다.

우려와 기대감을 동시에 안고 여의도에 입성하던 즈음부터 크게 놀랐던 게 있다. 4년간 국회의원으로 봉사하면서 새삼 안타까웠던 것이 있다. 통일 문제에 대해서 진정한 의미의 애정과 관심을 가지고 있는 국회의원이 별로 없다는 사실이었다. 남북 문제에 대해 깊은 통찰과 지식과 안목을 가진 국회의원들이 많지 않다는 사실이었다.

통일운동이 개인과 민간의 전유물이 되어서는 안 된다. 국회가 앞장서서 나아가야 한다. 대한민국의 국회의원은 누구나 통일 문제에 전문가가 되어야 한다. 소속정당을 떠나, 이념과 여야를 떠나, 남북 문제에 해박한 지식과 의견과 추진력을 가지고 있어야 한다. 얇은 정쟁에 휩쓸리지 말고 국가와 민족의 미래를 위해 통일을 준비하는 정치인이 되어야 한다. 그것이 분단조국의 세비를 받는 정치인으로서 마땅히 가져야 할 의무다.

　우리 민족이 한데 합치면 8천만 명이 넘는다. 남과 북이 하나 되면 국토의 지정학적 가치가 천지 차이로 달라진다. 통일은 우리의 희망이다. 그러나 통일은 제 혼자 오지 않는다. 우리가 준비하는 만큼 찾아온다.

지오쎄 탄광촌
실태조사를 함께한 뒤

도시빈민
집회현장

명동성당
집회현장

민통련 중앙위
회의 중

단국대
최덕수 열사
장례식

범민족대회
(1990)

전국연합
5주년기념식

3차 구속
당시

수감 중에

북핵외교로 중국 방문 당시 장쩌민 주석과 함께

교황 요한 바오로 2세 서거 추모단(2005)

파리 한지패션쇼 개막식(2005)

문익환 목사님 묘소에서 김근태와 함께

가족 모임